KB164157

우리들의
행복했던 순간들

우리들의 행복했던 순간들

70·80년대의 추억과 낭만 이야기

김호경 지음

한국경제신문

일러두기

1 이 책에 사용되는 일부 단어는 현행 맞춤법을 따르지 않고 1970~80년대의 용어를
  그대로 표기했습니다.
  예 초등학교 – 국민학교, 지장면 – 짜장면, 바턴 – 바통, 로봇 – 로보트, 몽둥이 – 빳따,
  배터리 – 빠때리 등
2 이 책에 등장하는 인명, 지명, 숫자는 일부 정확하지 않을 수 있습니다. 이는 '고의'가
  아닌 '실수'임을 미리 밝힙니다.
3 각 글의 순서는 무순(無順)입니다.

사진출처

※ 본문에 실린 사진을 제공해주신 분들(김경태, 김명수, 진창섭, 우지훈, 라필섭, 이형영,
  김정수, 이서구 님)에게 감사의 인사를 드립니다.

지나간 모든 것은 아름답다

지나간 모든 것은 아름답다. 그러나 이 명제가 항상 옳은 것만은 아니다. 돌이켜보면 쓸쓸한 추억이 있고 가슴 아픈 상처도 있고 회복할 수 없는 패배도 있다. 그러나 그 상처와 패배와 쓸쓸함도 아름다운 추억으로 간직해야 하는 것이 우리네 삶이다.

누군들 멋지고 행복하고 근사한 꿈을 꾸었지 않았을까마는 삶은 늘 우리의 희망과 반대로 가기 일쑤다. 그럼에도 우리는 나름대로 열심히 노력해 이만큼이라도 이룩했으니 어떤 의미에서는 대견하다 할 수 있다. 《우리들의 행복했던 순간들》은 그 노력과 추억에 대한 '60년대생에게 주는' 작은 선물이자 보상이다.

한국의 현대사는 그야말로 격동의 역사였고 쉼없는 전진이었으며 각본 없는 대하드라마였다. 이 대하드라마를 완성하는 데 있어 모든 세대는 주어진 역할을 다했고 맡은 바 소명을 다했다. 1950년대 이전에 태어난 세대는 대한민국의 기틀을 마련하고 산업화를 이루는 데 혁혁한 공을 세웠으며, 1960년대 세대는 민주화에 이바지했고, 1970년대 세대는 문화에 큰 역할을 했다(1980년대 세대가 어떤 역할을 할지는 두고 볼 일이다).

《우리들의 행복했던 순간들》은 그 세대 중 1960년대생의 지난 삶을 돌아본 '추억록' 이자 '회고록' 이자 '반성문' 이자 '결산서' 다. 1960년 1월 1일부터 1969년 12월 31일까지 10년 동안 태어난 60년대생이 과연 무엇을 했으며 무엇이 그들을 키웠는가를 차근차근 살핀 책이다.

1960년에 태어난 사람은 2010년에 만 50세가 되고, 1969년에 태어난 사람은 40줄에 접어든다. 모두 40세 이상의 어른이 된 것이다. 그 긴 세월 동안 우리가 한 일은 무엇이었으며, 우리의 동반자는 누구였고, 우리의 추억은 과연 무엇인가? 《우리들의 행복했던 순간들》은 이를 되돌아보고 남은 과제는 무엇인가를 살폈다. 다른 의도는 없다. 그러기에 이 책은 비판서가 아니며 흘러간 추억을 있는 그대로 반추한 회고록이다.

여기에 실린 70개의 키워드는 지난 40~50년 동안 우리 60년대생이 공통적으로 겪은 것들이다. 사람들, 사건들, 현상들, 물건들을 모두 아울렀다. 일부는 60년대생뿐만 아니라 전 세대에 걸쳐 있으며 일부는 현재 진행 중이고 어떤 것은 완전히 사라졌다.

혹여 여기에 실린 키워드들이 당신의 삶과 전혀 관계없는 것일지라도 너그러운 마음으로 받아들이기를 바란다. 어차피 우리는 똑같은 시대를 살아왔지 않은가.

삶은 때로는 고달프고 서글프고 안타깝고 노여운 것이지만 그런대로 살만한 가치가 있는 게 분명하다. 우리 역시 그 고달픔과 서글픔을 모두 겪으면서 여기까지 왔다. 지금까지 온 길이 험난했을지라도 앞으로의 길은 밝고 활기차고 아름답기를 바란다.

2010년 가을
김호경

7080년대의
추억과 낭만이야기 **차 례** ....

내 마음의 추억 두 번째
가난했으므로 행복했노라,
낭만과 액션의 7080

내 마음의 추억 세 번째

내 귀에 도청장치 달렸다!
독재와 민주의 갈림길에서

내 마음의 추억 네 번째

흑백텔레비전 속에는
영웅들이 살았네

내 마음의 추억 다섯 번째

교복 입은 그 소년 소녀는 지금 어디에

내 마음의 추억 첫 번째

어쩌면 잊혀졌을지도 모를 대학가요제를 기억하고 있는 당신은 "아, 그런 것이 있었지" 하는 아쉬움에 가슴만 저릴 것 대학가요제는 33회(2009년)째 내려오는 그야말로 '유구한 역사와 전통을 자랑하는' 가요제로 우리나라 가요제 중에서 서울숲가요제, 청소년가요제, 서울국제가요제 등. 그러나 그 무엇도 대학가요제를 능가하지 못한다. 비록 대학가요제의 이 있었지" 하는 아쉬움에 가슴만 저릴 것이다. "아직도 대학가요제를 하나?"라고 묻는다면 당신은 이미 청년문화와 담을 쌓은 사와 전통을 자랑하는' 가요제로 우리나라 가요제 중에서 가장 오랜 숨결을 이어오고 있다. 가요제는 지금도 곳곳에서 등. 그러나 그 무엇도 대학가요제를 능가하지 못한다. 비록 대학가요제의 명성이 과거에 비해 확실히 빛이 바랬지만 만 저릴 것이다. "아직도 대학가요제를 하나?"라고 묻는다면 당신은 이미 청년문화와 담을 쌓은 사람이다. 쉽게 말해 '신세 로 우리나라 가요제 중에서 가장 오랜 숨결을 이어오고 있다. 가요제는 지금도 곳곳에서 열리고 있다. 강변가요제, 해변 요제를 능가하지 못한다. 비록 대학가요제의 명성이 과거에 비해 확실히 빛이 바랬지만 말이다. 어쩌면 잊혀졌을지도 모를 학가요제를 하나?"라고 묻는다면 당신은 이미 청년문화와 담을 쌓은 사람이다. 쉽게 말해 '신세대'라는 뜻이다. 대학가 가장 오랜 숨결을 이어오고 있다. 가요제는 지금도 곳곳에서 열리고 있다. 강변가요제, 해변가요제, 추풍령가요제, 배호 록 대학가요제의 명성이 과거에 비해 확실히 빛이 바랬지만 말이다. 어쩌면 잊혀졌을지도 모를 대학가요제를 기억하고 다면 당신은 이미 청년문화와 담을 쌓은 사람이다. 쉽게 말해 '신세대'라는 뜻이다. 대학가요제는 33회(2009년)째 내려 있다. 가요제는 지금도 곳곳에서 열리고 있다. 강변가요제, 해변가요제, 추풍령가요제, 배호가요제, 서울숲가요제, 청소 제의 명성이 과거에 비해 확실히 빛이 바랬지만 말이다. 어쩌면 잊혀졌을지도 모를 대학가요제를 기억하고 있는 당신은 문는다면 당신은 이미 청년문화와 담을 쌓은 사람이다. 쉽게 말해 '신세대'라는 뜻이다. 대학가요제는 33회(2009년)째 랜 숨결을 이어오고 있다. 가요제는 지금도 곳곳에서 열리고 있다. 강변가요제, 해변가요제, 추풍령가요제, 배호가요제, 한다. 비록 대학가요제의 명성이 과거에 비해 확실히 빛이 바랬지만 말이다. 어쩌면 잊혀졌을지도 모를 대 저릴 것이다. "아직도 대학가요제를 하나?"라고 묻는다면 당신은 이미 청년문화와 담을 쌓은 사람이다. 쉽 '유구한 역사와 전통을 자랑하는' 가요제로 우리나라 가요제 중에서 가장 오랜 숨결을 이어오고 있다. 가요 호가요제, 서울숲가요제, 청소년가요제, 서울국제가요제 등. 그러나 그 무엇도 대학가요제를 능가하지 못한 면, 잊혀졌을지도 모를 대학가요제를 기억하고 있는 당신은 "아, 그런 것이 있었지" 하는 아쉬움에 가슴만 와 담을 쌓은 사람이다. 쉽게 말해 '신세대'라는 뜻이다. 대학가요제는 33회(2009년)째 내려오는 그야말로 숨결을 이어오고 있다. 가요제는 지금도 곳곳에서 열리고 있다. 강변가요제, 해변가요제, 추풍령가요제, 배

대학가요제를 능가하지 못한다. 비록 대학가요제의 명성이 과거에 비해 확실히 빛이 바랬지만 말이다. 어쩌

지" 하는 아쉬움에 가슴만 저릴 것이다. "아직도 대학가요제를 하나?"라고 묻는다면 당신은 이미 청년문
(2009년)째 내려오는 그야말로 '유구한 역사와 전통을 자랑하는' 가요제로 우리나라 가요제 중에서 가장 오
해변가요제, 추풍령가요제, 배호가요제, 서울숲가요제,

를 능가하지 못한다. 비록 대학가요제의 명성이 과거에
대학가요제를 기억하고 있는 당신은 "아, 그런 것이 있었지
하나?"라고 묻는다면 당신은 이미 청년문화와 담을 쌓은
(2009년)째 내려오는 그야말로 '유구한 역사와 전통을 자랑

문고판 옆에 끼고
통기타 쳤던
내 젊은 날의 청춘

요제를 하나?'라고 묻는다면 당신은 이미 청년문화와 담을 쌓은 사람이다. 쉽게 말해 '신세대'라는 뜻이다.
어오고 있다. 가요제는 지금도 곳곳에서 열리고 있다. 강변가요제, 해변가요제, 추풍령가요제, 배호가요제,
확실히 빛이 바랬지만 말이다. 어쩌면 잊혀졌을지도 모를 대학가요제를 기억하고 있는 당신은 "아, 그런 것
게 말해 '신세대'라는 뜻이다. 대학가요제는 33회(2009년)째 내려오는 그야말로 '유구한 역
요제, 해변가요제, 추풍령가요제, 배호가요제, 서울숲가요제, 청소년가요제, 서울국제가요제
지도 모를 대학가요제를 기억하고 있는 당신은 "아, 그런 것이 있었지" 하는 아쉬움에 가슴

대학가요제는 33회(2009년)째 내려오는 그야말로 '유구한 역사와 전통을 자랑하는' 가요제
제, 배호가요제, 서울숲가요제, 청소년가요제, 서울국제가요제 등. 그러나 그 무엇도 대학가
억하고 있는 당신은 "아, 그런 것이 있었지" 하는 아쉬움에 가슴만 저릴 것이다. "아직도 대
째 내려오는 그야말로 '유구한 역사와 전통을 자랑하는' 가요제로 우리나라 가요제 중에서
제, 청소년가요제, 서울국제가요제 등. 그러나 그 무엇도 대학가요제를 능가하지 못한다. 비
런 것이 있었지" 하는 아쉬움에 가슴만 저릴 것이다. "아직도 대학가요제를 하나?'라고 묻는
한 역사와 전통을 자랑하는' 가요제로 우리나라 가요제 중에서 가장 오랜 숨결을 이어오고

가요제 등. 그러나 그 무엇도 대학가요제를 능가하지 못한다. 비록 대학가요
지" 하는 아쉬움에 가슴만 저릴 것이다. "아직도 대학가요제를 하나?'라고
유구한 역사와 전통을 자랑하는' 가요제로 우리나라 가요제 중에서 가장 오
년가요제, 서울국제가요제 등. 그러나 그 무엇도 대학가요제를 능가하지 못
있는 당신은 "아, 그런 것이 있었지" 하는 아쉬움에 가슴만

뜻이다. 대학가요제는 33회(2009년)째 내려오는 그야말로
서 열리고 있다. 강변가요제, 해변가요제, 추풍령가요제, 배
의 명성이 과거에 비해 확실히 빛이 바랬지만 말이다. 어쩌
대학가요제를 하나?'라고 묻는다면 당신은 이미 청년문화
을 자랑하는' 가요제로 우리나라 가요제 중에서 가장 오랜

요제, 청소년가요제, 서울국제가요제 등. 그러나 그 무엇도
를 대학가요제를 기억하고 있는 당신은 "아, 그런 것이 있었
이다. 쉽게 말해 '신세대'라는 뜻이다. 대학가요제는 33회
있다. 가요제는 지금도 곳곳에서 열리고 있다. 강변가요제,

제가요제 등. 그러나 그 무엇도 대학가요제
랬지만 말이다. 어쩌면 잊혀졌을지도 모를
슴만 저릴 것이다. "아직도 대학가요제를
'신세대'라는 뜻이다. 대학가요제는 33회

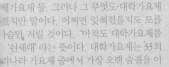

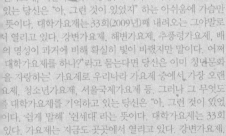

리나라 가요제 중에서 가장 오랜 숨결을 이

어쩌면 잊혀졌을지도 모를 대학가요제를 기억하고 있는 당신
은 "아, 그런 것이 있었지" 하는 아쉬움에 가슴만 저릴 것이다. "아직도
대학가요제를 하나?"라고 묻는다면 당신은 이미 청년문화와 담을 쌓은
사람이다. 쉽게 말해 '쉰세대'라는 뜻이다.

대학가요제는 33회(2009년)째 내려오는 그야말로 '유구한 역사와 전
통을 자랑하는' 가요제로, 우리나라 가요제 중에서 가장 오랜 숨결을 이
어오고 있다. 가요제는 지금도 곳곳에서 열리고 있다. 강변가요제, 해변
가요제, 추풍령가요제, 배호가요제, 서울숲가요제, 청소년가요제, 서울
국제가요제 등. 그러나 그 무엇도 대학가요제를 능가하지 못한다. 비록

대학가요제는 7080의 아이콘 중 하나였다.

대학가요제의 명성이 과거에 비해 확실히 빛이 바랬지만 말이다.

지금은 몇몇 젊은이들의 관심거리로 전락했지만 한때 대학가요제는 이 땅의 모든 청년들, 나아가 전 국민의 초미의 관심사였다. 대학가요제가 열리는 가을이면 어른 아이 할 것 없이 TV 앞에 모여 앉아 어떤 무서운 신예가 새로운 노래로 우리를 깜짝 놀라게 해줄 것인지를 기대하며 귀를 기울였다.

대학가요제가 단숨에 전 국민의 사랑을 받게 된 데는 제1회 대상 수상작의 뛰어난 음악성 때문이라고 해도 과언이 아니다. 〈나 어떡해〉라는 노래인데 이 곡은 1970년대 말부터 1980년대 초를 풍미했다. 7080이라는 단어가 주목을 받게 된 2000년대 중반 이후에도 라디오나 TV에서 자주 흘러나온다.

서울대 농과대학 그룹사운드 샌드페블즈(모래와 자갈)가 부른 이 명곡은 1950~60년대생에게 〈님을 위한 행진곡〉과 더불어 찬송가와 같았고 교가와 같았고 애국가와 같았고 불 켜진 창 아래에서 부르는 세레나데와도 같았다. 들어도 들어도 질리지 않는 노래였다.

이 노래의 음악성에 힘입어 대학가요제는 품격 있는 대학생들의 창작 문화 행사로 자리를 잡았지만 1980년대 후반 이후로는 인기가 시들해졌다. 여러 가지 이유가 있겠으나 민주화 운동의 폭발, 교육 수준의 상승, 대중문화 폭의 확대, 문화 수용층의 확대, 문화의 다변성, 생활스포츠(프로야구, 프로씨름, 86아시안게임 등)의 강세 등이 복합적으로 작용한 탓이리라.

시대의 아픔을 승화시켰지만

대학가요제는 초창기에 숱한 명곡을 탄생시켰다. 그러나 그것은 60년대생에게만 주어진 선물이었다. 허병욱이 부른 〈푸념〉, 설지현이 부른 〈작년 타임〉 등의 노래는 분명 대학가요제 대상 수상작이지만 모르는 사람이 대다수이다. 이에 반해 이범용·한명훈의 〈꿈의 대화〉, 높은음자리의 〈바다에 누워〉라는 노래는 널리 알려져 있다. 우리가 즐겨 불렀던, 또 매스컴에서 자주 나왔던 노래이기 때문이다. 이처럼 똑같은 대상 수상작인데도 어떤 노래는 사랑을 받고 어떤 노래는 주목을 받지 못했지만 중요한 것은 지금까지 사랑을 받는 수많은 명곡이 탄생했다는 점이다.

이 중 활주로의 〈탈춤〉, 썰물이 부른 〈밀려오는 파도 소리에〉, 김학래·임철우의 〈내가〉, 조정희의 〈참새와 허수아비〉, 이유진의 〈눈물 한 방울로 사랑은 시작되고〉, 마그마의 〈해야〉, 이정석의 〈첫눈이 온다구요〉 등은 대부분 1980년대에 상을 받은 노래들이다.

대학가요제에서 상을 받은 학생 대다수는 학업으로 돌아가 평범한 삶을 살고 있지만 그 중 몇몇은 연예인의 길을 걸어 성공을 거두었다. 예컨대 신해철, 산울림(샌드페블즈의 김창환), 유열, 노사연, 배철수(활주로, 송골매), 임백천 등이다.

대학가요제와 연관지어 잊을 수 없는 중요 인물은 심수봉이다. 그녀의 본명은 심민경沈玟卿으로 1955년 충남 서산에서 출생했다. 명지대에 재학 중이던 1978년, 제2회 대학가요제에서 자작곡 〈그때 그 사람〉을 불렀으나 상은 타지 못했다. 그러나 그녀는 많은 사람의 주목을 받았고 이후 가수로 데뷔했다. 1년 후 그녀는 박정희가 서거하던 마지막 순간에 있던 두 여자 중 한 명이 되었다. 그녀의 삶은 어찌 보면 얄궂고 어찌 보면 기묘하다. 그녀가 대학가요제에 출전하지 않았더라도 이런 묘한 삶을 살았을까?

돌이켜보면 1980년대 중반까지만 해도 우리나라 가요의 수준은 그리 높지 못했고 장르도 넓지 못했으며 천재적인 가수나 세계적인 가수도 드물었다. 조용필, 이선희, 신중현, 산울림 정도가 손에 꼽을 만했다. 특히 대중가요는 대학생들의 사랑을 받지 못했는데 MT에서 모닥불을 피워놓고 기타를 치며 〈모닥불〉(김연숙)이나 부르는 정도였다. 대학생들은 주로 팝송을 듣고 운동가요를 불렀으며 레코드판도 주로 팝송만 샀다. 가요 레코드판을 사는 대학생은 극히 드물었다.

MBC는 그러한 청년들에게 '우리 가요의 아름다움을 일깨워주고' 대

대학가요제의 흘러간 노래들을 들을 수 있는 가장 빠른 방법

CBS-FM에 노래를 신청하면 된다. 휴대전화를 열고 #9390을 누른 후 음악을 신청한다(이때 100원의 요금이 부과된다). 또는 인터넷에 CBS-FM을 입력하고 사이트가 뜨면 회원가입한 후 음악을 신청한다(이때 요금은 없다). 오후 4~6시에 방송되는 유영재의 〈가요 속으로〉나 오후 8~10시에 진행되는 오미희의 〈행복한 동행〉에 신청하면 대학가요제의 노래를 들을 확률이 높다.

중문화를 향상시킬 야심찬 목적으로 대학가요제를 만들었던 것 같다. 아니면 당시 유신시대를 끝장내려는 일부 불순한 대학생들을 우민화하려는 정책이었는지도 모른다. 그 이유가 무엇이든 대학가요제는 1980년대 초까지 대성공을 거두었다. 우리는 술집에서나 운동장에서나 산에서 〈나 어떡해〉를 목청껏 불렀고 그 노래를 탄생시킨 대학생들을 기억했다. 그러나 이제 그것들은 아련한 추억이 되었다. 60년대생이 대학가요제가 지금도 '있는지 없는지' 알지 못하는 것은 나이를 먹어서가 아니라 대학가요제 자체가 시들해진 상품이 되었기 때문이리라.

그렇다 한들 그 노래들에 대한 추억이 사라지는 것은 아니다. 젊은 날의 한때, 우리의 가슴을 달래준 명곡들이기 때문이다. 그들의 이름을 다시 추억한다.

한국영화는 예나 지금이나 촌스럽기 그지없다. 요즘은 한국영화
의 수준이 많이 올라갔다고들 하지만 내가 보기엔 여전히 촌스러움과
유치찬란함, 우격다짐의 대명사이다.

1970~80년대에는 '한국영화'라는 일반명사가 있었다. 어떤 현상이
유치하고 촌스러울 때 이 단어를 사용하면 딱 맞았다. 한국영화가 촌스
러움을 벗어난 시기는 시각에 따라 다르겠지만 1990년대 후반 들어서
다. 물론 그 옛날에도 몇몇 영화는 상당히 높은 수준을 보여주었고 한
시대를 풍미했으며 새로운 문화 사조를 창조했고 그 시대의 본질과 아
픔을 정확하게 묘사했다.

1970년대에 그런 영화의 대표작이 바로 〈바보들의 행진〉이다. 억압의 1970년대 중반에 제작되어 일대 화제를 몰고 와 대흥행을 일으킨 영화이며 한국영화의 수준을 한 단계 끌어올린 영화이다. 청춘영화의 대명사, 1970년대 문화의 아이콘이자 저항의 상징이었다. 사실 이 영화는 60년대생에게보다는 50년대생에게 더 큰 영향을 끼쳤다. 그러나 당시 중고등학생이었던 우리 또

청춘영화의 대명사 〈바보들의 행진〉 포스터

한 이 영화를 보지 않으면 시대의 낙오자가 될 수 있었기에 변두리 극장에서 재상영되는 영화를 우르르 몰려가 보았다(보지 않았다 해도 이 영화의 포스터는 기억할 것이다). 그리고 대학생이 되면 그렇게 살지 않으리라 다짐했다.

병태, 병태를 기억하는가? 병태는 나 자신일 수도 있고 나의 친구일 수도 있다. 나아가 1970년대 모든 청년일 수도 있다. 이 영화에 대해 대략 살펴보자. 이 영화의 원작자는 당시 청년 소설가의 총아인 최인호이다. 그는 1963년에 이어 1967년 조선일보 신춘문예로 등단했는데 등단을 하자마자 일약 유명작가로 떠올랐다. 그가 신문에 연재소설을 쓰면 그 신문의 판매부수가 두 배로 올라갔을 정도였는데 《바보들의 행진》역시 마찬가지였다. 이 소설은 당시 유일한 스포츠신문인 《일간스포츠》

에 연재되었고 덕분에 이 신문의 판매부수는 고공행진을 했다.

왜 불러, 왜 나를 불러
연재가 끝난 후 당시 명감독 하길종에 의해
촬영이 시작되었다. 요즘은 그다지 왕성하게 활동하지 않는 윤문섭, 하
재영, 이영옥이 주연을 맡았다. 영화는 개봉 즉시 '경직된 사회 분위기
에서 아무것도 할 수 없는 무기력한 대학생들의 애환을 날카롭게 그려
냈다'는 평을 들었고 젊은이들의 폭발적인 호응을 얻었다.

총 상영시간은 원래 117분이었지만 검열당국에 의해 10여 분 정도
가 잘려 105분으로 1975년 5월 31일 개봉되었다. 주인공 병태(윤문섭)
는 Y대 철학과 학생이고(철학과라는 것에서 많은 것을 생각하게 한다), 그의
미팅 상대 영자(이영옥)는 불문과 학생이다. 물론 영자는 병태가 돈도
없고 장래성도 없다는 것을 알기에 딱지를 놓는다. 병태의 친구 영철
(하재영)은 부잣집 외아들이지만 무기력한 대학생이다. 이 세 사람을 중
심으로 1970년대의 사회 상황, 당시 대학들의 의식과 캠퍼스 풍속도가
밀도 높게, 흥미진진하게 그려진다. 코미디언 이기동도 이 영화에 잠
깐 출연을 했다.

결말은…… 결말은…… 그렇다. 그렇게 끝난다. 영철은 자살을 하고,
병태는 군에 입대하고, 입영열차가 떠나기 직전 나타난 영자. 그녀는 떠
나가는 열차의 창문에 매달려 병태에게 입맞춤을 하고…….

이 영화에는 1980년대 초반까지 금지곡이었던 송창식의 명곡 〈고래
사냥〉과 〈왜 불러〉가 담겨 있다. 즉 1970년대 문화의 모든 상징이 고스
란히 녹아든 영화이다. 최인호 소설, 송창식 노래, 하길종 감독. 그런

이유로 이 영화는 한국영화 계보에서 빠지지 않는 걸작이고 많은 사람에 의해 명작으로 손꼽힌다.

팬티만 입은 어벙한 청년이 거수경례를 하는 포스터는 당시를 살았던 사람들의 뇌리에 뚜렷하게 각인되어 있으며 지금도 카페나 술집 등에서 심심치 않게 발견된다. 미술적 시각으로 보았을 때 그리 뛰어난 포스터는 아니지만 1970년대 청춘상을 극명하게 보여주는 잊지 못할 포스터라 할 수 있다.

이 영화가 개봉되어 사회적으로 큰 반향을 일으킨 지 벌써 35년이 되었다. 몇 명은 이 세상 사람이 아니고 몇 명은 무대 뒤편으로 사라졌다. 요즘 관점으로 보면 촌스럽기 그지 없는 한국영화일 수도 있고 아무런 감흥도 일지 않는 영화일 수 있지만, 우리는 까까머리(또는 단발머리) 학생이었을 때 이 영화를 보았다. 그리고 미지의 청춘과 사랑에 대해 고민했다. 그 고민을 잘 해결한 사람도 있었겠지만 그렇지 못한 사람도 있었을 게다. 그날 이후의 삶이 어떻게 전개되었든 이 영화는 청소년 시절에 우리를 키운 키워드였다.

잊을 수 없는 1970년대 한국영화

● 1974년 개봉된 신성일, 안인숙 주연의 〈별들의 고향〉(원작 최인호, 감독 이장호). 남주인공의 이름은 잊었지만 여주인공 '경아'는 지금도 사람들의 마음속에 새겨져 있다.

● 1975년 개봉되어 일대 센세이션을 일으킨 〈영자의 전성시대〉(원작 조선작, 감독 김호선). 외팔이 창녀 영자를 기억하는가?

● 1977년 개봉된 〈겨울여자〉(원작 조해일, 감독 김호선). 신성일과 장미희 주연으로 관객 수 57만 명을 기록했다.

● 1978년 개봉된 〈O양의 아파트〉('O양의 비디오'가 아니다)(변장호 감독)는 김자옥, 한진희 주연으로 여대생에서 호스티스가 된 오미영의 파란만장한 삶을 그렸다.

요절한 천재감독

천재라 불렸지만 38세 나이로 요절한 하길종 감독

우리는 하길종에게 많은 빚을 지고 있다. 그는 정말 아까운 명감독이다. 서울대를 졸업한 수재로 UCLA 영화과에 입학해 한국인으로는 처음으로 학위를 받았다. 1970년에 귀국해 뛰어난 실험정신과 은유적인 사회비판 의식으로 많은 영화를 제작했는데 〈바보들의 행진〉, 〈한네의 승천〉, 〈속 별들의 고향〉 등이 그에 의해 탄생했다. 한국영화를 한 단계 끌어올린 지대한 역할을 했지만 안타깝게도 1979년 38세의 나이로 요절하고 말았다. 영화배우이자 감독인 하명중이 그의 동생이다.

벤허

장엄한 마차경주가 압권인
선과 악의 대결

아무리 오랜 세월이 흘러도 '잊을 수 없는 명화'가 있다. 그 중 하나가 〈벤허Ben-Hur〉(1959년)이다. 이 영화는 개봉되자마자 세계적으로 흥행을 기록했고 로마제국 영화, 기독교 영화의 전형이 되었다. 〈벤허〉는 그 이전에 제작되어 세계적인 반향을 일으킨 〈십계〉(1956년), 〈쿼바디스〉(1951년)의 결정판이라 할 수 있다. 이후 〈벤허〉를 능가하는 기독교 스펙터클 영화는 만들어지지 않았다.

주연은 그 유명한 찰턴 헤스턴과 잭 호킨스이고 감독은 윌리엄 와일러이다. 아카데미상 11개 부문을 휩쓸었고 우리나라에서는 1962년 첫 개봉되었다. 그 후 1972년 2차 재개봉되었고 1977년에 3차 재개봉되었다. 50년대생은 아마 2차 재개봉 때, 60년대 전반생은 3차 재개봉 때 단체관람을 했을 수 있다. 뒤이어 1981년, 1988년, 1997년, 2007년 재개봉되었으니 무려 일곱 차례에 걸쳐 상영한 전무후무한 영화이다. 지금도 TV 영화채널에서는 이 영화를 수시로 틀어준다. 나는 대략 다섯 번쯤 보았다.

60년대생 중에, 나아가 80년대 이전에 출생한 사람들 중에 이 영화를 보지 않은 사람은 거의 없다고 해도 과언이 아니다. 가히 종교와 성별, 남녀와 빈부, 지역과 정치적 성향, 배움의 많고 적음을 떠나 온 국민을 끌어들인 영화였다.

주인공 벤허의 멋진 외모, 로마제국의 완벽한 재현, 방대한 물량과 인원, 벤허의 파멸과 험난한 인생길, 고난의 극복, 손에 땀을 쥐게 하는 전차 경주, 가족의 몰락과 문둥병, 그 모든 것을 이겨내는 사랑과 의지, 그리고 마지막에 등장하는 예수…….

극단적인 종교 신자는 마지막 예수의 등장에서 실망할 수도 있었겠지만, 어찌 되었든 이 영화는 인류 역사상 가장 잘 만든 영화 중 하나이다.

찰턴 헤스턴(1924~2008)

찰턴 헤스턴은 우리의 청소년기에 지구촌을 휩쓴 명배우였다. 건장한 체구(191센티미터)와 근육질 몸매, 이지적이고 잘생긴 외모로 전 세계 여성팬뿐만 아니라 남성들도 사로잡았다. 그는 영화사에 길이 남길 수많은 영화를 남겼으며 1970년대 미국문화의 상징이었다. 우리나라에서는 〈십계〉, 〈벤허〉로 확실하게 이미지를 굳혔고, 1968년 〈혹성탈출〉로 또 다른 모습을 보여주었다. 〈혹성탈출〉은 극장에서는 개봉되지 않았으나 1978년 〈주말의 명화〉 시간에 방영되어 당시 흑백TV 시대였음에도 큰 화제가 되었다. 헤스턴은 2008년 알츠하이머병으로 타계했다.

인류 역사상 가장 잘 만든 영화 중 하나라고 생각하는 〈벤허〉의 전차 경주 장면

이에 견줄 만한 영화를 당신은 꼽을 수 있겠는가?

그러한 영화를 볼 수 있었으니 우리는 행운아다. 이 영화를 본 지 10년
이 넘었다면 오늘 밤에라도 당장 비디오 가게로 달려가길 바란다. 장엄한
그 옛날의 스펙터클이 당신을 기다리고 있을 것이다.

토요일 밤 명화극장의 단골손님, 서부영화

영화, 하면 우리 세대
가 결코 잊을 수 없는 영화가 있으니 바로 서부영화이다. 요즘엔 서부영
화를 만들지도 보지도 않는다. 그래서 우리는 이렇게 묻는다. "그 카우
보이들은 다 어디로 갔을까?"

흙먼지를 일으키며 백마를 타고 황야를 달리는 카우보이, 어스름한

초저녁에 작은 마을의 선술집 문을 거칠게 밀고 들어서는 쓸쓸한 카우보이, 바람을 등지고 서서 재빠르게 총을 뽑아 악당을 처단하는 카우보이, 그의 총구에서 피어오르는 한 줄기 연기, 하얀 얼굴의 순진무구한 목사의 딸을 유혹하는 카우보이, 결국 그는 달빛 밝은 밤 하늘 아래에서 그녀의 긴 머리를 뒤로 젖히며 강제로 키스를 한다. 악당에 홀로 맞서 끝까지 싸우는 정의의 카우보이……. 그들은 이제 우리 곁에 없다.

　서부영화는 이제 추억의 한 장면이 되어버렸다. 그럼에도 이 영화에 등장하는 인물들은 우리 가슴속에 남아 있다. 무식하고 거칠고 괴기하고 음흉한 아파치족(실제로는 그렇지 않은 데도), 인정사정 볼 것 없이 총을 쏴대며 은행을 터는 은행강도, 선량한 마을 사람들을 끊임없이 괴롭히고 타지에서 온 방문객에게서 돈을 빼앗는 질 나쁜 악당, 그를 추종하는 건달 총잡이들, 배가 나온 선술집 주인, 천국이 가까이 왔음을 부르짖는 안경 쓴 목사, 그 목사의 순진하고 아름다운 열아홉 살 딸, 그녀의 어린 남동생, 낯선 곳에서 흙먼지를 일으키며 등장하는 외로운 총잡이, 거액이 걸린 현상범, 마을의 평화를 지키고자 고군분투하는 정의의 보안관, 늘 술에 취해 악당이나 무법자의 뒷 심부름을 하는 멕시코인이 그러하다.

잊지 못할 서부영화

〈석양의 건맨〉(1965, 클린트 이스트우드), 〈황야의 무법자〉(1964, 클린트 이스트우드), 〈셰인〉(1953, 알란 라드), 〈OK 목장의 결투〉(1957, 버트 랭카스터), 〈황야의 7인〉(1960, 율 브리너, 스티브 맥퀸), 〈내 이름은 튜니티〉(1979, 테렌스 힐), 〈역마차〉(1939, 존 웨인), 〈서부여 나를 용서하라〉(1970, 데이비드 얀센)

이런 사람들이 어우러져 1시간 30분짜리 마카로니웨스턴 영화가 만들어졌고 우리는 이런 영화들을 〈주말의 명화〉를 통해 아주 열심히 보았다. 서부영화가 방영되는 토요일 밤에는 온 식구들이 모여 앉아 TV에 코를 박다시피 했다. 멋진 총잡이를 보며 '나도 저런 건맨이 되었으면!' 하고 꿈을 꾸곤 했다. 그런데 웬일인지 서부영화를 극장에서 하는 경우는 드물었다. 극장에서 본 서부영화는 1977년 〈내 이름은 튜니티〉가 유일하다.

1970년대 중반까지 인기를 끌었던 서부영화는 그 이후 시들해졌다. 그 이유가 무엇 때문인지는 알 수 없다. 그저 더 멋진 영화가 나왔다고 밖에. 지금 다시 정통 서부영화를 만든다면(위의 모든 인물들이 등장하는) 어떻게 될까? 그 옛날처럼 열광을 하며 볼까? 우리가 그 옛날 느꼈던 감흥을 1970년대 이후 세대는 결코 느끼지 못한다. 그러기에 서부영화는 우리에게 남아 있는 추억일 뿐이다.

그 시절 추억의 영화

7080년대의
추억과 낭만이야기

60년대생에게 잊지 못할 추억의 영화들이 있다. 수없이 많은 영화 중에서 우리가 청소년
시절 또는 대학 시절에 감명 깊게 보았던 몇 편의 영화를 되돌아보자.

러브스토리· 사랑 영화의 고전. 흰 눈이 펑펑 내리는 하버드
대학의 캠퍼스가 떠오르는가? 그곳에서 눈싸움을 하던 멋진
남자와 아름다운 여인을 설마 잊지는 않았을 것이다.
에릭 시걸의 소설 《Love Story》를 영화화한 이 작품은 1971년
개봉되어 전 세계 연인들에게 가슴 아픈 추억을 안겨주었다.
라이언 오닐이 명문 부호의 아들 올리버 역을 맡았고, 알리 맥
그로우가 이탈리아 이민 가정의 가난한 딸 제니 역을 맡았다.
사랑은 모든 고난을 이길 수 있지만 신의 섭리만은 어쩔 수
없는 것인가? 불치병이 찾아와 두 사람에게서 행복을 앗아갈

때 우리는 슬픈 눈물을 흘렸다. 우리가 이 영화를 잊을 수 없
는 또 하나의 이유는 멋진 음악 때문이다. 지금도 라디오와 TV에서 흘러나오는 그 음
악, 〈Snow Frolic〉. 이 영화에서 음악을 맡은 프랑시스 레이는 제43회(1971년) 아카
데미 음악상을 받았다. "사랑은 미안하다고 말하는 게 아니에요"라는 명대사를 남긴
영화이다.

내일을 향해 쏴라· 서부영화의 걸작 중 하나로, 1890년대 미국 서부를 배경으로 은행
강도 부치 캐시디와 선댄스 키드의 종횡무진 활약상을 그린 영화로 은행털이와 사랑, 죽
음을 그린 명화이다. 보스인 부치(폴 뉴먼)는 머리 회전이 빠르고 인심은 좋지만 총솜씨
는 별로 없었고, 반면 선댄스(로버트 레드포드)는 부치와는 정반대로 말솜씨는 별로 없지
만 총솜씨는 당해낼 사람이 없었다. 미래에 대한 희망도 없이 돈이 생기면 바로 써버리

고, 없으면 은행을 터는 그들. 하지만 세상을 바라보는 눈은 매우 낙천적이며 낭만적이다.

두 사람은 몇 차례 열차를 턴 것이 화근이 되어(서부개척 시대에는 열차를 터는 것이 한몫을 단단히 챙길 수 있는 사업이었다) 볼리비아로 도망을 치고 선댄스의 애인 엣타(캐서린 로스)도 동행을 한다. 그곳에서 그들이 자전거를 타며 즐거운 한때를 즐길 때 흘러나오는 음악이 그 유명한 〈Raindrops Keep Falling On My Head〉(내 머리 위에 떨어지는 빗방울)이다. 하지만 낭만적인 은행강도 행각도 두 사람이 허름한 창고에서 뛰쳐나오면서 끝난다. 그들을 향해 수없이 퍼부어지는 총탄. 다행히도 두 사람이 죽는 모습은 스크린에 나타나지 않는다.

1969년 개봉되어 전 세계에 걸쳐 수차례 상영되었으며 아카데미상을 비롯해 많은 상을 받았다. 원제는 'Butch Cassidy And The Sundance Kid'이며 영화의 내용은 대부분 실화이다.

사운드오브뮤직• 음악영화의 대명사. 오스트리아의 아름다운 전원과 멋진 저택을 배경으로 사랑과 전쟁, 음악의 의미를 그린 잊지 못할 영화이다. 퇴역 해군 대령 트랩(크리스토퍼 플러머)의 집에 가정교사로 들어온 수녀 마리아(줄리 앤드류스). 그녀는 하나님을 모시는 신분이지만 차츰 트랩 대령에게 사랑의 감정을 느끼는데⋯⋯.

사랑스럽고 예쁘고 착한 일곱 아이와 함께 펼쳐지는 음악의 향연은 두고두고 우리의 마음에 남아 있다. 1965년 개봉되어 전 세계인의 가슴을 울린 명작으로 아카데미상 등 수많은 상을 받았다. 이 영화 역시 실화를 바탕으로 제작되었다. 〈Do-Re-Mi〉, 〈Sixteen Going on Seventeen〉, 〈Maria〉, 〈Edelweiss〉 등 주옥같은 명곡이 담겨 있는 영화이며, 이 음악들은 지금도 TV와 라디오에서 종종 들을 수 있다.

스팅• 사기꾼 영화의 걸작. 돈 많은 거물을 감쪽같이 속여 거액을 탈취하는 과정을 드라마틱하고 낭만적으로 그린 서스펜스 코믹 복수 영화이다. 1936년 시카고 암흑가를 무대로 펼쳐진다. 노름의 명수 후커(로버트 레드포드)는 두목의 죽음에 복수하고자 콘도르프(폴 뉴먼)와 손잡고 거물 로네간(로버트 쇼)을 골탕먹일 계획을 세운다. 포커와 경마광인 로네간에게 큰돈을 벌 수 있다고 유혹해 엄청난 판을 벌이는데, 그 판을 벌이려고 수없이 많은 사람을 포섭하고 그럴듯한 경마중계소를 실제로 만든다.

어린 우리는 그 과정을 보면서 '아하! 사기는 저렇게 치는구나' 라는 것을 배웠다. 〈스팅〉 이후에 등장한 모든 사기영화는 〈스팅〉의 아류작에 지나지 않는다. 1974년 제작되었으며 아카데미 7개 부문을 비롯해 여러 상을 받았다. 경쾌한 경음악은 스캇 조플린이 맡았다. 스팅(sting)은 '바늘로 찌르다', '독침으로 쏘다' 등의 뜻이 있다.

빠삐용• 탈옥영화의 고전. 불굴의 탈출기이자 꺾이지 않는 자유에의 의지를 그린 프랑스 명작. 살인죄로 기소된 빠삐용(스티브 맥퀸)은 프랑스령인 적도 기아나로 향하는 죄수 수송선에서 위조지폐범 드가(더스틴 호프만)를 만난다. 빠삐용(실제 그는 무죄다)은 돈 많은 드가를 보호해주면서 함께 탈출을 모의하지만 번번이 실패하고……. 몇 번의 탈출과 체포, 끔찍한 체벌, 악랄한 수용소, 한계를 넘는 정글, 인간의 배신, 포기, 굽히지 않는 욕망, 자유에의 의지를 극적으로 그린 걸작이다. 1973년 제작되었으며 스티브 맥퀸의 탁월한 연기와 더스틴 호프만의 얼빵한 연기가 일품이다. 〈쇼생크 탈출〉이 나오기

전 최고의 탈옥영화로 꼽힌다. 특히 백발이 성성한 빠삐용이 야자열매로 만든 포댓자루를 타고 섬을 탈출하는 마지막 장면은 영화사에 길이 남을 명장면이다. 빠삐용은 실존 인물로 탈옥 후 베네수엘라에서 광산 노동자, 직업 노름꾼, 은행털이, 요리사, 전당포털이 등 밑바닥 인생을 보내다가 1973년 스페인에서 사망했다. 빠삐용은 어느 날 꿈을 꾼다. 자신은 무죄라고 주장하지만 심판관은 그에게 유죄 판결을 내린다.

"넌 유죄야."

"도대체 내가 무슨 죄를 지었단 말입니까?"

"인생을 낭비한 죄."

이 말이 이 영화의 모든 것을 말해준다.

바람과 함께 사라지다• 사랑의 운명에 맞선 한 여인의 파란만장한 일대기. 미국 남북전쟁과 애틀랜타 대농장을 무대로 스칼렛 오하라(비비안 리)의 사랑과 역경, 고난의 극복, 내

일의 희망을 그린 대서사극이다. 그녀의 세 번째 남편이자 터프한 렛 버틀러(클록 게이블), 애슐리 윌키스(레슬리 하워드), 멜라니 해밀턴(올리비아 드 하빌랜드) 등 수많은 등장인물과 대저택, 흑인 노예들과 의상, 수없이 많은 엑스트라와 222분의 긴 상영시간으로도 유명한 불멸의 영화이다.

이 영화는 영화로서는 전 세계적인 사랑을 받았지만 원작소설인 《Gone With The Wind》(마가렛 미첼)를 끝까지 읽은 사람은 드물다. 1939년 제작되었으며 12회 아카데미상에서 8개 부문을 수상했다. 명대사 "결국 내일은 내일의 태양이 떠오를테니까"로 영화가 끝난다.

닥터 지바고 • 전쟁과 혁명에 쓰러진 안타까운 사랑과 흰 눈으로 뒤덮인 러시아의 시베리아 대평원을 기억하는가? 혁명이란 이름으로 사라져간 그 숱한 사람들의 서글픈 눈동자를 기억하는가? 어두운 밤, 얼음집의 창밖으로 내다본 평원에서 울부짖는 늑대의 울음을 기억하는가? 그 때 흘러나온 음악이 귓전을 맴도는가? 토냐와 라라 사이에서 방황하는 오마 샤리프에게 어떤 감정을 느꼈는가?

학창시절 단체영화의 단골 메뉴였던 이 영화는 1965년 제작되었다. 영화의 실제 무대는 시베리아가 아니라 스페인 마드리드 근교의 과다하라 평원이다. 그래도 장엄한 것은 분명하다. 아카데미 5개 부문을 비롯해 많은 상을 받았으며 원작가 보리스 파스테르나크는 1958년 노벨문학상에 선정되었으나 정부의 압력으로 수상을 거부했다. 영화 전편에 걸쳐 흐르는 라라의 테마〈Some where My Love〉는 영화 음악의 대부로 불리는 모리스 자르가 맡았으며 지금도 라디오와 TV에서 흘러나온다.

이밖에〈라스트 콘서트〉,〈콰이강의 다리〉,〈디어 헌터〉,〈미드나잇 카우보이〉,〈포세이돈 어드벤처〉,〈뻐꾸기 둥지 위로 날아간 새〉,〈대부〉,〈카산드라 크로스〉,〈새벽의 7인〉,〈타워링〉,〈취권〉,〈록키〉,〈오멘〉,〈엑소시스트〉,〈신상〉(인도 영화),〈십계〉,〈나바론 특공대〉,〈나자리노〉,〈크레이머 대 크레이머〉 등이 있다. 자신의 취향에 맞든 아니든 이 영화들은 모두 우리와 함께 한 추억의 명화들이다.

독서의 갈증을 풀어준
마음의 양식

책이 넘쳐난다. 책이 너무 많아 이사를 하거나 분리수거를 할 때 내
다버리기도 한다. 특히 〈세계문학전집〉 같은 것은 끈으로 꽁꽁 묶어 30권
또는 40권 전부를 아무런 미련없이 버린다. 그 책들은 대개 케이스 속에
잘 모셔져 있는 양장본이고 책을 펴보면 단 한 번도 읽은 흔적이 없는 새
것들이다.

1970년대 중반만 해도 책이라는 것은 귀한 물건이었다. 지금은 베스
트셀러가 되면 100만 권이 넘게 팔리는 책도 있지만 그 시절에는 많이
팔려봤자 내 짐작에 1만 권이었다. 책을 읽는 독자층도 얇았고 책이라
는 것을 사기에는 엥겔계수가 너무 높았다. 하지만 책을 읽지 않을 수는

가난한 그 시절 마음의 양식이 되어준 〈삼중당문고〉

없었는데 그런 사람들에게 가히 '하늘이 준 선물'이라 할 만한 책이 나타났으니 바로 문고본이다.

1970년대 중후반에 선을 보인 문고본은 짧은 시간에 대한민국 독자를 사로잡으면서 엄청난 수량을 쏟아냈다. 당신의 집에도 분리수거나 이사할 때 버리지만 않았다면 분명히 문고본이 한 권 이상 꽂혀 있을 것이다. 그 시절 문고본은 독서시장의 총아였는데 세계문학을 필두로 한국문학, 교양, 명시선, 역사, 인문 등 장르를 가리지 않고 거의 모든 분야의 책을 찍어냈다. 그때만 해도 저작권이나 번역권이라는 것이 없었기에 전 세계 모든 책을 발행했다 해도 과언이 아니다.

문고본의 대명사는 역시나 〈삼중당문고〉이다. 이 문고본 시리즈는 가히 문고본의 왕이었다. ㈜삼중당에서 발행한 이 시리즈의 끝 번호가 얼마인지는 알 수 없으나 사람들은 이 책을 엄청나게 샀다. 최소 500번은 넘게 나왔을 것 같다. 책 좀 읽는다는 사람의 집에 가면 이 문고본이 층층으로 쌓여 있기도 했다.

가로 세로 10×15센티미터의 이 책은 그야말로 가난한 그 시절 마음의 양식이었다. 그래서 시인 겸 소설가인 장정일은 '삼중당문고'라는 시를 쓰기도 했다.

열다섯 살,
하면 금세 떠오르는 삼중당문고
150원 했던 삼중당문고
수업시간에 선생님 몰래, 두터운 교과서 사이에 끼워 읽었던 삼중당문고

파란만장한 삼중당문고
너무 오래되어 곰팡내를 풍기는 삼중당문고

문고본은 〈삼중당문고〉 외에도 여러 출판사에서 간행이 되었다. 동서문화사의 〈동서문고〉, 을유문화사의 〈을유문고〉, 삼성미술문화재단에서 발행한 〈삼성문화문고〉, 서문당에서 출간한 〈서문문고〉, 박영사에서 펴낸 〈박영문고〉 등이 있다. 책의 장르는 대동소이했고 금액도 비슷했는데 비싼 것이 350원 정도라서 돈이 많지 않았던 우리도 두어 권씩 사서 책가방에 넣고 다니며 읽었다. 내가 가장 감명 깊게 읽은 문고본은 중3 때 읽은 이어령의 《바람이 불어오는 곳: 이것이 서양이다》이다.

삼중당문고의 처음과 끝

〈삼중당문고〉의 제1번은 이은상의 《성웅 이순신》이고 2권은 이광수의 《흙》(상)이다. 마지막 번호는 알 수 없으나 찾아낸 것으로는 499번 도스토옙스키의 《악령》이다. 이 문고는 인터넷 헌책방에서 1,000원에 구매할 수 있다.

그렇게 인기를 끌었던 문고본도 먹고살기가 좋아지면서 차츰 사람들의 외면을 받았고 1980년대 후반에는 완전히 맥이 끊어지고 말았다. 지금도 서구와 일본에서는 문고본이 꾸준히 간행되고 독자들의 사랑을 받는다고 한다. 우리나라에서도 몇몇 출판사가 문고본을 되살리기 위한 시도를 했지만 실패로 돌아갔다. 한 번 지나간 것은 다시는 오지 않는 것일까?

〈삼중당문고〉, 생각해보면 참으로 애틋한 책이다. 가난했던 그 시절 우리의 마음을 달래주었던 그 책을 떠올리면 괜스레 미안한 생각이 든다. 아, 삼중당문고…….

김지하
70년대를 거부한
저항시인

신새벽 뒷골목에

네 이름을 쓴다 민주주의여

내 머리는 너를 잊은 지 오래

내 발길은 너를 잊은 지 너무도 너무도 오래

오직 한 가닥 있어

타는 가슴속 목마름의 기억이

네 이름을 남몰래 쓴다 민주주의여

—**타는 목마름으로**

김지하가 쓴 시다. 그렇다면 다음 시를 보자.

내가 읽은 모든 페이지 위에

모든 백지 위에

돌과 피와 종이와 재 위에

나는 너의 이름을 쓴다

나는 태어났다 너를 알기 위해서

너의 이름을 부르기 위해서

자유여

—*자유*

은근히 비슷하다는 느낌이 든다. 두 번째 시는 프랑스 시인 폴 엘뤼아르의 '자유'라는 시이며 프랑스 저항시의 백미로 꼽힌다. 마치 김지하의 '타는 목마름'이 우리나라 저항시의 선두주자로 꼽히듯이.

《토지》의 작가 박경리의 사위이기도 한 김지하는 1970~80년대 저항과 민주화를 대표하는 시인이었다. 1941년 전남 목포에서 태어나 서울대 미학과를 졸업한 그는 이승만 시절부터 전두환 시절에 이르기까지 20여 년 동안 혁명, 수배, 도피, 유랑, 투옥, 사형선고, 고문, 저항으로 점철된 파란만장한 인생을 보냈다.

1970년 《사상계》에 발표된 김지하의 담시譚詩 '오적'은 발표되는 즉시 위정자의 심기를 건드렸고 그의 시를 게재한 잡지는 폐간되었고 출판사 사장도 무사하지 못했다. 짧은 판소리에 가까운 그 시에서 말한 다섯 명의 적(일종의 매국노)은 재벌, 국회의원, 고급 공무원, 장성, 장·차관이다. 40년이 흐른 지금도 변함이 없다는 생각이 드는 이유는 왜일까?

김지하는 이 시를 발표하면서 단숨에 박정희 군사독재시대의 뜨거운 상징으로 떠올랐다. 그리하여 그는 저항시인의 선두주자가 되었고 대표 시인이 되었으며 이 땅의 모든 청년이 읽는 시집의 주인공이 되었다. 특히나 〈황토〉, 〈타는 목마름으로〉는 운동권 학생이 아니어도 한 번쯤은 반드시 읽어야 할 시집으로 자리를 잡았다. 우리는 그의 시를 읽고 의지를 불태우곤 했다.

그 시절 그는 고난과 저항의 상징이었으며 문학을 하는 사람으로서 그를 본받지 않으면 어용문학가로 치부되곤 했다. 하지만 그랬던 그가 민주화가 이루어진 후 언젠가부터 변절자란 소리를 듣기 시작했다. 어떤 사람은 김지하의 변절을 육당 최남선의 변절과 같다고 주장한다. 왜 그를 변절자라 부르는지 이 자리에서 따질 계제는 아니지만 그가 그 옛날의 치열한 저항정신을 버린 것은 어느 정도 사실이다. 그러나 어떤 의미에서는, 그리고 해서 꼭 저항을 해야 한다는 의무가 있는 것도 아니지 않을까?

잊을 수 없는 또 한 명의 시인, 박노해

본명 '박기평'을 기억하는 사람은 그다지 많지 않다. '박해받는 노동자 해방'의 약자로 더 잘 알려진 박노해(1958년, 전남 함평 출생)는 1980년대 민주화운동이 치열할 때 〈노동의 새벽〉이라는 시집을 펴내 일약 노동문학 대표로 떠올랐고 그의 시집은 민주화운동, 노동운동의 교과서가 되었다. 고난했던 한 시대를 온몸으로 항거한 박노해는 1998년 8월 15일, 약 8년간의 감옥 생활을 끝내고 자유의 몸이 되었다.

일부 사람들의 주장처럼 그가 보수 세력의 주구(앞잡이)가 되었든 새로운 사상운동을 펼치는 생명운동가가 되었든 그가 우리에게 많은 영향을 끼친 것은 사실이다. 그래서 우리는 그를 잊지 못한다.

　김지하는 1990년대의 어느 날, '지하'라는 이름으로 더 잘 알려진 자신의 이름을 버리고 본명인 '영일'로 불러달라고 공개적으로 요청했다. 그러나 그렇게 부르는 사람은 아무도 없었다. 본인은 '김영일'로 돌아가고 싶었는지 모르지만 사람들은 그가 영원히 '김지하'이기를 바랐기 때문이다. 그가 이런 현실을 깨닫는 데는 그리 오랜 시간이 걸리지 않았을 것이다.

명랑노래로 전국을 석권한 듀엣 콤비

키가 크고 홀쭉한 서수남과 키가 작고 통통한 하청일. 이들이 부르는 노래는 우울하지 않았고 사랑이나 이별 타령이 아니었으며 명랑하고 건전했다. 그래서 사람들은 이들을 사랑했다.

어찌 보면 장난꾸러기 같고 어찌 보면 순박한 소년 같은 이 두 사람은 쇼 프로그램의 단골 출연자였으며 〈유쾌한 청백전〉의 빠지지 않는 초대손님이었다. 지금도 우리의 뇌리에서 맴도는 노래들을 불렀는데 그 대표적인 노래가 〈팔도유람〉이다. 제목은 긴가민가해도 가사를 읽으면 저절로 노래를 흥얼거리게 된다.

삼천리 금수강산 너도나도 유람하세 / 구경 못한 사람일랑 후회 말고 / 팔도강산 모두 같이 구경가세 / 자 슬슬 떠나가 볼까 / 버스를 타고 서울을 떠나 / 강원도 설악산 양양 낙산사 / 대관령 고개 넘어 강릉 경포대 삼척 / 촉석루 울릉도 성인봉 태백산 오르다—다리도 아프고 허리도 아프지만 / 어휴— 구경 한번 잘했네.(노래 전문은 네이버를 참조하라.)

이 노래에는 우리나라의 거의 모든 관광지가 소개된다. 이외에도 〈과수원길〉, 〈한번 만나줘요〉, 〈내 고향으로 마차는 간다〉 등의 히트곡이 있다. 두 사람이 출연한 〈한일 자동펌프〉 CM송은 지금도 읊조리는 명 CM송이다. "한일 자동펌프~ 물 걱정을 마세요~"

서수남은 1943년 출생으로 187센티미터, 78킬로그램이다. 키가 워낙 커서 몸이 말라 보인다. 한양대 화학과를 졸업했으며 1962년 MBC 콩쿠르대회에서 금상을 받으며 데뷔했다. 1969년 〈웃으면 복이와요〉에서 서수남·하청일로 선을 보인 이후 20년 넘게 콤비로 활동했다. 하청일의 사업으로 팀이 해체된 후 노래교실 등을 운영하며 간간이 TV에 얼굴을 비춘다. 2009년 싱글앨범을 발표했다.

70년대를 풍미한 듀엣 가수

〈벽오동〉이라는 한탄조의 노래와 국민가요 〈언덕에 올라〉를 부른 투코리안스(김도향·손창철)도 1970년대 대표 듀엣가수이다. 〈해변으로 가요〉를 부른 키보이스도 빠지지 않는다. 이외에 〈빗속을 둘이서〉와 〈처녀뱃사공〉을 부른 금과 은, 후에 '양파'로 이름을 바꾼 〈편지〉의 어니언스, 〈목화밭〉을 부른 하사와 병장, 〈옛사랑〉의 4월과5월, 〈약속〉의 혼성듀오 뚜아에모아, 〈산까치야〉의 라나에로스포, 〈시인의 마을〉의 정태춘·박은옥도 우리의 심금을 울렸다.

하청일은 1942년에 태어나 선린상고를 졸업했다는 사실만 알려졌을 뿐 그의 인적사항에 대해서는 더 이상 전해지는 바가 없다. 2002년 한국일보 보도에 따르면 미국에서 어렵게 생활하는 것으로 밝혀졌고 2007년 보도에는 교회 장로로 활동하는 것으로 전해진다.

앙증맞은 반바지와 빵떡모자를 쓰고 기타를 치며 장장 20년 동안 변함없이 순박한 노래를 불렀던 이 두 사람은 어느 날 갑자기 TV에서 사라졌다. 각종 매체에는 1980년대 후반이라고 기록되어 있지만 내 기억에 두 사람은 한참 전부터 TV에 모습을 비추지 않았다. 우리는 언제 왜 그들이 해체되었는지 이유를 알지 못한 채 명장 듀엣 콤비를 잃어버린 것이다. 당시 소문으로는 하청일이 사업을 하기 위해 해체했다고 전해지지만 확실한 것은 그때나 지금이나 알 수 없다. 서수남은 2007년 한 방송에 출연해 하청일을 마지막으로 본 것이 1997년이라고 말하면서 안타까움과 함께 그리운 마음을 토로했다.

하청일을 보고 싶은 사람이 어디 그뿐이랴. 우리 모두 그의 동그랗고 천진난만한 얼굴을 보고 싶다. 그가 다시 TV에 나타나 〈팔도유람〉을 불러주기를 간절히 희망하지만 그런 날이 과연 올까? 그래도 기다려보자.

70년대를 풍미한 그룹사운드

〈한동안 뜸했었지〉의 사랑과 평화, 〈불놀이야〉의 옥슨80, 〈젊은 미소〉의 건아들, 〈세상 모르고 살았노라〉의 활주로, 〈그대로 그렇게〉의 휘버스, 〈해야〉의 마그마, 〈기도〉의 홍삼트리오, 〈여름〉의 징검다리(제1회 TBC 해변가요제 대상 수상작), 〈빗물〉의 송골매……

이 어벙한 아저씨는 지금 어디에서 무얼 할까? 간혹 열린음악회에 나타나 〈가나다라마바사〉를 구성지게 부르고 사라지는 이 아저씨는 자신이 우리에게 얼마나 큰 기쁨과 낭만을 안겨주었는지 아는지 모르겠다. 수많은 히트곡과 불후의 명곡을 쏟아내며 한 시절을 풍미했던 송창식, 우리는 그 이름을 잊을 수 없다.

노래방에서 〈왜 불러〉를 찾을 때 송창식을 누르면 쉰세대이고, 디바를 누르면 신세대다. 이 책을 읽는 대부분 사람들은 '왜 불러=송창식'일 것이므로 어쩔 수 없는 쉰세대이다.

허수아비처럼, 때로는 바보처럼 팔을 앞뒤로 흔들며 "나는 피리부는 사

1970년대 국민가수의 원조 송창식

나이"하고 부르면, 멋진 가수 같기고 하고 시대를 비판하는 은폐된 자유투사 같기도 했다. 1970년대를 노래와 기타 하나로 정복한 사나이. 그러나 그 역시 시대의 뒤안길로 조용히 퇴장했다.

노래 부를 때의 독특한 창법과 언제나 바보 같은 웃음을 머금은 촌스러운 얼굴(그러나 그 뒤에는 범상치 않은 기운이 뻗쳤다)은 그만이 가질 수 있는 캐릭터이다. 그런 그를 일러 조영남은 "일반적인 잣대로는 풀이할 수 없는 사람"이라고 묘사했다. 그랬다. 보통사람은 그를 감히 따라잡을 수 없었다. 그래서 젊은이들은 저항의 표현으로 〈고래사냥〉을 불렀고 아이들 역시 삐딱한 반항심으로 〈왜 불러〉를 부르곤 했다. 그야말로 국민가수의 원조인 셈이다. 하지만 그런 그도 밀려오는 신세대의 물결에 순응할 수밖에 없었다.

1967년 데뷔한 이래 송창식은 주옥같은 노래들을 통해 청춘남녀들의

⦿ 송창식은 누구인가

송창식은 1947년 2월 2일 인천에서 태어나 서울예고를 졸업하고 1967년 윤형주와 함께 트윈폴리오를 결성해 활동을 하다가 1970년 솔로로 전향했다. 이후 가요계를 석권했으며 〈고래사냥〉(영화 〈바보들의 행진〉의 삽입곡), 〈피리부는 사나이〉, 〈가나다라마바사〉, 〈토함산〉, 〈왜 불러〉, 〈담배가게 아가씨〉 등 주옥같은 노래를 히트시켰다. 1975년 MBC 최고인기가 수상, 1985년 가톨릭가요대상, 1997년 늘새로운노래상 등을 받았다.

마음에 친근한 우상으로 자리 잡았다. 그는 오직 노래만 불렀는데도 왠지 모르게 시인처럼 보였고 민주투사처럼 보였고 중심에서 한 발짝 물러서 있지만 중심을 움직이는 사람처럼 보였다. 어떤 카리스마가 풍긴 것은 아니었다. 그저 빈둥거리는 옆집 오빠, 시골 오촌 형님의 모습만이 있었다. 우리는 그런 푸근한 외모와 시대를 비판하는 노래, 사랑을 다르게 해석하는 그의 노래를 흠모하곤 했다.

　이제 송창식은 우리 곁에 없다. 그를 만나려면 미사리로 가야 한다. 그의 넉넉하고 여유 있는 웃음을 보려면, 그윽하고 깊은 노래를 들으려면 우리가 길을 떠나야 한다. 그 옛날 그가 우리에게 안겨주었던 위안에 비하면 그 정도 수고쯤이야 해야 하지 않겠는가.

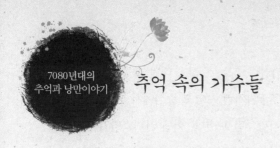

추억 속의 가수들

해방 이후 지금까지 숱한 가수들이 오고 갔다. 단 한 곡의 노래로 불세출의 명가수가 된 사람이 있는 반면 숱하게 많은 노래를 불렀지만 아무도 기억하지 못하는 가수도 있다. 1960년대생의 삶과 함께한 몇몇 남자 가수들을 되돌아보자.

최희준· 키가 작고 약간 뚱뚱했던 중저음의 신사 가수. 1936년에 태어나 서울대 법학과를 졸업했다. 대표곡 〈하숙생〉은 어린 우리에게도 삶에 대해 생각해보게 한 명곡이다. 이외에 〈우리 애인은 올드미스〉, 〈맨발의 청춘〉 등이 있으며 1995년 김대중의 새정치국민회의에 입당해 15대 국회의원을 지냈다.

이용복· 유일무이한 맹인가수. 복스러운 얼굴에 창백한 목소리로 삶과 사랑의 아픔을 절절하게 노래했다. 1952년 대구에서 출생해 8살에 사고로 시력을 잃었으며 1970년 고2 때 가수로 데뷔했다. 데뷔곡은 그의 상징이라 할 수 있는 〈검은 안경〉이다. 이용복은 기타를 치면서 노래를 불렀는데 둘 다 뛰어난 실력을 발휘해 많은 사람의 사랑을 받았다. 맹인이라서(그를 동정해서) 그의 노래를 좋아한 것이 아니라 그의 노래 자체가 좋았다. 〈달맞이꽃〉(얼마나 기다리다 꽃이 됐나~), 〈사랑의 모닥불〉(무슨 까닭인가요~), 〈1943년 3월 4일생〉(바람이 휘몰던 어느 날 밤 그 어느 날 밤에~ 이 노래는 1971년 산레모가요제에서 3위로 입상한 곡을 번안해 부른 것이다. 이 노래의 제목 때문에 사람들은 이용복을 1943년생으로 알고 있으나 잘못된 것이다) 등의 아름다운 노래를 남겼다.

이장희· 콧수염이 트레이드마크인 미남 반항아. 1947년 태어나 연세대 생물학과에 다니다가 중퇴하고 MC 이종환의 권유로 1971년 〈겨울이야기〉라는 음반을 내면서 가수가 되었다. 1970년대 청년문화의 아이콘이며 레드 가죽재킷을 입고 오토바이를 타면 가장 잘 어울리는 가수이다. 명곡 중의 명곡 〈그건 너〉를 비롯해 〈나 그대에게 모두 드리리〉,

〈비의 나그네〉, 〈한 잔의 추억〉 등이 있다. 기이한 행적으로도 유명한데 울릉도에서 더덕 농사를 짓는다는 이야기가 전해진다.

봉봉사중창단 • 네 명으로 구성된 합창단으로 언제나 양복을 입고 TV에 출연했다. 어린 우리는 '봉봉'이 무슨 뜻인지 몰랐고 알려고 하지도 않았다. 아주 훗날 '따봉'이라는 말이 광고에 등장하면서 봉봉은 '좋은'이라는 뜻임을 알게 되었다. 〈등대지기〉, 〈사랑을 하면은 예뻐져요〉 등의 히트곡이 있다.

산울림 • 노래의 형식과 상식을 최초로 깬 괴짜 형제 가수들. 1977년 어느 날 〈아니 벌써〉라는 노래가 방송을 탔을 때 대한민국은 뒤집혔다. 그런 노래가 만들어지리라고는 상상조차 못했던 것이다. 그런데 기존의 통념을 깨부수고 전혀 색다른 노래가 등장했으니 처음에는 어리둥절했고(박정희의 철권통치가 막바지로 치달았던 시대임을 상기하라) 뒤이어는 환호했다. 전 국민이 그의 팬이 되었다. 〈아니 벌써〉는 노래가 아니라 일상 용어가 되었다. "아니 벌써? 시간이 이렇게 되었나? 아니 벌써? 아니 벌써?"
산울림은 김창완(보컬, 기타), 김창훈(세컨드기타, 베이스, 건반), 김창익(드럼)으로 이루어진 3인조 록밴드로 1970~80년대 그룹사운드 시대를 여는 데 핵심적인 역할을 했으며 〈내 마음에 주단을 깔고〉, 〈개구쟁이〉, 〈청춘〉 등 수많은 히트곡을 남겼다. 맏이인 김창완은 지금도 방송인으로 활동하며 둘째 김창훈은 제1회 대학가요제 수상곡인 〈나 어떡해〉를 작사·작곡했다. 막내 김창익은 안타깝게도 2008년 캐나다에서 교통사고로 사망했다. 우리나라 가요 역사상 가장 의미 깊은 가수를 꼽으라면 산울림이 첫째, 서태지와 아이들이 둘째이다.

전영록 • 영원한 오빠. 날씬하고 다부진 만능 엔터테이너. 잘생긴 얼굴에 화려한 창법으로 많은 여성의 사랑을 받은 7080 우상. 1954년 서울에서 태어나 중앙대 연극영화과를 중퇴했다. 그의 아버지는 배우 황해이다. 〈종이학〉, 〈내 사랑 울보〉, 〈아직도 어두운 밤인가봐〉 등 숱한 히트곡이 있으며 〈사랑은 창밖에 눈물 같아요〉 등을 작곡했다. 〈돌아이〉 시리즈를 비롯한 여러 편의 영화에도 출연했다. 보기 드물게 모든 분야에서 뛰어난 재능을 발휘한 연예인이다.

memoris
단체영화관람
줄줄이 극장으로
가노라면

"이번 주 수요일에 단체영화관람 있으니 총무에게 30원씩 내."

반장이 종례시간 전에 이 말을 선포하면 교실에 환호성이 울렸다. 요즘은 어떤지 모르겠으나 7080 시절에는 학교에서 공부만 한 것은 아니었다. 운동회, 체육대회, 소풍, 수학여행, 글짓기대회, 사생대회, 웅변대회(어떤 똑똑한 녀석은 영어로 웅변을 했다), 반공궐기대회(1970년대 중반만 해도 한 달에 한 번씩 반공궐기대회라는 것을 했다), 교련검열, 영화관람, 농촌봉사활동(모내기, 벼 베기), 새마을 청소(아침 일찍 빗자루를 들고 모여서 길거리 쓸기).

이런 것 중에 아쉽게도 몇몇은 사라졌다. 1990년대 후반 들어서 '전인 교육'을 강조하지만 사실 전인교육은 그 옛날에 더 많이 하지 않았나 싶

52 우리들의 행복했던 순간들

다. 학교에서 행했던 많은 것이 사라진 이유는 그 행사들이 대학입시에 아무런 도움이 되지 않는다는 학부모들의 목소리가 큰 비중을 차지한다. 요즘은 초등학교 운동회도 없애자는 목소리가 높다 하니 참으로 서글픈 노릇이다.

여하튼, 내가 다닌 중학교는 시골의 사립 중학교였는데 규율이 매우 빡셌다. 매일 아침 3학년 선도부 학생들이 교문에 대여섯 명씩 서서 후배들의 용의검사를 하고, 규정을 위반한 녀석들을 얼차례 시켜놓고 빳따를 치곤 했다. 그런데 이렇게 규율이 엄했음에도 웬일인지 한 달에 꼭 한 번씩은 단체영화관람을 시켜줬다. 영화는 대부분 반공영화나 외화 명작이었는데 영화의 완성도나 재미를 떠나 수업을 하지 않고 영화를 본다는 사실 자체가 기쁘기 짝이 없었다.

1970년대 중후반에 영화관람료는 50원이었다. 그것도 두 편 동시상영! 50원만 내면 두 편을 보았는데(사실 50원은 적지 않은 돈이었다). 그런데 단체영화는 그것보다 20원이나 싼 30원이었으니 너도나도 빠짐없이 반 총무에게 30원을 내고 어서 빨리 수요일 오후가 되기를 기다렸다. 물론 30원을 내지 못한 아이도 있었고 몇몇 '재수탱이'는 공부를 한답시고 극장에 가지 않았지만 말이다.

단체영화관람을 하는 날이면 점심을 먹고 5교시 수업을 한 다음, 청소를 후다닥 해치우고 운동장으로 우루루 몰려가 학년별로 반별로 줄을 섰다. 그러곤 교감 선생님의 짧은 훈시를 겉귀로 듣고 책가방을 들고 3열 종대로 줄을 서서 소란스럽게 떠들면서 극장으로 향했다. 항상 1학년이 먼저 입장을 했지만 자리를 잡는 것은 아무런 의미가 없었다. 3학년 선배가 들어와 "일어낫마" 하면 꼼짝없이 일어서야 했다. 그렇게 본 영화

중에 기억에 남는 것이 〈빠삐용〉, 〈나자리노〉(이 영화에 나오는 노래 〈When a Child is Born〉은 지금도 라디오에서 종종 흘러나온다), 〈내 이름은 튜니티〉, 〈협객 김두한〉이다.

이제 단체영화관람 같은 것은 사라졌다. 검정 교복을 입은 중학생들이 일렬로 줄을 서서 극장으로 행진하는 모습을 보는 일은 어쩌면 영원히 없을 것이다. 그러기에 그 시절 비 내리는 극장으로 향했던 '문화 행렬'은 우리의 마음속에 명화처럼 남아 있다.

잊지 못할 두 주인공

'짜짜시리즈'를 기억하는가? 그 옛날 우리가 단체로 보았던 청소년 영화 〈진짜 진짜 잊지마〉, 〈진짜 진짜 미안해〉를 이르는 호칭이다. 1970년대 중반은 하이틴영화가 방화邦畵계를 휩쓸던 시절이었다. 액션영화와 중국 무협영화, 서부극을 모두 몰아내고 하이틴영화가 전국의 극장가를 석권했다. 이러한 트렌드를 몰고 온 배우가 바로 이덕화와 임예진 콤비이다. 이 두 사람은 전국 중고등학교 학생들의 우상이자 태양이었다.

이덕화와 임예진이 주목을 받기 시작한 것은 1975년 개봉한 〈여고졸업반〉이라는 영화부터였다. 소설가 구혜영의 《불타는 신록》이라는 소설을 바탕으로 만든 것인데(이 소설은 1973년 성바오로출판사에서 간행되었으나 구하기가 쉽지 않다), 영화는 1975년 8월 23일에 개봉되었으며 '고교 이상 관람가'였지만 전국의 모든 중고등학생이 극장 앞에 길게 줄을 섰다. 영화를 본 아이들은 삼삼오오 모여 이야기꽃을 피웠으며 영화를 보지 않은 아이는 한심한 놈(과 년) 취급을 받았다.

고등학생들의 유치찬
란하고 풋내나는 사랑 이
야기였지만 대학생뿐 아
니라 어른들까지 극장으
로 몰려갔다. 이후 우리
나라는 하이틴영화라는
새로운 장르의 영화가 몇
년 동안 전성기를 이루었

그 시절 학생들이 공식적으로 영화관람을 할 수 있었던 단체관람

으며 이덕화는 모든 여학생의, 임예진은 모든 남학생의 우상이 되었다.
비가 내리는 화면에 이덕화가 등장하면 여학생들은 자지러졌고, 임예진
이 등장하면 남학생들은 휘익~ 휘파람을 불었다. 이 숭배 정신은 오랫동
안 사라지지 않았고 지금까지 당시의 짝사랑을 간직한 사람들이 많다.

이제 두 사람 모두 장년이 되었지만 우리 마음속에 그들은 여전히 청
순 발랄한 남고생, 여고생으로 남아 있다. 그들이 언제나 청순한 하이틴
으로 우리 가슴속에 간직되는 이유는 꿈 많은 시절 우리의 우상이었기
때문이다. 그 시절로 돌아가고 싶다면 김인순의 노래 〈여고졸업반〉을 들
어보기 바란다. 아련하고 안타까웠던 당신의 학창 시절이 떠오르리라.

이덕화와 임예진

이덕화는 1952년 서울 출생으로 동국대 연극영화과를 졸업했으며 배우, MC, 탤런
트, 라디오 진행자로 한 시대를 풍미했다. 잘 생긴 외모, 탁월한 목소리로 전국의 여성들을 사
로잡았으며 1981년부터 1991년까지 MBC 〈토요일 토요일은 즐거워〉(토토즐)를 진행하면서 트
레이드마크인 "안녕하십니까, 이덕화 인사드립니다"로 숱한 안방마님들의 애간장을 녹였다.
임예진(본명 임기희)은 1960년 출생으로 동국대 연극영화과를 졸업했다. 1976년 열여섯 살 때 영
화 〈파계〉로 데뷔했으며 이후 많은 영화와 〈제3교실〉, 〈사랑과 진실〉 등 숱한 드라마에 출연했다.

이 사람은 한 시대를 무너뜨리고 한 시대를 연 천재적인 작가이
다. 이 사람은 찬양자도 많고 비판자도 많지만 문학에 있어 가히 독보
적인 천재임은 부인할 수 없다. 이 사람 이전의 천재성을 지닌 현대 작
가는 《서울, 1964년 겨울》을 쓴 소설가 김승옥이 유일하며 최인호가 버
금간다. 이 사람을 능가하는 후배 작가는 아직 나타나지 않고 있다.

이문열 덕분에 한국문학은 새로운 시대로 진입했고 일취월장했다.
그가 유럽이나 미국에서 출생했다면 진즉에 노벨문학상을 받았을 것이
다. 물론 그의 정치적인 발언이나 극우보수적인 편파성, 지역감정을 조
장하는 듯한 성향은 비판받아 마땅하다.

그는 유려한 문체, 끊임없이 솟아나는 다양한 소재, 막힘없는 서술, 앞뒤가 딱딱 들어맞는 구성, 인간의 심리를 자극하는 문제의식으로 1980년대부터 2000년대 초반까지 장장 20여 년에 걸쳐 수많은 문학작품을 생산해냈다. 이문열만큼 다양한 장르의 소설을 쓴 사람도 드물다(그런 관점에서 오늘날 활약하는 작가들의 소설은 소설이라기보다는 신변잡기, 넋두리, 하소연에 불과하다).

1997년 필자가 '오늘의 작가상'을 받았을 때 이문열이 심사위원장이었다

이문열은 한 시대가 막을 고하는 1979년에 동아일보 신춘문예에 중편 《새하곡》(군대를 무대로 한 독특한 소설)으로 등단했다. 그가 주목을 받기 시작한 것은 등단한 그해 장편 《사람의 아들》로 '오늘의 작가상'을 받고부터이다.

이후 그는 순식간에 문학의 황제가 되었으며 지금까지 그 자리를 내주지 않고 있다. 《그해 겨울》, 《젊은 날의 초상》 등은 대학생들의 필독서가 되었으며 그의 소설은 나오는 즉시 베스트셀러, 초베스트셀러, 스테디셀러가 되었고 몇몇 작품은 고전의 반열에 오를 가능성이 높다. 수많은 단편과 중편, 장편, 역사소설, 연예소설, 순수소설 등을 마치 사우디아라비아의 유정처럼 쏟아냈다.

이상문학상, 대한민국 문화예술상, 현대문학상, 호암예술상 등 우리나라 문학상을 석권했으며 드라마, 영화, 연극화된 작품도 꽤 된다. 그의 작품을 분석한 수백 편의 평론이 쏟아져 나왔고 문학토론 모임의 단골 주제가 되었고 수백 편에 이르는 석사·박사학위 논문이 간행되었다. 이런 기록을 누가 깰 수 있단 말인가?

특이한 것은, 이 사람의 학력이 국민학교 졸업장이 유일하다는 것이다. 가난으로 방랑벽으로 가족의 불행으로 중학교, 고등학교, 대학교를 모두 중퇴했다. 최종 학력은 서울대 사범대 국어과 중퇴이다.

이 사람처럼 많은 방황과 불운, 역경과 고난을 겪은 작가도 드물다. 그의 문학 원천은 이러한 불운한 가족사, 젊은 시절의 고난에서 비롯되었다. 그가 만약 평범한 길을 걸어 작가가 되었다면 그저 그런 평범한 작가의 삶을 살았을 것이다.

하지만 그도 나이를 먹으면서 문학 검이 무디어졌고 문학 외의 일에 관심을 쏟으면서 비판의 도마 위에 올랐다. 우리가 알 수 없고 알 필요도 없는 '그럴 수밖에 없는 이유'가 있겠지만 그가 정치에 관여하지 않고 처음의 마음 그대로 문학의 길만 걸었더라면 존경받는 작가로 영원히 남았을 텐데⋯⋯. 아쉽게도 그러지 못했다. 하지만 그의 행동을 비난하기보다 시대적 아픔으로 보는 것이 우리에게 위안이 되리라.

이문열은 누가 뭐래도 뛰어난 작가이다. 우리는 너나없이 그의 소설을 읽었다. 이 책을 읽는 독자 중에 그의 소설을 한 편도 읽지 않은 사람은 장담컨대 없다. 밤을 하얗게 새우며, 고뇌하는 마음으로, 흥분을 주체하지 못하며⋯⋯. 설사 변절을 했다 해도 그에게 '60년대생을 키운 문학가상'을 준다 한들 그리 나쁜 일은 아닐 것이다.

잊지 못할 명작
《난장이가 쏘아올린 작은 공》

난장이가 쏘아 올린 작은공

60년대생 대부분이 읽은 것으로 추산되는 책이 바로 《난장이가 쏘아 올린 작은 공》(이하 난쏘공)이다. 이 책은 '시대의 아픔을 치밀하게 승화시킨 고전'으로 평가받는다. 1970~80년대 이 땅에는 '조' 씨 성을 가진 세 명의 대표적 소설가가 있었다. 첫째는 조선작이다. 많은 단편과 신문 연재소설이 있지만 장편 《영자의 전성시대》로 확실하게 각인된 작가이다. 이 작품은 소설보다 영화로 더 유명하다. 두 번째는 조해일로 《겨울여자》라는 장편으로 이름을 날렸다(이 작품 역시 영화화되었다).

세 번째가 조세희다. 같은 조씨 소설가지만 조세희는 앞의 두 사람과는 약간 다르다. 대중소설을 쓰지 않고 이른바 순수소설만을 썼다. 게다가 명색이 소설가라면 여러 작품이 있어야 하는데 어찌 된 일인지 조세희는 딱 한 권의 소설로만 알려졌다. 바로 《난쏘공》이다.

이 작품은 그를 규정하는 소설이 되었고 그의 전부이자 마지막이라고 해도 과언이 아니다. 이 땅에 태어나 현대를 살아가는 사람으로서 이 소설을 읽지 않은 사람이 없었으니 가히 이 책은 국민도서이자 필독서라 할 만하다.

《난쏘공》은 통상 장편으로 불리지만 원래는 장편이 아닌 12편의 작품을 모은 연작소설이다. 하나의 주제 아래 하나하나의 단편을 따로따로 발표한 뒤 한 권의 책으로 묶은 것이다. 《뫼비우스의 띠》, 《잘못은 신에게도 있다》 등 모두 주옥같은 단편들이다. 1976년 첫 번째 작품이 발표되었으며 1978년 6월에 초판이 발행되었고 1979년에 동인문학상을 받았다.

이후 엄청난 부수가 끊임없이 팔려 1996년 4월 100쇄를 돌파했다. 물론 지금도 꾸준히 팔리고 있다(이 책은 우리나라 문학역사상 최인훈의 《광장》과 함께 가장 오랫동안 팔린

스테디셀러로 손꼽힌다). 최초 간행 출판사는 '문학과지성사' 였으나 지금은 '이성과힘' 출판사에서 간행된다.

조세희는 누구인가

한국문학사에서 불후의 명작을 남긴 조세희는 1942년 경기도 가평에서 태어나 경희대 국문과를 졸업했으며 1965년 경향신문에 《돛대 없는 장선(葬船)》이 당선되어 등단했다. 이후 10년 동안 작품 활동을 거의 하지 않고 직장 생활만 했으나 어느 날 갑자기 난장이 연작을 발표하면서 일약 대작가로 발돋움했다. 그 이후로는 작품 발표를 하지 않았다.

이 책이 국민 필독서인 것은 확실하지만 지금은 논란도 적지 않다. 현재의 시대상과 당시의 시대상은 전혀 맞지 않는다는 주장이다. 어떤 의미에서는 맞는 지적이다. 하지만 그런 기준으로 따진다면 《장길산》이나 《임꺽정》도 시대에 맞지 않으니 읽지 않아야 한다는 주장처럼 이 주장은 어불성설이다.

우리가 지나온 1970년대의 모순과 불합리, 그 안에서 피는 인간성과 사랑을 그린 작품이기에 《난쏘공》은 오늘도 읽히는 것이다. 그 옛날 당신이 밤을 새워 읽었듯이……

* 소설의 제목은 '난장이' 로 되어 있지만 표준말은 '난쟁이' 이다.

우리가 어렸을 때 "이 가수가 죽으면 목을 해부한다고 하더라"라는 말이 떠돌았다. 아름다운 목소리의 비밀을 의학적으로 밝혀내겠다는 풍문을 우리는 철석같이 믿었다. 100년에 한 번 나올까 말까 한 신의 목소리라는 말도 곧이곧대로 받아들였다.

이미자, 지금은 TV에 자주 나오지 않지만 아무리 많은 시간이 흐른다 해도 우리는 이 사람을 잊을 순 없다. 비단 위에 옥구슬이 굴러가는 듯한 이 여가수의 노래를 어찌 잊으랴?

불과 20년 전만 해도 토요일과 일요일 가요 쇼 프로그램에는 이미자가 반드시 나왔다. 검정색의 롱드레스를 입고 알 듯 말 듯한 미소를 지으며 전혀 힘들이지 않고 높은 '라시도~'까지 올라가는 주옥같은 노래를 불렀던 그녀. 내가 일곱 살 때나 서른 살 때나 언제나 똑같은 얼굴과 목소리로 노래를 불렀던 그녀. 이미자는 그 시절 가수의 여왕이었고 국민 언니였다.

그녀를 지칭하는 단어 엘레지elegie를 우리는 '에레지'라고 불렀다. 이 단어는 프랑스어로 "슬픔을 노래한 악곡이나 가곡"이란 뜻이며 영어 elegy는 "죽은 사람에 대한 애도 또는 침통한 묵상의 시"를 의미한다. 또 꽃의 이름이기도 하다. 4~5월에 피는 꽃 중에 엘레지라는 자주색 꽃이 있는데 꽃말이 비가悲歌, 애가哀歌, 만가輓歌이다. 어찌 되었든 모두 슬픔과 관련되어 있다.

그녀가 부르는 노래는 이루지 못한 사랑, 순정, 풋사랑, 이별, 슬픔, 한, 떠나보냄, 안타까움 등을 바탕에 깔고 있다. 그래서 1970년대 우리의 정서와 딱 들어맞았고 그런 노래를 들으면서 우리는 마음의 슬픔을 달랬다.

"해당화 피고 지는 섬마을에~ 철새따~라 찾아온 총각 선생님 열아홉 살 섬 색시가 순정을 바쳐……" 이 노래를 듣고 애절함을 느끼지 않을 자가 누구인가.

최초의 100만 장 돌파와 22년 동안의 금지곡

에레지의 여왕 이미자는 1941년 서울에서 태어났다. 문성여고 3학년 재학 중인 1958년 TV 노래자랑 프로그램에 출연해 1등을 한 뒤, 이듬해 〈열아홉 순정〉으로 데뷔했다(2009년에 데뷔 50년이 되었다). 1964년 〈동백아가씨〉를 발표

해 35주 동안 가요 순위 1위를 차지
하면서 가수로서 확고한 위치를 굳
혔다. 이후 숱하게 많은 노래를 발표
해 한국의 대표적인 대중가수, 전 국
민의 사랑을 받는 스타가 되었다.

완벽에 가까운 가창력을 지닌 이미자 히트송 모
음집

그리 예쁜 얼굴은 아니지만 그녀
는 거의 완벽에 이르는 가창력, 뛰어
난 고음, 물 흐르듯이 흐르는 창법,
우아한 자태, 점잖은 무대 매너 등으로 모든 것을 커버했다.

그녀의 노래는 너무나 많다. 그녀가 받은 상도 너무나 많다. 또 그녀
가 세운 기록도 너무 많아 일일이 열거하기도 번거롭다. 대표적인 노래
를 들자면 〈동백아가씨〉, 〈유달산아 말해다오〉, 〈임이라 부르리까〉, 〈해
운대 엘레지〉, 〈서귀포 바닷가〉, 〈섬마을 선생님〉, 〈흑산도 아가씨〉, 〈여
자의 일생〉, 〈아씨〉, 〈열아홉 순정〉, 〈기러기 아빠〉 등이다.

그녀의 노래 인생이 언제나 화려했던 것만은 아니다. 대표곡이라 할

22년 만에 국민 품으로 돌아온 이미자의 곡

이미자의 금지곡은 1987년 9월 3일 해제되었다. 무려 22년 만에 국민의 품으로 돌
아온 것이다. 그동안 우리가 얼마나 억압된 나라에서 살고 있었는지를 증명하는 사례이다.
이미자의 곡 외에 당시 해제된 금지곡 중 대표적인 노래는 무엇이 있을까? 양희은의 〈아침이
슬〉, 송창식의 〈고래사냥〉과 〈왜불러〉, 이장희의 〈한잔의 추억〉, 조영남의 〈불 꺼진 창〉, 조미
미의 〈댄서의 순정〉, 김추자의 〈거짓말이야〉, 한대수의 〈물 좀 주소〉, 윤시내의 〈나는 열아홉
살이에요〉, 신중현의 〈미인〉 등 모두 500여 곡이다. 한때 〈독도는 우리 땅〉, 김광석의 〈이등
병의 편지〉도 금지곡이었다.

수 있는 〈동백아가씨〉는 우리나라 역사상 처음으로 100만 장 판매라는 기록을 갖고 있지만 1965년 12월에는 방송이 금지되었던 곡이다. 왜색이 짙다는 이유 때문이었다. 그 시절에는 방송이 금지되면 다방 같은 곳에서도 절대 틀 수 없었다. 체포(?), 음반 압수, 영업정지되었다. 방송금지는 여기서 그친 게 아니었다. 〈섬마을 선생님〉과 〈기러기 아빠〉도 뒤이어 금지곡이 되었다. 역시 왜색이 짙고 노랫말이 부정적이라는 이유에서이다. 사실 이 세 곡이 그녀의 대표곡인데, 모두 금지곡으로 묶여버렸으니 날개를 묶인 새와 같았다.

그러나 그녀는 좌절하지 않았다. 가수생활 50년 동안 500여 장의 음반과 2,100여 곡에 이르는 노래를 발표하며 가수의 여왕 자리를 지켰다. 워낙 뛰어난 가수였기에 가능한 일이리라.

이미자는 이제 70세를 눈앞에 두고 있다. 하지만 그 모습은 우리가 국민학교 시절부터 보아온 모습 그대로이다. 단정한 머리, 누나 같은 은은한 미소, 자애로운 눈길로 우리를 지켜보고 있는 것이다. 또 그녀의 아름다운 목소리는 여전히 우리 귀에 남아 있다. 50년 동안 한결같은 목소리로 비가를 들려주었던 그녀는 그래서 영원한 우리의 누님이다. 오늘 밤 〈동백아가씨〉를 들으며 그 시절로 돌아가 보는 것은 어떨까?

당신은 모르실거야

이미자의 바통을 이어받은 두 번째 국민 여가수는 단연코 혜은이다. 그녀는 '제주도 바람을 몰고 온 국민 여가수'이다.

현재 활동하는 모든 여가수의 인기를 다 합쳐도 혜은이를 따라갈 수는 없다. 귀엽고 사랑스러운 외모와 뛰어난 가창력은 온 국민의 사랑을 받기에 충분했다. 그녀가 불렀던 그 많은 노래는 애석하게도 서서히 잊혀가고 있지만 한때는 대한민국 방방곡곡에 그녀의 노래가 울려 퍼지지 않은 날이 없었다.

본명이 김승주인 혜은이는 1956년 제주도에서 태어났다. 어느덧 53세이다. 언제나 소녀 같았던 그녀가 50세를 훌쩍 넘어섰다니 믿어지지 않는다. 변함없는 커트 머리로 뭇 남성들을 울렸던 소녀가 이젠 불혹의 나이를 한참이나 넘긴 것이다.

혜은이는 1960년생이 15살이었던 1975년에 〈당신은 모르실거야〉로 데뷔했다. 어스름한 저녁 또는 안개가 자욱이 낀 아침에 이 노래를 듣노라면 아득한 사랑의 기억이 떠오른다. 그날 이후 그녀는 숱하게 많은 명곡을 선사하며 1970~80년대의 아이콘으로 떠올랐다.

1977년 발표한 〈진짜진짜 좋아해〉, 그 다음 해 〈감수광〉 등이 연달아 히트했고 이 노래로 전 국민이 제주도 토속어 배우기에 열광했다(감수광은 '가십니까' 라는 뜻이다). 히트송의 결정판은 1979년 발표된 〈제3한강교〉(지금의 한남대교)라 해도 과언이 아니다. "강물은 흘러갑니다~ 제3한강교 밑을~". 이 외에 〈파란 나라〉, 〈당신만을 사랑해〉 등이 있으나 1980년대 중반 이후 다른 대스타들이 그러했듯 TV에서 모습을 감추었다.

작곡가 길옥윤

혜은이를 말할 때 빠질 수 없는 사람이 작곡가 길옥윤(1927년 평북 생)이다. 그는 혜은이를 발굴한 장본인으로 그녀의 노래 대부분을 작곡했으며 이외에도 수많은 명곡을 남겼다. 〈사랑하는 마리아〉, 〈서울의 찬가〉, 〈이별〉 등 3,500여 곡에 이른다. 1966년 가수 패티 킴과 결혼했으나 7년 뒤 이혼했으며 1995년 타계했다. 세종로공원에 그의 노래비가 있다.

그러다가 들려온 그녀의 결혼 소식은 정말이지 청천벽력과 같았다. 당시 전 국민은 그녀가 현재의 남편인 탤런트 김동현과 결혼하리라고는 꿈에도 생각지 못했다(김동현은 그리 인기 있는 탤런트는 아니었다). 그러나 그녀는 조용히 결혼을 했고 이후 TV에서 사라졌다. 그리고 1990년대 후반에 다시 모습을 드러냈다. 거의 10년 만에 TV에 나타난 그녀를 보는 순간 나는 온갖 감회가 밀려들었다. '그 옛날 온 국민의 우상이자 언니부대의 원조인 혜은이가 저렇게 변하다니, 아, 세월의 무상함이여~'

혜은이는 노래 외에도 〈제3한강교〉, 〈오경장〉 등의 영화와 드라마에 출연했고 라디오 DJ로도 활발히 활동했다. 그녀가 받은 상은 너무도 많아 그 리스트를 열거하는 일이 무의미할 정도이다. 앞에서 말했듯 오늘날 여가수의 모든 인기를 합한 것보다 더 많은 인기를 독차지한 유일무이한 가수이다.

그녀의 나이 이제 53세이다. 60년생보다 더 누나다. 젊음의 뒤안길에서 돌아와 이제는 거울 앞에 선 내 누님. 하지만 우리의 가슴에는 여전히 귀엽고 청초했던 혜은이의 모습이 남아 있다. 영원히.

아, 옛날이여~

국민 여가수의 계보는 여기서 끝나지 않는다. 한 명이 더 있다. 바로 이선희다. 그녀는 '한 번도 치마를 입지 않았던 1980년대의 히어로'였다.

1980년대는 2인 시대였다. 남자 가수는 조용필, 여자 가수는 이선희. 이 두 사람은 가히 1980년대를 평정한 가수의 왕이자 여왕이었다. 높은 목소리와 뛰어난 가창력, 귀여운 외모로 데뷔와 동시에 대한민국을 휩쓴 가수는 이선희가 유일하다. 물론 〈담다디〉를 부른 이상은, 〈젊음의 노트〉를 부른 유미리, 〈어디쯤 가고 있을까〉를 부른 전영도 데뷔하자마자 큰 인기를 끌었지만 이들의 인기는 이선희와 비교되지 않는다.

문구점에서 파는 코팅 책받침, 코팅 책갈피의 여자 원조는 단연코 이선희이다(남자는 조용필). 그녀는 우리 시대인 1964년에 태어나 1984년에 톱가수의 반열에 올랐다. 겨우 20살에 가요계를 평정한 것이다. 1984년 제5회 강변가요제에 앳되고 촌스러운 모습으로 나타나 〈J에게〉라는 노래를 불러 대상을 차지했으며 그날 이후 그녀의 세상이 되었다.

그녀를 TV에서 처음 본 사람들은 어떻게 저런 작은 몸집(158센티미터 46킬로그램)에서 저런 목소리와 노래가 나오는지 자신의 눈을 의심해야 했다. 한 마디로 그녀는 자그마한 체구에서 뿜어져 나오는 폭발적인 에너지였고, 이후 발표한 수많은 노래를 통해 더 풍부한 기량을 보여주었다.

그녀에 관해 재미있는 사실은 절대 치마를 입지 않는다는 점이었다. 그녀는 1980년대 내내 TV에 출연을 했는데 '과연 언제 치마를 입을 것인가?'가 전 국민의 초미의 관심사였다. 그녀가 치마를 입은 것은 강변가요제에 출연했을 때, 딱 한 번뿐이었다. 그리고 그것으로 굿바이. 방송국에서 치마를 입고 나오라는 요구를 거절해 한때 방송출연이 금지된 적도 있었다.

귀여운 외모와 뛰어난 노래 실력으로 전 국민의 사랑을 받은 국민가수 이선희는 1964년 충남 보령에서 태어나 인천전문대를 졸업했다. 데뷔 이후 〈알고 싶어요〉, 〈아, 옛날이여〉, 〈나 항상 그대를〉 등 13개의 정규 앨범을 발표했으며 나오는 족족 히트곡이 되었다.

그런 그녀도 잠시 외도를 했다. 1991년 첫 지자체 선거에서 서울시의회선거에 출마한 것이다. 그녀의 출마는 전 국민의 이목을 집중시켰는데 당선(다행인지 불행인지)된 후에도 논란이 끊이지 않았다. 다행히 정치인 이선희의 인생은 1995년에 막을 내렸다.

1990년대 들어 그녀의 활동은 뜸해졌으나 라디오에서는 여전히 그녀의 노래가 흘러나오고 우리는 그녀의 노래를 따라 부른다. 우리가 청년이었을 때, 청소년이었을 때는 단 하루도 그녀의 노래를 듣지 않은 날이 없었다. 그만큼 그녀의 노래는 친숙하다. 그녀는 이제 예전만큼의 인기를 누리지 못하지만 동그란 안경 속의 순수한 눈동자는 여전히 우리에게 남아 있다. 아, 옛날이여!

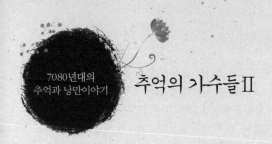

7080년대의
추억과 낭만이야기

추억의 가수들 II

패티김 • 큰 키와 시원시원한 외모, 뛰어난 가창력으로 1970년대를 대표하는 대중가수. 1938년 서울에서 태어나(본명 김혜자) 중앙여고를 졸업하고 1959년에 미8군 무대를 통해 데뷔했다. 〈서울의 찬가〉, 〈가을을 남기고 간 사랑〉, 〈못 잊어〉 등 수많은 명곡을 남겼다. 작곡가 길옥윤과 결혼했으나 이혼했으며 1962년 우리나라에서는 최초로 '리사이틀'이란 이름으로 공연을 시작했다. 힘이 넘치는 가창력과 서구적인 외모, 독특한 이름으로 많은 사랑을 받았다.

하춘화 • 한국적인 외모로 한국적인 가요를 부른 1970년대 대표 트로트 가수. 1955년 전남 영암에서 출생했으며 여섯 살 때 〈효녀 심청 되오리다〉라는 첫 음반을 낼 정도로 음악에 재능이 있었다. 사실 그녀는 우리와 비교해 나이 차이가 그리 나지 않음에도 어른으로 보인다. 워낙 어렸을 때부터 활동했기 때문이다. 당시로는 드물게 대학에 다닌 대중가수였는데 2006년 대중가수 최초로 철학박사 학위를 받았다. 1961년 데뷔 이래 48년 동안 〈잘했군 잘했군〉, 〈영암 아리랑〉, 〈아빠는 마도로스〉 등 2,500여 곡의 노래를 불렀으며 수없이 많은 상을 탔다. 1977년 이리역 폭파사고(당시 이주일이 곁에서 하춘화를 지켰다)는 그녀와 관련지어 잊을 수 없는 일화이다.

김추자 • 야성적이고 폭발적인 여가수. 1970년대를 통틀어 가장 거친(?) 여가수였다. 그 시절 '추자'라는 어감은 사람들을 묘하게 자극했다. 1951년 춘천에서 태어나 춘천여고를 졸업했으며 고등학교 때 응원단장, 기계 체조 선수였던 것으로 보아 그녀의 연예인 기질은 그때부터 싹이 텄다고 할 수 있다. 1969년 동국대 연극영화과에 진학하자마자 노래자랑에서 1위를 했고 신중현의 녹음실로 찾아가 가수가 되었다. 활달한 가창력과 섹시한 춤으로 1970년대를 풍미했는데 '담배는 청자, 노래는 추자'라는 유행어가 생겼다. 오늘날의 걸 그룹이 다 덤벼도 김추자를 이기지 못할 것이다. 〈월남에서 돌아온 김상사〉, 〈거짓말이야〉, 〈늦기 전에〉 등 명곡을 남겼다.

윤복희 • 풍부한 성량으로 무대를 휘어잡은 카리스마의 여가수. 오빠 윤항기와 함께 활동을 했기에 더 유명하다. 우리나라에서 최초로 미니스커트를 입은 여성으로 알려졌지만 사실은 그렇지 않다. 다만 미니스커트를 유행시킨 장본인임은 분명하다. 1946년 서울에서 태어나 한양여고를 졸업했다. 6살 때 첫 무대에 올랐으나 불우한 어린 시절을 보내다가 1963년 미8군 무대에서 '코리안 키즈즈'를 결성해 활동했다. 정식으로 데뷔한 것은 1969년. 〈웃는 얼굴 다정해도〉, 〈여러분〉, 〈나는 어떡하라고〉 등의 명곡을 남겼다.

윤시내 • 허스키한 목소리와 불꽃 창법이 특징인 가수. 1950년에 태어나 서울예술고를 졸업했다. 1975년 〈새야 날아봐〉로 데뷔한 이래 넘치는 카리스마로 무대를 휘어잡았다. 찢어질 듯한 창법으로 〈열애〉, 〈DJ에게〉, 〈공부합시다〉 등을 불러 인기를 끌었다.

이은하 • 터질 듯한 외모와 풍성한 가창력을 지닌 '준' 댄스가수(그때는 댄스가수라는 명칭이 없었다). '멀리 기적이 우네'를 우리는 '멀리 기저귀 빠네'로 바꾸어 불렀다. 본명은 이효순이고 1958년 서울에서 태어나 경남여고를 졸업했으며 1973년 〈님마중〉으로 데뷔한 이래 격동적인 노래와 춤으로 순식간에 대한민국을 휩쓸었다. 〈봄비〉, 〈밤차〉, 〈아리송해〉 등의 노래를 남겼다. 당시 〈밤차〉는 혜은이의 〈제3한강교〉와 쌍벽을 이뤘으며 〈아리송해〉는 일대 유행어가 되었다.

한 시대를 풍미한
영원한 가수왕

수없이 많은 가수가 등장했다가 사라지고, 지금도 수없이 많은 가수가 활동하고 있지만 그 누구도 조용필을 능가하지 못한다. 그 이전에도 그 이후에도 그만한 가수가 없었기에 조용필은 예나 지금이나 가수왕이라 불린다.

그가 사람들의 시선을 끌기 시작한 것은 1975년 〈돌아와요 부산항에〉라는 노래를 부르기 시작한 이후이다(그는 1969년 데뷔했다). 이 노래는 나오자마자 전국을 휩쓸었으며 국민가요가 되었다. 이후 30여 년 동안 조용필은 가수왕의 자리를 차지하고 있다. 〈돌아와요 부산항에〉, 〈창밖의 여자〉, 〈허공〉, 〈친구여〉, 〈단발머리〉, 〈일편단심 민들레야〉, 〈킬로만자로

오빠부대의 원조, 조용필

의 표범〉, 〈고추잠자리〉 등 그의 노래는 지금도 노래방 애창곡에서 빠지는 일이 없다. 그의 음반은 지금까지 1,000만 장 이상 판매된 것으로 집계되며 가장 많은 상을 받은 가수로 알려져 있다. 그야말로 오빠부대의 원조, 국민가수의 원조, 코팅 사진의 원조, 코팅 책받침의 원조, 팬클럽의 원조, 팬레터의 원조이다.

그에게는 수없이 많은 '최'가 따른다. 20세기 최고의 가수, 최초 미국 카네기홀 공연, 최초 보관문화훈장 수상, 10대 가수상 최다 수상, 최초 일본 78개 도시 순회공연, 최우수 가수…… 열거하자면 끝이 없다. 인터넷에서 그의 이름을 입력해 나온 그에 대한 글의 제목만 보더라도 그가 얼마나 위대한지 알 수 있다. 국내 최고의 뮤지션, 대중음악의 살아 숨쉬는 신화, 작은 거인(166센티미터), 자랑스러운 한국인, 우리 대중음악의 큰 별, 오직 노래를 위해 태어난 국민가수…… 이러한 찬사는 끝없이 이어진다.

대중가수 최초의 국민 우상

박정희와 김일성을 제외하고 조용필만큼 60년대생의 삶과 밀접한 사람이 있을까? 우리는 원하든 원하지 않든 그의 노래를 듣고 자랐고 그의 노래를 부르며 고등학생, 대학생, 사회인이 되었으며 앞으로도 그의 노래를 부를 것이다.

하지만 '영원한 오빠'일 것 같은 그 역시 신세대 가수들이 등장하자 스스로 TV에서 물러났다. 그러고는 전국 방방곡곡, 세계 각지를 순회하며 라이브공연을 펼치고 있다. TV에 출연하지 않을 뿐, 그는 데뷔했던 1969년 이래 40년 동안 초지일관 변함없는 열정으로 노래를 부르는 것이다. 그야말로 진정한 가수이다.

솔직히 나는 조용필 예찬론자가 아니다. 그러나 그가 우리에게 끼친 영향의 엄청나다는 것을 인정하지 않을 수는 없다. 1970~80년대에는 다섯 살 꼬마부터 80대 노인에 이르기까지 모두 조용필 노래를 불렀다. 전 국민에게 노래의 참된 의미를 일깨워준 사람은 그가 최초이며, 대중음악가가 국민의 우상이 될 수 있다는 사실을 보여준 사람 역시 그가 최초이다. 그래서 우리는 오늘도 그의 노래를 부른다.

그 옛날의 젊은 오빠는 이제 추억이 되었지만 우리가 애창했던 그의 노래는 여전히 우리의 가슴속에서 울려 퍼지고 있다.

memoris

남진 · 나훈아

영원한 트롯트
라이벌의 원조

지금도 노래방엘 가면 우리는 빠짐없이 이 두 사람의 노래를 부른
다. 남진의 노래는 〈님과 함께〉, 나훈아의 노래는 〈무시로〉 또는 〈고향
역〉. 물론 이외에도 이들의 노래는 엄청나게 많다. 오늘날의 아이돌 가
수가 아무리 잘났다 한들 남진과 나훈아에 비교될까? 태진아와 송대관
이 영원한 라이벌이라 하지만 남진과 나훈아만큼 라이벌이 될까?

　모든 오빠부대의 원조, 모든 꽃미남 가수의 원조, 모든 라이벌의 원
조, 최고 인기 연예인의 원조, 대중을 사로잡는 마술적 엔터테인먼트의
원조 중의 원조가 남진과 나훈아다. 두 사람은 같은 시기에 태어났다.
남진은 전라도(1945), 나훈아(1947)는 경상도 출신이다. 숙명적으로 라이

벌이 될 운명이었을까? 1970년대 내내 그리고 80년대 초반까지 이 두 사람은 가요계의 양대산맥이었고 두 개의 태양이었다. 끊임없이 노래를 발표했고(둘이 부른 노래를 합하면 4,000곡에 가깝다) 그때마다 히트를 했으며, 사람들의 입방아에 오르내리는 핫뉴스의 창조자였다. 가는 곳마다 여자들이(그리고 남자들도) 몰려들었다. 두 사람은 대한민국 소녀들의 우상이었으며 헤아릴 수 없이 많은 팬레터를 받았다.

그러던 어느 날 갑자기 TV에서 거의 동시에 사라졌다. 공식적으로 은퇴를 선언한 것도 아니고 어떤 법적 제재가 가해진 것도 아닌데 두 사람은 약속이나 한 듯이 TV에서 자취를 감추었다. 하루아침에 잊혀진 가수가 되었고 어떤 사람들은 그들을 "국민의 정서를 퇴폐하게 만드는 저질 가수"라고 비판하기도 했다.

이후 나훈아는 화려한 쇼를 열며 왕년의 인기를 재현한 반면 남진은 10여 년 넘게 거의 은둔하다시피 살았다. 나훈아는 세종문화회관 등에서 '나훈아쇼'를 열어 수많은 아줌마 아저씨 팬들을 끌어들였다. 입장료가 만만치 않았지만 언제나 매진 사례였다. 언론에서는 그런 그를 대서특필했다. 그런 보도를 보면서 남진의 근황이 궁금했다.

"옛날의 또 다른 왕은 지금 무얼 하고 있을까?"

나훈아가 사람들에게 잊혀진 추억을 부활시키고 있을 때 한 언론에서 남진을 인터뷰한 적이 있었다. 남진은 거의 모습을 드러내지 않았는데 무슨 일인지 그 인터뷰에는 응했다. 내용은 정확히 기억나지 않으나 기자가 "라이벌인 나훈아 씨는 왕성하게 활동하는 데 반해 당신은 그렇지 못하다. 어떻게 생각하는가?"라고 질문하자 그는 "그런 것이 뭐 그리 중요한가, 자신의 삶이 중요한 것이지, 인기 같은 것은 이제 그다지 중요하지 않다"라는 요지로 대답을 했다. 인기 같은 것은 옛날에 많이 누렸으니 이제 그런 것에 초연하다는 뜻이었다.

그렇다. 남진과 나훈아는 그 옛날에 그 누구보다 인기를 한몸에 받았다. 지금은 라이브콘서트라 부르지만 옛날엔 '리사이틀'이라고 불렀다. 지방도시의 한 극장을 빌려 이틀에 걸쳐 공연을 펼쳤던 리사이틀! 그 리사이틀의 최고 왕은 단연 남진과 나훈아였다(여자 가수로는 하춘화가 최고).

'歌手王 남진, 춘천 大리사이틀', '두 번 다시 볼 수 없는 最高의 나훈아 쇼쇼쇼!'(1980년대 초반만 해도 포스터나 영화 제목에는 한문을 많이 사용했다) 포스터가 온 도시의 곳곳에 붙기 시작하면 가장 먼저 흥분하는 사람은 다방의 레지들, 공장의 여공들이었다(미안한 말이지만 그 시절의 연예인은 인기 있는 직업이기는 했으나 사회적으로 존경받지는 못했다). 두 번째로 흥분하는 사람은 조폭들(이라기보다는 건달들)이었다. 유명가수가 지방에 리사이틀을 갔다가 그곳 깡패들에게 두들겨 맞는 일도 간혹 있었다.

님과 함께와 잡초

우리의 학창시절, 소풍을 가거나 수학여행을 가면 반드시 불렀던 불후의 명곡을 배출한, 남진과 나훈아의 이력에 대해 잠깐 살펴보자. 우리는 그들과 함께 성장했지만 사실 그들에 대해서는 잘 알지 못한다.

남진南珍의 본명은 김남진金浦鎭이다. 해방되던 해인 1945년 9월 전남 목포에서 출생했다. 서울 경복중, 목포고, 한양대 연극영화과를 졸업했다. 그 시절에 연예인으로서는 드물게 4년제 대학을 졸업했다. 1965년

킹스타레코드에서 발매한 〈서울 플레이보이〉로 데뷔했으며 이후 수많은 히트곡을 발표하고 많은 영화에도 출연했다. 가수 데뷔 후 해병대에서 복무했으며 월남에 파병되기도 했다. 1969년 TBC 방송가요 남자가수상 대상 3회 수상, 1971~73년 MBC 10대 가수 가수왕상, 최고 인기가

남진은 70년대의 우상이었다

요상 등 많은 상을 받았으며 2005년 보관문화훈장, 2007년 골든디스크상 등을 수상했다.

그간 발표한 노래는 1,000여 곡에 이르며 대표곡으로 〈님과 함께〉, 〈그대여 변치마오〉, 〈미워도 다시 한번〉, 〈나에게 애인이 있다면〉, 〈울려고 내가 왔나〉 등이 있으며 영화 출연작으로는 〈저 언덕을 넘어서〉(1968), 〈흑산도 아가씨〉(1969), 〈언제나 님과 함께〉(1973), 〈대한민국 헌법 제1조〉(2002) 등 70여 편에 달한다. 1997년에 데뷔 30주년 기념공연을 가진 이후 간간이 TV에 출연한다. 1998년 조선일보가 실시한 '건국 이후 가수 베스트 50'에 10위로 선정되는 기염을 토하기도 했다.

나훈아羅勳兒의 본명은 최홍기崔弘基이다. 1947년 2월 부산 출생이며 대동중, 서라벌예고를 졸업했다. 최초의 취입곡은 〈약속했던 길〉이지만 가수로서의 실질적인 데뷔곡은 1966년 오아시스레코드를 통해 발표한 〈천리길〉이다. 대표곡으로 〈사랑은 눈물의 씨앗〉, 〈물레방아 도는데〉, 〈녹슬

은 기찻길〉, 〈고향역〉, 〈잡초〉, 〈영영〉, 〈무시로〉 등 120여 곡 이상이며 그간 발표한 곡은 2,800여 곡 이상에 이른다(800여 곡이 자작곡). 1965년 백상예술대상 영화 주제가 부문, 1972년 KBS 음악대상, 1981년 MBC 10대 가수 특별가수상, 1996년 제3회 대한민국연예예술상 특별상, 2001년 MBC 명예의 전당 등을 수상했다. 나훈아의 한 팬클럽에는 다음과 같은 찬양시가 실려 있다.

너희가 나훈아를 아느냐! / 아니 그의 진정한 노래를 아느냐? / 감히 말하지 말라! / 그 신비로운 목소리 저편에 숨어 있는 그의 서러움 / 그의 고독, 그의 허무를……

나훈아는 1976년 당대 최고의 여배우 김지미와 두 번째 결혼을 해 세상을 떠들썩하게 했다. 첫 번째 결혼은 배우 고은아의 사촌 이숙희와 했다. 김지미는 세 번째 결혼(영화감독 홍상기, 영화배우 최무룡)이었는데 나훈아보다 일곱 살이나 많았다. 이에 대한 세간의 평은 그다지 좋지 않았는데 비난은 주로 김지미에게 쏟아졌다. 심지어 '김지미 영화 안보기 운동'이 벌어지기도 했다. 두 사람은 1982년 이혼했으며 나훈아는 1985년 12월에 4년간 동거해오던 열네 살 연하의 후배 가수 정수경과 세 번째 결혼을 했다.

2009년 실시한 KBS 설문조사 결과에 의하면 나훈아는 '광복 이후 연예계 최고의 뉴스메이커' 3위로 꼽혔다(1위는 최진실, 2위는 서태지). 나이를 먹어도 그의 인기가 여전함을 보여주는 증거이다.

나훈아의 왼쪽 뺨에는 상처가 남아 있는데 1972년 공연 도중 한 남자가 휘두른 병에 의한 상처이다(그때 78바늘이나 꿰맨 대수술이었으나 완치가 되지 않았다). 서울시민회관(오늘날의 세종문화회관)에서 〈찻집의 고독〉을 부르고 있을 때 한 남자가 깨진 사이다병을 들고 돌진해 입힌 상처이다. 체포 후 그 괴한은 "남진이 시켰다"라고 말해 대파란을 일으켰으나 남진과는

끊임없이 이슈를 만들어냈던 나훈아

무관한 것으로 밝혀졌다. 이 남자는 3년 후인 1975년 11월 남진에게도 폭행을 가했다.

현란한 몸사위와 애간장을 녹이는 중저음은 이제 추억의 저편으로 사라졌고 우리를 흥분시켰던 왕년의 두 사람은 이제 환갑을 한참 넘긴 할아버지가 되었다. 그러나 우리의 가슴과 뇌리에 그들은 언제나 젊은 '형아', '옵빠'의 모습으로 남아 있다. 어쩌면 영원히 그럴 것이다.

오늘 저녁 당신이 노래방에 간다면 "저 푸른 초원 위에 그림 같은 집을 짓고" 또는 "아무도 찾지 않는 바람부는 언덕에 이름 모를 잡초야"를 부르리라 믿는다.

1998년 프랑스월드컵 진출을 위한 아시아 예선이 치열하게 전
개될 때 우리나라 선수단은 9월 28일 일본 도쿄에서 숙적 일본과 한판
대결을 벌였다. 경기 초반에는 일본에게 한 골을 내주었으나 후반 40분
과 43분 잇따라 골을 터트려 2대 1로 대역전승을 거두었다. 이를 '도쿄
대첩'이라 부르며 한국 축구 100년 역사에서 최고의 명승부 중 하나로
꼽힌다. 그때 김대중이 불편한 몸에도 일본까지 건너가 이 경기를 관람
했는데 이후 대통령선거에 긍정적 이미지를 미쳤다. 당시 감독인 차범
근은 열렬한 환영을 받으며 귀국했는데 귀국하기 전부터 "차범근을 대
통령으로"라는 구호도 난무했다.

글쎄…… 수많은 축
구 선수들이 명멸했으나
차범근보다 더 사랑을
받았던, 또 차범근보다
더 위대했던 선수가 있
을까? 그는 한국 축구의
근대화를 이룩한 인물이
며 한국 축구의 대중화

'차붐'은 가히 축구의 명장이라 할 수 있다.

에 혁혁한 이바지를 한 인물이다. 그의 플레이를 보고 자라고, 그의 지
도자로서의 길을 지켜보았던 우리는 행운아라고 할 수 있다. 그는 어쩌
면 신이 우리에게 내린 선물인지도 모른다. 키와 몸무게, 판단력, 골 감
각, 운동신경 등에서 거의 완벽함을 갖춘 선수였다.

일명 '차붐'으로 불리는 차범근(그의 성이 '차'인 것이 삶과 딱 들어맞는
다. 김범근이나 박범근은 축구선수로는 어울리지 않는다)은 1953년 5월 22일
경기 화성 출신으로 고려대를 졸업하고 공군에서 군 복무를 했다. 이후
그의 축구 활약상을 모르는 사람은 없을 것이다.

1978년 12월 한국인 최초로 독일 분데스리가에 진출했으며 유럽의
여러 구단에서 뛰어난 실력을 발휘해 한국인의 위상을 드날렸다. 당시
는 해외 여행을 갈 수 없는 시대였고 먼 나라의 소식은 신문과 TV를 통
해서나 들었는데 간혹 들려오는 차붐의 활약 소식은 우리를 흥분하게
만들었다. 지금 우리는 그를 '그저 유명했던 축구선수'로 여기지만 해
외에서는 아직도 차붐을 경외한다. 1989년 분데스리가에서 은퇴한 차
붐은 많은 기록을 남겼는데, 리그 경기에서 98골을 득점하는 기록을 남

겨 외국인 선수 최다골 기록을 세웠다.

차붐은 이외에도 숱한 명 기록이 있다. 1972년 최연소의 나이로 국가 대표가 되었으며 1977년 박스컵(1971년 박정희가 창설한 아시아 축구대회)에서 말레이시아에 1대 4로 뒤지던 상황에서 후반 5분 사이에 무려 세 골을 소나기처럼 퍼부어 전 국민을 흥분의 도가니로 몰아넣었다. 국가 대표로 127경기에 출전해 55골을 넣었는데 대한민국 선수 중 A매치 최다 골 기록이다. 또한 한국에서 최초로 센추리클럽에 가입했다. 1970년 대통령 금배 고교축구대회 득점왕, 1979년 《키커》 기자단 선정 올해의 외국인 선수 1위, 1997년 AFC 선정 올해의 아시아 최우수 감독, 1999년 《월드사커》 20세기 축구에 영향을 미친 100인 선정 등 많은 기록이 있다.

하지만 그의 삶이 언제나 영광으로 가득 찬 것만은 아니었다. 전 국민의 열렬한 응원을 받으며 출전한 1998 프랑스월드컵에서 그의 대표팀은 연달아 2패를 했고 대회 도중 감독에서 해임되는 전무후무한 수모를 겪었다. 귀국 후에도 그는 이 일로 많은 논란에 휩싸였다. 또한 1998년 중국 슈퍼리그 선전평안의 감독을 맡았을 때 K-리그에 승부 조작이 있다는 발언을 해서 파문을 일으켰다. 대한축구협회는 그에게 5년간 국내 지도자 자격정지 처분을 내렸다.

그런 불상사로 말미암아 차붐은 한때 논란의 대상이 되었지만 그의 축구 사랑과 실력은 그 누구도 깎아내릴 수 없었다. 이제 그라운드를 누비던 차붐은 없다. 양복을 입고 근엄하면서도 친근한 표정으로 선수들을 지휘하는 차붐만 있을 뿐이다. 하지만 그의 멋진 슈팅은 영원히 우리의 가슴에 살아 있다.

문학의 대중화시대를 연 천재 작가

그의 소설 《별들의 고향》이 연재되던 조선일보는 그 시절 가판대에서 불티나게 팔렸다. 신문을 읽다가 소설을 읽는 것이 아니라 소설을 읽으려고 신문을 샀다.

최인호는 우리 문학사에서 보기 드문 천재적인 작가이지만 한편으로는 대중소설가라는 오명도 함께 안고 있다. 실제로 그의 소설 중 일부는 통속 연애소설이고 예리한 비판의식이나 사회분석, 역사에 대한 성찰이 부족했던 것 또한 사실이다. 그러나 그만큼 많은 작품을 생산하고 그만큼 사랑을 받은 작가도 드물다. 우리나라 역사에 등장한 수천 명의 작가 중 전 국민이 이름을 아는 작가는 최인호, 이문열 정도에 불과하다. 문

최인호의 처녀작 《별들의 고향》

학사에 지대한 영향을 끼친 김승옥을 아는 사람도 그다지 많지 않다. 한때 '3류 통속 대중 저질 소설가의 대명사'라는 악평을 들었던 박범신도 지명도가 높기는 하지만 전 국민적 작가는 아니었다.

최인호는 수많은 소재, 빠른 전개, 감칠맛 나는 문장, 우리 곁에서 볼 수 있는 평범하면서도 특이한 인간군상, 동시대의 모순, 사랑의 재해석, 청년들의 저항문화 등 독특하면서도 대중성 있는 작품으로 등단 즉시 인기를 한몸에 모았다. 대중 장편소설 외에도 뛰어난 단편들을 쉼 없이 발표했으며 그의 단행본은 출간 즉시 베스트셀러가 되었고 그의 책을 낸 예문각 출판사는 어쩌면 떼돈을 벌었을 것이다(예문각 출판사는 내가 기억하는 한 최인호의 소설을 거의 독점하다시피 간행한 출판사였다). 당신의 책꽂이에 1980년대 초반에 간행된 최인호의 소설책이 있는가? 그 출판사는 십중팔구 예문각일 것이다.

그의 소설은 발표되는 순간 화제가 되었고 특히 여성 독자들의 사랑을 받았다. 하지만 그가 통속소설만 쓴 것은 아니다. 역사소설도 많이 썼고 뛰어난 작품으로 다수의 문학상을 수상하기도 했다. 또 《샘터》에 실리는 '가족'이라는 에세이는 30여 년 넘게 연재되고 있으며 지금도 많은 독자의 공감을 얻고 있다(공감은 사랑보다 더 중요한 것이다).

최인호는 1945년 서울에서 태어난 해방둥이다. 우리는 여전히 그를 청년작가로 알고 있지만 벌써 환갑이 넘었다. 소설가로는 드물게 서울에서 태어났으며 고등학교 2학년 때인 1963년에 신춘문예의 벽을 뚫은 천재이다. 이후 수많은 소설과 시나리오를 발표하면서 한국 문학의 새로운 경지를 열었다. 《타인의 방》, 《깊고 푸른 밤》, 《고래사냥》, 《도시의 사냥꾼》, 《겨울 나그네》, 《상도》, 《밤의 침묵》 등 명작과 통속작 사이를 넘나드는 소설들을 발표했으며 현대문학상, 이상문학상 등 많은 상을 받았다. 《별들의 고향》, 《바보들의 행진》 등은 영화화되어 1970년대 청춘문화의 상징으로 자리매김했다.

최인호가 아니었다면 우리나라 소설은 일부 계층의 향유물로만 존재했을 것이다. 그가 아니었다면 한국문학은 그처럼 화려한 꽃을 피우지 못했을 것이다. 그가 아니었다면 평생 소설책 한 권을 읽지 않았을 사람들도 많다. 문학을 모든 사람이 누릴 수 있는 것으로 개편시킨 사람이 바로 최인호이다. '국민작가'라는 칭호를 부여해도 그 자격이 충분하다.

60년대생에게 영향을 끼친 작가들과 작품

60년대생들의 삶과 의식에 영향을 준 작가들은 많다. 대표적으로 몇 명만 살펴보자. 역사와 인간의 본질적 의미를 추구한 《관부연락선》의 이병주, 선 굵은 문체로 시대 상황을 파헤친 《객지》의 황석영, '서정의 눈물방울'이라 불리는 감수성의 작가 《부초》의 한수산, 우리나라 현대문학의 진정한 창시자 《서울, 1964년 겨울》의 김승옥, 역사소설의 맥을 잇는 《객주》의 김주영, 뛰어난 문체로 시대의 아픔을 진단한 《난쟁이가 쏘아 올린 작은공》의 조세희, 평생 6.25의 비극을 천착한 《마당 깊은 집》의 김원일, 이념의 궤적을 추적한 《광장》의 최인훈, 지성 소설의 대가 《병신과 머저리》의 이청준, 한국인의 토속적 한을 밀도 깊게 그린 《토지》의 박경리, 여성의 내면 세계를 치밀하게 파헤친 《나목》의 박완서와 《중국인 거리》의 오정희, 서민의 애환을 승화시킨 《아홉 켤레의 구두로 남은 사내》의 윤흥길, 기상천외의 작가 《장수하늘소》의 이외수 등이 있다(이외에도 많다). 이 모든 사람은 각자 독특한 작품 세계로 우리 문학을 이끌어왔고 우리에게 마음의 양식을 제공했다. 그들에게 소주 한 잔을!

내 마음의 추억 두 번째

이들의 머리는 대개 장발이다. 목은 ~~한걸같이 느끼고 대부분 뒤 호주머니에 도끼빗을 꽂고 다닌다. 한 손으로 머~~ 악(주로 팝송)을 아주 잘 안다는 점~~래서 손님이 쪽지에 노래 제목을 적어 신청을 하면 그 노래에 대해 청신유수~~ 리박스가 있고 그 안에 한 남자가 앉아 있었다. 유리창에는 '음악실' 또는 'Music Hall'이라는 글자가 부채꼴로 쓰여 있~~ 은 구멍이 있다. 안쪽에는 비틀스의 사진, 인조 장미꽃 등이 붙어 있고 왼쪽에는 '오늘의 DJ 김영철'이라는 명패가 붙~~ '숙', 가리봉동의 '영', 종로에서 온 '가을남자'와 같은 신청자의 이름을 적어 건넨다. 간단하게 사연을 적은 사람도 있~~ 제 나올지는 알 수 없다. 그렇다고 해서 물러날 수는 없는 법. 오렌지주스 한 잔을 시켜 레지를 통해 건넨다. 일종의 뇌물~~ 아버의 대앤싱~ 퀸을 신청하셨네요. 사랑하는 친구 희와 함께 듣고 싶다고요. 물론 여기 계신 모든 분이 다 함께 들겠~~ 다. 지아~ 아버의 대앤싱~ 퀸 나갑니다."그러면 영등포에서 온 숙과 그녀의 친구 희는 얼굴이 빨개지며 고개를 떨군다~~ 다. 가요를 신청하는 사람은 가뭄에 콩 났다. DJ가 하는 일 중에 가장 어려운 첫 번째는 노래를 찾는 것. 두 번째는~~ 했고 DJ는 어떤 노래가 어디에 있는지를 일일이 기억하고 있어야만 노래를 찾을 수 있었다. 음악을 신청하는 사람 중에~~ 는 사람도 많았다)라는 노래를 신청하면 그것이 스모키의 노래라는 것, 그 음반이 다섯 번째 칸 여섯 번째에 꽂혀 있다~~ 다).두 번째는 지식과 관계없는 손놀림에 관한 일이다. 신청한 노래가 네 번째 트랙에 있으면 네 번째 트랙에 바늘을 정~~ 도 지난 중간부터 노래가 흘러나온다. 이런 실수를 범하면 그의 실력은 B급이다. 때론 레코드판이 튀는 경우가 있었는~~ 늘을 들어올리지만 센스가 떨어지는 DJ는 네 번까지 가는 일도 있었다. 이럴 때 음악을 신청한 사람은 온몸에서 기운이~~ 공이기도 했다. 잘생긴 DJ, 입담이 좋은 DJ, 바람둥이 DJ가 있는 다방은 언제나 젊은이로 들끓었다. 여성들은 DJ를 기~~ 아를 잡아당기며 싸움을 벌이곤 했다. 정작 당사자인 DJ는 눈곱만큼도 관심이 없는데 말이다. DJ는 1970년대 후반부~~ 방에도 나름대로 음악실이 있었던 덕분이다. 그런 시설이 없으면 손님을 끌어들일 수 없었던 시절이었고 이런 경향은~~

들지 마세요 DJ / 잊었던 그 사람이 생각나요 DJ / 언제나 우리가 만나던 찻집에서 / 다정한 밀어처럼 들려~~ 1987년에 마지막으로 DJ를 보았다. 어떤 특별한 이유는 없지만 시대의 변화에 밀려 DJ는 이제 모두 사라지고~~ 우리의 추억에만 남아 있는 것이다. 영원히 살아 있는 팝의 거장 비틀스 그 시절 음악다방에서 가장 많이 신청된~~ 그때는 대부분 팝송을 들었다. 대학생들이 가요를 듣기 시작한 것은 1990년대 중반 들어서다. 우리가 가장~~ 다. 비틀스는 '주옥같은 노래로 우리의 심금을 울린 네 남자'다. 이들에 대해서는 그 어떤 설명도 필요하지~~ 다. 너무 단조로운 표현인가? 그렇다면 "우리와 청춘을 함께 한 우리의 친구"는 어떤가? 전 세계 팝송 1~~ (Dancing Queen)으로 1위가 바뀌었다.) 미국의 워싱턴에서부터 아프리카 잠비아의 정글까지 울려 퍼진다~~ 그들의 노래가 흘러나온다. 그 옛날 음악다방에서 우리는 쪽지에 그들의 노래를 적어 DJ에게 건넨다. 그는~~ 명곡이 있었기에 가능한 일이었다. 그들의 대형 브로마이드 사진은 지금도 팔리고 있으며 젊은이들이 즐겨~~ 년 후에도 그럴 것이다. 그들에 관한 책은 전 세계에서 지금도 끊임없이 발간되고 있다. 또 잊을 만하면 나~~ 가슴속에 살아 있다는 증거다. 이제 그들은 우리 곁에 있~~ 잊지 못한다. 어쩌면 그들에 대한 장황한 설명보다 그저~~ 는 것이 더 좋지 않을까 싶다. 이들의 머리는 대개 장발~~ 을 꽂고 다닌다. 한 손으로 머리를 쓸어올리거나 고개를~~ 도 그들은 멋있다. 더욱 멋있는 것은 음악(주로 팝송)을~~

가난했으므로
행복했노라,
낭만과 액션의 7080

개를 휘익 뒤로 젖히면 여자들이 죽어 나자빠진다. 남자의 관점에서도 그들은 멋있다. 더욱 멋있는 것은 음
의 이력에 대해 줄줄이 읊어댄다. 우리는 그런 그들을 감탄의 눈으로 바라보았다. 다방 한쪽 벽에 커다란 유
이 두 개 있고 마이크가 있다. 그 뒤로는 수없이 많은 레코드판이 꽂혀 있으며 유리의 오른쪽 아래에는 작
앉아 커피를 마시면서 레지에게서 손바닥만 한 종이 한 장을 받아 노래 제목과 당산동의
쪽지를 구멍에 쏙 집어넣는다. 쪽지는 언제나 수북하게 쌓여 있기에 내가 신청한 노래가 언

다면 그 정도는 투자해야 한다. 아, 멀리 영등포에서 저의 양지다방을 찾아주신 숙 님께서
고요. 함께 주신 오렌지주스 감사히 마시면서 ──── 이 밤도 즐거운 시간이 되시길 바랍니
소 이름을 불러주었는데 어찌 부끄럽지 않으랴. 희한하게도 그 시절에는 전부 팝송만 들어
정확하게 올려놓는 것이었다. 대부분의 음악다방은 대략 1,000장이 넘는 레코드판을 소유
많았는데 예컨대 〈Living Next Door to Alice〉(한글로 '리빙 넥스트 도어투앨리스'라고 적
대단한 기억력의 소유자가 아니라면 불가능한 일이다(하지만 그들에게는 아무것도 아니었

그 앞에 올려놓으면 앞 노래의 마지막 부분이 3초 정도 나오고 그 뒤에 올려놓으면 3초 정
같은 구역만 계속 반복되는 것이다. 재빠른 DJ들은 같은 부절이 두 번 나왔을 때 잽싸게 바

는 청소년의 꿈이었으며 바람난 여학생의 우상이었고 꿈에 등장하는 주인
벌이기도 했다. 내가 먼저 찜을 했는데 뒤늦게 친구가 끼어들면 머리끄덩

화합을 이루었다. 전문 음악다방뿐만이 아니라 지방 중소도시의 작은 다
을 유지했다. 그래서 윤시대의 노래가 히트를 친 것일까. "그 음악은 제발
을 틀어주던 DJ는 이제 우리 곁에 없다. 나는 종로1가에서
것이 아니다. 사각의 유리박스 안에 앉아 있던 그 남자는

금은 가요의 비중이 팝이나 상송, 간초네보다 높아졌지만
들스의 노래다. 우리나라뿐만 아니라 전 세계가 모두 그랬

'팝의 역사를 바꾼 사람들'이라고 표현하는 것이 정확하
y)다(애석하게도 우리나라는 몇 년 전에 ABBA(아바)의
을 잊지 못한다. 라디오를 틀면 대개 하루에 두 번 이상

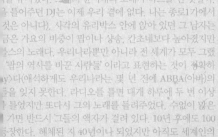

를 틀어졌지만 또다시 그의 노래를 들려주었다. 수없이 많
가면 반드시 그들의 액자가 걸려 있다. 10년 후에도 100
등장한다. 해체된 지 40년이나 되었지만 아직도 세계인의
에 끼친 감수성과 마음의 위안은 영원히
고마웠어'라는 한마디로 사랑을 표현하
느끼고 대부분 뒤 호주머니에 도끼빗

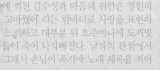

들'이 죽어 나자빠진다. 남자의 관점에서
그래서 손님이 쪽지에 노래 제목을 적어

느끼한 목소리로
레코드판을 돌렸던 그 남자

이들의 머리는 대개 장발이다. 목소리는 한결같이 느끼하고 대부분 뒷주머니에 도끼빗을 꽂고 다닌다. 한 손으로 머리를 쓸어올리거나 고개를 휘익 뒤로 젖히면 여자들이 죽어 나자빠진다. 남자의 관점에서도 그들은 멋있다. 더욱 멋있는 것은 음악(주로 팝송)을 아주 잘 안다는 점이다. 그래서 손님이 쪽지에 노래 제목을 적어 신청하면 그 노래에 대해 청산유수로 설명하고 곁들여 가수의 이력에 대해 줄줄이 읊어댄다. 우리는 그런 그를 감탄의 눈으로 바라보았다.

다방 한쪽 벽에 커다란 유리박스가 있고 그 안에 한 남자가 앉아 있다. 유리창에는 '음악실' 또는 'Music Hall'이라는 글자가 부채꼴로 쓰

커다란 유리박스 안에서 음악을 들려주던 DJ가 있었던
1970년대 음악다방 풍경

여 있다. 남자 앞에는 턴
테이블이 두 개 있고 마이
크가 있다. 그 뒤로는 수
없이 많은 레코드판이 꽂
혀 있으며 유리의 오른쪽
아래에는 작은 구멍이 있
다. 안쪽에는 비틀스의 사
진, 인조 장미꽃 등이 붙
어 있고 왼쪽에는 '오늘의
DJ 김영철'이라는 명패가

붙어 있다.

우리는 다방에 앉아 커피를 마시면서 레지에게서 손바닥만 한 종이
한 장을 받아 노래 제목과 당산동의 '숙', 가리봉동의 '영', 종로에서 온
'가을남자'와 같은 신청자의 이름을 적어 건넨다. 간단하게 사연을 적
는 사람도 있다. 그러면 레지는 그 쪽지를 구멍에 쏙 집어넣는다. 쪽지
는 언제나 수북하게 쌓여 있기에 내가 신청한 노래가 언제 나올지는 알
수 없다. 그렇다고 해서 물러날 수는 없는 법. 오렌지주스 한 잔을 시켜
레지를 통해 건넨다. 일종의 뇌물이지만 노래를 듣고 싶다면 그 정도는
투자해야 한다.

"아, 멀리 영등포에서 저희 양지다방을 찾아주신 숙 님께서 아바의
대앤싱~ 퀸을 신청하셨네요. 사랑하는 친구 희와 함께 듣고 싶다고요.
물론 여기 계신 모든 분이 다 함께 듣겠지요. 이 DJ도 마찬가지고요. 함
께 주신 오렌지주스 감사히 마시면서~~~ 이 밤도 즐거운 시간이 되시

길 바랍니다. 자아~ 아바의 대앤싱~ 퀸 나갑니다."

그러면 영등포에서 온 숙과 그녀의 친구 희는 얼굴이 빨개지며 고개를 떨군다. 멋쟁이 DJ 오빠가 몸소 이름을 불러주었는데 어찌 부끄럽지 않으랴. 희한하게도 그 시절에는 전부 팝송만 들었다. 가요를 신청하는 사람은 가뭄에 콩 나듯 했다.

바늘을 잘 맞추어야 한다

DJ가 하는 일 중에 가장 어려운 첫 번째는 노래를 찾는 것, 두 번째는 레코드판 위에 바늘을 정확하게 올려놓는 것이었다. 대부분의 음악다방은 대략 1,000장이 넘는 레코드판을 소유했고 DJ는 어떤 노래가 어디에 있는지를 일일이 기억하고 있어야만 노래를 찾을 수 있었다. 음악을 신청하는 사람 중에는 곡명만 적는 사람이 많았는데 예컨대 〈Living Next Door to Alice〉(한글로 '리빙 넥스트 도어투앨리스'라고 적는 사람도 많았다)라는 노래를 신청하면 그것이 스모키의 노래라는 것, 그 음반이 다섯 번째 칸 여섯 번째에 꽂혀 있다는 것을 기억해야 했다. 대단한 기억력의 소유자가 아니라면 불가능한 일이다(하지만 그들에게는 아무것도 아니었다).

바늘을 잘 맞추어야 뛰어난 DJ로 인정받았다

두 번째는 지식과 관계없는 손놀림에 관한 일이다. 신청한 노래가 네 번째 트랙에 있으면 네 번째 트랙에 바늘을 정확히 올려놓아야 했다. 그 앞에 올려놓으면 앞 노래의 마지막 부분이 3초 정도 나오고 그 뒤에 올려놓으면 3초 정도 지난 중간부터 노래가 흘러나온다. 이런 실수를 범하면 그의 실력은 B급이다.

때론 레코드판이 튀는 경우가 있었다. 판에 흠집이 있으면 똑같은 구역만 계속 반복되는 것이다. 재빠른 DJ들은 같은 소절이 두 번 나왔을 때 잽싸게 바늘을 들어올리지만 센스가 떨어지는 DJ는 네 번까지 가는 일도 있었다. 이럴 때 음악을 신청한 사람은 온몸에서 기운이 쑥 빠진다.

그 시절 DJ는 청소년의 꿈이었으며 바람난 여학생의 우상이었고 꿈에 등장하는 주인공이기도 했다. 잘생긴 DJ, 입담이 좋은 DJ, 바람둥이 DJ가 있는 다방은 언제나 젊은이로 들끓었다. 여성들은 DJ를 가운데 놓고 일대 혈전을 벌이기도 했다. 내가 먼저 찜을 했는데 뒤늦게 친구가 끼어들면 머리끄덩이를 잡아당기며 싸움을 벌이곤 했다. 정작 당사자인 DJ는 눈곱만큼도 관심이 없는데 말이다.

DJ는 1970년대 후반부터 1980년대 초반까지 대호황을 이루었다. 전문 음악다방뿐만이 아니라 지방 중소도시의 작은 다방에도 나름대로 음악실이 있었던 덕분이다. 그런 시설이 없으면 손님을 끌어들일 수 없었던 시절이었고 이런 경향은 1980년대 후반까지 명맥을 유지했다. 그래서 윤시내의 노래가 히트를 친 것일까.

그 음악은 제발 틀지 마세요 DJ / 잊었던 그 사람이 생각나요 DJ / 언제나 우리가 만나던 찻집에서 / 다정한 밀어처럼 들려오던 그 노래

그 음악을 틀어주던 DJ는 이제 우리 곁에 없다. 나는 종로1가에서 1987년에 마지막으로 DJ를 보았다. 어떤 특별한 이유는 없지만 시대의 변화에 밀려 DJ는 이제 모두 사라져버렸다(완전히 사라진 것은 아니다). 사각의 유리박스 안에 앉아 있던 그 남자는 우리의 추억에만 남아 있는 것이다.

영원히 살아 있는 팝의 거장 비틀스

그 시절 음악다방에서 가장 많이 신청한 노래는 무엇일까? 지금은 가요의 비중이 팝이나 샹송, 칸초네보다 높아졌지만 그때는 대부분 팝송을 들었다. 대학생들이 가요를 듣기 시작한 것은 1990년대 중반 들어서이다.

우리가 가장 많이 들었던 노래는 비틀스의 노래이다. 우리나라뿐만 아니라 전 세계가 모두 그랬다. 비틀스는 '주옥같은 노래로 우리의 심금을 울린 네 남자'이다. 이들에 대해서는 그 어떤 설명도 필요하지 않다. 그저 한 마디로 '팝의 역사를 바꾼 사람들'이라고 표현하는 것이 정확하다. 너무 단조로운 표현인가? 그렇다면 '우리와 청춘을 함께한 우리

잊을 수 없는 음악인, 폴 모리아

폴 모리아는 전 세계 경음악의 최고봉이자 거장이며 왕 중 왕이다. 우리나라에도 몇 차례 방문한 폴 모리아 악단(폴 모리아 그랜드 오케스트라)은 전 세계를 순회하며 연주를 했으며 가는 곳마다 성황을 이뤘다. 폴 모리아는 프랑스 출신으로 1925년에 태어나 2006년에 타계했다. 불과 몇 년 전에도 생존해 있었던 것이다. 그의 연주 음악들은 아직도 수없이 많은 라디오 프로그램의 시그널뮤직으로 사용되며 앞으로도 그럴 것이다. 〈Love is Blue〉, 〈Toccata〉 등을 비롯해 수십 곡(어쩌면 수백 곡)의 주옥같은 경음악은 여전히 우리 귀에 남아 있다.

의 친구'는 어떤가?

전 세계 팝송 1위의 노래는 〈Yesterday〉이다(애석하게도 우리나라는 몇 년 전에 ABBA(아바)의 〈Dancing Queen〉으로 1위가 바뀌었다). 미국의 워싱턴에서부터 아프리카 잠비아의 정글까지 울려 퍼진다. 그러기에 우리는 그들을 잊지 못한다. 라디오를 틀면 대개 하루에 두 번 이상 그들의 노래가 흘러나왔다.

그 옛날 음악다방에서 우리는 쪽지에 그들의 노래를 적어 DJ에게 건넸고 그는 1시간 전에 그의 노래를 틀었지만 또다시 그의 노래를 들려주었다. 수없이 많은 명곡이 있었기에 가능한 일이었다. 그들의 대형 브로마이드 사진은 지금도 팔리고 있으며 젊은이들이 즐겨 찾는 커피숍, 호프집에 가면 반드시 그들의 액자가 걸려 있다. 10년 후에도 100년 후에도 그럴 것이다.

그들에 관한 책은 전 세계에서 지금도 끊임없이 발간되고 있다. 또 잊을 만하면 뉴스에 그들의 이야기가 등장한다. 해체된 지 40년이나 되었지만 아직도 세계인의 가슴속에 살아 있다는 증거이다.

이제 그들은 우리 곁에 없지만 그들이 우리 청춘에 끼친 감수성과 마음의 위안은 영원히 잊지 못한다. 어쩌면 그들에 대한 장황한 설명보다 그저 작은 목소리로 '그동안 고마웠어'라는 한마디로 사랑을 표현하는 것이 더 좋지 않을까 싶다.

마음의 양식을 제공한 문화의 터전

1980년대의 어느 날 가을, 신문을 펼쳐보니 구상(2004년 타계) 시인이 〈모과 옹두리에도 사연이〉라는 새 시집을 냈다는 기사가 실렸다. 이 시인은 어찌 된 일인지 박정희와 친분이 있었는데 나는 그 이유로 이 시인의 시를 읽지 않았다. 그러나 시집만은 꼭 사고 싶었다. 그래서 종로서적에 책을 구경하러 간 김에 시집 코너에서 이 시집을 펼쳐 읽었다. 맘에 들기도 하고 안 들기도 했는데 어찌 되었든 읽어야겠다는 생각이 들어 사기로 했다. 문제는 돈을 주고 사고 싶지는 않다는 것이었다.

주위를 슬그머니 둘러보니 사람들이 이곳저곳에서 책을 읽거나 고르거나 친구와 이야기를 나누거나 직원에게 무언가를 묻고 있었다. 직원

약속 장소로 한 번쯤은 이용했던 추억의 종로서적

은 카운터에 두 명이 있었고 저만치 서가에 꽂힌 책을 정리하는 직원이 두 명 더 있었다. 손님이나 직원이나 바쁘기는 마찬가지였다. 나는 곁눈으로 직원을 살피다가 시집을 들고 낮은 서가 뒤편으로 가서 다른 책을 고르는 척하면서 그 시집을 둥그렇게 구부려 옷소매에 쏙 집어넣었다. 정말 감쪽같았다. 어디서 이런 몹쓸 용기가 나왔는지 나 자신도 깜짝 놀랐다. 나는 고개를 들어 다시 한 번 사람들을 살피고는 "책 도둑은 도둑이 아니다"라는 격언(?)을 되뇌며 계산대를 지나 아래층으로 내려가는 계단을 밟았다. 나를 주시하는 사람은 아무도 없었다.

첫 계단을 밟고 나서 엄청 빠른 속도로 1층으로 내려왔다. 1층의 혼잡한 입구를 뚫고 건물 밖으로 나오려는 찰나, 누군가 내 소매를 잡았다.

"손님, 잠깐만요."

대형서점에 가면 감시카메라가 있다 없다 말들이 많은데, 카메라는 없다. 단, 누군가 감시하는 사람이 있다. 그 사람이 어디에서 어떻게 당신을 주시하고 있는지는 아무도 모른다. 그러므로 서점에서 책을 훔칠 생각일랑 애당초 먹지 마라. 으슥한 곳으로 인도되어 수색을 당하고 신상명세서를 작성하고 '잘못했습니다'라는 반성문을 쓰고 훔치려던 책을 결국은 사야 한다. 결국은 자기 돈 내고 사야 한다는 사실.

그럼에도 대형서점은 1년에 2~3억 원어치의 책을 도난당한다고 하니 역시 열 명의 감시자가 한 명의 도둑을 당하지 못하는가 보다. 그래서 그랬을까? 종로서적은 10여 년 후 폐업했다.

사라졌기에 더 그리운 종로서적

교보문고가 생기기 전 종로서적은 우리나라 최대의 근대식 서점이었고 학생들에게 마음의 양식을 제공한 문화 창고였으며 만남의 장소였다.

1970~80년대 종로통은 지금도 그렇듯이 청춘남녀의 집합처였다. 특히 대학생들과 중고생들은 종로서적 앞에서 진을 쳤다. "종로서적 앞에서 만나"라는 말은 "양지다방에서 만나"라는 말처럼 일종의 사회적 약속이었다. 좁은 출입문 앞에는 언제나 청춘남녀로 바글거렸다. 서울에서 살던 60년대생 중에 이곳에서 친구를 만난 적이 없는 사람은 아마 한 명도 없을 것이다. 움푹 파인 비좁은 돌계단을 따라 2층으로 3층으로 올라가 수없이 많은 책 중에서 내가 원하던 책을 찾았을 때의 희열이란.

책의 향기, 독서의 기쁨을 주던 곳이 바로 종로서적이다. 한 권의 시집, 한 권의 참고서, 한 권의 철학책을 산 대학생, 주부, 직장인, 선생님, 군인들이 바글거렸고, 모두 미래의 꿈을 안고 그곳을 들락거렸다. 종로서적은 책만 판 게 아니라 직접 책을 출판하기도 했다. 인문, 종교 분야에서 많은 책을 간행했는데 그중 한완상(서울대 교수)의 《민중과 지식인》은 1980년대 대학생들의 필독서였다.

세월이 변하면서 책을 찾는 독자들이 선호하는 서점 스타일도 변했다. 거대 자본과 현대식 시설을 갖춘 대형서점인 교보문고

　그러나 시대는 이 아늑한 지성의 공간을 내버려두지 않았다. 거대 자본과 현대식 시설을 갖춘 대형서점 교보문고가 등장하면서 그 위상을 잃었고 좁은 매장과 출입구, 6층인지 7층인지 기억이 가물가물하지만 계단 따라 위로 올라가야 하는 불편함은 차츰 독자들의 발길을 끊게 했다.

　2002년 6월 16일, 월드컵의 열기가 대한민국을 휩쓸고 있을 때 종로서적은 최종 부도 처리되어 이 땅에서 자취를 감추었다. 1907년 설립되었으니 장장 96년을 이어온 것이다. 100년을 눈앞에 두고 사라진 지성의 산실은 그래서 우리의 마음을 더 아프게 한다. 그러나 종로서적의 그 움푹 파인 계단은 지금도 우리에게 '책은 마음의 양식'이라는 교훈을 들려준다.

사람은 책을 만들고 책은 사람을 만든다

지금의 시각으로 보자면 미미한 수준이지만 당시 교보문고는 종로서적에 비교할 때 막강한 자본(당시 자본금 10억 원)을 등에 업고 출발했고 지금도 일취월장하고 있다. 사실 교보문고의 성장은 자본의 힘이라기보다는 현대식 시설과 판매시스템으로 도서판매의 새로운 차원을 열었기에 가능한 일이었다. 1980년 개점했을 당시는 지금처럼 크지 않았으나 면적을 차츰 넓혀나가 지금은 2,200여 평이 넘으며 부산을 비롯한 전국 각지에 지점이 있다. 종로서적보다 73년이나 늦게 출발했지만 대선배를 제압하고 서점계의 막강한 왕으로 등극한 것이다.

1960년대 초반에 태어난 사람은 종로서적을, 후반에 태어난 사람은 교보문고를 애용했다. 같은 1960년대 내에서도 세대 차가 나는 것이다. 그 어느 곳에서 책을 샀던(또는 보았던, 또는 훔쳤던) 두 곳 모두 우리에게는 지성의 산실이자 문화의 고향이다.

종로서적이 영원히 살아남아 그들의 모토였던 "좋은 책과 독자님을 섬깁니다"를 지금도 실천하고 있었더라면 좋았을 것이라는 아쉬움과 안타까움이 든다.

memoris

선데이서울
유치찬란한 대중통속 잡지의
대명사

60년대 초반생은 이 책을 책가방에 찔러 넣어 다니면서 몰래몰래 읽었고, 60년대 중반생은 어깨너머로 슬쩍 보았고, 60년대 후반생은 그다지 읽지 않았다. 이 책이 우리의 관심에서 멀어지기 시작한 것은 1980년대부터였지만 놀랍게도 《선데이서울》은 1991년까지 발행되었다.

옐로우 저널리즘의 황제, 삼류 대중 통속잡지의 최고봉, 터미널문학의 총아, 대한민국 최고의 본격 오락잡지이자 전 국민 최대 애독서. 그어떤 주간잡지도 《선데이서울》의 명성을 능가하지 못했다. 제아무리 그럴듯한 용어를 동원해 비난을 퍼부어도 《선데이서울》의 아성은 쉽게 무너지지 않았다. 1968년 창간 이후 《선데이서울》만큼 국민에게 사랑을 받았던 주간지도 없었다.

오늘날 터미널에 가면 수없이 많은 주간지가 형형색색 얼굴을 내밀며 우리를 유혹한다. 《야담과 실화》, 《통속과 진실》, 《사실과 역사》류, 《일요 저널》, 《토요 매거진》류, 《주간 조선》, 《주간 동아》류 ……. 그런 잡지들을 보노라면 박인환의 시 중에서 "인생은 외롭지도 않고 그저 낡은 잡지의 표지처럼 통속하거늘"이라는 시구가 떠오른다.

통속적인 우리네 삶의 모습을 엿볼 수 있는 《선데이서울》

《선데이서울》은 1968년 서울신문사가 창간한 주간 대중오락연예 전문잡지이다. 만약 신문사가 아닌 전문 잡지사나 일반 출판사가 발행했다면 이만한 위업을 달성하지 못했을 것이다. 9월 22일 창간호가 발행되었고 가격은 20원이었다. 창간호 표지를 장식한 여성은 특이하게도 연예인이 아니라 어느 은행 여직원이었다. 창간호 발행 이후 《선데이서울》은 여배우의 강렬한 표지사진과 통속적이고 자극적인 문구, 선정적인 광고로 발간 즉시 뭇 남성들(여성들도 포함해)의 열렬한 사랑과 지지를 받았다. 《선데이서울》과 동등한 또는 우위의 인지도를 가진 잡지는 《샘터》가 유일하다.

우리네 B급 삶의 모습

《선데이서울》은 23년 동안 대략 1,100여 호

가 발행되었으며, 한여름에 아슬아슬한 수영복을 입은 모델이 표지에 실리면 엄청난 판매량을 기록했다. 인기 절정이었을 때는 17만 부나 판매되는 기염을 토했으니 가히 국민잡지라 해도 과언이 아니다.

당대 최고의 인기 여배우가 차례로 표지를 장식했고 기사의 내용은 언제나 국민이 궁금해하는 연예인, 정치인, 예술인들의 사랑, 결혼, 이별, 비하인드 스토리, 폭로성 기사, 엉뚱하고 신기한 이야기, 신문이 미처 전하지 못한 사회 저편의 비화였다. 무엇보다 《선데이서울》의 매력은 호기심을 자극하는 제목이었다.

다음은 1970년대에 실린 기사 제목의 일부분이다.

- "결혼식도 살짜쿵 가수 박인희"
- "우정 믿고 일어선 그늘의 이장희"
- "30년 만에 눈물로 얼싸안은 부자상봉"
- "전속 만료된 방주연 그냥 친정에 있기로"
- "결혼 축의금 챙기곤 시치미 떼다 쇠고랑"

지나온 《선데이서울》을 읽노라면 우리나라 연예사가 어떤 변천을 겪어왔는지 그 역사를 한눈에 알 수 있고 우리네 B급 삶의 형태가 어떠했는지 속속들이 알 수 있다. 그래서 이 잡지가 '위대한 것'이다.

그토록 인기를 누리던 이 황색잡지도 새로운 잡지의 등장, 시대의 변화, 컬러 TV의 보급, 영화와 드라마의 업그레이드로 인기가 시들해졌고 급기야 1991년 폐간되었다. 수많은 청소년과 남성들에게 세상의 진짜 이야기를 들려주었던 《선데이서울》은 이제 추억 속의 잡지가 되고 말았다. 그러나 우리의 젊은 날을 이끌어주던 '욕구의 방향타'로 센세이셔 널했던 기억은 영원히 남아 있다.

아직도 당신을 기다리는 《샘터》

잊을 수 없는 또 하나의 잡지가 있다. 바로 우리의 삶을 되돌아보게 하는 따뜻한 잡지 《샘터》이다. 《샘터》는 국민잡지의 대명사이다. 대한민국 모든 집안에 《샘터》 한 권 꽂혀 있지 않은 집이 없었으며 모든 군부대의 내무반마다 보급되었고 청소년 시절에 《샘터》 한 번 읽지 않은 사람이 없었다.

하지만 1992년 8월 《좋은 생각》이라는 월간 잡지가 촌스러운 제목으로 대한민국을 휩쓸며 새로운 시장의 석권자가 되자 1970년 창간되어 온 국민에게 삶의 가이드북으로 위대한 역할을 했던 《샘터》는 그 힘을 잃기 시작했다.

《샘터》가 사랑을 받았던 이유는 여러 가지가 있었으나 오늘을 살아가는 사람들의 일상적이면서도 감동적인 이야기, 쉬우면서도 반성의 실마리를 제공하는 이야기, 명사들의 아름다운 글, 뒤표지에 실렸던 한 줄의 명구 등이 큰 역할을 했다. 하지만 그보다 더 큰 이유는 제목이었다. '샘터', 그 얼마나 위안이 되는 제목인가. 순 한글, 깊은 의미, 친근감, 발음

《선데이서울》의 역사를 볼 수 있는 곳

인터넷 서울신문사(www.seoul.co.kr)에 들어가면 그 옛날 《선데이서울》의 표지를 볼 수 있다. 우리나라 대표 여배우들의 변천사와 화장사를 파악할 수 있으며 당시 실린 기사도 읽어볼 수 있다. 잊지 말고 꼭 방문해서 옛 추억을 되살려보기를.

의 부드러움, 기억의 용이성 등 모든 요소를 갖춘 제목이었다.

《샘터》는 1970년 4월 사단법인 샘터사에서 발행한 월간지이다. 이 출판사에서는 피천득의 《인연》, 법정의 《무소유》 등을 발행해 베스트셀러가 되었으며 지금도 독자들의 사랑을 받고 있다. 《샘터》는 46판의 작은 책으로 150면 내외로 간행되어 손에 들기 쉬웠고 읽기에 부담이 없었다.

'거짓 없이 인생을 걸어가려는 모든 사람의 마음의 벗'을 모토로 창간되어 창간 당시에는 '평범한 사람들의 행복을 위한 교양지'라는 캐치프레이즈를 내걸었으나(이 문구를 가장 잘 기억할 것이다) 1998년 '평범한 사람들의 행복 만들기', 1999년 '아름다운 사람, 아름다운 세상', 2001년 '마음으로 여는 따뜻한 세상'으로 바뀌었다. 처음에는 세로쓰기였으나 1983년부터 가로쓰기로 바뀌었으며, 처음에는 화가들의 그림으로 표지를 꾸몄으나 시대에 따라 바뀌었다.

《샘터》는 청소년, 대학생, 주부, 여공, 직장인, 교사, 군인, 정치인, 공무원, 작가, 농부 할 것 없이 모든 계층의 사랑을 골고루 받은 그야말로 유일무이한 국민잡지였다. 그러나 시대는 그런 《샘터》를 내버려두지 않았다.

먹고살기 좋아진 사람들은 특별한 이유 없이 서서히 《샘터》를 멀리했으며 배운 사람들이 늘어날수록 《샘터》는 빛을 잃기 시작했다. 사람들은 마음의 위안이 필요하면서도 다른 것들에 관심을 뒀고 《샘터》는 그렇게 멀어진 잡지가 되었다. 또 경쟁 잡지의 등장으로 옛날의 명성도 잃고 말았다.

당신은 어쩌면 고등학교를 졸업한 이후 《샘터》를 한 번도 읽지 않았을지 모른다. '아직도 《샘터》가 나오나?'라고 생각하는 사람도 있을 것이다. 《샘터》는 아직도 나온다. 그 옛날 우리의 마음을 푸근하게 해주었던 그 내용 그대로 삶의 길을 잔잔하게 가르쳐주고 있다. 당신이 읽지 않더라도 누군가는 지금도 읽고 있다. 오늘 퇴근길에 서점에 들러 또는 지하철 가판대에서 《샘터》 한 권을 사는 것은 어떨까? 그 옛날의 향수가 거기 그대로 있을 것이다. 당신은 변했지만 《샘터》는 아직도 당신을 기다리고 있다.

창비 세대로 일컫는 문예지 전성시대

잡지에 대해 살펴본 김에 또 하나의 잡지를 떠올려보자. 60년대생과 떼려야 뗄 수 없는 잡지가 있다. 바로 《창작과 비평》(이하 창비)이다. 이른바 《창비》는 '시대의 아픔을 함께한 지성의 잡지' 였다.

　이 책의 본류는 문예잡지이다. 《현대문학》이나 《문학사상》처럼 문학의 창작과 비평을 바탕으로 한다. 그러나 《창비》를 문예지로 보는 사람은 드물다. 창작보다는 비평에 더 무게를 두기 때문일까. 이 비평은 문학에 대한 비평을 넘어 우리 시대의 비평, 우리 사회의 비평, 우리 인식

학창 시절 즐겨본 잡지

《샘터》와 비슷한 역할을 한 월간지로는 《리더스 다이제스트》와 《가이드 포스트》가 있다. 1922년 미국에서 발행한 월간지 《리더스 다이제스트》는 우리나라에서는 1977년부터 본격 발행됐으며 세상 살아가는 이런저런 이야기를 번역해 실었다. 영한대역본이 인기였는데 이 책으로 영어공부를 한 학생들이 많았으며, 특히 유머코너가 재미있었다. 《가이드 포스터》는 기독교 잡지이다. 두 잡지 모두 지금도 간행된다.

의 비평까지 영역을 확대한다.

1970~90년대에 대학을 다닌 우리 중에 이 책을 한 번이라도 읽지 않은 사람은, 읽지는 않았다 해도 한 번이라도 사지 않은 사람은 없을 것이다. 우리는 의무감으로 이 책을 샀고 이 책에 실린 많은 이론과 주장, 논거를 바탕으로 행동을 했다.

문학·인문학 계통의 대학생들은 1980년대 초중반 《창비 영인본》을 구입하지 않은 사람이 없을 정도이다. 어찌 된 일인지 나만 해도 이 영인본을 세 세트나 가지고 있다.

지금도 그렇지만 그 시절에는 문예지가 많았는데 대학생들의 사랑을 가장 많이 받았던 잡지는 《창비》, 《문학과 지성》, 《세계의 문학》 등의 계간지였고 월간문예지로는 이어령이 주간을 맡았던 《문학사상》, 《문예중앙》 등이 있었다. 앞의 세 계간지는 뒤의 문예지와 달리 사진이나 그림이 아닌 글로만 디자인한 표지를 수십 년 동안 고수하고 있다. 그 표지만으로도 지성적이고 비평적으로 보인다.

몇몇 문예지는 평탄한 길을 걸었으나 《창비》와 《문지》는 폐간과 복간, 제호의 변경 등 숱한 탄압과 우여곡절을 겪었다. 그리고 오늘도 우리 곁에서 여전히 창작을 하고 비평을 한다. 《창비》는 2010년 여름호로 통권 147호를 맞았다. 1966년에 탄생했으니 우리와 동년배이다.

이 잡지들은 문학과 문화, 민주화에 많은 역할을 했지만 시대는 변하고 있다. 이름하여 '창비 세대'는 제 역할을 다했고 이제 기성세대가 되어 역사의 해거름을 넘어가는 중이다. 《창비》 또한 여전히 왕성하게 활동하고는 있으나 예전보다 그 위력이 쇠약해진 것이 사실이고 요즘의 청년들은 이를 그다지 읽지 않는다. 그 화려했던 영광을 뒤로 하고 이제는 문학가들, 문청들, 지망생들, 사회학자들, 출판인들의 문예지가 된 감이 있다.

하지만 《창비》가 우리에게 준 가르침과 행동지침은 결코 잊을 수 없다. 오늘날 우리 삶과 의식이 이 정도라도 향상된 것은 《창비》의 역할도 적지 않다. 그래서 우리는 그 이름을 잊을 수 없다.

대학가에 퍼진 타임지 열풍

이야기는 여기에서 끝나지 않는다. 우리가 열심히 읽었던 또 하나의 잡지가 있다. 《TIME》과 《NEWSWEEK》다. 이것을 뒷주머니에 꽂고 다니지 않으면 모름지기 대학생으로서 폼이 나지 않았다. 껄렁패들이 뒷주머니에 도끼빗을 꽂고 다니지 않으면 역시나 폼이 나지 않는 것처럼. 그래서 《TIME》과 도끼빗은 대학생과 건달을 구분하는 확실한 소품이었다.

물론 소품 이상의 역할을 했다. 《TIME》과 《NEWSWEEK》를 어느 정도 소화해내는 것은 모든 대학생의 꿈이자 로망이자 목표였다. 그래서 영어 꽤나 한다는 아이들은 너도나도 '타임반'에 들었고 1주일에 한 번씩 모여 열독회를 가졌다. 물론 누구나 '타임반'에 들어갈 수는 없었고 시험을 봐서 통과해야 했다. 나는 대학 2학년 때 타임반에 들어가 약 1년간 '열씨미' 영어공부를 한 뒤 군대에 갔다.

《TIME》이 배달되어 오면 쭉 한번 훑어보고 나서 'Cover Story'부터 공략을 시작한다. 보통 4~5쪽에 달했던 Cover Story를 일주일 내내 분석했던 때도 많았다. 열독회는 대략 이렇게 진행된다. 한 칼럼을 맡은 아이가 앞에 나가 읽으면서 설명을 한다. 이를 듣는 아이들은 듣다가 자신

의 독해와 다르면 반대 의견을 표명한다. 그러면 제3자가 끼어들고 독해
는 토론회로 번진다. 논쟁이 격해지면 회장(대개 영문과 3학년 복학생)이 나
서 대충 결론을 맺은 뒤 중단시킨다. 나는 다른 학교의 '타임반' 열독회
에도 참여했었는데 결론이 나지 않은 독해가 뜻밖에 많았다.

《TIME》은 미국인들이 즐겨 읽는 일종의 주간지이다. 우리나라로 치
면 《주간조선》이나 《주간동아》 정도. 하지만 《TIME》은 대중을 상대로
한 주간지이면서도 정작 미국 사람 중에도 내용의 80퍼센트 이상을 해
독하지 못하는 사람들이 많았다. 그렇게 어려운 책을 한국의 대학생들
이 읽어내려 했으니……

상대적으로 《NEWSWEEK》는 그리 읽지 않았다. 《TIME》이 너무 어
렵다고 느끼거나 팍스아메리카나의 상징으로 여겨 배척했던 대학생들
이 주로 《NEWSWEEK》를 읽었다. 그리고 철저한 반미주의자는 둘 다
읽지 않았다(1980년대는 반미가 왕성한 시기였다).

무엇을 읽었든 우리가 거기에 담긴 내용을 정확히 알 수는 없었다. 그
래도 줄기차게 읽고 가방 속에 구겨 넣어 다니고 뒷주머니에 꽂고 다닌
이유는 '대학생이라면 모름지기 그렇게 해야 하지 않을까' 라는 의무감
(?) 때문이었다.

1981년 어느날, 《TIME》의 일부 기사가 검정 매직펜으로 새까맣게 칠
해져 배달되었다. 당시에는 그런 일이 아주 많았다. 나는 너무 궁금해 그
면을 형광등 불빛으로 비춰보고 햇빛에 비춰보고 별짓을 다 했지만 도저
히 읽을 수가 없었다. 그런지 거의 20년이 지난 어느 날 우연히 옛날
《TIME》을 들춰보다가 그 기사를 발견했다. 너무 오랜 세월이 지났는지
라 매직이 엷게 지워졌고 희미하게나마 글자를 읽을 수 있었다. 전두환

이 총칼로 한국민을 억누르고 정권을 잡았다는 기사였다.

 이제는 우리나라에 관한 또는 대통령에 관한 아무리 나쁜 기사가 실려도 매직으로 지워서 배달하는 일은 없으니 시대의 변화를 절감한다.

호돌이를 기억하는가? 상모를 쓰고 번쩍 든 오른손으로는 V자를 그리고, 가슴에는 올림픽 메달을 단 귀여운 호랑이.

1980년대처럼 격동의 세월도 없었고 1980년대처럼 모순된 시절도 없었다. 당시 신문을 살펴보면 1980년대 전반기는 거의 하루도 빠짐없이 시위, 데모, 최루탄, 성명서, 연행, 탄압, 구금, 수배, 고문, 양심선언이 도배를 하다시피 했다. 그런 와중에 느닷없이 86아시안게임을 서울에서 개최한다는 발표가 나왔다.

사람들은 약간 어리둥절해 했다. 왜 이 시점에 아시안게임을? 우리가 지금 그런 걸 할 계제가 된단 말인가? 그걸 치를 역량이나 되는가? 아시안게임 같은 국제적인 행사를 치르려면 그만한 시설과 시스템이 갖추어져야 하는데 그걸 언제 마련한단 말인가?

아시아 각국에서 외국인들이 몰려오는데 이 광풍의 현장을 보여주겠다는 말인가? 아니면 국민의 민주화 요구를 다른 곳으로 돌리겠다는 정치적 음모란 말인가? 광주사태(당시의 명칭)로 사람들이 피 흘려 죽은 지 얼마 되지 않았고, 전두환 정권에 대해 국민 대

88올림픽 마스코트, 호돌이

다수가 반감을 품고 있는데 웬 아시안게임?

그보다 더 국민을 어리둥절하게 만든 것은 88올림픽이었다. 이 땅에서 올림픽을 치르겠다고? 오호, 이건 또 어떤 정신 나간 사람의 발상이람? 올림픽은 아시안게임과는 상대도 안 되는 전 세계적인 행사인데 그걸 이 코딱지만 한 나라에서, 그것도 이제 막 후진국을 벗어난, 통계상으로는 중진국이지만 국민의 정서는 아직 거기까지 도달하지 못한 나라에서, 책에서나 보았던 행사를 치르겠다고? 그래 얼마나 잘하나 보자!

그런데 사실 86아시안게임(10회)은 1979년부터 계획된 일이었다. 그때 서울 유치를 공식적으로 발표했고 1981년에 확정이 되었던 것이다. 이미 확정된 이상 번복할 수는 없었다. 1970년에 제6회 게임을 유치했으나 반납을 한 불명예가 있어서 이번에도 번복을 하면 그 차례가 한참

후에나 돌아올 수 있기 때문이었다. 비록 나라는 혼란스러우나(전두환의 눈에는 일부 좌파 인사들과 학생들의 철없는 행동으로 보였겠지만) 대외적으로 신뢰를 떨어뜨릴 수는 없었다.

그러던 1981년 9월 30일 독일 바덴바덴에서 제84차 IOC 총회가 열렸다(이후 바덴바덴은 우리에게 잊을 수 없는 이름이 되었고 많은 곳에서 사용이 되었다. 바덴바덴 양복점, 바덴바덴 제과점, 바덴바덴 호프 등). 24회 올림픽대회를 개최할 도시를 결정하기 위해서였다. 신청국은 서울과 일본의 나고야. 박빙의 승부가 점쳐졌지만 승패는 큰 폭으로 결정되었다. 52대 27로 서울이 이긴 것이다. TV로 중계된 개최지 확정의 순간을 당신은 기억하는가? 사마란치(정확하지는 않다)로 추정되는 인물이 "세율"이라고 외쳤는데, 그때 사람들은 순간적으로 '세율이 대체 어디야?' 하며 어리둥절해 했다.

처음이었지만 잘 해냈다

여하튼 우리 국민은 졸지에 두 개의 세계적 행사를 떠맡게 되었다. 5년 후에 아시안게임을 치러야 했고 그것이 끝나고 2년 후에 올림픽을 치러야 했다. 찬반 논란이 많았으나 두 행사 모두 반납을 했다가는 나라 망신 톡톡히 시키고 경제적으로 어려움에 부닥치고 언제 또 그런 행사를 유치할지 알 수 없는 노릇이었다. 더 중요한 것은 두 행사를 통해 국민의 불만을 잠재울 수 있다는 점이었다. 어찌 되었든 준비는 착착 진행되었다. 대한민국 모든 곳에 86과 88에 대한 표어와 포스터가 붙었고 두 게임을 상징하는 깃발이 나부꼈다.

신문과 방송에서도 끊임없이 86과 88에 대한 이야기가 흘러 나왔다.

88올림픽 준비가 한창이었던 서울 거리

우리가 죽고 사는 문제가 오직 그 두 가지에 달린 것처럼 국가의 모든 역량이 거기에 쏟아 부어졌다. 마치 86과 88이 끝나면 더 이상 세상이 존재하지 않는 것처럼 몰아붙였다. 그래서 몇몇 신문은 '88년 이후에는 어떻게 할 것인가' 라는 사설을 싣기도 했다. 지금 생각해보면 그때 전두환은 참말로 강한 남자였다. 민주화 요구 억누르랴, 행사 준비하랴. 눈코 뜰 새가 없었을 것이다. 물론 사람들은 처음엔 회의적이었고 일부는 격렬하게 비난했으며 반납해야 한다는 주장을 펼쳤다. 그러나 시간이 흐를수록 협조적인 분위기가 우세했고 그 물살을 누구도 거스를 수 없었다.

드디어 1986년 9월 20일, 역사상 최초로 서울에서 아시안게임이 열렸다. 대회는 대성공이었다. 우리 국민의 저력이 나타나는 순간이었다. 뒤이은 88올림픽은 더욱 성공적이었다. 87년 민주화항쟁이 거셀 때 군사쿠데타 설까지 나돌아 과연 올림픽이 열릴 수 있을지 반신반의했지만

불안했던 시국 속에서도 성황리에 치른 88올림픽 개막식

모든 것이 순조롭게 진행되었다. '6.29선언-대통령선거-노태우 정권 탄생-올림픽 개최'로 이어졌던 것이다.

88올림픽의 특징은 그 당시까지의 역사만 본다면 가장 많은 국가가 참여했다는 점이며 비록 북한은 불참했지만 16년 만에 민주·공산 양 진영이 모두 참가했다는 점이다. 동서화해와 세계평화, 나아가 이후의 공산주의 몰락에 지대한 공헌을 했다. 그래서 올림픽사史에서 88서울올림픽은 매우 중요한 경기로 기록된다.

아이러니한 것은 88올림픽을 위해 불철주야 애를 썼던 전두환은 백담사에 유배를 갔고 온 세계의 주목을 받은 사람은 노태우였다는 점이다. 역사는 간혹 우습기 짝이 없는 장면을 연출하기도 한다.

우리에게 힘을 주었던
86아시안게임, 88올림픽의 추억

제10회 아시안게임 • 27개국 4,800여 명의 아시아 선수들이 '영원한 전진(Ever Onward)'이라는 표어 아래 1986년 9월 20일부터 10월 5일까지 16일간 경기를 펼쳤다. 대회에는 모두 33개 경기장과 54개 연습장이 이용되었다. 대회 운영에는 7만 3,000명이 참여했고 운동경기 외에 32개 공식행사와 20여 개 비공식행사로 꾸며진 문화예술행사가 열렸다.

경기 종목은 육상, 수영을 비롯해 25개였는데 역대 국제경기대회 사상 가장 많은 경기였다. 36개 회원국 가운데 27개국의 선수와 임원이 참가했고 금메달 수는 모두 269개였다. 1위는 금 94개의 중국, 2위는 93개의 한국, 3위는 58개의 일본이 차지했다. 세계신기록은 11개가 나왔다.

제24회 서울올림픽 • 1988년 9월 17일부터 10월 2일까지 16일에 걸쳐 서울을 비롯한 주요 도시에서 개최되었다. 전 세계에서 160개국 1만 3,304명의 선수단이 참가해 역대 올림픽 사상 최대를 기록했다. 34개의 경기장과 72개의 연습장이 이용되었으며 잠실 종합운동장이 메인스타디움이었다. 대회 운영에는 5만 명이 동원되었다. 대회 휘장은 한국 전통문양인 삼태극을 그린 작품이었고 마스코트는 '호돌이'였다. 운동경기 외에 다양한 문화예술행사, 스포츠 과학학술대회가 열렸다.

경기는 29개가 치러졌으며 메달 총수는 739개였다. 소련이 금 55개로 1위, 2위는 금 37개의 동독, 3위는 금 36개의 미국이 차지했으며 우리나라는 발군의 실력을 발휘해 금 12개, 10개, 동 11개를 획득해 4위를 기록했다. 세계신기록 33개, 세계타이기록 5개, 올림픽신기록 227개, 올림픽타이기록 42개가 수립되었다.

잊을 수 없는 추억들 • 라면소녀 임춘애, 호돌이, 굴렁쇠 소년, 양궁 2관왕을 차지한 김수녕, 탁구 최고 스타 유남규, 약물 복용으로 금메달을 박탈당한 벤 존슨, 그 금메달을 차지한 칼 루이스, 코리아나의 〈손에 손잡고〉, 김연자가 부른 올림픽 찬가 〈아침의 나라에서〉.

memoris
삼남극장
그 극장의 구석에 앉아

나이를 먹으면 극장에 갈 일이 현저하게 줄어든다. 그래서 나이 오십이 넘으면, 심지어 고작 사십이 넘은 어떤 사람은 "극장에 가본 지가 10년이 넘었어"라고 한탄조로 말하곤 한다. "설마 10년이 넘었을까?" 하지만 정말 10년 넘게 극장 한번 가보지 못한 사람이 우리 주변에는 뜻밖에 많다. 돈이 없어서도 아니고 영화를 싫어해서도 아니고 시간이 없어서도 아니다. 단지 마음의 여유가 없어서이다. 그런 의미에서 나이를 먹는다는 것은 참으로 서글픈 일이다.

어제 극장을 갔든, 10년 전에 극장을 갔든 극장은 이 세상 모든 사람에게 잊지 못할 추억의 장소이다. 극장에서 꿈을 키운 사람도 있고, 극장에서 사랑을 고백한 사람도 있고, 극장에서 첫 키스를 한 사람도 있다. 극장에서 학창시절 대부분을 보낸 사람도 있고, 극장에서 패싸움을 한 사람도 있고, 극장에서 담배를 배운 사람도 있다. 또는 이 모든 것을 다 한 사람도 있다. 그래서 우리는 극장을 잊지 못한다.

특히 1970~80년대에 중고등학생이었던 우리에게 극장은 해방구이자 분출구였다. 남학생들은 모자를 삐딱하게 올려 쓰고는 건들거리며 들락거렸고, 새침데기 여학생들은 다소곳한 척하면서 남학생들을 힐긋거리며 앉아 영화를 보았다.

그때나 지금이나 영화에는 등급이 있는데 1970~80년대에는 이 규정을 엄격하게 지키는 극장이 그리 많지 않았다. 그래서 우리는 교복을 입고 영화를 보러 가기도 했다. 물론 〈애마부인〉 시리즈 같은 영화는 교복을 입고 들어갈 수 없었다. 삼촌의 바지와 잠바를 몰래 훔쳐 입고는 친구들과 떼를 지어 들어가곤 했다. 물론 극장 입구에 지켜선 교무주임 선생님에게 걸려 영화도 못보고 다음날에 교무실로 불려가 빳따를 맞아야 할 때도 있었지만 말이다. 다행히 19금 영화를 보았다고 해서 정학이나 퇴학을 당하지는 않았다.

이제 어른이 된 지금, 선생님에게 빳따를 맞아도 좋으니 그 시절로 돌아가 친구들과 함께 몰래 영화를 본다면 얼마나 좋을까!

비가 내리는 스크린의 추억

우리나라 모든 도시에는 그 도시의 이름을 딴 극장이 반드시 있었다. 예컨대 경주에는 경주극장이 있고 군산에는 군산극장이 있고 강릉에는 강릉극장이 있다. 삼남극장은 내 고향

전북 익산에 있던 세 군데 극장 중 한 곳이다. 이리 극장, 삼남극장, 시공관이라는 극장 세 곳이 있었는데 삼남극장은 1977년 가수 하춘화가 리사이틀을 하다가 이리역 폭발로 사고를 당한 곳이다.

지금은 볼 수 없어 더욱 그리운 그 시절의 극장

1970~80년대 극장 대부분은 육중한 단독 2층건물이었으며 극장 앞의 광장이 굉장히 넓었다(사실은 그리 넓지 않았는데 어린 우리의 눈에 그렇게 보인 것뿐이다). 그 광장의 한쪽에서는 소위 '간판쟁이'(그때는 그렇게 불렀다)가 다음에 상영될 영화의 간판을 그렸다. 사람들은 그 주위에 몰려들어 감탄사를 연발하면서 사진 속의 신성일이 그림으로 변하는 모습을 지켜보았다. 빵꼬모자를 쓴 간판쟁이는 담배를 입에 꼬나물고 자못 심각한 표정으로 '신성일의 눈썹을 이렇게 그릴까 저렇게 그릴까'를 고뇌하며 긴 붓을 놀렸다.

극장 주변에는 서너 명의 건달들이 항상 포진해 있었고 19금 영화를 보러온 순진한 고등학생들을 한쪽으로 불러 협박조로 이것저것 묻고는 푼돈을 거두어가고는 했다. 그 시절만 해도 그곳의 건달들은 그리 위압적이지 않았다. 순박한 면이 있었다.

극장 앞에는 여드름투성이의 초조한 남학생이 반드시 한 명 이상 서성거렸고 그는 한 시간 넘게 누군가를 기다리다가 쓸쓸한 표정으로 발길을 돌리곤 했다. 극장 안에는 싸구려 과자를 파는 매점이 있었고 언제 상영될지 모르는 상영 예정작 포스터들이 죽 걸려 있었다. 검은 커튼을 젖히고 안으로 들어가면 맨 뒤에 '임검석'이 있었다. 임검석은 좌석이 세 개였는데 문 양쪽에 두 곳이 있었다. 어린 우리는 감히 그곳에 앉지 못했지만 배짱이 좋은 건달들은 그곳에 두 다리를 뻗고 앉아 영화를 보았다. 비가 좍좍 내리는 스크린 앞에는 '금연', '탈모' 안내판이 영화 상영 내내 불빛을 발했지만 그 시절에는 다들 극장 안에서 담배를 피웠고 아무도 모자를 벗지 않았다.

불이 꺼지면 애국가, 대한늬우스, 배달의 기수, 예고편을 차례대로 보았고 영화가 시작되면 아이들은 아무 이유없이 휘파람을 불었다. 정의의 주인공이 악당을 처단하면 약속이나 한 듯 힘차게 박수를 보냈다(이젠 극장에서 박수를 치지 않는다). 그게 벌써 30년 전 이야기이다.

이제 우리가 들락거렸던 그 극장도, 간판쟁이도, 임검석도, 낡은 스크린도, 대한늬우스도, 박수도, 여드름투성이의 남학생도 모두 사라졌다. 모두 사라졌지만 그때의 설렘과 흥분, 추억은 우리의 가슴에 남아 있다. 그래서 우리는 마음속의 삼남극장을 영원히 잊지 못하는 것이다.

출출한 배를 달래준
라면의 맏형

뽀글뽀글 뽀글뽀글 맛좋은 라면 / 라면이 있기에 세상 살맛나 / 하루에
열 개라도 먹을 수 있어 / 후루룹 짭짭 후루룹 짭짭 맛 좋은 라면
가루가루 고춧가루 / 맛좋은 라면은 어디다 끓여 / 구공탄에 끓여야 제
맛이 나지 /뽀글뽀글 뽀글뽀글 맛 좋은 라면 / 후루룹 짭짭 후루룹 짭짭
맛 좋은 라면

이 노래를 흥얼거린다면 당신은 만화영화 〈둘리〉를 눈여겨보았다는
뜻이다. 이 노래에도 나오듯이 이 세상은 라면이 있기에 그나마 살맛이
난다. 라면이 없었다면 이 세상은 어땠을까? 대단히 팍팍하고 무미건조

했을 것이며, 굶주림에 고통받는 사람이 엄청나게 많았을 것이다. 정말 생각만 해도 끔찍하다.

마트에 진열된 라면을 보면 놀라 자빠질 지경이다. 세상에 이렇게나 많은 라면이 있었다니! 우리가 흔히 먹는 라면은 서너 종류에 불과하지만 라면은 60종이 넘는다(어떤 사람은 100종에 가깝다고 주장한다). 세상 사람들의 입맛이 제각각이어서 그 입맛을 맞추려고 그렇게 많은 라면을 만드는가 보다.

그러나 아무리 라면이 많아도 지속적인 사랑을 받는 라면은 정해져 있다. 신라면과 삼양라면, 짜파게티 정도이지 않을까? 특히 신라면은 1989년 삼양라면의 공업용 우지 사건 이후 대한민국 라면계를 평정했다. 하지만 그래도 라면의 맏형은 역시 삼양라면이다. 삼양라면은 아주 오랜 옛날부터 우리와 함께 해온 또 다른 주식主食이라 할 수 있다.

특별한 간식거리가 없었던 1970년대에 라면은 별미 중의 하나였는데 우리는 라면을 먹으며 이런 십행시를 짓고는 했다.

일 일반 시민 여러분 / 이 이번에 / 삼 삼양라면에서 / 사 사(쇠)고기 라면

삼양라면의 역사

우리나라 최초의 라면인 삼양라면은 1963년 9월 15일 첫 선을 보였다. 1961년 설립된 삼양제유(주)가 생산을 했으며 이 회사는 1961년 10월 삼양식품공업(주)로 이름을 바꿨다. 당시 판매가격은 10원이었고 중량은 100그램이었다(현재는 120그램에 750원). 삼양라면은 오랫동안 부동의 1위를 고수했으나 농심에서 만든 안성탕면과 힘겨운 일전을 벌였으며 급기야 1985년 신라면이 출시된 이후 1위 자리를 내주고 말았다.

을 만들었으니 모두 / 오 오셔서 / 육 육박전을 벌이지 마시고 / 칠 칠칠한 냄비 위에 / 팔 팔팔하게 끓여서 / 구 구수하게 드십시오. / 십 십 원짜리 두 개로 모시겠습니다.

내가 국민학교 5~6학년 때 널리 유행된 십행시인데 4와 5는 잘 생각나지 않지만 대충 그랬던 것 같다.

라면은 가격에 비해 가치가 대단히 뛰어난 음식이다. 1,000원이 안되는 돈으로 한 끼를 너끈히 해결할 수 있으니 그 얼마나 멋진 물건인가? "밥 없이는 살아도 라면 없이는 못 살아"라고 외치는 사람도 있고, 금메달을 딴 뒤에 "이제 라면은 그만!"이라고 말해 그간의 고통을 한 마디로 표현하기도 한다. 가히 서너 살 아이부터 70대 할아버지 할머니까

그때 그시절 먹을 거리들, 라면을 끓일 때면 꼭 라면과 국수를 같이 넣어 끓여 먹었다

지 라면은 온 국민의 동반자이다.

   겨울날, 연탄불 위에 노란 양은냄비를 올려놓고 물이 부글부글 끓기를 기다려 김장김치를 숭숭 썰어 넣고 팔팔 끓인 라면을 먹노라면, 뻘건 국물에 찬밥을 말아 훌훌 먹노라면 남부러울 것 없는 행복감과 포만감이 몰려오고 이 세상이 고마워지기까지 한다. 이토록 고마운 음식을 만든 사람에게 신의 축복이 가득하기를!

memoris

새마을운동

농촌근대화에 혁혁한 공을 세운

국민운동

어찌 되었든 새마을운동은 좋은 결과를 가져왔다. 자발적이지 않았다는 점이 흠이기는 하지만 그 시절에 강제로 시키지 않았다면 누가 이런 운동을 펼쳤겠는가? 그런 의미에서 박정희는 안티도 많지만 존경하는 사람도 많은 것이 이해된다.

국민학생 시절인 1970년대에 내가 살던 전북 이리시(지금의 익산시) 남중동에서 아버지의 고향인 전북 익산군 여산면 원수리를 가려면 아프리카로 모험을 떠나는 것과 같은 각오를 다져야 했다. 집에서 나와 20여 분을 걸어 낡은 시내버스를 탄 다음 꼬불꼬불한 2차선 도로를 40분 정도 달리면 코딱지만 한 금마공용터미널에 도착하는데 그곳에서 다른 낡은 시내버스로 갈아탄 다음 더 꼬불꼬불한 1.5차선 도로를 30여 분 정도 간 뒤 내려서 40분 정도를 걸어야 했다. 아무리 못 걸려도 1시간 40분이 걸렸다. 지금은 8분이면 간다.

내가 가고자 했던 그 동네는 100여 가구 정도가 모여 사는 궁벽한 시골이었고 기와집은 10채가 되지 않았다. 그런데 다들 마당은 꽹장히 넓었다. 나의 큰집 또한 앞마당이 100평 정도 되었고 옆 마당은 채마밭이었다. 허물어져 가는 '측간(변소)'이 있고 그 옆에 외양간이 있다. 그 옆에 돼지우리가 있고 그 옆에 사랑방이 있고 그 옆에 불을 때는 아궁이가 있었는데 장작이 엄청나게 쌓여 있었다. 지금 이런 풍경을 보면 정겹다고 표현할지 몰라도 그 시절에 그렇게 말했다가는 물정 모르는 사람이라는 핀잔을 들었다.

장작불을 때서 난방을 했고 불을 때서 밥을 지어 먹었다. 그래서 겨울이면 방바닥은 뜨겁고 방안 공기는 얼음처럼 차가웠다. 1970년대 후반까지만 해도 시골에는 먹을 것이 없었다. 농사를 지었기 때문에 농촌이 도시보다 더 먹을 것이 많다고 생각하면 착각이다. 옛날 농촌에서는 벼농사와 보리농사 외에는 다른 것을 재배하지 않았다. 비닐하우스를 만들어 특용작물을 재배한다거나 겨울에 농사 외에 다른 일을 한다는 것은 아무도 생각하지 못했다. 기껏해야 감나무가 있는 집이면 감 몇 개, 밤나무가 있는 집이면 밤 몇 개, 여름에는 감자, 겨울에는 고구마가 전부였다. 1년 내내 수박 한 번 먹지 못하고 사과 한 번 먹지 못하고 사는 사람이 부지기수였다.

부엌에 들어가면 장작불 그을음으로 온통 벽이 새까맸다. 한쪽 벽엔 장작이 쌓여 있었는데 큰어머니와 사촌 누나는 아궁이 앞에 쭈그리고 앉아 불을 때거나 무릎까지밖에 오지 않는 부뚜막 위에 낡은 도마를 올려놓고 낡은 칼로 칼질을 하곤 했다. 허리를 언제나 숙여야 했던 그 불합리한 노동이란!

밥 때가 되면 온 식구가 큰방에 둘러앉아 밥을 먹었는데, 큰방이라고는 하지만 가운데 장지문을 닫으면 두 개로 분리되는 방이었다. 순 풀성귀로만 차려진 밥상에 고기반찬이 오르는 날이라고는 1년에 딱 두 번, 설날과 추석뿐이었다. 그런데 늘 의아했던 것이 밥을 먹을 때 큰어머니와 사촌 누나는 잘 끼지 않았다는 것이다. 내가 후다닥 밥을 먹고 부엌으로 가보면 두 사람은 아궁이 위에 김치 한 그릇을 올려놓고 먹는 경우가 많았다.

새벽종이 울렸네 새아침이 밝았네

당시 농촌 집에는 살림살이가 아무것도 없었다. '아무것도 없다'는 말을 요즘 아이들은 이해하지 못하겠지만 실제로 농기구 몇 개가 전부였다. 그때는 벽장이 장롱 역할을 했기에 장롱이 없는 집도 흔했다. 방 안에 들어가면 국회의원들이 나누어준 한 장짜리 달력이 아랫목 벽에 붙어 있었고 흑백 가족사진을 담은 액자 두 개, 작은 괘종시계 하나, 윗목에 오강 하나, 그리고 윗목 선반 위에 색이 누렇게 변한 와이셔츠 상자가 몇 개 쌓여 있을 뿐이었다. 유일한 문명의 기기는 라디오, 그것도 커다란 빠때리를 검은 고무줄로 친친 감은 라디오 하나가 전부였다.

그럼 TV는? 당시 전북 익산은 인적이 끊긴 두메산골도 아니었는데 전기가 들어오지 않았던 시절이라 TV는커녕 호롱불을 켜고 살았다. 이 책을 읽는 사람 중에도 어려서 호롱불을 켜고 살았던 사람이 있을 것이다. 호롱불이 낭만적이라고 말하지 마라. 앞에 앉은 사람의 얼굴도 제대로 보이지 않는다. 너무 어두워 심지를 세우면 불이 쉬익— 하고

우리네 농촌을 개혁시킨 새마을운동

위로 솟구치는데, 기름의 낭비도 많을 뿐 아니라 천장을 그을리기 쉬워 어른들에게 혼나곤 했다.

먹을 것도 없었고 입을 것도 없었고 책도 없었고 전기가 없으니 모든 가전제품이 소용이 없고 할 일도 없었다. 박정희는 이를 알고 있었고 이 상황이 더 지속되어서는 안 된다고 결심했던 게 분명하다. "새벽종이 울렸네, 새아침이 밝았네, 너도나도 일어나 새마을을 가꾸세~" 노래를 틀어 젖히며 사람들의 새벽잠을 깨운 새마을운동이 이를 증명하지 않는 가. 나는 이 노래가 곡도 가사도 매우 잘 만든 명곡이라 생각한다.

1,500리 방방곡곡이 농촌개조운동, 나아가 도시개조운동에 들어갔다. 아이들은 가슴에 새마을운동 리본을 달았고 어른들은 새마을운동 마크가 그려진 초록색 모자를 하나씩 선물 받았고 곳곳에 새마을회관이 들어섰다.

1971년 새마을운동이 시작되고서 1년 뒤 나의 큰집에는 전기가 들어왔다. 1978년에는 대한전선 TV를 구입했고 1980년대 중반에는 가스레

인지를 구입했다. 30년이 지난 지금 사촌 누나는 서울에서 사업을 하고 붓글씨 전시회를 하는 등 분주하다. 큰어머니는 혼자 방에서 식사를 하신다. 그 많던 사촌형들과 동생들은 모두 도시로 떠났고 할머니, 큰아버지는 돌아가셨다.

새마을운동은 나름대로 의미가 있고 가치가 있었던 범국민적 운동이다. 이 운동을 깎아내리는 시각도 적지 않지만 당시 농촌에 살았던 사람은 이 운동의 가치를 잘 알 것이다. 꼭 새마을을 만들겠다는 것이 중요한 게 아니라 우리네 삶의 조건을 개선하자는 것, 그것을 혼자 힘으로 하기 어려우니 함께 하자는 것이었다.

그런 운동을 다시 펼치자고 하면 어떨까? 아마 아무도 동참하지 않을 것이다. 모두가 가난했기에, 마음이 순수했기에 가능했던 일이다.

이것을 외우지 못하면 집에 가지 못했기에 쉬는 시간만 되면 부지런히 외웠다. 다 외우지 못한 아이들은 교실에 남아 선생님께 매를 맞아가며 외웠다. 어떤 선생님은 "1968년 12월 5일 대통령 박정희"까지 외우도록 했다. 그 투철한 교육정신이란!

1980년대에는 종로를 비롯한 도시의 여러 곳에 타자학원이 즐비했는데 타자연습을 할 때면 꼭 "우리는 민족중흥의 역사적 사명을 띠고 이 땅에 태어났다"를 치고는 했다. 그만큼 이것은 우리 뇌리에 깊이 각인된 글이다.

사실 국민교육헌장은 하나하나 뜯어보면 좋은 글귀이고 문장 자체도

교실에 항상 걸려 있었던 국민교육헌장

훌륭하다. 어떤 사람은 국민교육헌장을 훈민정음 이후 가장 뛰어난 글이라고 칭찬까지 한다. 물론 인간의 창의성을 말살하는 독재시대의 대표적 상징이라고 비판하는 이도 있다.

국민학교 1학년부터 고등학교 3학년까지 모든 교실에는 이 글을 담은 액자가 반드시 걸려 있었다. 칠판 위 한가운데에 태극기가 있고 오른쪽에 교훈, 왼쪽에 급훈, 앞 벽의 왼쪽에

국민교육헌장, 오른쪽 벽에 수업시간표……. 이 구도는 대한민국 어느 교실이나 똑같았다. 이 구도를 깨면 자칫 반공법 위반으로 잡혀갈 수도 있었다. 그러니 좋든 싫든 12년 동안 국민교육헌장을 읽지 않을 수 없었고 외울 수밖에 없었다. 사실 우리는 이 글을 줄줄 외웠지만, 그냥 외운 것뿐이다. 뜻을 음미하지도 않았고 거기에서 무언가를 깨우쳐야겠다는 의식도 없었다. 그저 줄줄 외우기만 했다.

하지만 학생이라면 누구나 외울 수밖에 없었던 국민교육헌장도 1994년에 폐지되어 역사의 유물로 사라졌다. 26년 동안 우리 국민에게 "영광된 통일조국의 앞날을 내다보고", "민족의 슬기를 모아 새 역사를 창조하자"고 강요했던 글이 운명을 다한 것이다. 독재의 잔재, 일본식 교육의 답습, 획일주의, 창의성 말살, 민주자유정신에 위배된다는 것이 그 이유였다. 물론 1970년대에도 이 헌장에 반대하는 사람들이 적지 않았다. 이 헌장을 비판했던 대학교수 11명은 해직되었고 몇 명은 감옥에

가기도 했다. 교육에 대한 의견을 개진했다가 감옥까지 갔으니 참으로 서글픈 시대상이다.

국민교육헌장의 내용에 공감을 하든 하지 않든 우리는 이 글을 줄줄 외웠다. 유신헌법, 새마을운동과 더불어 우리의 유년시절과 학창시절을 규정한 키워드였던 셈이다. 알쏭달쏭한 것은 처음부터 끝까지 좋은 단어로만 만들어진 이 헌장을 왜 줄줄 외우기만 하고 실천은 하지 않았는가 하는 점이다.

"성실한 마음과 튼튼한 몸으로" – 이 문장에 반대하는 사람이 있을까?
"능률과 실질을 숭상하고" – 이 문장을 거부할 이유가 있을까?
"봉사하는 국민정신을 드높인다" – '봉사'는 언제나 중요한 덕목이지 않은가?

그럼에도 이 헌장은 폐지되었다. 이제는 성실한 마음을 가질 필요가 없고, 능률과 봉사는 그다지 중요하지 않다는 뜻은 아닐 게다. 중요한 것은 이처럼 좋은 것도 스스로 하지 않고 누군가가, 특히 권력이 권하거나 강요하면 구속·억압이 되어버린다는 사실이다. 그러기에 이 헌장은 안타깝기는 하지만 26년 만에 역사의 뒤안길로 사라질 수밖에 없었다.

국민교육헌장 누가 만들었을까

국민교육헌장은 박종홍(서울대 철학과 교수), 안호상(초대 문교부장관) 등 모두 74명이 참여해 만들었으며 1968년 11월 26일 국회의 만장일치를 거쳐 12월 5일 정식으로 발표되었다. 1994년부터 기념행사가 폐지되어 교과서에서도 삭제되었다.

요즘의 아이들은 이 단어를 모른다. 설사 안다 해도 이 방학을
왜 해야 하는지 그 이유를 알지 못한다. 또 설사 농번기방학이라는 명목
으로 방학을 한다 해도 논에 나가 직접 모를 심거나 부모님을 돕는 아이
는 아무도 없을 것이다.

우리가 학교를 다니던 1970~80년대에는 농번기방학이 있었다. 대도
시를 제외한 지방 중소도시와 시골에서 이 방학은 매우 중요했다. 지금
은 농사가 경제에서 차지하는 비중이 작고 심지어 농사 자체에 대해 논
란이 많지만 그 옛날 농사는 매우 중요한 일이었다. 사실 지금도 어떤
의미에서는 중요하다. 그래서 이렇게 말하지 않는가.

"쌀은 곧 생명이다!"

1980년대 이전까지만 해도 지방 중고등학교 학생의 부모 중 3분의 1 정도가 농사를 지었다. 부모들의 직업 조사를 하면 농부가 항상 선두였고 그다음이 소규모의 상인, 공무원, 교사 순이었다. 심지어는 한 반에 반 이상이 농사를 짓는 경우도 있었다.

농촌에서는 옛날이나 지금이나 모내기를 하는 5월, 추수를 하는 9월이 가장 바쁘다. 이때는 부엌의 부지깽이도 나서서 농사일을 거들어야 한다. 중학교나 고등학교에 다니는 자식이 있으면 그 손을 빌리지 않을 수 없었다. 그래서 나라에서는 1년 중 가장 바쁜 철인 5월에 농번기방학을 만들어 농사일을 거들도록 했다.

나는 도시에서 살았지만 고1 때까지 농번기방학이 있었다. 그런데 단 한 번도 학교를 쉬지 않았다. 겉으로는 방학이었지만 늘 학교에 나와 공부를 했다. 농번기방학이 공표되면 선생님은 농사를 짓는 집의 아이들을 하나하나 불러 정말 부모님의 농사를 거드는지 몇 번이나 확인을 한 다음 그런 아이들만 사흘 동안 쉬도록 했고 나머지 아이들은 전부 학교에 나오도록 했다. 그래서 농사를 짓지 않는 집의 아이들은 어쩔 수 없이 학교를 나와야 했고 불평불만을 토해내면서 3일 내내 자습을 했다. 천만다행인 것은 오전수업으로 끝났다는 것이다.

언젠가 농번기방학 3일 중 하루 시간을 내 모내기 지원을 나간 적이 있었다. 200명 정도의 학생들이 학교 근처의 논으로 가 오후 5시까지 모를 심고는 집으로 돌아간 것이다.

가을에는 농번기방학이 없었다. 대신 대대적으로 벼 베기 지원을 나

모내기철에는 일손을 돕기 위한 농번기방학이 있었다.

갔다. 벼 베기 지원은 고2 때까지 했는데 아침에 학교에 갈 때 책가방 속에 낫을 넣어 갔다(군대에서는 3년 내내 모내기, 벼 베기 지원을 나갔다). 만일 그때 모내기, 벼 베기 봉사를 하지 않았다면 농사를 짓지 않는 집의 아이들은 평생 모내기나 벼 베기를 해보지 못하고 살았을 것이다. 그런 의미에서 요즘 아이들은 불운하다고 할 수 있다.

농번기방학을 맞아 시골 고향집으로 일손을 도우러 간 아이들은 3일 후에 얼굴이 새까맣게 그을려서 돌아왔다. 열예닐곱 살에 불과했지만 한 사람의 일꾼으로서 훌륭하게 일을 하고 온 것이다. 그렇다고 하여 그들이 공부에 뒤진 것도 아니었다. 일을 하지 않고 학교에 남아 있던 아이들은 3일 내내 놀았기 때문이다.

이제는 농번기방학이 필요 없는 시대가 왔다. 특별한 경우를 제외하고 대부분의 농사일은 기계가 다 한다. 사실 요즘의 연약한 중고생들을 논바닥에 풀어놓았다간 1년 농사를 다 망치고 말 것이다. 또 농사 일에 학생들을 동원했다가는 학부모들의 항의로 학교장이 쫓겨날지 모른다.

그러나 1년 중에 며칠 정도 공부하지 않는다고 큰일이 나는 것은 아니다. 직접 모내기는 하지 않더라도 논으로 나가 우리 농부들이 얼마나 힘들게 농사를 짓고 쌀이라는 것이 어떤 과정을 거쳐 식탁에 오르는지 깨닫는 것만으로도 훌륭한 인생 공부가 된다. 그런 것들이 공부에 밀려 사라진 것이 안타까울 뿐이다.

memoris
민방공훈련
북괴가 쳐들어오면
어떻게 하나

1970년대, 심지어 1980년대 중반까지만 해도 북한의 무력침략은 엄연한 현실이었다. 언제 어느 때 북괴가 휴전선을 넘어 평화로운 대한민국을 적화통일시킬지 알 수 없는 노릇이었다. 북한괴뢰군은 충분히 그럴 수 있다고 위정자들은 공공연히 겁을 주었고 반공교육을 받은 우리는 이에 대한 대비를 해야 했다. 그것이 민방공훈련(민방위훈련)이다.

소방방재청은 민방위훈련의 정의에 대해 "적의 침공이나 전국 또는 일부 지방의 안녕질서를 위태롭게 할 재난으로부터 주민의 생명과 재산을 보호하기 위해 정부의 지도로 주민이 수행해야 할 방공, 응급적인 방재, 구조, 복구 및 군사작전상 필요한 노력 지원 등 일체의 자위적 활

동"이라고 규정하
고 있지만, 그 당시
우리의 적은 오로지
북한괴뢰군뿐이었
다. 그리하여 매월
15일이 되면 대한민
국 방방곡곡에 사이
렌이 울렸고 사람들
은 하던 일을 일시

전국적으로 15일에 실시된 민방공훈련

중단하고 대피를 했다. 방공호로, 나무 밑으로, 집 안으로, 지하로……. 각
자의 살길을 찾아 숨어들었다. 학교에서의 수업도 중단되고(그래서 아이들
은 이 시간을 기다렸다), 회사에서의 업무도 중단되고(그래서 회사원들도 이 시
간을 싫어하지 않았다), 모든 공장의 기계가 멈추었으며(그래서 여공들도 이 시
간을 환영했다), 자동차 또한 올스톱되었다. 라디오의 음악도 멈추고 긴박한
목소리만이 시시각각으로 침략군의 동향을 들려주었다.

"서울 상공에 적기 출현, 시민 여러분은 당황하지 마시고 …… 안내
방송에 따라 신속히 대피하시고 ……."

사람들은 차에서 내려 건물 안으로 우르르 몰려 들어갔고, 건물 안에
있던 사람들은 우르르 지하로 내려갔다. 그런데 생명을 지키자고 피하
는 것인데 자존심이 상하는 것은 나만의 생각이었을까?

30분 뒤 해제 사이렌이 요란하게 울리면 사람들은 슬금슬금 기어 나
와 일상으로 돌아갔다. 학생들은 교실로, 여공들은 기계 앞으로, 회사원
들은 서류 앞으로, 운전기사는 핸들 앞으로……. 한낮 30분의 휴식이 그

렇게 사이렌과 함께 끝나는 것이다.

1970년대 후반과 1980년대 초반에는 이 민방공훈련이 꽤 그럴 듯하게 시행되었고 1970년대 말에는 야간 등화관제 훈련까지 했다. 30분 동안 집안의 모든 불을 끄고 TV와 라디오의 안내방송에 귀를 기울이던 시절이었다.

민방공훈련의 참뜻은 매우 좋은 것이다. 북한이 쳐들어오면 또는 통일이 된 후 중국이 쳐들어오면, 아니면 일본이 쳐들어오면 우왕좌왕하지 말고 침착하게 대응해 생명과 재산을 보호하자는 것이다. 그런데 정녕 궁금한 것은 이것이 실제 상황에서도 지켜질까 하는 점이다. 막상 북한군이 휴전선을 넘어 탱크를 밀고 내려오면, 북한군의 전투기가 순식간에 남하해 서울을 폭격하면, 대한민국 국민은 민방위 본부의 안내방송에 따라 침착하게 대피소로 피할 수 있을까?

어찌 되었든 이제 민방공훈련은 재난대피훈련으로 바뀌었으며 대다수 사람은 민방공훈련이 있는지조차 알지 못한다. 느닷없이 사이렌이 울리면 어디에서 불이 났나 하는 정도이다. 지하의 박정희가 이런 모습을 보며 통탄하지 않을는지 모르겠다.

왜 민방공훈련을 해야 하나

민방공훈련(민방위훈련)은 세계 여러 나라에서 시행되며 우리나라는 1971년 '방공·소방의 날'에 관한 규정(대통령령 제5919호)이 제정되면서 1972년부터 시행되었다. 현재 민방공훈련을 주관하는 소방방재청은 민방위의 필요성에 대해 이렇게 말한다. "민방위는 전쟁의 여부, 즉 전·평시에 관계없이 인간이 생존하여 집단을 형성하고 있는 한, 다시 말해 인간사회에서 제반 재난이 일어날 가능성이 존재하는 한 영원히 필요한 무한성이 있다."

모나리자를 닮은 마담과 허벅지 두꺼웠던 레지

돌이켜보면 우리 곁에서 사라진 것들이 너무나 많다. 가장 안타까운 것 중 하나가 다방의 소리 없는 소멸이다. 다방! 이름만 들어도 설레는 단어. 그곳에는 모나리자를 닮은 후덕한 마담이 있고 엉덩이를 촐싹거리며 테이블 사이를 누볐던 레지가 있었다. 푹신한 안락의자가 있고 음악이 있고 뿌연 담배연기와 매캐한 유황냄새가 있었다. 그리고 따뜻한 커피와 함께 우리의 청춘이 고스란히 존재했다.

그런데 별다른 이유도 없이 사라져버렸다. 하나씩 둘씩 사라지더니 2000년대 초 그나마 몇 군데 남아 있던 다방마저 외국계 커피숍의 진출로 일거에 자취를 감추고 말았다. 정말이지 슬픈 일이다.

우리는 다방에서 친구를 만났고 다방에서 미팅을 했고 다방에서 데이트를 했고 다방에서 역적모의를 했고 다방에서 인류의 미래(?)에 대해 논했다. 모든 역사는 다방에서 시작돼 다방에서 끝났다고 해도 과언이 아니다. 다방에서 음악을 듣고 테이블 위에 놓인 육각 성냥통에서 성냥을 꺼내 수수께끼를 내곤 했다. 그리고 간혹 호기를 부려 레지에게 커피를 사주곤 했다. 한복을 곱게 차려입은 마담은 우리가 감히 근접하지 못하는 어른이었다. 마담은 최소 쉰 살 정도의 경륜과 배포를 지녀야 말이라도 붙일 수 있었다.

서울과 대도시의 다방은 대부분 지하에 자리를 잡았다. 지하는 왠지 모르게 안락함이 든다. 그곳의 인테리어는 최백호의 노래 〈낭만에 대하여〉에 나오는 것처럼 "나름대로 멋을 부렸지만" 어디든 대동소이했다. DJ가 음악을 틀어주는 뮤직박스(음악다방은 1980년대 중반에 그 운명을 고했다), 커다란 고려청자 모조품, 기기묘묘한 몇 개의 수석, 먼지를 뿌옇게 뒤집어쓴 울긋불긋한 조화造花, 숫자만 인쇄된 커다란 달력(또는 산수화가 그려진 은행 달력), 카운터 옆에 붙은 거울, 뜻을 알 수 없는 휘갈겨 쓴 한문 액자, 소를 몰고 집으로 돌아오는 농부를 그린 촌스럽기 그지없는 동양화. 어느 곳엔 거북이 박제를 걸어놓은 곳도 있었다.

그곳에서 우리는 청춘을 보냈다. 때로는 우울하게, 때로는 아련하게, 아니면 서글프게. 그러던 다방은 커피숍이나 카페로 차츰 이름을 바꾸었고 레지들은 하나둘 떠나갔으며 대학생 아르바이트생이 그 자리를 꿰차기 시작했다. 심지어 이제는 커피숍이라는 명칭조차 쓰지 않는다. 그저 스타벅스이다.

아련한 추억 속의 그곳

양지다방은 서울 종로에 있던 다방의 대명사이다. 한때 전국에서 가장 큰 면적을 자랑했다. 지금도 양지다방은 전국 곳곳에서 그 명맥을 유지하고 있다. 서민들의 사랑방으로 또는 불법퇴폐 성매매의 온상, 일명 티켓다방으로.

다방의 이름으로 가장 많이 사용된 것은 무엇일까? 약속다방이다. 이밖에 양지다방, 꽃다방, 중앙다방, 별다방, 난초다방, 지하다방, 호수다방, 궁전다방, 만나다방, 아리랑다방, 아네모네다방 등이 많이 애용되었다.

생활문화 수준이 향상된 1980년대 중반 이후 다방 이름은 블랙커피숍, 너랑나랑커피숍, 안단테커피숍, 엔젤커피숍, 롯데카페 등으로 개명하기 시작했다. 다방과 커피숍의 치열한 전투는 커피숍의 승리로 끝났고 그 커피숍마저 이제는 스타벅스, 탐앤탐스, 이디야 에소프레소 등에게 자리를 내주고 말았다.

이제 대도시에서 다방을 보기란 하늘의 별 따기이다. 그것이 역사의 운명인가. 요즘 사람들은 시끌벅적한 커

우리는 다방에서 심심풀이로 성냥을 쌓았다.

피숍에서 담배도 피우지 못한 채 '이상한' 커피를 마신다. 도대체 그런 곳에서 무슨 이야기를 진지하게 나눌 수 있단 말인가. 중년을 넘어선 사람은 눈을 씻고 찾아봐도 없으며 모두 젊은이들 차지이다. 한복을 곱게 차려 입은 마담이라는 존재는 화성에나 가야 볼 수 있다. 나는 요즘 대학생들이 '레지'라는 단어를 아는지 궁금하다.

나는 여기 이렇게 있는데 그들은 모두 어디로 갔을까? 그리고 그 다방들은 다 어디로 갔을까? 우리를 키워준 그들이 사라진 지금 그 시절의 다방커피가 너무도 그리워진다.

memoris

연탄
아랫목 장판을 새까맣게 만들었던
뜨거움

"연탄재 발로 차지 마라." 시인 안도현은 말했다. 맞는 말이다. 그렇게 뜨겁게 자신을 불태워 우리를 따뜻하게 해준 것이 연탄 말고 또 있을까? 1970~80년대 초반까지 우리가 사용할 수 있었던 연료는 세 가지이다. 연탄과 장작과 석탄이다(석유가 있기는 했으나 난로와 건물용이었다).

대도시 사람들은 연탄을 땠고 지방의 작은 도시나 시골 사람들은 장작을 사용했고 교실에서는 석탄(조개탄)으로 난방을 했다. 연탄은 어떤 의미에서는 획기적인 발명품이다. 만약 연탄이 없었다면 얼어 죽는 사람이 속출했을 것이고 온 산의 나무가 토벌되었을 것이고 대한민국 영토 전체가 장작불 연기로 뒤덮였을 것이다. 그러므로 우리는 연탄을 하찮게 여겨서는 안 되며 연탄재를 발로 차서도 안 된다.

하지만 연탄은 살인무기가 될 수도 있었다. 1970년대 후반까지만 해도 매해 겨울이면 연탄으로 말미암아 죽는 사람이 신문을 장식했다. 이른바 연탄가스이다. 우리의 기억 저편에 자리 잡은 이 단어는 겨울이면 하루에 열 번도 넘게 듣는 단어였다. "연탄가스 조심해라", "연탄가스가 새는지 보아라" 하지만 아무리 경고를 해도 눈에 보이지 않는 가스를 잡아낼 수는 없어 밤사이에 죽는 사람이 끊이질 않았다. 그래서 매년 늦가을이 되면 정부 차원에서 대대적인 홍보를 하곤 했다.

연탄가스는 이산화탄소이다. 폐쇄된 공간에서 흡입을 하면 혈액의 산소를 빨아들여 산소 부족으로 사망한다. 죽음 직전에 발견돼 병원으로 옮긴 사람 중에는 정신이상자들도 간혹 생기곤 한다.

많은 과학자가 연탄의 유독성 가스를 줄이는 방법을 연구했고 중독이 되었을 때 응급치료법을 홍보하곤 했지만 사후약방문이랄 수밖에 없다.

지금도 간혹 연탄가스로 자살을 하는 사람들이 있는데 이 방법이 치명적이고 고통을 덜 주기 때문이다. 아이러니한 것은 1970년대에는 연탄가스로 자살을 하는 사람이 많지 않았다는 사실이다. 아니, 자살을 하는 사람 자체가 지금보다 훨씬 더 적었다.

하루에 두 번, 시간을 맞춰라

연탄의 연소시간은 대략 12시간이다. 그래서 하루에 두 번, 많게는 세 번 연탄을 갈아야 했다. 방이 세 개이면 하루에 6~8장을, 한 달이면 230장 내외, 겨울을 나려면 얼추 1,000장이 필요했다. 그래서 주부들은 가을이면 김장과 함께 연탄 1,000장을 준비하고자 골머리를 싸매야 했다. 연탄을 가는 일은 참으로 귀찮은 일이다. 눈이 펄펄 내리거나 매서운 바람이 불거나 아무리 잠을 자고 싶어도 시간이 되면 밖으로 나가 연탄을 갈아야 했다. 그렇지 않으면 연탄불을 새로 붙여야 했는데, 이는 고역이었다. 연탄을 가는 일은 대개 어머니 몫이었지만 아버지들도 많이 갈았고 한참 노는 도중에

조개탄난로 하나면 겨울을 따뜻하게 보낼 수 있었다

"영철아, 연탄 갈아라" 하면 아들놈도 갈곤 했다.

연탄에는 구멍이 있다. 불에 잘 타게 하기 위해서인데 처음에는 연탄구멍이 19개여서 19공탄이라고 불렀다. 나중에는 여기서 10을 생략하고 그냥 구공탄이라 불렀고 그 이름이 그대로 굳어졌다. 이외에도 22공탄, 32공탄이 있었는데 특별한 용도로만 사용되었다.

연탄보일러의 역사

연탄보일러가 대중화되기 시작한 것은 1970년대 중반이다. 보일러는 열효율을 높이고 방안 전체를 따뜻하게 하고 무엇보다도 연탄가스 중독을 없앤 획기적인 발명품이었다. 누가 연탄보일러를 발명했는지는 알 수 없으나 그에게는 온 국민의 이름으로 훈장을 주어야 한다. 연탄보일러가 보급되기 시작한 이후 전국 모든 집이 오래된 방구들을 뜯어내고 보일러 호스를 새로 까는 작업에 돌입했다. 그렇게 연탄 화덕은 우리 곁에서 자취를 감추었고 20여 년 후 연탄보일러는 석유보일러에 그 바통을 넘겨주었다.

1970년대 겨울에는 어딜 가든 연탄난로가 있었다. 동네의 작은 다방에도 술집에도 만화방에도 서점에도 터미널에도 연탄난로가 한가운데에 떡 하니 놓여 있었고 그 위에는 반드시 노란색 커다란 주전자가 있었다. 사람들은 난로 옆에 둘러앉아 뻐끔뻐끔 담배를 피우며 삶을 이야기하고 정치를 논하고 자식놈들을 걱정했다.

　그런 풍경은 이제 사진과 드라마 속에서나 존재한다. 때로는 가난한 사람들의 생명을 앗아갔지만 연탄은 생존 필수품이었고 우리를 키운 존재였다. 그래서 나는 늘 겨울이 돌아오면 그 옛날의 연탄을 떠올리곤 한다.

고사리 같은 손으로 꾹꾹 눌러썼던
감사의 편지

너무나 많은 것들이 우리 곁에서 사라졌다. 그 중에는 당연히 사라져야 할 것도 있지만 지금까지 있었으면 참 좋았을 텐데 하는 것이 있다. 그 중 하나가 위문엽서이다. 지금도 위문편지를 쓰는지 어쩌는지 정확히 모르겠으나 사실상 사라졌다고 보아야 한다. 교련 혜택을 받은 나는 1982~84년에 걸쳐 27개월 동안 군생활을 했는데 위문엽서라는 것은 그림자조차 구경하지 못했다. 나의 딸 역시 학교에서 위문엽서를 쓴 적이 한 번도 없다고 한다.

우리가 국민학교와 중학교에 다니던 시절에는 1년에 한 차례 이상 위문엽서를 썼다. 그런데 참으로 의아한 것은 고등학교에 입학한 뒤에는 위문엽서를 쓰지 않았는데 고3이었던 1979년 어느 봄날 선생님이 엽서를 몽땅 들고 들어오셔서는 아이들에게 한 장씩 나누어주고 국군 장병 아저씨에게 보내는 위문엽서를 쓰라고 한 것이다. 이제 곧 군대에 갈 아이들에게 위문엽서를 쓰라니! 어찌 됐든 우리는 약간 어쭙잖은 내용으로 '위문'을 가득 담은 편지를 썼는데 선생님이 종례시간에 들어오셔서 몹시 화를 내는 것이었다. 나라를 지키는 국군 아저씨에게 이렇게 시니컬하게 편지를 쓰면 어떻게 하느냐는 꾸지람이었다. 사실 그때 우리 또래 중에는 휴가 나온 군인과 패싸움을 하는 녀석도 있었는데 위문엽서를 쓰라는 것은 약간 무리한 요구였다.

어린 시절 비록 글짓기 솜씨가 뛰어나지 않아도 위문엽서를 쓰는 일에 큰 부담을 가지지 않고 술술 써내려갔던 이유는 그 편지를 받는 사람이 '군인'이었기 때문이리라. 그런 말이 있지 않은가, 군인은 사람이 아니라 그저 군인이다. 위문엽서는 관제엽서와 달리 앞면이 총 천연색이었고 우표를 붙일 필요가 없었으며 받는 사람의 주소와 이름을 정확히 쓰지 않아도 되었다. 그냥 "국군 장병 아저씨께"라고 쓰면 되었다. 조금 잘난 척하는 아이들은 "수고하시는 국군 장병 아저씨께"라고 썼으며 더 잘난 척하는 아이는 "나라를 위해 수고하시는 국군 장병 아저씨께"라고 썼다.

1년에 한 번은 위문품

위문엽서의 사진은 관광엽서와 달랐다. 관광엽서는 내장산의 단풍, 계룡산의 폭포, 설악산의 흔들바위 등이 담겨 있지만 위문엽서는 서울이 발전한 모습, 포항제철의 위용, 세계로 수출하

조막손으로 보낸 위문편지

는 포니 자동차, 전국체전에서 역기를 들어 올리는 선수 등의 사진 위주
였다. 군인들이 군대에서 뺑뺑이를 치는 동안 우리나라는 이렇게 발전
하고 있으니 걱정하지 말라는 세뇌교육이지 않았나 싶다.

여하튼 우리는 손에 연필을 들고 침을 묻혀 가며 미지의 아저씨에게
위문이 가득 담긴 편지를 써내려갔다.

국군 장병 아저씨께

나라를 지키느라 얼마나 수고가 많으십니까. 그래서 선생님이 저희에게
엽서를 나누어주셨고 저는 이렇게 편지를 씁니다. 아저씨 덕분에 저희는
열심히 공부하고 있습니다. 다 아저씨가 고생을 한 것이기에 고맙습니다.

이렇게 두서없이 써도 선생님은 별다른 말씀이 없으셨다. 내용이야
어찌 되었든 군인이 이 편지를 받는다면 그저 '황송무지로소이다' 하고
감사해 할 것을 알고 있었기 때문이리라. 그런데 또 의아한 것이 국민학
교 3학년부터 중학교 3학년까지 7년간 위문엽서를 보냈는데, 단 한 번

가난했으므로 행복했노라, 낭만과 액션의 7080 **149**

도 답장을 받지 못했다는 사실이다. 나는 그 7년 동안 답장을 받은 아이를 딱 한 번 보았다. 국민학교 6학년 때 한 여학생이었다. 왜 국군 장병 아저씨는 답장을 보내지 않을까?

그렇다 해도 우리는 열심히 편지를 썼고 매년 겨울이면 위문품도 보냈다. 지금은 위문품 역시 사라졌지만 그 옛날 겨울에는 1년에 한 번씩 꼭 위문품을 거두었다. 그러고 보면 옛날에는 나라에서 해야 할 일을 국민에게 할당한 일이 무척이나 많았다. 국방성금, 수재의연금, 불우이웃돕기 성금 등을 옛날에는 강제로 거두었으니 말이다.

위문품은 1976년 즈음까지 낸 기억이 있는데 주로 비누, 칫솔, 양말, 치약 등이었다. 전국의 모든 초중고생이 위문품을 냈을 텐데 그것이 제대로 전달되었을지 궁금하다.

이제는 위문엽서도 위문품도 모두 사라졌다. 군인은 여전히 군인이지만 낯모를 초등학생에게 위문을 받을 필요도, 이유도 사라졌고 군인의 일용품을 국민이 강제로 내야 할 만큼 나라가 가난하지도 않다. 사실 요즘 군인들이 쓰는 일용품은 사회에서 가난한 사람들이 쓰는 것보다 훨씬 더 좋다. 하지만 그렇다 해도 군인은 바깥세상이 그립고 두서가 없더라도 누군가의 위로 편지를 받고 싶어한다. 그런 차원에서 위문엽서를 쓰는 제도가 계속 된다면 얼마나 좋을까.

memoris
크리스마스실
내 작은 돈이 누군가의
결핵을 치료할 수 있다면

'지금도 크리스마스실이 나오나?' 하고 생각하는 사람이 많을 것이다. 어쩌면 이 책을 통해 거의 30년 만에(또는 40년 만에) 크리스마스실이라는 단어를 기억해낸 사람도 있을 것이다. 그만큼 바쁘게 살았다는 증거이고 그만큼 나이를 먹었다는 반증이다.

크리스마스실은 지금도 나온다. 어쩌면 당신은 국민학교 학생 시절 10원을 주고 구입한 이후 한 번도 사지 않았겠지만 크리스마스실은 변함없이 발행되고 있다.

그 옛날 겨울방학이 다가오면 우리는 크리스마스실을 사곤 했다. 크리스마스실은 크리스마스 전에 결핵환자를 치료하기 위한 목적으로 발

연말 즈음 보내는 크리스마스 카드와 연하장에 우표와 함께 붙인 크리스마스 실

행되었기 때문에 그 기금을 마련하기 위해 강제적으로 학생들에게 할당
되었다. 그래서 우리는 30원 또는 50원을 내고 의무적으로 실을 샀다.
선생님은 우리가 왜 실을 사야 하는지 설명을 하신 다음 내일 학교에 올
때 꼭 돈을 가져오라고 신신당부 또는 지시를 내리셨다.

집이 좀 넉넉한 아이들은 50원을 가져왔지만(내 기억에 100원 이상 구입
한 아이는 없었다) 대부분은 30원 아니면 20원이었고 단돈 10원만 가져오
는 아이도 있었다. 그런 아이들에게 선생님은 얼굴을 찌푸리기는 했어
도 야단을 치지는 않았다. 단돈 10원밖에 줄 수 없는 부모의 심정을 알
기 때문이다.

선생님은 실을 나눠주시면서 크리스마스실은 우표가 아니니 절대 편
지를 부칠 때 사용해서는 안 되며 우표 옆에 붙이라고 누누이 일러주셨
다. 그럼에도 크리스마스카드를 보내면서 이 실만 달랑 붙이는 녀석은
꼭 있었다(그러면 카드가 반송된다).

대부분의 아이들은 이 실을 그냥 간직했다. 책 속에 넣어두거나 책상 서랍에 넣어두거나 하면서 차례차례 실을 모았다. 그러다가 4~5년이 지나면 그것을 어디에 보관했는지를 잊게 되고 중학생이 되면서(내가 중학교 때부터는 실을 강매하지 않았다) 크리스마스실 자체를 잊게 된다. 그렇게 어른이 되었던 것이다.

그때 샀던 크리스마스실을 모두 버리지 않고 간직했더라면 좋았을 것을……. 그랬다면 지나온 삶의 발자취를 되돌아볼 수 있는 좋은 기념품이 되었을 것이다. 하지만 아쉽게도 그렇지 못했다. 삶은 다 그런 것이다.

크리스마스실은 좋은 의도로 발행이 되었고 어린 우리 역시 좋은 의도로 실을 구입했으나 찬반 의견이 분분한 것도 사실이었다. 하지만 그런 의견에 관계없이 크리스마스실은 우리가 어렸을 때 크리스마스와 함께 다가온 작은 설렘이었고 그래서 우리는 그 '우표 아닌 우표'의 추억을 간직하는 것이다.

크리스마스실은 누가 처음 만들었을까

크리스마스실은 결핵 퇴치 기금을 모으고자 크리스마스 전후에 발행하는 증표이다. 19세기 초 영국의 산업혁명 이후 결핵이 유럽에 만연하자 덴마크 코펜하겐의 한 우체국 직원인 E. 홀벨이 우편물을 정리하던 중 카드에 실을 붙여 판매하면 많은 생명을 구할 수 있겠다는 생각을 했고 1904년 12월 10일 세계 최초로 크리스마스실을 발행했다. 그 뒤 세계 각국이 발행하고 있다. 우리나라에서는 1932년 12월 황해도 해주 (구)세결핵요양원장으로 있던 캐나다 선교의사 S. 홀에 의해 처음 발행되었고 일제에 의해 중단되었다가 해방 후 문창모의 주도로 재개되었다. 1953년 11월 대한결핵협회가 창설되면서 본격적인 발행이 시작되어 전 국민적 운동으로 승격해 오늘에 이른다. 대한결핵협회(www.knta.or.kr)를 방문하면 1940년부터 2009년까지의 크리스마스실을 모두 볼 수 있다.

내 마음의 추억 세 번째

"얘들아, 10월유신이 통과됐대! 무슨 센트가 넘는다더라." 한 아이가 교실 뒷문을 열고 기쁨에 겨워 소리쳤다. 그 전에 제 10월유신이 통과되었으니 우리 수출100억 달러, 국민소득 1,000달러를 달성할 것이고 북괴를 무찌르고 통일할 것이 되었다. 10월유신이 누구의 아이디어였는지 모르지만 '유신'이란 말의 원래 뜻은 "낡은 제도를 고쳐 새롭게 함"이 목적에 맞게 유신을 한 것은 일본의 메이지유신(1853~1877)뿐이 않을까 싶다. 1972년 10월 17일 박정희는 갑자기 년대생을 포함해 대한민국 모든 국민에게 지대하고도 서글픈 영향을 미쳤다. 10월유신은 1960년생이 20살 때, 1969년 대생 모두에게 끼친 영향은 이후로도 오랫동안 계속되었다. 어떤 의미에서 60년대생의 삶은 '10월유신-광주항쟁-민주 리에 방문해 김일성을 두 차례 면접했고 그에 대한 답으로 부수상 박성철이 5월 20일 서울을 방문했다. 바야흐로 20여 해 주은래를 만났다. 전 세계적으로 데탕트(긴장완화)가 무르익는 시점이었다. 그런데 박정희는 느닷없이 국가가 위기에 사실은 대통령을 더하고 싶은 욕구가 전부였으면서 말이다. 그가 명분으로 내세운 것은 '한국적 민주주의'와 '평화적 통 월유신의 전개는 이후 일사천리로 진행되었다. 한 달 후인 11월 21일 '유신헌법'이 국민투표에 부쳐져 압도적 찬성(투표 나지 않는다), 대통령 취임일인 12월 27일에 공포 · 시행되었다. 바야흐로 10월유신의 시절로 접어든 것이다. 유신헌법 퍼렇던 독재시절에 누가 거기에 대해 반대 의견을 낼 수 있었겠는가? 한 마디라도 이러쿵저러쿵했다가는 즉시 연행되 이라고는 단 하나도 찾아볼 수 없었다. 독재 장기집권, 언론 탄압, 야당 탄압, 자유로운 사상의 억압, 시민의 언행권 탄압 년 10월 26일까지 이어졌다. 이런 제도에서 살았던 지난날을 돌이켜보면 우리나라 국민이 과연 자유국가에서 살 자격이 필이 10월유신에 어느 정도 관여를 했는지는 정확히 알 수 없으나 1987년 정치를 재개할 때 대학생들이 그를 향해 '유 백선노장의 정치인이라고 해야 할지 뻔뻔함의 극치라고 해야 할지 모르겠다. 반면 촉망받는 정치인이었던 박찬종은 19 한 글을 쓴 사실이 발견돼 낙선의 고배를 마시고 말았다. 10월유신을 만든 '본당'은 정당의 총재를 지내고 국무총리를 하다. 그보다 더 아이러니한 것은 10월유신의 교육을 받았던 우리 60년대생이 민주화운동의 본령이 된 것이 민국에서 가장 많이 마주치는 표어는 무엇일까? 정확한 추산은 불가능하지만 '핸드폰 공짜'는 두 번째다. 고장은 세 걸음마다 하나씩 붙어 있다. 20년 전에는 무엇이었을까? 두말할 것도 없이 '반공방첩'이었다. 지 자'는 경고, 훈재, 주의, 권고, 요청이었다. 6 · 25전쟁 이후부터 1980년대까지 근 40년 동안 우리나라를 대 르자, 식량증산, 국산품 애호, 수출증대, 양키고홈, 신토불이, 노동자여 단결하라 등 한 시대를 풍미했던 어 한 표어가 있다면 '불조심' 뿐이다나 이것은 영원히 왕의 자리를 지킬 것이다. 황당한 것은 '반공방첩'이 표어에 의문을 제기하거나 훼손하거나 음근슬쩍 모른 척했다가는 치도곤을 당했다. 그런데 이 표어 역시 북조선민주주의 인민공화국이 여전히 존재하고 1994년까지 김일성 주석이 버젓이 살아 있었고 이후 · 김정 목적이 아닌 다른 뜻으로 악용하려고 이 이념을 사용한 것은 아니었을까? 그 깊은 내막은 아직 알 수 없다. 게 이 표어는 지상과제였다. 모든 이념을 뛰어넘었던 구호. 요즘 중고등학생들에게 '반공방첩'의 뜻을 물으 유명한 학자가 어린 시절 교실 뒷벽에 붙어 있는 '적화방 고 하나 30퍼센트라도 열면 대견한 일이다. 여기서 생각하 를 어기는 사람은 감옥에 가야 할까? 예를 들어 만일 미 에 반대한다'라고 말하는 사람은 국가의 안위를 해치는 고 할 때 "문화보다 우선하는 것은 경제다"라고 말하는

내 귀에 도청장치 달렸다!
독재와 민주의 갈림길에서

보람찬 내일

10月 維新의 未來像

호성을 올렸다. "와 만세—" 국민학교 5학년이었던 우리는 너무 좋아서 책상을 두드리며 손뼉을 쳤다. 이
이 행복하게 잘 살리라 생각했다. 그런데 웬걸, 7년 후 박정희가 죽자마자 10월유신은 세상에서 가장 몹쓸
도, 의식, 관례가 낡고 구태의연하고 불합리하니 새롭게 고치자는 것이다. 참으로 멋진 말이다. 그러나 이
다. 전대미문의 독재 시스템인 10월유신은 7년 후 박정희가 피살되면서 막을 내렸으나 60
다. 어떤 사람에게는 길었고 어떤 사람에게는 짧은 시절이었지만 그때 받은 교육이 60년
고 볼 수 있다. 그해 5월, 중앙정보부장 이후락이 고위급 인사로는 처음으로 북한을 비밀
성되기 시작한 시점이었다. 또 역사상 최초로 미국 대통령 닉슨이 중국(당시 중공)을 방문
사태를 선포하고 모든 것을 새롭게 뜯어고쳐야 한다고 말도 안 되는 주장을 펼친 것이다.
적 당시 국민학교 사회 과목에서는 이런 시험문제가 출제되었다. 오래도록 남은 우울함 10
()1.5퍼센트)으로 확정되었으며(이 날은 화요일이었는데 임시공휴일이었는지 아닌지 기억
주체국민회의와 유신정우회)은 누가 보아도 얼토당토 않는 것이었다. 그러나 당시 서슬이
이 퍼졌다. 10월유신이 우리나라에 끼친 영향은 모두 부정적인 것뿐이었다. 긍정적인 것
회·결사·출판의 자유 억압, 예술의 억압, 교육의 획일화, 민간인 무고·학살 등이 1979
다. 10월유신의 그림자는 상당히 오랫동안 우리 곁에 남아 있었다. 김종
탄한 일이 있었는데 그때 JP는 "나는 유신 본당"이라고 응수했다. 이것을
구소속으로 출마해 압도적인 지지를 얻었으나 변호사 시절에 유신을 찬양
기에 찬양했다는 이유만으로 비열한 정치인이 되었으니 참으로 아이러니
지금, 경고문, 안내판, 홍보문구, 광고문구를 포함해 대한
()일까? 단연코 '주차금지' 다. 이놈의 주차금지 팻말과 경
()謀은 글자 그대로 "공산주의에 반대하고 간첩을 막아내
()편 표어도, 예컨대 산불조심, 쥐를 잡자, 둘만 낳아 잘 기
비하면 고래 앞의 새우다. 반공방첩과 견줄 수 있는 유일
치는 게 아니라 무소불위의 권력을 지녔다는 점이다. 이
()이후 빠른 속도로 우리나라 곳곳에서 자취를 감추었다.
고 있는데 왜 그토록 빨리 사라졌을까? 박정희가 순수한
()첩의 숨겨진 목적을 알 수 있겠지만 여하튼 60년대생에
()생이 아마 30퍼센트도 안 될 것이다. 하긴 그 옛날 어떤
() 뜻을 '산불을 방지하자'로 이해했다
()의 국시가 '반공'이라고 할 때 그 국시
()이라고 할 때 '나는 우주를 개발하는 것
()야 할까? 프랑스의 국시가 '문화창조' 라
()까? 반공이 국시라면 '나는 반공보다 통

독재를 향한 기가 막힌
아이디어

"애들아, 10월유신이 통과됐대! 무려 90퍼센트가 넘는다더라."

한 아이가 교실 뒷문을 열고 기쁨에 겨워 소리쳤다. 그 전갈에 우리는 다 함께 환호성을 올렸다.

"와! 만세—"

국민학교 5학년이었던 우리는 너무 좋아서 책상을 두드리며 손뼉을 쳤다. 이제 10월유신이 통과되었으니 우리나라는 수출 100억 달러, 국민소득 1,000달러를 달성할 것이고 북괴를 무찌르고 통일을 할 것이며 모든 국민이 행복하게 잘 살리라 생각했다. 그런데 웬걸, 7년 후 박정희가 죽자마자 10월유신은 세상에서 가장 몹쓸 것이 되었다.

90퍼센트가 넘은 10월유신.
홍보 책자 덕분이었나?

10월유신이 누구의 아이디어였는지 모르지만 '유신維新'이란 말의 원래 뜻은 "낡은 제도를 고쳐 새롭게 함"이다. 지금까지의 모든 제도, 의식, 관례가 낡고 구태의연하고 불합리하니 새롭게 고치자는 것이다. 참으로 멋진 말이다. 그러나 이 목적에 맞게 유신을 한 것은 일본의 메이지유신(1853~1877)뿐이지 않을까 싶다.

1972년 10월 17일 박정희는 갑자기 국가비상사태를 선포했다. 전대미문의 독재 시스템인 10월유신은 7년 후 박정희가 피살되면서 막을 내렸으나 60년대생을 포함해 대한민국 모든 국민에게 지대하고도 서글픈 영향을 미쳤다. 10월유신은 1960년생이 스무 살 때, 1969년생이 열할 살 때 막을 내렸다. 어떤 사람에게는 길었고 어떤 사람에게는 짧은 시절이었지만 그때 받은 교육이 60년대생 모두에게 끼친 영향은 이후로도 오랫동안 계속되었다. 어떤 의미에서 60년대생의 삶은 '10월유신-광주항쟁-민주화운동'으로 이어진다고 볼 수 있다.

그해 5월, 중앙정보부장 이후락이 고위급 인사로는 처음으로 북한을 비밀리에 방문해 김일성을 두 차례 면접했고 그에 대한 답으로 부수상 박성철이 5월 20일 서울을 방문했다. 바야흐로 20여 년 만에 화해 무드가 조성되기 시작한 시점이었다. 또 역사상 최초로 미국 대통령 닉슨이 중국(당시 중공)을 방문해 주은래를 만났다. 전 세계적으로 데탕트(긴장완화)가 무르익는 시점이었다.

그런데 박정희는 느닷없이 국가가 위기에 처했다고, 그래서 비상사태를 선포하고 모든 것을 새롭게 뜯어고쳐야 한다고 말도 안 되는 주장을 펼친 것이다. 사실은 대통령을 더하고 싶은 욕구가 전부였으면서 말이다. 그가 명분으로 내세운 것은 '한국적 민주주의'와 '평화적 통일 지향'이었다. 그래서 당시 국민학교 사회 과목에서는 이런 시험문제가 출제되었다.

10월유신의 참된 목적은 무엇인가?
❶ 모든 국민이 행복하게 산다.
❷ 한국적 민주주의를 정착시킨다.
❸ 수출 증대에 기여한다.
❹ 북한의 남침에 대비한다.

오래도록 남은 우울함

10월유신의 전개는 이후 일사천리로 진행되었다. 한 달 후인 11월 21일 '유신헌법'이 국민투표에 부쳐져 압도적 찬성(투표율 91.9퍼센트, 찬성 91.5퍼센트)으로 확정되었으며(이 날은 화요일이었는데 임시공휴일이었는지 아닌지 기억나지 않는다), 대통령 취임일인 12월 27일에 공포·시행되었다. 바야흐로 10월유신의 시절로 접어든 것이다. 유신헌법과 그 시스템(특히 통일주체국민회의와 유신정우회)은 누가 보아도 얼토당토 않는 것이었다. 그러나 당시 서슬이 퍼렇던 독재시절에 누가 거기에 대해 반대 의견을 낼 수 있었겠는가? 한 마디라도 이러쿵저러쿵 했다가는 즉시 연행되었으며 빨갱이라는 낙인이 찍혔다.

10월유신이 우리나라에 끼친 영향은 모두 부정적인 것뿐이었다. 긍정적인 것이라고는 단 하나도 찾아볼 수 없었다. 독재 장기집권, 언론 탄압, 야당 탄압, 자유로운 사상의 억압, 시민의 언행권 탄압, 의회의 권한 제한, 집회·결사·출판의 자유 억압, 예술의 억압, 교육의 획일화, 민간인 무고·학살 등이 1979년 10월 26일까지 이어졌다. 이런 제도에서 살았던 지난날을 돌이켜보면 우리나라 국민이 과연 자유국가에서 살 자격이 있는지 심히 의심스럽다.

10월유신의 그림자는 상당히 오랫동안 우리 곁에 남아 있었다. 김종필이 10월유신에 어느 정도 관여를 했는지는 정확히 알 수 없으나 1987년 정치를 재개할 때 대학생들이 그를 향해 "유신 잔당 물러나라"고 규탄한 일이 있었는데 그때 김종필은 "나는 유신 본당"이라고 응수했다. 이것을 백전노장의 정치인이라고 해야 할지 뻔뻔함의 극치라고 해야 할지 모르겠다. 반면 촉망받는 정치인이었던 박찬종은 1995년 서울시장 선거에 무소속으로 출마해 압도적인 지지를 얻었으나 변호사 시절에 유신을 찬양한 글을 쓴 사실이 발견돼 낙선의 고배를 마시고 말았다.

10월유신을 만든 '본당'은 정당의 총재를 지내고 국무총리를 지냈으나 한 사람은 거기에 찬양했다는 이유만으로 비열한 정치인이 되었으니 참으로 아이러니하다. 그보다 더 아이러니한 것은 10월유신의 교육을 받았던 우리 60년대생이 민주화운동의 본령이 된 것이 아닐까 싶다.

memoris
반공방첩

누구든 옮아맬 수 있는 편리한
이데올로기

2010년 지금, 경고문, 안내판, 홍보문구, 광고문구를 포함해 대한민국에서 가장 많이 마주치는 표어는 무엇일까? 정확한 추산은 불가능하지만 '핸드폰 공짜'는 두 번째이다. 그렇다면 첫 번째는 무엇일까? 단연코 '주차금지'이다. 이놈의 주차금지 팻말과 경고장은 세 걸음마다 하나씩 붙어 있다.

20년 전에는 무엇이었을까? 두말할 것도 없이 '반공방첩'이었다. 지엄하신 경고문인 '反共防諜'은 글자 그대로 "공산주의에 반대하고 간첩을 막아내자"는 경고, 훈계, 주의, 권고, 요청이었다. 6·25전쟁 이후부터 1980년대까지 근 40년 동안 우리나라를 대표하는 표어였다. 그 어떤 표어도, 예컨대 산불조심, 쥐를 잡자, 둘만 낳아 잘 기르자, 식량증산, 국산품 애호, 수출증대, 양키고홈, 신토불이, 노동자여 단결하라 등 한 시대를 풍미했던 어떤 표어도 '반공방첩'에 비하면 고래 앞의 새우이다. 반공방첩과 견줄 수 있는 유일한 표어가 있다면 '불조심' 뿐이다(이 표어는 영원히 왕의 자리를 지킬 것이다).

황당한 것은 '반공방첩'이라는 표어는 표어로서 그치는 게 아니라 무소불위의 권력을 지녔다는 점이다. 이 표어에 의문을 제기하거나 훼손하거나 은근슬쩍 모른 척했다가는 치도곤을 당했다. 그런데 이 표어 역시 박정희가 사망한 1979년 이후 빠른 속도로 우리나라 곳곳에서 자취를 감추었다. 북조선민주주의 인민공화국이 여전히 존재하고 1994년까지 김일성 주석이 버젓이 살아 있었고 이후 김정일 국방위원장이 군림하고 있는데 왜 그토록 빨리 사라졌을까? 박정희가 순수한 목적이 아닌 다른 뜻으로 악용하려고 이 이념을 사용한 것은 아니었을까? 그 깊은 내막은 아직 알 수 없다. 시간이 더 지나야 반공방첩의 숨겨진 목적을 알 수 있겠지만 여하튼 60년대생에게 이 표어는 지상과제였다.

모든 이념을 뛰어넘었던 구호

요즘 중고등학생들에게 '반공방첩'의 뜻을 물으면 정확히 대답하는 학생이 아마 30퍼센트도 안 될 것이다. 하긴 그 옛날 어떤 유명한 학자가 어린 시절 교실 뒷벽에 붙어 있는 '적화방지赤化防止'라는 글귀의 뜻을 "산불을 방지하자"로 이해했었다고 하니 30퍼센트라도 알면 대견한 일이다.

여기서 생각해볼 문제가 있다. 한 나라의 국시가 '반공'이라고 할 때 그 국시를 어기는 사람은 감옥에 가야 할까? 예를 들어 만일 미국의 국시가 '우주개발'이라고 할 때 "나는 우주를 개발하는 것에 반대한다"라고 말하는 사람은 국가의 안위를 해치는 사람이 되어 감옥에 가야 할까? 프랑스의 국시가 '문화창조'라고 할 때 "문화보다 우선하는 것은 경제이다"라고 말하는 사람은 매국노가 되는 걸까? 반공이 국시라면 "나는 반공보다 통일이 더 중요하다"라고 주장하는 사람은 빨갱이가 될까?

요즘은 이것을 주제로 토론을 할 수 있지만(사실 이 문제는 너무 시시해서 토론조차 하지 않는다) 그 시절엔 토론이 불가능했다. 그 누구든 반공방첩에 이의를 달면 빨갱이라는 굴레가 씌워지고 그걸로 끝이었다. 점잖게 '색깔론'이라고 표현하지만 이 잔인한 이데올로기의 덫에 걸리면 그 사람뿐 아니라 가족, 나아가 일가친척이 멸문의 화를 입었다. 아무리 공부를 잘해도 어머니의 둘째 오빠가 인공人共 시절 인민위원회에서 활동을 하다가 월북을 했다면 사관학교는 애당초 꿈도 꾸지 못했다. 경찰이나 장교도 되지 못했고 방위산업체 근처에는 얼씬거리지도 못했다. 국가 안보와 관련된 곳은 지원서조차 내지 못했다. 다행히 이 연좌제는 사라졌다. 하지만 우리가 모르는 곳에서 아주 은밀히 작동하고 있을지도 모른다.

박정희는 '하면 된다'와 '반공방첩'의 신봉자였다. 그는 모든 힘을 다해 반공방첩에 만전을 기했다. 휴전선 바로 밑에 있는 코딱지만 한 마을에서부터 제주도 앞의 마라도까지 대한민국 방방곡곡에 이 표어가 붙었다. 이 표어는 입산금지, 산불방지, 수영금지, 쓰레기투기 금지, 사진촬

영 금지…… 등의 모든 하찮은 표어들을 KO패시켰다. 때로는 멸공통일, 승공통일이라 씌어 붙이기도 했지만 단연 반공방첩이 최고였다.

1970년대만 해도 표어를 한문으로 쓰는 경우가 많았다. 예컨 대 농민을 상대로 하는 입산금지 入山禁止도 한문으로 썼는데 반공방첩은 반드시 한글로 썼다. 박정희나 중앙정보부(그 당시의 국 정원)가 한글을 사랑해서가 아니라 이 표어만큼은 모든 국민이 쉽게 알 수 있도록 하기 위해서였으리라.

간첩 잡자 적금 들자

남북이 통일되고 100년쯤 지나면 역사가 어떻게 기록될지 아무도 예측할 수 없지만, 1980년대까지만 해도 간첩이 암약했던 것이 사실이다. 그래서 그들에 대한 신고를 끊임없이 계도하고 교육했다. 간첩신고에 대한 포상 또한 만만치 않았는데 화폐가치를 고려하면 지금의 로또만큼의 금액이 된다. 포상금은 차등해서 지급했는데, 예컨대 단신 간첩은 100만 원, 무장공비는 300만 원, 간첩선은 1,000만 원이었다(현재 좌익사범은 3,000만 원, 간첩은 최고 1억 원, 간첩선은 최고 1억 5,000만 원이다). 그래서 간첩을 신고해 애국하고 또 저축을 장려하는 의미에서 "간첩 잡아 적금 들자"라는 우스개 표어도 있었다.

지하철 광고판에서 간간히 보이는 신고 포스터

이젠 역사의 라이벌이었던 박정희도 김일성도 존재하지 않는다. 공산주의 종주국 소련도 사라졌다. 지구 상에 몇 남지 않은 공산주의 국가 북한이 휴전선 너머에 있지만 대한민국 그 어디에도 '반공방첩'이란 표어는 존재하지 않는다. 다만 "수상한 사람을 보면 111로 신고하세요"라는 국가정보원의 안내문이 간혹 붙어 있을 뿐이다. 이 문구를 바라보면 왠지 모르게 피식 웃음이 나온다. 60년대생이여, 그렇지 않은가?

사랑도 명예도 이름도
남김없이

당신은 그때 어디에 있었는가? 매캐한 최루탄이 안개꽃처럼 거리를 뒤덮고 있을 때 당신은 어디에서 외치고 있었는가? 이쪽에 서서 민주화를 외쳤을 수도 있고 저쪽에 서서 그 요구를 묵사발 만드는 데 일조를 했을 수도 있다. 또 참여도 비판도 하지 않으면서 그저 열심히 일만 했을 수도 있다.

"사랑도 명예도 이름도 남김없이~"를 부르며 행진하는 60년대생이 당신이었다면 철투구를 쓰고 무거운 진압복을 입고 방패와 방망이를 손에 든 또 다른 60년대생이 당신의 후배이었을 수 있다. 둘 다 비장하긴 마찬가지다. 한 명은 죽음을 무릅쓰고서라도 민주화를 이루겠다는 비장함이고(분신자살한 대학생도 적지 않았다), 한 명은 명령에 의해 그 시위를 진압해야 하는 처절한 의무였다.

어디에 있었든 당신은 그 시대의 주인공이었으며 민주화에 일조를 한 장본인이다. 설사 당신이 데모를 하는 대학생들과 재야 정치인들을 싸잡아 빨갱이라고 비난했을지라도 결과적으로는 민주화에 공헌을 한 셈이다. 당시 우리 국민 모두는 대통령 전두환과 민주정의당(민정당)에 저항해 무언가를 해야 한다는 것을 알고 있었고 또 그렇게 했다.

1987년 6월항쟁의 뿌리는 아주 오래전으로 거슬러 올라간다. 5공화국의 철권통치자 전두환에 대한 저항이 근본 원인이었지만 그 뿌리를 거슬러 올라가면 결국은 박정희와 닿게 된다. 결국 현대사의 모든 문제와 성과는 박정희가 뿌린 것이며 우리는 그 열매를 먹은 셈이다.

1980년 광주항쟁(당시는 광주사태)-대학생들의 끊임없는 민주화 시위-김대중과 김영삼을 비롯한 수많은 민주인사들의 정치 투쟁, 종교인들의 참여, 대학교수들의 시국선언, 노동자들의 투쟁, 언론의 민주화 요구 등이 어우러져 7년에 걸친 민주화운동이 전 국토에서 벌어졌다. 대학생들의 시위는 총학생회에서 주도했는데 당시 학생회장을 지낸 몇몇 사람들은 후일 정치권으로 진출해 정권교체를 이루는 데 일조를 했지만 몇몇

 민주화를 이끌었던 조직들

- 삼민투 : 민족통일, 민주쟁취, 민중해방을 위한 투쟁위원회
- 민민투 : 반제반파쇼 민족민주 투쟁위원회
- 자민투 : 반미자주화 반파쇼민주화 투쟁위원회
- 민추협 : 민주화 추진협의회
- 국본 : 민주헌법 쟁취 국민운동본부

전 국민이 하나가 되어 저항했던 6월항쟁

은 한나라당으로 들어가 정반대의 길을 걷고 있다(그러나 양편의 논리는
똑같다. '국가와 국민을 위해').

　6월항쟁의 기폭제는 여러 가지가 있었지만 가장 큰 영향을 끼친 것은
미국으로 망명했던 김대중의 귀환, 김영삼의 단식, 야권 통합, 1985년
2월 12일 총선에서의 신민당 돌풍, 1987년 겨울의 박종철 고문치사 사
건이었다. 이들이 유기적으로 이어지면서 6월항쟁이 분출한 것이다. 여
기에 큰 영향력을 행사한 대학생 조직으로 삼민투, 민민투, 민민탄, 자
민투 등이 있었고 정치권에는 민추협, 국본이 포진하고 있었으며 종교
계에서는 가톨릭의 정의구현사제단 등이 민주화를 이끌었다.

　서울대생 박종철의 죽음은 민주화운동에 기름을 부은 격이었다. 이
일을 계기로 봄이 되면서 민주화 시위가 전국으로 퍼져 나갔고 결국
6.29선언을 이끌어낸 것이다. 사실 민주화를 이루는 데 큰 공헌을 한 사
람은 김대중도 김영삼도 정치인도 아니다. 우리다. 소매 걷어붙이고 길

에 나서 목이 터져라 민주를 외친 우리 이름없는 민초들이 주인공이다.

최루탄 연기에 목이 메고 눈물 흘리면서 독재에 항거했던 우리가 있었기에 오늘날 대한민국의 민주화가 자리를 잡은 것이다. 그러나 6월항쟁의 결과는 어떤 의미에선 보잘 것이 없었다. 야권은 분열되었고 전두환과 한 패인 노태우가 대통령에 당선되어 우리가 진정으로 원했던 민주화는 그 뜻이 달라져 버렸다. 그런 의미에서 6월항쟁은 4.19처럼 미완의 혁명이라 할 수 있다.

그 시절 우리가 가장 많이 불렀던 노래는 〈님을 위한 행진곡〉이다.

사랑도 명예도 이름도 남김없이 / 한평생 나가자던 뜨거운 맹세
동지는 간데없고 깃발만 나부껴 / 새날이 올 때까지 흔들리지 말자
세월은 흘러가도 산천은 안다 / 깨어나서 외치는 뜨거운 함성
앞서서 가나니 산 자여 따르라 / 앞서서 가나니 산 자여 따르라

이 노래는 광주 민주화운동을 기린 노래로 백기완의 시 '묏비나리'에서 가사를 따와 광주지역 문화운동가인 김종률이 작곡했다. 광주민주화운동 때 시민군 대변인으로 도청에서 전사한 윤상원과 1979년 겨울 노동현장에서 숨진 박기순의 영혼결혼식을 내용으로 하는 노래굿 '넋풀이'에서 영혼결혼을 하는 두 남녀의 영혼이 부르는 노래로 발표되었고 이후 널리 퍼져 민주화운동의 애국가로 자리를 잡았다.

오늘 다시 한 번 이 노래를 조용히 부르며 그날의 감격을 되새겨보자. 비록 당신이 이 노래의 한 구절처럼 '사랑도 명예도 이름도 남김없는' 사람이 되었을지라도.

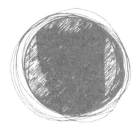

memoris

박정희
아직도 우리 삶을
지배하는 자

도대체 이 사람을 어떻게 평가해야 할까? 이 사람은 민족의 영웅인가, 사악한 독재자인가? 불과 몇 년 전만 해도 박정희에 대한 평가는 극과 극이었다. '대한민국의 국부'라는 평과 '악랄한 철권통치자'라는 평이 팽팽하게 맞섰다. 그런데 무게추가 찬양 쪽으로 서서히 기울기 시작하더니 요즘엔 완전히 민족의 태양으로 자리매김을 했다.

여기에는 여러 가지 이유가 있겠으나 박정희 이후 그 누구도 그만큼 하지 못했기 때문이라는 이유가 지배적이다. 박정희 부정론자 역시 여기에 대해서는 수긍을 한다. 최규하, 전두환, 노태우, 김영삼, 김대중, 노무현, 이명박 그 누구도 박정희를 뛰어넘지 못했다. 다만 사람에 따라 평가의 기준은 다르겠지만 김대중이 박정희에 근접했을 뿐이다.

1960년대 초반에 출생한 사람들의 인생 전반기는 오로지 박정희에게 지배받는 삶을 살았고 중반부는 그에게서 벗어나려고 몸부림을 쳤고 후반기

1972년 12월 박정희 대통령 취임식

는 그를 추억하는 삶을 살고 있으니 어쨌든 간에 그에게서 벗어나지 못하는 게 사실이다. 60년대 중반기에 태어난 사람도 마찬가지이고 후반에 태어난 사람이라 해도 별다를 게 없다. 즉 60년대생은 이 사람의 영향력에서 영원히 벗어날 수 없다. 참으로 얄궂은 운명이다.

그 옛날 관공서(대부분 학교 아니면 동사무소)에 가면 벽 한가운데에 박정희의 근엄한 초상화가 걸려 있었다. 중고등학교 시절 우리 대부분은 별다른 생각 없이 그 사진을 바라보았다. 도덕 교과서(조금 커서는 '국민윤리')에 충실한 학생은 그를 우러러보았고 반골 기질이 있는 아이들은 타도의 대상으로 여겼겠지만 그에게 저항한다는 것은 목숨을 담보로 해야 했다. 심지어는 한 집안이 몰락의 길을 걷기도 했다.

박정희는 1961년 5월 16일 정권을 잡아 1979년 10월 26일 사망했다. 18년 5개월 동안 통치했으니 대략 6,700일 동안 군림한 셈이다. 참으로 길고 긴 세월이다. 우리나라가 민주주의 제도를 유지하는 한 어쩌면 이 기록은 영원히 깨지지 않을지도 모른다.

이 기간 동안 박정희가 한 일은 참으로 많다. 한일관계 회복, 조국 근대화, 수출 증진, 철저한 반공주의 정착, 경제의 토대 마련, 산업의 발전, 새마을운동, 농촌 개혁, '하면 된다'는 정신 확립, 북한 추월, 자주국방, 경부고속도로 건설, 과학기술 투자, 중화화공업 육성, 포항제철 등 수많은 기업 설립, 산림녹화, 의료보험 실시…… 열거하자면 끝이 없다.

반면 그가 한 부정적인 일도 만만치 않다. 헌법의 유린, 의회 민주주의 파괴, 영구 독재체제 확립, 야당 탄압, 자유민주 정신 훼손, 재벌 경제 시스템 확립(빈부격차의 씨앗), 언론 탄압, 획일주의 강요, 교육의 억압, 대학교육의 황폐화, 민주인사 탄압, 지역감정 격화(이때부터 싹이 뿌려졌다)…… 이 역시 열거하자면 끝이 없다. 하긴 18년이나 대통령을 했으니!

그를 뛰어넘는 지도자가 나오기를

40~50대 이상의 사람 중에는 박정희를 존경하는 사람이 엄청나게 많다. 예전보다 무척 많이 늘었다. 특히 기업인들의 70퍼센트 이상은 박정희를 존경한다는 리서치 결과도 있다. 오늘날의 우리나라를 만드는 데 혁혁한 공을 세웠다는 이유에서다. 그래서 함부로 박정희를 비난했다가는 멱살을 잡힐 수도 있으므로 조심해야 한다. 사실 "박정희가 싫다"고 말했다 해서 낯선 사람에게 비난을 받는 그 자체가 박정희가 뿌린 부정적 영향이다. 우리나라 국민은 아직도 후진성을 면치 못했다고 할 수 있다.

하지만 박정희가 김재규에게 암살당한 1979년 10월의 분위기는 박정희에게 그리 호의적이지 않았다. 너무 오랫동안 억눌려 있던 민주와 자유 정신이 한꺼번에 폭발했기 때문이다. 그래서 그의 이름을 해자解字해서 그 죽음을 유희화 하기도 했다. 박정희朴正熙를 해 자하면 이렇게 된다. 十八卜一 止臣己心. 이를 풀이하면 다음 과 같다. 18년 동안 누려오던 복 (十八卜)이 일시에 그치니(一止) 자기 신하에게(臣己) 총 네 방(心) 을 맞고 죽더라. 물론 이 풀이는 엉터리이다. 그러나 이렇게 엉 터리 풀이가 퍼질 만큼 그에게

아직도 박정희를 신봉하는 사람이 많다.

한 맺힌 사람들이 많았다는 뜻이기도 하다.

그를 좋아하는 사람이 많든 적든, 그의 평가가 부정적이든 긍정적이 든 그가 대단한 일을 한 것은 사실이다. 그 옛날의 자료나 신문기사를 살펴보면 박정희만큼 서민에 대해 애정이 있었던 대통령도 없었다. 그 이후의 대통령들이 국민의 존경을 받지 못하는 이유는 박정희가 기울인 서민에 대한 애정의 10퍼센트도 지니지 못했기 때문이다.

대통령이라는 최고의 직위를 오랫동안 누린 것과 비교하면 그의 가족 사는 그리 행복하지 못했다. 육영수 여사는 1974년 8월 15일 일본에서 건너온 문세광에게 저격당해 피살되었으며(국민장은 8월 19일 치러졌다. 당 시 여름방학이었는데 보충수업을 받으러 학교를 다니다 국민장으로 하루를 쉰 기억 이 난다), 그의 외아들 박지만은 마약 복용으로 몇 차례 수감되기도 했다.

이제는 박정희 대통령도 육영수 여사도 존재하지 않는다. 박정희의 맞수였던 김일성도 존재하지 않으며 박정희가 재임 동안 탄압했던 김대중과 김영삼 모두 대통령을 지내고 정계에서 은퇴했다(김대중은 2009년 서거했다). 반면 제2인자였던 김종필은 대통령을 하지 못하고 사람들의 뇌리에서 사라지고 있다. 박정희가 이것을 예측이나 했었을까?

우리의 유년시절을 지배하고 청년기를 격동으로 몰아넣었던 박정희. "자나깨나 조국의 근대화를 위해"라고 부르짖었던 박정희. 심복 중의 심복인 중앙정보부장에게 총을 맞고 급사한 박정희. 그가 남긴 마지막 말 "난 괜찮아"처럼 당신은 지금 박정희가 없어도 괜찮은가? 아니면 그가 없기에 괜찮은가?

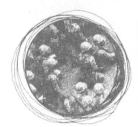

80년대를 규정한
가슴 아픈 비극

누구는 이를 일러 "외곽을 때리는 노련한 전술"이라고 말했다. 그에 따르면 외곽을 때린 사람은 김대중이다. 광주항쟁(처음 명칭은 '광주사태', 정확한 명칭은 '5.18 광주 민주항쟁 또는 민주화운동', 어떤 사람은 '전두환의 광주 살육작전'이라 부르기도 한다)의 기승전결起承轉結 중에서 '승전결'은 어느 정도 밝혀졌지만 '기'는 아직도 불분명하다. 누가 어떤 목적으로 이 참상을 계획하고 발포 명령을 내렸는지 속시원히 밝혀지지 않았다. 단지 심증만 갈 뿐이다. 어쩌면 그 누군가의 주장처럼 아무도 계획하지 않았는데 어찌어찌하다 보니 눈덩이처럼 커진 것인지도 모른다. 이 외에 '북한군 특수부대가 개입해 일으킨 게릴라전', '북한이 개입한 폭

광주는 80년대의 화두였고 가슴 아픈 상처였다

동', '북한의 자유민주주의 체제에 대한 백색테러이자 김정일 정권의 대남전략을 증명하는 현장'이라는 등 주장이 난무하다. 그 어떤 주장이든, 1980년대는 광주항쟁과 함께 막을 올렸고 광주항쟁과 함께 막을 내렸다. 10여 년 넘게 광주는 대한민국의 화두였으며 괴로움이었다. 어떤 사람은 "아직도 광주는 진행 중이다"라고 말하는데 어떤 의미에서는 그 말이 맞을지도 모른다.

광주로 말미암아 촉발된 민주화운동은 부마항쟁(1979년 10월)과 더불어 우리나라 현대 역사에 있어 커다란 전환점이었다. '만일'이라는 가정법을 동원해 "만일 그때 광주항쟁이 없었다면 민주화가 이루어졌을까?" 묻는다면 "어떤 형태로든 민주화는 이루어졌을 것이다. 다만 그 속도가 무척 더뎠을 것이다. 그리고 지역감정의 골이 더 깊이 패었을 것이다"라고 답할 것이다. 그러기에 광주의 피는 숭고하다고 할 수 있다.

오늘날에도 광주항쟁에 대한 평가는 사람마다 다르다. 어떤 이는 '민주화운동의 성스러운 투쟁'이라고 긍정적으로 평가하는가 하면 어떤 이는 '빨갱이들의 집단 난동'이라고 비판한다. 어떤 이는 그저 '역사의 과정일 뿐'이라고 간단히 정의 내린다. 그 무엇이든, 당신이 어느 편에 서든 광주는 60년대생에게 잊을 수 없는 상처임은 부인할 수 없다.

광주항쟁에 대한 자세한 내용은 www.518.org를 참조하기 바란다(이 책을 읽는 60년대생은 그날의 과정을 익히 잘 알 것이다). 광주항쟁은 1980년 5월 17일(토)부터 5월 27일(화)까지 11일간 일어났다. 사실 5월 17일은 본격적인 사태가 일어나기 전이므로 정확히는 10일 동안의 사건이다. 여기에서 항쟁의 발단 동기와 진행 과정, 역사적 의미를 기술할 생각은 없다. 광주항쟁에 대해서는 여러 책이 나와 있고 1980년대를 온몸으로 살아온 60년대생은 이에 대해 잘 알고 있기 때문이다.

그날의 항쟁으로 많은 희생자가 발생했다. 사망자는 207명, 부상자는 2,392명, 기타 희생자는 987명으로 총 3,586명에 달한다(진압군은 22명이 사망한 것으로 전해진다). 그들은 한때 좌익분자, 혼란주동자, 매국노, 폭력배, 역모 혐의자, 내란 음모자, 빨갱이 앞잡이 등의 취급을 받았으나 민주화 이후 명예를 회복했다. 그 기간 동안 그들이 받았던 마음의 상처와 고난에 대해 깊은 애도와 감사의 뜻을 표한다.

아직도 궁금한 서울역 회군

광주항쟁과 관련해 한 인물에 대해 살펴보자. 광주항쟁이 일어나기 이틀 전인 5월 15일은 역사적으로 매우 중요한 날이다. 1979년 박정희 서거 후 전국은 대학생과 재야 정치인의 민주화 시위로 몸살을 앓았다. 계엄령이 내려진 상태였지만 그 누구도 계엄령에 대해 그다지 신경을 쓰지 않았다. 이날도 전국 각지의 대학생들이 각 학교와 도시에서 시위를 벌였는데 박정희 서거 이후 최고 절정이었다. 서울역 광장에는 서울 시내 대학생들이 총집결했는데 8만 명(어떤 자료에서는 10만 명)이 운집했다. 서울역 광장에 그토록 많은 사람이 모인 적은 그때가 처음이었고 이후로도 없으리라 생각된다.

그때 학생시위를 총괄했던(비공식이지만 사실상 공식적) 곳이 서울대 총학생회였다. 이곳에서 어떤 지침을 내리면 그 지침이 전국의 총학생회에 전달되어 시위의 방향과 전략으로 사용되었다. 물론 반드시 그런 것은 아니었으나 서울대 총학생회의 방침은 학생운동의 방향에 커다란 영향력을 행사했다.

그날 서울역 광장에 모인 시위대의 총지휘자 역시 서울대 총학생회장이었다. 그를 비롯한 18개 대학 총학생회장단은 버스에 모여 시위를 계속할 것인지 아니면 일단 철수할 것인지를 놓고 격론이 벌였다. 결국 철수였다. 당시 서울대 학생처장이었던 이수성 전 국무총리의 설득에 시계추가 기운 것이다. 거기 모인 18개 대학 학생회장 중 신계륜(고려대) 등 몇 명은 철수를 반대했으나 서울대 학생회장이 철수를 결정했다고 전해진다(여기에 대해서는 아직도 논란이 많다).

시위대는 집회를 끝내고 해산에 들어갔다. 이른바 '서울역 회군' 결정이 내려진 것이다. 이 서울역 회군 결정은 이후의 역사 전개에 많은 영향을 끼쳤고 1980년대 내내 논란이 끊이질 않았다(어떤 의미에서는 이성계의 위화도 회군만큼이나 중대한 의미가 있다). 그날 서울역 회군 결정이

서울역 회군을 결정한 서울대 총학생회회장 심재철

심재철은 1958년에 출생해 광주제일고를 졸업하고 서울대 영문학과 재학 시 총학생회장을 지냈다. 그날 이후 경찰에 체포되어 고문을 받고 수감생활을 했다. 이후 동대문여자중학교에서 교사를 하다가 MBC에 입사했으며, 1995년 신한국당(지금의 한나라당)에 입당해 정치인의 길을 걷기 시작했다. 16, 17, 18대 국회의원을 지냈다.

내려지지 않았다면 광주의 비극은 일어나지 않았을지도 모르며, 반대로 다른 곳에서 더 큰 비극이 발생했을지도 모른다.

이틀 뒤 17일 밤에 계엄령 확대, 전국 대학의 휴교령이 내려졌다. 이후 학생회장들은 지명수배와 체포, 제적, 고문이라는 험난한 길을 걷게된다. 그리고 다음날 광주에서 피비린내나는 살육과 항쟁이 벌어진 것이다. 그때 회군 결정을 내린 서울대 총학생회장이 바로 심재철이다. 1980년대 초 학생운동에 지대한 영향을 끼친 그는 그날 이후 사람들의 뇌리에서 잊혔다. 1980년대 초반 학번들은 그가 어디에서 무엇을 하는지 몹시 궁금해 했는데 바람결로라도 그의 소문은 들려오지 않았다.

그의 회군 결정에 대해서는 지금도 의문이 많다. 왜 해산 결정을 내렸는가? 그 이유는 무엇인가? 광주와 같은 사태가 벌어지리라는 것을 예측하지 못했는가? 예측은 했지만 '설사 그러지 않겠지'라는 마음에서 돌아선 것인가?

여기에 대해서는 많은 자료와 증거가 있고 관련 책과 당시 인사들의 회고록 등도 간행되었으나 그 깊은 속내는 여전히 미지수이다. 광주항쟁의 발단만큼이나 궁금하지만 정확한 답은 영원히 알 수 없을지도 모른다.

광주7적

광주항쟁 사건 발생에 중대한 책임이 있다고 거론되는 인물 일곱 명. 전두환(보안사령관), 정호용(공수특전사령관), 노태우(수경사령관), 박준병(20사단장), 이희성(계엄사령관 겸 육군참모총장), 최규하(대통령), 존 위컴(John Wickam, 주한미군사령관으로, 당시 미국이 전두환의 신군부 및 광주학살을 묵인했다는 주장이 있다. 우리나라의 반미운동은 이날 이후 본격화되었다).

평생을 민주화에 헌신한 '물과 기름'

나는 평생 2번만 찍었다. 무슨 말인지 굳이 설명하지 않아도 잘 알 것이다. 지금은 선거제도가 어떻게 바뀌었는지 알지 못하나 옛날엔 민정당이 1번, 김대중(DJ) 또는 김영삼(YS)의 정당은 2번이었다. 그래서 평생 2번만 찍었다. 노무현이 출마했을 때는 1번이었는지도 모르겠다.

DJ 작고 소식을 들었을 때 나는 문득 안치환의 "인생은 나에게 술 한 잔 사주지 않았다"라는 노래말이 떠올랐다. 또 DJ가 서거하기 전에 병실을 방문한 YS의 모습을 TV로 보면서 60년대생의 격동적 시대가 모두 끝났음을 목도했다. 두 사람과 함께 1980년대를 헤쳐온 60년대생의 역사적 의무가 모두 끝나고 그 바통을 70년대생에게 물려줄 시대가 도래

했다고 느낀 것이다(60년대생이 모두 은퇴해야 한다는 뜻은 아니다. 시대적 소명이 끝났다는 것이다).

김대중. 어떤 사람은 아직도 그가 공산주의자라고 주장하며 수많은 자료와 증언을 제시한다. 그들은 동작동 국립묘지를 서성이며 그의 무덤을 파헤쳐야 한다고 목청을 돋운다. 과연 그는 공산주의자였을까? 무엇이 그를 공산주의자로 몰아갔을까?

김영삼. 이 사람은 또 어떻게 평가해야 할까? 대통령직에서 물러난 노태우가 어느 날, 한 잡지와 인터뷰를 한 적이 있었다. 그는 그 인터뷰에서 YS에게 속았다고 속내를 털어놓으면서 지식인 모두가 그에 대해 색맹에 걸렸다고 한탄조로 술회했다. YS가 민주화에 혁혁한 공을 세운 것은 사실이지만 어떤 의미에서는 노태우의 평가가 맞는지도 모르겠다.

두 사람은 한국 현대사의 숙명적 라이벌이었다(박정희-김대중, 박정희-김영삼을 라이벌로 여기는 사람이 있으나 박정희의 라이벌은 김일성이라 생각한다). 두 사람이 같은 시기에 태어나지 않았더라면 한국의 오늘날 역사는 많이 달라졌을 것이다. DJ는 1924년 1월 6일 전남 신안에서 출생했고, YS는 1927년 12월 20일 경남 거제에서 태어났다. DJ가 세 살 더 많은데 DJ의 실제 나이는 분명하지 않다는 설이 있다. 둘 다 겨울에 태어난 것이 재밌다.

1980년대에 두 사람이 전두환-노태우 진영을 상대로 치열한 경쟁을 벌일 때 사람들은 '두 사람이 동시대에 태어난 것'이 한국 현대사의 커다란 불행이라고 한탄을 했다. 만약 혼자였다면 민주화가 훨씬 빨리 이루어졌을지도 모른다(아니면 아예 이루어지지 않았거나). 반면에 두 사람이 있었기에 가능했다고 평가하는 사람도 있다.

운명의 시대를 함께 건너온 우리의 동반자

두 사람은 평생 많은 일을 했다. 보통사람의 능력을 뛰어넘는 숱한 일들이다.

둘 다 박정희 시절부터 고난의 길을 걸었으며(물론 DJ가 훨씬 더 심했다), 국회의원을 지냈고(DJ는 7번, YS는 9번) 감금과 투옥, 고문, 연행, 단식투쟁을 밥 먹듯이 했다. 그러면서도 그들은 끊임없이 민주화 투쟁을 벌였다. 어떤 사람은 "두 사람 모두 대통령병에 걸린 정신병자들"이라고 비난했지만 그들이 있었기에 그 사람도 오늘의 자유를 누리는 것이다.

반면 부정적인 면도 적지 않다. 첫째는 민주진영의 분열이다. 이제는 이런 분류가 별 의미 없지만 1980년대 민주진영의 분열은 매우 심각한 문제였고 국민에게 많은 실망을 안겨주었다. 두 사람은 1985년 본격적인 민주화 투쟁을 시작하면서 "민주화 이후에도 영원히 협력할 것"을 국민 앞에 맹세했다. 그러나 그 맹세는 2년 후 보기 좋게 깨졌다. 이희호 여사가 DJ와 YS를 '물과 기름처럼 섞이지 않는 사람'이라고 표현했는데 이는 100퍼센트 맞는 말이다.

1987년 대통령 선거에서 두 사람이 단일화를 이루었다면 노태우는 대통령이 되지 못했을 것이다. 그 전으로 거슬러 올라가 1980년 서울의 봄 시절에 김종필을 포함한 3김이 협조를 했더라면 광주항쟁은 일어나지 않았을 것이고 전두환이 대통령이 되는 불상사도 없었을 것이다. 그저 다 부질없는 가정에 불과하지만.

두 번째는 지역감정의 격화이다. 지역감정은 통상 영남과 호남의 갈

두 사람은 평생을 민주화에 헌신했지만 분열도 만만치 않았다

등을 의미하는데 일부 학자는 그 뿌리를 신라·백제 시대로까지 거슬러 올라간다. 그러나 1,000년 전의 상황을 들먹이는 것은 바보나 하는 짓이다. 또 어떤 사람은 박정희 시대에 지역감정의 씨가 뿌려졌다고 주장하는데 어떤 의미에서는 맞는 말이지만 사실 본격적인 지역감정은 DJ와 YS의 대결에서 심화되었다고 보아야 한다. 물론 두 사람이 차례대로 대통령을 지내고 호남에서 영남 출신의 노무현을 적극적으로 밀어 대통령에 당선시킴으로써 어느 정도는 해소되었다고 볼 수 있으나 아직도 그 근원은 사라지지 않았다.

세 번째는 깨끗한 정치문화를 실현하지 못한 점이다. 둘 다 민주주의와 시민정신을 표방하면서도 가신정치를 일삼았고 파벌을 조성했으며 천문학적인 정치자금을 사용했다(이 부분은 영원히 밝혀지지 않을지도 모른다).

이 밖에 YS가 한나라당에 야합(이른바 3당통합)을 한 원죄, IMF를 불러

온 무능, DJ의 미완성 개혁 등을 꼽을 수 있다.

어찌 되었든 우리는 DJ, YS, JP라는 3김과 함께 운명의 시대를 건너왔다. 그 중 DJ와 YS가 대통령이 되었으니 90점은 되는 점수이다. 이제 DJ는 우리 곁에 없고 YS와 JP는 정치 일선에서 완전히 은퇴를 했다. 시든 꽃처럼 늙어버린 YS와 JP를 보면 우리 시대가 저물고 있음을 저절로 깨닫는다.

격렬했던 그 시절, 우리가 민주화 투쟁을 한 목적은 YS와 DJ 두 사람을 대통령으로 만들기 위해 애썼던 것은 아니다. 민주화의 결과로 두 사람이 차례로 대통령을 지낸 것뿐. 하지만 대통령이 된 후 그들은 그리 좋은 점수를 받지 못했다. 그런 그들이 싫든 좋든, 공산주의자든 아니든, 무능하든 유능하든 이제는 시대 저편의 이야기가 되었다.

둘 다 현대 역사에 있어 불세출의 영웅인 것은 사실이다. 그들 이후의 대통령은 제아무리 잘났어도 DJ와 YS가 겪은 고난과 격동의 3분의 1에도 미치지 못할 것이다. 그런 의미에서 두 사람에게 술 한 잔 사는 것도 그다지 나쁘진 않은 일이다.

모든 악의 근원 vs. 민족의 위대한 태양

참 징글맞은 사람이다. 우리 삶의 전반은 이 사람이 지배했다고 해도 과언이 아니다. 이 사람이 끼친 영향은 박정희보다 크고 깊고 넓다. 그가 없었더라면 우리는 이렇게 고생하지 않았을 것이다(물론 다른 누군가가 북한을 통치했겠지만 김일성과는 달랐을지 모른다).

그의 머리에 뿔이 달리지 않았다는 사실을 알았을 때 어린 우리는 매우 놀랐다. 그도 우리와 똑같은 외모를 지녔다는 것을 알았을 때 적잖이 당황했다. 적어도 그는 괴수여야 했다. 그의 부하들 역시 괴물이어야 했다. 국민학교 내내 우리는 김일성이 흉한 몰골의 괴물이라고 배웠기 때문이다. 괴물이기에 공산주의를 그토록 고수할 수 있는 것이라고 믿었다.

반세기 동안 북한을
통치한 김일성

1972년 '7.4 남북공동성명'이 발표되고 북한 측 대표가 고위급 인사로는 처음으로 서울을 방문했다. 그때 많은 서울 시민이 거리에 나와 북한 방문단을 환영했는데 한 꼬마가 "엄마, 저 사람 머리에 뿔이 없어"라고 외쳤다는 유명한 일화가 있다. 세뇌교육이 얼마나 무서운지를 의미하는 이야기이다.

김일성은 박정희보다 더 오래 한 나라를 통치한 독재자이다. 1945년 정권을 잡아 1994년 사망했으니 자그마치 50년을 통치했다. 현대 세계사에서 그만큼 오래 통치자의 지위에 있었던 사람은 극히 드물다.

북한 사람들에게 김일성은 민족의 태양이자 구국의 화신이자 살아 있는 신이고 위대한 영도자였겠지만 우리 관점에서 보면 그는 무자비한 독재자에 불과했다. 우리는 국민학교에 입학한 다음날부터 고등학교를 졸업하기 전날까지 12년 동안 김일성이 얼마나 사악한 민족의 반역자인가를 귀에 못이 박히게 들었으며 대학에 입학해서도 마찬가지였다. 군대에서는 두말할 나위가 없었다. 우리나라 군대는 국토를 지키는 것이 아니라 김일성을 막는 것이 임무가 될 지경이었다. 호시탐탐 남침을 노리고 한반도를 적화통일시키고자 온갖 악랄한 짓을 서슴지 않는 그를 막아내고 나아가 퇴치하기 위해 우리는 온 힘을 기울여야 했다. '김일성 같은 놈'이라는 지칭은 '후레자식'이나 '살인자' 같은 말보다 더 나쁜 비난이자 욕설이었고 최대의 모욕이었다.

김일성이 사망했다는 뉴스가 한여름 속보로 들려왔을 때 우리나라 국민은 별다른 반응을 보이지 않았다. "결국은 죽었구나"라는 무덤덤함이 있었을 뿐이다. 아마 1990년대는 김일성이라는 사람이 우리에게 있어 그다지 중요한 인물이 아니었던가 보다.

당시 대통령 김영삼은 김일성과의 회담을 눈앞에 두고 있었는데 그 회담이 불발로 끝나 몹시 아쉬워했다. 김영삼이 김일성을 만났더라면 이후의 역사는 또 달라졌을지도 모른다.

60년대생을 지배한 결정적 인물은 모두 여섯 명이다. 박정희, 전두환, 3김씨 그리고 마지막이 김일성이다. 어쩌면 김일성은 앞의 다섯 명을 탄생시킨 주역인지도 모른다. 그가 없었더라면 박정희도 전두환도 3김도 없었을 것이다. 북한 사람들이 그를 어떻게 부르든 간에 그의 존재로 말미암아 우리의 역사는 고달프기 짝이 없었다.

박종철과 이한열
이 땅의 민주화를 위해 희생된
숭고한 꽃

"종철아 잘 가그래이. 이 애비는 아무 할 말이 없데이." 이 말을 잊었다면 당신은 이 책을 읽을 자격이 없다. 그 옛날 무자비한 독재의 탄압에 희생된 두 명의 젊은이. 안경을 쓴 순박한 얼굴의 박종철, 그 얼굴이 떠오르지 않는다면 당신은 격동의 80년대에 아무것도 하지 않았다는 뜻이다. 피를 흘리며 쓰러진 이한열을 한 친구가 부둥켜안은 극적인 사진을 잊었다면 당신은 팔짱 끼고 그 시절을 방관했다는 뜻이다.

"탁 치니 억하고" 죽은 박종철은 한국 현대사를 바꾼 청년 중 한 사람이다. 그의 죽음은 전 국민적 저항의 신호탄이 되었으며 민주화 세력이 나아가야 할 방향을 제시했다. 최루
탄에 맞아 숨진 이한열은 6월항쟁의
도화선이 되었고 전 국민을 하나로
묶는 끈이 되었다.

　우리가 오늘날 이만큼의 자유라도
누리는 것은, 이만큼의 민주주의라
도 향유하는 바탕에는 이 두 사람의
희생이 큰 몫을 했다. 김대중을 비난
하는 사람은 이해할 수 있다. 김영삼
을 비방하는 사람도 공감할 수 있다.

박종철의 죽음은 6월항쟁의 신호탄이 되었다

그러나 어떤 이유에서든 이 두 사람을 비난하거나 깎아내리거나 거부하
는 것은 용납되지 못한다. 그들은 순수한 마음을 지닌 학생들이었을 뿐
그 이상도 그 이하도 아니었다. 우리를 위해 희생된 것이다.

　박종철은 1987년 1월 14일 사망했으며, 이한열은 6개월 후인 7월
5일 사망했다. 벌써 23년 전의 일이다. 박종철이 1964년생이고, 이한열

박종철

　1964년 부산에서 태어나 서울대 언어학과에 입학했으며 1987년 1월 경찰에게 끌
려가 취조를 받았다. 경찰은 그에게 물고문을 했으며 1987년 1월 14일 치안본부 대공수사단
남영동 분실 509호 조사실에서 사망했다.
당시 치안본부장 강민창은 "탁 치니까 억 하고 죽었습니다"라는 유명한 말을 창작해 사람들
의 비난을 한몸에 받았다. 그의 죽음을 밝히는 과정에서 천주교 정의구현사제단이 큰 역할을
했으며 이 사건을 계기로 5공에 저항하는 민주화운동이 대폭발했다. 2001년 2월 서울대 언
어학과 명예졸업장을 받았으며, 경기도 남양주시 모란공원 민주열사 묘역에 가묘가 있다(박
종철은 화장되어 강물에 뿌려졌기에 그의 실제 묘지는 없다).

그들의 희생은 이 땅의 민주화에 밑거름이
되었다

이 1966년생이니 살아 있었다면 우리 또래이다. 살아 있었다면! 두 사람 모두 훌륭한 대한민국 시민으로서 나라의 발전을 위해 일하는 사람이 되어 있었을 것이다.

우리는 살면서 많은 사람을 만나고 많은 사람의 이름을 접한다. 그렇게 많이 만나고 듣는 이름 중에 듣기만 해도 가슴이 애절해지는 이름이 있다. 박종철과 이한열이다. 그때 그들에게 쓰디쓴 술 한 잔 바치지 못한 것을 나는 언제나 미안하게 생각한다. 그대들의 죽음으로 이만큼이나마 민주주의를 이루었으니 지하에서 편히 쉬라는 말로 그 미안함을 대신할 수밖에 없다.

그대여, 모든 아픔 남겨두고 부디 잘 가라.

이한열

1966년 전남 화순에 태어나 1986년 연세대 경영학과에 입학했다. 1987년 6월 9일, 다음날 열릴 예정인 '박종철 고문살인 은폐 규탄 국민대회'를 앞두고 연세대에서 열린 시위 도중 전투경찰이 쏜 최루탄에 맞아 한 달 동안 사경을 헤매다가 7월 5일 스물두 살의 나이로 사망했다.
당시 그가 피를 흘리며 부축 당하는 사진은 《뉴욕타임스》 1면에 실렸으며 전두환 독재정권의 잔인성을 여실히 드러냈다. 7월 9일 '민주국민장'으로 장례식이 진행되었으며 추모 인파는 서울 100만 명을 비롯해 전국적으로 160만 명에 이르렀다.

memoris

전두환

철권통치로 시대를 억압한
철대군주

통치자일까, 살인마일까? 광주항쟁의 직접적 발포 명령자일까, 무관자일까? 통치 기간에 얼마나 많은 돈을 횡령했을까? 정말 전 재산이 29만 원에 불과할까? 백담사에 유배된 동안 무슨 생각을 했을까? 이 사람이 없었다면 대한민국의 현대사는 어떻게 변했을까?

1980년에서 1987년까지 7년 동안 전두환은 대한민국을 소란스럽게 만들었다. 되돌아보면 단 하루도 조용한 날이 없었다. 대학가에서는 늘 데모가 벌어졌고 전국의 경찰들은 그 데모를 막느라 민생치안은 뒷전이었다. 최루탄이 온 도시를 뒤덮었고(이 시절에 최루탄 제조회사인 삼양화학은 많은 돈을 벌었다), 재야 정치인과 야당 정치인들은 국회 안보다

밖에서 시위를 하는 날이 더 많았고, 수없이 많은 성명서가 발표되었으며, 기독교·가톨릭·불교를 막론하고 전 종교인이 민주화 시위에 동참했다.

우리나라 역사상 위정자에게 그토록 심하게 전 국민이 저항했던 시절은 이전에도 없었고 이후에도 없을 것이다(없기를 바란다). 탄압, 고문, 고문치사, 성고문, 수배, 연행, 불심검문, 사법적 횡포, 양심선언, 좌익, 빨갱이, 선거조작, 해고, 언론탄압, 압수수색, 검열, 출판탄압, 집회·결사의 자유 억압, 가택연금, 단식투쟁, 분신자살, 추방, 불법선거, 뇌물, 강제헌납, 불법정치자금, 군대 의문사 등이 횡행하던 그 시절 총지휘관이 전두환이었다면 과장된 표현일까?

만일 그가 없었다면 우리나라는 지금보다 더 좋은 나라가 되었을까? 그 억압의 7년 세월이 없었다면, 박정희 사후에 우리나라가 평화적으로 새로운 대통령을 선출하고 그가 평화적으로 나라를 다스렸다면 지금보다 더 살기 좋은 나라가 되었을까? 대답하기 어려운 질문이다.

공과 과를 비교해보면

전두환은 억압의 통치자였지만 7년 동안 부지런하기는 했다. 무수히 많은 나라를 방문해 '대한민국'이란 이름을 전 세계에 알렸으며 물가를 확실히 잡아 7년 동안 서민경제를 지속적으로 안정시켰고, 부동산 가격도 사실상 동결된 것이나 마찬가지였다. 같은 기간 동안 우리나라는 산업·경제 전반에 걸쳐 급성장을 했으며(1981년 국내총생산은 714억 달러였으나 1988년 1,877억 달러로 성장), 수출 증가로 무역흑자를 이루었다. 경제 규모가 1980년에는 31위였으나 1987년에는

20위로 뛰어올랐다. 최초의 국제적 행사인 86아시안게임을 성공적으로 치렀고 88올림픽 준비도 빈틈없이 해냈다.

한강을 대대적으로 정비해 오늘날의 모습을 만드는 데 터를 닦았으며 예술의 전당 등을 비롯해 기념비적인 건축물을 세웠다. 통금을 없애고 교육제도를 개선했으며(박정희 시대의 잔재를 모두 추방했다), 전 국민 의료보험 실시(그전에는 의료보험이 일부 계층에 한정되었다), 국민연금 실시, 지하철 확충, 도로 확충, 최저임금제 도입, 사교육 금지(이 시절에 과외를 하거나 받다가 적발되면 엄하게 다스렸다), 프로스포츠단 창단, 외국여행 허용(그전에는 외국여행을 가는 일이 거의 불가능했다) 등의 치적을 이루었다.

객관적으로 보면 짧은 기간에 그는 많은 일을 해냈다. 그였기에 가능한 일이었을지 모른다. 이러한 그의 공과 과를 놓고 보면 평가하기가 아리송한 대통령이다. 그러나 그 많은 업적에도 그가 나쁜 대통령으로 평

전두환과 연관된 사람들

노태우(전두환의 친구이자 6공화국 대통령. 부정축재와 무능의 표본. '보통사람'이라는 명언을 남겼다), 정호용(전두환의 친구로 육사 11기. 광주항쟁의 관여자로 지목되었으며 내무장관을 지냈다. "우리가 남이가"라는 명언을 남겼다), 장세동(육사 16기. 그 일파 중 보기 드물게 전남 고흥 출신. 충복 중의 충복으로, 경호실장을 지냈으며 전두환 대신 감옥을 갔다 온 '의리의 인물'이라고 사람들은 말한다), 노신영(서울대 출신의 5공화국 국무총리, 노태우와 함께 노노체제로 나라를 이끌었다. 전두환이 노신영을 후계자로 지목하려 했다는 일설이 있다), 허화평(3허 씨의 한 사람. 육사 17기. 하나회 일원으로 광주항쟁에 무력 개입했다. 이철희-장영자 사건으로 일시 물러난 뒤 국회의원을 지냈다), 허문도(3허 씨의 한 사람. 도쿄대학 대학원, 조선일보 기자 출신, 국토통일원 장관을 지냈다), 허삼수(육사 17기, 보안사 출신의 국회의원), 권정달(육사 15기, 민정당 사무총장, 국회의원) 등이 있다. 이제는 모두 역사의 저편으로 넘어간 사람들이다.

가받는 이유는 과가 공보다 더 강하게 국민의 머릿속에 각인되어 있기 때문이리라. 어쨌든 평가는 역사의 몫이다.

각자가 그를 어떻게 평가하든 60년대생에게 전두환은 잊을 수 없는 사람이다. 잊을 수 없는 정도가 아니라 60년대생의 특성과 역할을 확실하게 규정한 사람이다. 그가 없었다면 우리 60년대생은 역사적 소명이 없는 세대가 되었을 것이다. 그래서 그를 잊지 못한다.

부천경찰서 성고문 사건

5공화국과 관련해 기억해야 할 또 한 명의 사람이 있다. 문귀동이라는 사람이다. 기억이 나는가? 부천 성고문 사건의 핵심 인물이다(이 사건으로 경기도 부천의 이미지가 상당히 많이 실추했다). 1986년 6월 4일 권인숙이라는 사람이 부천 경찰서에 연행되었다. 서울대 의류학과 4학년에 재학 중이던 그녀는 학력을 낮춰 부천의 한 의류공장에 취업했으나 주민등록 변조 혐의로 체포되었다. 그녀를 조사하는 과정에서 성고문이 벌어졌는데 담당 형사가 바로 문귀동이었다. 이 사건이 폭로되자 대한민국이 들끓었다. 문 경장이 파면되는 것으로 법적 처리는 일단락되었으나 이 사건은 민주화운동에 기름을 부은 격이 되었다. 전두환이 물러난 1988년 재판에서 문귀동은 징역 5년을 선고받았고, 권인숙은 국가로부터 손해배상금을 받아 1989년에 노동인권회관을 세웠다. 애초에 전두환이라는 사람이 대통령이 되지 않았으면 일어나지 않았을 일이다.

"차렷! 국기가 있는 곳을 향해 경롓!" 그대가 군인이면 거수경례, 보통의 시민이라면 그냥 차렷 자세, 어린 학생이라면 가슴에 손을 올릴 것. 국기가 이제 내려지니 거기에 존경심을 표하라.

그 시작은 알 수 있는데 그 끝의 이유를 정확히 알 수 없는 것들이 많다. 그 중 하나가 국기하강식이다. 이제는 나라를 사랑하지 않아도 된다는 뜻인가? 국기에 대한 존경심을 더는 가지지 않아도 된다는 뜻인가? 그래서 국기하강식을 없앴는가?

어느 나라든 국기는 그 나라의 상징이며 경외의 대상이다. 그래서 세계 여러 곳의 반미주의자들은 성조기를 불태운다. 성조기를 태워 미

저녁 6시가 되면 모든 사람이 가던 길을 멈추고 국기에 대한 경례를 했다

국이라는 나라를 깔아뭉개는 것이다. 만약 중동의 어느 나라가 태극기를 불태우며 "코리안 고 홈" 시위를 벌인다면 우리나라 사람들은 전쟁도 불사할 것이다. 그래서 나라에서는 국기를 하강할 때 전 국민이 어디에서 무엇을 하든 존경심을 표하도록 했다. "나라가 있기 때문에 너희들이 존재하는 것이여"

오후 5시(또는 6시), "동해물과 백두산이~" 애국가가 웅장한 경음악으로 울려 퍼지면(쩽 하고 울리던 심벌즈 소리가 일품이다) 순진한 국민은 하던 일을 멈추고 자리에서 일어나, 또는 길을 걷다가 그 자리에 우뚝 서, 심지어 차를 운전하다가도 멈춰 서서 국기에 대한 존경심을 표했다. 시장에서 콩나물을 놓고 흥정을 벌이다가도, 골목에서 딱지치기를 하다가도, 경찰을 향해 돌을 던지다가도, 애인과 키스를 나누다가도 올스톱이었다. 그렇게 하지 않으면 잡아가지는 않았지만 자칫 매국노로 몰릴까 싫어 사람들은 국기에 대해 존경심을 표했다. 지금 생각해보면 참으로 우습기 짝이 없는 행동이었다. 1970~80년대에는 우습기 짝이 없는 이런 행동들이 부지기수로 많았다.

사실 친정부주의자이든 반정부주의자이든 국가에 대한 애국심은 누구나 가지고 있다. 다만 행동하는 방식이 다를 뿐이다. 그래서일까? 당시 국기하강식에 대해서는 반대 의견이 거의 없었다. 문제는 이것이 몹시 불편하다는 점이었다. 국기하강식 때 애국가는 1절만 연주되었는데 그 시간이 1분 19초이다. 길어봤자 1분 30초를 넘지 않았다. 그런데 이 시간이 현대인에게는 굉장히 긴 시간이고 모든 것이 일시에 멈추었기에 여러 가지 부작용이 여기저기에서 발생했다. 국기하강식이 폐지된 이유는 그런 현실적인 상황도 작용하지 않았나 싶다.

어둠 속의 애국가

1980년대 중반까지만 해도 극장에서는 본 영화가 상영되기 전에 여러 가지 오프닝이 있었다. 가장 먼저 애국가가 연주되었고 뒤이어 대한늬우스 상영, 배달의 기수, 그 다음 예고편 상영이 끝난 후에야 본 영화가 시작되었다(그래서 그걸 다 보고 나면 내가 무슨 영화를 보러 왔는지 잊어버리기도 한다). 옛날에는 영화 상영시간이 천편일률적으로 90분이었는데 1990년대 들어 상영시간이 길어지면서 이러한 오프닝이 걸림돌이 되었다. 또 시대적 상황에 따라 과연 대한늬우스가 필요한가라는 논란도 큰 작용을 했다.

극장에서 애국가가 울려 퍼지면 모든 사람이 기립해야 했다. 간혹 독불장군처럼 일어나지 않는 사람이 한두 명 있었는데 자기자신은 나름

'나는 이런 잘못된 군사문화를 거부한다'라는 의식이 확고했다 하더라도 뒤통수가 몹시 따가웠을 것이다. 또 몇몇 장난꾸러기 중고등학생들은 괜한 영웅심이 발동해 삐딱하게 앉아 버티다가 뒷자리의 어른에게 꿀밤을 먹기도 했다.

어찌 되었든 커다란 스크린에 그려지는 애국가의 배경 화면은 웅장하고 화려하고 가슴을 요동치게 했다. 어둠 속에서 듣는 애국가라 그런지 더 감동적이었다. 누구라도 나라를 사랑하지 않고는 못 배기게 하는 그런 영상이었다.

이러한 전 국민적 애국심 고취는 1989년 1월, 노태우 대통령 시절에 모두 폐지되었다. 민주화가 이루어졌으니, 또 다들 바쁘니 더는 국기에 대해 존경심을 갖지 말고 생업에 힘쓰라는 정부의 따뜻한 배려(?)였다. 그리하여 '국민의례'라는 단어는 이제 추억 속의 명사가 되고 말았다.

지금 다시 국기하강식이 부활해 오후 6시에 1분 19초 동안 모두 정지하라고 명령한다면 사람들은 어떤 반응을 보일까? 대부분은 코웃음을 칠 것이다. 그런 코웃음 칠 행동을 10여 년 넘게 해왔던 게 우리 60년대생이다.

통금

어두어지면
돌아다니지 말 것

이건 뭐, 신데렐라도 아닌데 자정이 되면 모두 집으로 돌아가야
했다. 그리고 새벽 4시까지 집 밖으로 나오면 안 되었다. 회사원도 학생
도 가정주부도 술집 주인도 가방을 들고 문을 닫고 셔터를 내리고 서둘
러 택시를 타고 버스를 타고 또는 뛰어서 집으로 돌아가야 했다. 만약
자정이 넘어 거리에서 얼쩡거리다가 순경(지금은 경찰이라고 부르지만 그때
는 순경이라고 불렀다)에게 붙잡히면 파출소 신세를 져야 했고 행동이 의
심스럽다던가 전과가 있다던가 신분이 불확실하면 즉결심판을 받는 '재
수 오라지게 없는' 경우도 생겼다.

　12시가 되면 모두 돌아가야 했기에 길거리에는 사람 한 명, 차 한 대

가 다니지 않아 마치 공포영화의 한 장면처럼 쥐죽은 듯 조용했고 가로등만 환하게 빛을 발했다. 그래서 그 시절에는 범죄가 없었고 간첩들이 암약하지 못했고 우리의 딸들이 안심하고 살 수 있었다는 웃지 못할 우스개소리도 있다.

야간통행금지夜間通行禁止의 준말인 통금通禁의 역사는 길고도 길다. 중국 당나라 시대에도 통금이 있었고 조선시대에도 통금이 있었다 하니 인간의 행동을 구속하는 제도는 참으로 끈질기다 할 수 있다.

박정희가 서거하고 전두환의 새 정부(전두환 정권은 군사정부라 하지 않았다)가 들어서 통금 해제가 논의되었을 때 찬반양론이 거셌다. 반대하는 사람들은 주로 보수적인 어른들이었는데 범죄가 급증한다는 논리였다. 그러나 1982년 1월 5일 막상 통금이 해제되었을 때 범죄는 증가하지 않았고 오히려 사람들이 더 일하고 더 공부하고 더 술을 마셔 경제가 비약적으로 발전했다. 조금 더 일찍 해제했더라면 더 많이 발전했을지도 모른다.

통금이 있던 시절에도 365일 내내 통금을 지켜야 했던 것은 아니다. 1년에 세 차례 통금이 해제되어 사람들이 거리로 쏟아져 나와 밤새 마음 놓고 쏘다니던 날이 있었다. 다음 중 어느 날일까?

❶ 석가탄신일　　　❷ 광복절　　　❸ 크리스마스이브
❹ 12월 31일　　　❺ 음력 1월 1일　　　❻ 삼일절

답은 ❶, ❸, ❹ 번이다. 그러나 모든 사람이 다 통금 규제를 받았던 것은 아니다. 24시간 가동되는 공장의 직공들은 3교대를 했는데 야간반

직공들은 통행증이 있으면 12시가 넘어서도 돌아다닐 수 있었다. 그러나 공장 외에는 문을 연 곳이 없으니 일이 끝나면 곧바로 집으로 돌아갈 수밖에 없었다. 텅 빈 거리에서 무얼 하겠는가?

또 야간열차를 타고 자정 넘어 역에 도착하는 사람들도 통금의 규제를 받지 않았다. 예컨대 밤 12시 45분에 대전역에 내린 사람은 역무원이 팔뚝에 파란 도장을 하나 찍어줬다. 부득불 자정이 넘어 기차에서 내린 선량한 시민이니 파출소로 데려가지 말라는 증표였다. 그 사람은 행여 그 도장이 지워질세라 팔을 휘휘 내저으며 집으로 가다가 순경을 만나면 여봐란듯이 팔뚝을 내밀었다. 그러나 12시 넘어 순경을 만나는 일은 사실 드물었다.

하루 20시간이 24시간보다 나을까, 못할까?

전두환이 정권을 잡기 직전, 사회가 어수선하던 1980년의 어느 날 겨울, 고등학교를 막 졸업한 나는 선배 대학생들과 어울려 놀다가 12시를 넘기고 말았다. 선배들을 따라 어두운 거리를 걷고 있을 때 앞에서 순경 둘이 나타났다. 그들은 우리를 데모 모사꾼으로 단정 짓고는 무작정 파출소로 끌고 갔다. 사실 법을 어겼으므로 '무작정'이 아니라 정당한 법 집행에 따라 잡혀간 것이지만 우리는 12시를 조금 넘겼다는 이유로 파출소로 끌려간 것이 억울했다. 그러나 자칫 전과자가 되는 것은 아닌가 싶어 파출소 구석에 있는 의자에 얌전히 앉아 있었다.

당직 경찰이 우리에게 이것저것 물으려는 찰나 경찰이 주정꾼 한 명을 데리고 들어왔다. 40대 후반으로 보이는 그 남자는 발을 들이미는 순

통금시간의 서울 시내 모습. 밤 12시까지 귀가를 하지 않으면 파출소행이었다.

간부터 기고만장으로 소리를 질러댔다.

"너희! 내가 누군 줄 알아?"

그는 삿대질을 하며 경찰들에게 고함을 질렀고 욕을 해댔다. 그 시절만 해도 파출소나 경찰서에서 행패, 난동을 부리는 일은 상상도 할 수 없었다. 그러나 그는 술에 취해 눈에 보이는 게 없었다.

"내가 전화 한 번만 하면 너희는 다 끝이야. 엉!"

경찰들은 그를 앉히려 했지만 그는 더 길길이 날뛰었고 우리를 취조하려던 경찰은 그를 제지하느라 우리는 뒷전이었다. 거의 한 시간 넘게 주정과 행패를 부리던 그는 그토록 소원하던 전화 한 통화하지 못하고 구석에 쓰러져 잠이 들었다.

이윽고 새벽 3시 50분이 되자 경찰은 선배들의 학생증을 검사한 뒤

간단한 훈시를 하고는 풀어줬다. 그러나 그 어르신은 우리처럼 집으로 돌아가지 못했다. '너희들 다 끝이야' 라는 엄포가 기분 나빴던지 당직 경찰은 그를 경찰서로 넘겼다. 죄목이야 얼마든지 많았으리라. 통금 위반, 공무집행방해, 기물파손, 폭행, 명예훼손, 협박, 유언비어 날조……. 요즘 같으면 그는 파출소로 끌려오지 않았을 것이다. 단지 통금이 있었기에 그 많은 죄를 다 뒤집어쓴 것이 아닐까?

통금은 누구에게나 똑같이 주어진 24시간 중에서 4시간을 강제로 빼앗아간 규정이다. 정말로 터무니없는 규정이라 할 수 있다. 그러나 한편으로는 그 4시간 만이라도 편히 쉬라는 배려였는지도 모른다. 모두 똑같이 12시에 집에 들어가고 모두 똑같이 4시부터 활동을 시작한다면 더 많이 벌려고 아등바등하지 않아도 될까? 그러나 아등바등 살지라도 자유를 달라는 사람이 있는 한 통금은 다시는 행해지지 않을 것이다.

통금을 다시 한 번 느껴보고 싶다면 밤 12시 넘어 아무도 없는 텅 빈 거리로 나가보라. 적막과 고요가 무언지 절감할 수 있다. 그러나 깊은 산골이 아닌 이상 그런 곳을 쉽게 찾을 수는 없으리라.

내 마음의 추억 네 번째

어쩌면 잊혀졌을지도 모를 대학가요제를 기억하고 있는 당신은 "아, 그런 것이 있었지" 하는 아쉬움에 가슴만 저릴 것이다. 대학가요제는 33회(2009년)째 내려오는 그야말로 '유구한 역사와 전통을 자랑하는' 가요제로 우리나라 가요제 중에서 가장 오랜 숨결을 이어오고 있다. 가요제는 지금도 곳곳에서 열리고 있다. 강변가요제, 해변가요제, 추풍령가요제, 배호가요제, 서울숲가요제, 청소년가요제, 서울국제가요제 등. 그러나 그 무엇도 대학가요제를 능가하지 못한다. 비록 대학가요제의 명성이 과거에 비해 확실히 빛이 바랬지만 말이다. 어쩌면 잊혀졌을지도 모를 대학가요제를 기억하고 있는 당신은 "아, 그런 것이 있었지" 하는 아쉬움에 가슴만 저릴 것이다. "아직도 대학가요제를 하나?" 라고 묻는다면 당신은 이미 청년문화와 담을 쌓은 사람이다. 쉽게 말해 '쉰세대' 라는 뜻이다. 대학가요제는 33회(2009년)째 내려오는 그야말로 '유구한 역사와 전통을 자랑하는' 가요제로 우리나라 가요제 중에서 가장 오랜 숨결을 이어오고 있다. 가요제는 지금도 곳곳에서 열리고 있다. 강변가요제, 해변가요제, 추풍령가요제, 배호가요제, 서울숲가요제, 청소년가요제, 서울국제가요제 등. 그러나 그 무엇도 대학가요제를 능가하지 못한다. 비록 대학가요제의 명성이 과거에 비해 확실히 빛이 바랬지만 말이다. 어쩌면 잊혀졌을지도 모를 대학가요제를 기억하고 있는 당신은 "아, 그런 것이 있었지" 하는 아쉬움에 가슴만 저릴 것이다. "아직도 대학가요제를 하나?" 라고 묻는다면 당신은 이미 청년문화와 담을 쌓은 사람이다. 쉽게 말해 '쉰세대' 라는 뜻이다. 대학가요제는 33회(2009년)째 내려오는 그야말로 '유구한 역사와 전통을 자랑하는' 가요제로 우리나라 가요제 중에서 가장 오랜 숨결을 이어오고 있다. 가요제는 지금도 곳곳에서 열리고 있다. 강변가요제, 해변가요제, 추풍령가요제, 배호가요제, 서울숲가요제, 청소년가요제, 서울국제가요제 등. 그러나 그 무엇도 대학가요제를 능가하지 못한다. 비록 대학가요제의 명성이 과거에 비해 확실히 빛이 바랬지만 말이다. 어쩌면 잊혀졌을지도 모를 대학가요제를 기억하고 있는 당신은 "아, 그런 것이 있었지" 하는 아쉬움에 가슴만 저릴 것이다. "아직도 대학가요제를 하나?" 라고 묻는다면 당신은 이미 청년문화와 담을 쌓은 사람이다. 쉽게 말해 '쉰세대' 라는 뜻이다. 대학가요제는 33회(2009년)째 내려오는 그야말로 '유구한 역사와 전통을 자랑하는' 가요제로 우리나라 가요제 중에서 가장 오랜 숨결을 이어오고 있다. 가요제는 지금도 곳곳에서 열리고 있다. 강변가요제, 해변가요제, 추풍령가요제, 배호가요제, 서울숲가요제, 청소년가요제, 서울국제가요제 등. 그러나 그 무엇도 대학가요제를 능가하지 못한다. 비록 대학가요제의 명성이 과거에 비해 확실히 빛이 바랬지만 말이다. 어쩌면 잊혀졌을지도 모를 대학가요제를 기억하고 있는 당신은 "아, 그런 것이 있었지" 하는 아쉬움에 가슴만 저릴 것이다. "아직도 대학가요제를 하나?" 라고 묻는다면 당신은 이미 청년문화와 담을 쌓은 사람이다. 쉽게 말해 '쉰세대' 라는 뜻이다. 대학가요제는 33회(2009년)째 내려오는 그야말로 '유구한 역사와 전통을 자랑하는' 가요제로 우리나라 가요제 중에서 가장 오랜 숨결을 이어오고 있다. 가요제는 지금도 곳곳에서 열리고 있다. 강변가요제, 해변가요제, 추풍령가요제, 배호가요제, 서울숲가요제, 청소년가요제, 서울국제가요제 등. 그러나 그 무엇도 대학가요제를 능가하지 못한다. 비록 대학가요제의 명성이 과거에 비해 확실히 빛이 바랬지만 말이다. 어쩌면 잊혀졌을지도 모를 대학가요제를 기억하고 있는 당신은 "아, 그런 것이 있었지" 하는 아쉬움에 가슴만 저릴 것이다. "아직도 대학가요제를 하나?" 라고 묻는다면 당신은 이미 청년문화와 담을 쌓은 사람이다. 쉽게 말해 '쉰세대' 라는 뜻이다. 대학가요제는 33회(2009년)째 내려오는 그야말로 '유구한 역사와 전통을 자랑하는' 가요제로 우리나라 가요제 중에서 가장 오랜 숨결을 이어오고 있다.

흑백텔레비전 속에는 영웅들이 살았네

요제를 하나?"라고 묻는다면 당신은 이미 청년문화와 담을 쌓은 사람이다. 쉽게 말해 '쉰세대' 라는 뜻이다. 어오고 있다. 가요제는 지금도 곳곳에서 열리고 있다. 강변가요제, 해변가요제, 추풍령가요제, 배호가요제, 가 실히 빛이 바랬지만 말이다. 어쩌면 잊혀졌을지도 모를 대학가요제를 기억하고 있는 당신은 "아, 그런 것 에 말해 '쉰세대' 라는 뜻이다. 대학가요제는 33회(2009년)째 내려오는 그야말로 '유구한 역 제, 해변가요제, 추풍령가요제, 배호가요제, 서울숲가요제, 청소년가요제, 서울국제가요제 지도 모를 대학가요제를 기억하고 있는 당신은 "아, 그런 것이 있었지" 하는 아쉬움에 가슴 학가요제는 33회(2009년)째 내려오는 그야말로 '유구한 역사와 전통을 자랑하는' 가요제 , 배호가요제, 서울숲가요제, 청소년가요제, 서울국제가요제 등. 그러나 그 무엇도 대학가 요제 등. 그러나 그 무엇도 대학가요제를 능가하지 못한다. 비록 대학가요 각하고 있는 당신은 "아, 그런 것이 있었지" 하는 아쉬움에 가슴만 저릴 것이다. "아직도 대

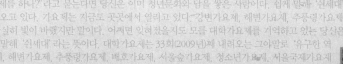

대 내려오는 그야말로 '유구한 역사와 전통을 자랑하는' 가요제로 우리나라 가요제 중에서 , 청소년가요제, 서울국제가요제 등. 그러나 그 무엇도 대학가요제를 능가하지 못한다. 비 것이 있었지" 하는 아쉬움에 가슴만 저릴 것이다. "아직도 대학가요제를 하나?" 라고 묻는 한 역사와 전통을 자랑하는' 가요제로 우리나라 가요제 중에서 가장 오랜 숨결을 이어오고 요제 등. 그러나 그 무엇도 대학가요제를 능가하지 못한다. 비록 대학가요 다" 하는 아쉬움에 가슴만 저릴 것이다. "아직도 대학가요제를 하나?" 라고 구한 역사와 전통을 자랑하는' 가요제로 우리나라 가요제 중에서 '가장 오

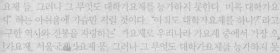

가요제, 서울국제가요제 등. 그러나 그 무엇도 대학가요제를 능가하지 못 는 당신은 "아, 그런 것이 있었지" 하는 아쉬움에 가슴만 른이다. 대학가요제는 33회(2009년)째 내려오는 그야말로 열리고 있다. 강변가요제, 해변가요제, 추풍령가요제, 배

명이 과거에 비해 확실히 빛이 바랬지만 말이다. 어쩌 학가요제를 하나?"라고 묻는다면 당신은 이미 청년문화 자랑하는' 가요제로 우리나라 가요제 중에선 가장 오랜 제, 청소년가요제, 서울국제가요제 등. 그러나 그 무엇도

대학가요제를 기억하고 있는 당신은 "아, 그런 것이 있었 다. 쉽게 말해 '쉰세대' 라는 뜻이다. 대학가요제는 33회 다. 가요제는 지금도 곳곳에서 열리고 있다. 강변가요제,

가요제 등. 그러나 그 무엇도 대학가요제 지만 말이다. 어쩌면 잊혀졌을지도 모를 늘만 저릴 것이다. "아직도 대학가요제를 신세대' 라는 뜻이다. 대학가요제는 33회 나라 가요제 중에서 가장 오랜 숨결을 이

수사반장 / 범죄를 처단하는 모든 수사드라마의 원조

김일 / 그 이전에도 없었고, 그 이후에도 없을 영원한 박치기 왕

고고와 디스코 / 모든 춤의 왕자

남보원과 백남봉 / 원맨쇼의 창시자이자 일인자

로보트 태권브이 / 태권도로 악당을 제압한 우리의 로봇

무하마드 알리 / 나비처럼 날아서 벌처럼 쏘다

김두한 / 남자라면 누구나 숭배했던 협객

뽀빠이 / 올리브를 지켜준 힘센 남자

신성일 / 한국영화 최고의 스타배우

웃으면 복이 와요 / 서민들을 웃기고 울렸던 코미디극의 대명사

이소룡 / 쌍절곤으로 천하를 평정한 불멸의 무술사

이종환의 밤의 디스크쇼 / 밤하늘에 울려퍼지는 노래의 선율

타잔 / 팬티만 입었지만 최고의 밀림의 왕자

행운의 편지 / 언제 일곱 통을 쓰나

황금사자기 / 9회 말에 때린 역전 홈런

범죄를 처단하는 모든
수사드라마의 원조

〈CSI 마이애미〉, 〈나는 여검사다〉, 〈뉴욕특수사대〉, 〈성범
죄수사대Law and Order〉, 〈명탐정 몽크〉, 〈멘탈리스트〉, 〈콜드케이스〉,
〈특수수사대 SVU〉, 〈고스트 앤 크리임〉……. 2000년대 중반 이후 우리
나라에서 선풍적인 인기를 끈 미국 드라마(미드) 중에서 범죄스릴러 수
사드라마들이다. 수사드라마는 크게 세 가지로 구성된다. ❶ 범죄자를
밝혀내고 추격하는 액션, ❷ 증거물을 통해 범죄자를 색출해내는 과학
적 조사, ❸ 누구의 말이 진실 또는 거짓인지를 가리는 법정 공방.

미드가 재미있는 것은 사실이지만 이 세 가지를 다 갖춘 드라마는 드
물다. 어떤 것은 액션에 치중하고 어떤 것은 처음부터 끝까지 조사 과정

만 나와 지루한 감이 있다. 또 어떤 것은 법정 공방이 끝없이 이어져 이해도가 떨어진다. 내 개인적으로 세 가지 요소를 적절히 갖춘 미드는 〈성범죄 수사대〉이지 싶다.

일요일 저녁 온 가족을 TV앞에 불러모은 〈수사반장〉의 주인공들

이 많은 미드들이 언제부터 미국에서 제작되고 상영되었는지 알 수 없으나, 또 그다지 알고 싶지 않으나 그 옛날 우리나라에도 수사드라마가 있었다. 바로 〈수사반장〉이다. 이 드라마는 수사드라마의 원조이자 대명사, 아버지였으며 '죄를 짓고는 살 수 없다'는 교훈을 안겨준 도덕적 드라마였다. 액션도 넘쳐흘렀다. 하지만 머리카락 하나로 범인의 성별과 나이를 밝혀내는 과학적 조사는 없었으며 치열한 법정 공방도 없었다. 그러나 그때 우리는 긴장과 흥분으로 〈수사반장〉을 보았고 범인은 반드시 잡힌다는 가르침을 얻었다.

〈수사반장〉은 1970년대 일요일 저녁 온 국민을 MBC 앞에 불러 앉힌 명 프로그램이다. 대한민국의 모든 집은 일찌감치 저녁을 먹고 TV 앞에 앉아 〈웃으면 복이 와요〉, 〈수사반장〉, 〈챔피언스카웃〉으로 이어지는 골든트리오 프로그램을 시청했다. 오늘날까지 이처럼 완벽한 3박자 로얄 킹왕짱 프로그램은 없었다. 완전 채널 고정!

〈수사반장〉에 등장하는 네 명의 형사를 기억하는가? 반장 최불암(박반장), 형사 김상순, 형사 김호정, 형사 조경환이다. 이들은 정말이지 비

틀스를 능가하는 완벽한 4인조 콤비였다. 김호정이 누구냐고? 기억력이 어지간하다면 그를 기억할 것이다. 서 형사이다. 마른 몸매에 날카로운 눈매를 지니고 약간의 경상도 사투리를 썼던 형사, 바로 그 사람이다. 형사 역할에 딱 어울렸던 그는 돌연 TV에서 모습을 감추었다가(그가 병에 걸렸다는 소문이 대한민국에 좍 돌았었다) 어느 날 문득 〈수사반장〉에 잠깐(10초 정도) 출연했다. 우리는 그의 허약해진 모습에 몹시 놀랐는데 그 다음 주에 사망했다는 기사가 신문에 실렸다. 1978년 6월 그는 자신의 이름보다 서 형사라는 불멸의 이름을 남기고 39세의 나이로 타계했다. 늦게나마 그의 명복을 빈다. 서 형사가 타계한 후 투입된 형사가 남성훈(남 형사, 2002년 10월 사망)이다. 당시 시청자들은 누가 서 형사의 바통을 이어받을지 초미의 관심사였는데 남성훈이 등장하자 그나마 안도의 한숨을 내쉬었다. 그는 이 역할을 계기로 명배우로 우뚝 섰다.

긴장과 흥분의 40분

〈수사반장〉은 1971년에 시작되었다. 최불암의 나이 서른한 살 때였으니 그가 얼마나 팔팔할 때였는지 가히 짐작이 가리라(그런데 이상하게도 최불암은 언제나 노티가 나 보인다). 이 드라마는 실제 사건을 바탕으로(경찰청 등에서 자료를 제공한 것으로 안다) 다양한 인물들을 등장시켜 극적 재미와 효과를 높였으며, 긴박감 넘치는 액션과 추적, 도주와 배신, 밀고와 협박, 반성과 후회, 뻔뻔함과 인간성 말살 등의 요소로 전 국민의 마음을 사로잡았다.

서울 변두리의 낡은 대성여인숙에서 한 남자의 변사체가 발견된다. 즉시 세 명의 형사가 출동한다(반장은 조금 늦게). 전날 밤 두 명의 남자가 함께 여인숙에 들어왔으며 한 명은 사라진 상태이다. 목을 조른 흔적이 있는 것으로 보아 사라진 남자가 범인이다. 형사들은 즉시 임무를 분담해 수사를 시작한다. 김 형사는 피살자의 신원을 파악하고 조 형사는 여인숙 주변을 탐문수사하고 서 형사는 불량배와 건달, 전과자 등을 조사한다. 반장은 이들을 총괄 지휘한다. 그리고 정복을 입은 여 경찰이 이들의 일을 측면 지원한다. 3일 후 피살자의 신원이 밝혀지고 함께 투숙했던 남자는 그의 친구임을 알아낸다.

김 형사는 피살자의 집으로 가지만 그곳에는 가난하기 짝이 없는 늙은 어머니가 혼자 한탄을 한다. 그 모습이 불쌍해 김 형사는 연탄값이라도 하라며 돈 얼마를 쥐여준다. 서 형사는 범인의 집으로 가 그의 아내를 만난다. 아내는 눈물을 흘리며 공사장 일을 하는 남편이 노름에 빠져 살았다고 통탄을 하며 만삭의 배를 쓰다듬는다. 그녀는 남편이 살인범이라는 서 형사의 말을 듣고는 비명을 지르며 혼절한다.

한편 범인은 여인숙을 전전하고 공사장에서 철근 나르는 일을 하며 근근이 밥값과 술값을 번다. 어둠이 내리는 공사장에서 밤을 지새우며 그는 후회의 눈물을 흘리지만 자수할 생각은 없다. 그러면서 마지막으로 크게 한판 노름판을 벌여 돈을 딸 계획으로 노름할 상대를 찾는다. 이윽고 형사들은 서울 변두리의 공사장을 수소문하면서 수사망을 좁혀오고 범인이 음침한 노름방에서 패를 돌리고 있을 때 들이닥친다. 그러나 범인은 그렇게 호락호락 잡히지 않는다. 앞에 있던 녀석의 목을 끌어안고 늘 가지고 다니던 칼을 목에 들이댄다. 형사들은 그를 설득하려 하지만 실패하고 아내를 데려온다. 싸구려 월남치마를 입은 만삭의 아내는 울면서 남편에게 하소연을 하고 결국 남편은 자수를 한다.

이 얼마나 긴박감 넘치고 스릴 넘치며 인간적인 드라마인가? 이보다 더 드라마틱하고 인간의 본성에 대해, 범죄의 이면에 대해, 삶의 의미에 대해 고찰하게 하는 드라마가 있었던가? 그때는 그랬다.

13년 동안 방송되면서 〈수사반장〉에는 수없이 많은 사람이 출연했다. 일설에 따르면 MBC의 거의 모든 탤런트들이 출연했다고 하는데 이 중 독보적인 존재는 이계인이다. 그는 〈수사반장〉에서 처음부터 끝까지 범인으로 등장해 우리나라 1등 범인 캐릭터로 자리를 잡았다. 간혹 등장하는 검사 역할은 박규채가 주로 맡았다.

〈수사반장〉에는 다양한 인물이 등장했다. 살인범, 소매치기, 사기꾼, 강도, 택시 강도, 도둑, 절도범, 문서위조범, 고등 사기꾼, 경찰, 검사, 변호사, 여관 주인, 여인숙 주인, 다방 마담과 레지, 카페 아가씨, 구두닦이, 껌팔이, 대학생, 그의 애인, 공장 여공, 공사장 인부, 회사원, 주부, 임산부, 중국집 배달원, 연탄공장 사장, 무당, 신문배달원…… 그들은 모두 우리의 모습이었다.

네 명의 형사들이 언제나 사건을 해결한 것은 아니다. 불철주야 뛰어다니고 박 반장이 검사에게 불려가 된통 깨져도 해결할 수 없는 사건도 있었다. 그런 사건들은 그냥 영구미제로 남아 시청자들에게 아쉬움을 남겼다.

이 드라마는 총 681회(경향신문 자료)로 1989년 10월에 막을 내렸다(1984년에 1차로 종영이 되었는데 1986년에 재방영되었다. 사실 수사반장은 1984년에 그 운명을 다했다고 볼 수 있다). 그리고 은퇴를 하는 박 반장은 다음과 같은 명언을 남겼다.

"빌딩이 높을수록 그림자는 길어진다."

급격한 경제성장을 이룬 이면에 인간의 소외와 범죄가 도사리고 있음을 경고한 메시지이다. 이제 그런 박 반장도, 구수한 김 형사도, 날카로운 서 형사도, 덩치는 커도 민첩했던 조 형사도, 삼촌 같았던 남 형사도 모두 뿔뿔이 흩어졌다.

삐까뻔쩍한 미드에 비하면 〈수사반장〉은 유치하고 어설펐지만 당대 최고의 드라마였고 우리의 삶을 되돌아보게 하는 드라마였다. 그 시절, 흑백 화면에 몰입되어 형사가 된 듯 흥분에 떨었던 그때가 그립지 않은가?

수사반장의 히로인 최불암

〈수사반장〉과 관련해 잊을 수 없는 사람은 '넉넉한 웃음으로 한국의 아버지상을 실천한 탤런트' 최불암이다. 그는 7080 세대에게 결코 잊을 수 없는 사람이다.

'아버지' 하면 떠오르는 단어는 무엇인가?

가장, 한 집안을 책임지는 사람, 술 먹고 밤에 늦게 들어오는 남자, 고리타분한 잔소리꾼, 담배 냄새 풀풀 풍기는 중년의 사내, 언제나 돈 때문에 고민하는 사람, 마누라에게 꼼짝 못하면서 밖에 나가면 큰소리치는 허풍쟁이, 일요일이면 잠옷 바람으로 뒹굴거리는 게으름뱅이. 그렇다. 아버지들은 다 그렇다.

그러나 참 모습은 따로 있다. 아들딸이 잘되기를 간절히 비는 남자, 자식만은 나처럼 살지 않기를 바라는 남자, 한 푼이라도 더 벌어 가족을 행복하게 해주려고 애쓰는 남자, 아무런 말없이 가족 뒷바라지에 여념이 없는 남자, "아빠, 참고서 사게 돈 좀 줘" 하고 손을 내밀면 다른 곳에

쓸 줄 알면서도 지갑을 여는 남자.

그런 모든 아버지상을 완벽하게 소화한 사람이 최불암이다(부정적인 면보다는 긍정적인 면에서). 그는 잘생겼다기보다는 근엄하면서도 부드럽고 친근하면서도 카리스마가 있고 소탈하면서도 멋지다. 우리나라 탤런트 계보에서 최불암만 한 인물이 또 나올까 싶다. 그래서 우리는 어렸을 때 왜 우리 아버지는 최불암처럼 생기지 않았을까 원망한 적도 있었다.

최불암은 안방극장의 총아였으며 모든 국민에게 사랑과 존경을 받는 역할을 많이 했다. 드라마 속의 삶과 실제 삶은 엄연히 다른데도 우리는 그가 실제에서도 '그렇게 살리라고' 믿어 의심치 않았다. 엄한 아버지, 부드러운 아버지, 바른길을 걷는 아버지, 그래서 우리는 그를 좋아한 것일까(물론 그를 싫어하는 사람도 있다).

최불암(본명 최영한, 인천 출생)은 1940년생이다. 한양대 연극영화과를 졸업한 뒤 국립극단을 거쳐 KBS로 데뷔했으며 이후 MBC에서 거의 평생을 지냈다. 많은 드라마와 영화에 출연했는데 〈수사반장〉, 〈전원일기〉가 대표작이며 김혜자와의 부부 연기가 너무 리얼해 어느 날 두 사람이 실제 부부가 아니라는 사실을 알고는 일대 충격에 빠진 적도 있다.

그는 〈수사반장〉에서는 액션배우로, 〈그대 그리고 나〉에서는 로맨틱한 사내이자 아버지로, 〈전원일기〉에서는 자상한 아버지로 40여 년 동안 우리 곁을 지켜왔다. 〈안개 낀 장충단 공원〉, 〈길소뜸〉 등의 영화에도 출연했다. 그러다가 1992년 〈전원일기〉의 김 회장에서 물러나 잠시 외유를 떠났는데 14대 국회의원이 되기 위해서였다. 정주영의 통일국민당 전국구 의원이 되어 정치판에 뛰어들었으나 초선으로 그치고 다시 본연의 모습으로 돌아왔다. 그가 4년 동안 정치판에서 무엇을 했는지 국민은 알지 못한다. 몇몇 연예인(이순재, 최희준, 강부자, 신성일)과 마찬가지로 그 역시 잠시 외유를 했으나 다시 돌아온 것은 그를 위해서도 우리를 위해서도 참으로 다행이라 할 수 있다.

어찌 되었든 그는 근엄하고 자상한 아버지로 1970~80년대에 우리를 키웠고 지금도 그 역할을 맡고 있다. 우리는 그가 계속 '아버지'로 존재하기를 소망한다.

우리 모두의 어머니, 김혜자

김혜자는 어머니상의 전형이다. 이 땅의 평균적인 어머니 모습을 그녀처럼 완벽하게 그린 연기자도 드물다. 많이 배우지 못하고(옛날 어머니들은 중학교만 졸업했어도 큰 학벌이었다), 가난한 집으로 시집와 엄한 남편, 가시 같은 시어머니, 철없는 시누이, 말썽부리는 자식들을 말없이 보듬고 받아주는 꿋꿋한 어머니 역할을 40년 넘게 해왔다(그녀도 분명히 젊은 시절이 있었을 텐데 우리는 그를 어머니로만 기억한다).

김혜자는 1941년 서울에서 태어나 경기여고를 거쳐 이화여대를 중퇴했다(그래서 "난 이대 나온 여자야"라고 말하지 못한다). 스물두 살 때 KBS로 데뷔한 이래 1969년 MBC로 옮겨 〈후회합니다〉, 〈여자는 무엇으로 사는가〉 등 수없이 많은 일일연속극과 드라마, 영화에 출연했다. 제일제당(CJ)의 전속 광고인으로 활약하면서 27년 동안 다른 광고에는 일체 출연하지 않는 대기록도 세웠다. 당시 "그래, 이 맛이야"라는 명언을 남겼다. 그녀는 부드러우면서도 강한 어머니상으로 '한국의 메릴 스트립'이라 불린다. 포근하면서도 약간 어리벙벙하고 그러면서도 생활력 강한 어머니, 그녀가 바로 김혜자이다. 어떤 의미에서는 우리 모두의 어머니이다.

그 이전에도 없었고 그 이후에도 없을
영원한 박치기왕

나는 88올림픽이 열리기 전 1987년에 결혼을 했다. 그해 봄날,
시골 처가에 가니 아내의 둘째 올케가 과일을 내왔다. 접시에 담긴 아주
크고 잘 익은 딸기였는데 당시 70대 초반의 장모님이 딸기를 하나 집으
며 이렇게 말씀하셨다.

"고 녀석 참, 김일처럼 생겼구나."

나는 장모님의 그 기가 막힌 비유에 감탄을 했다. 그렇다. '김일처럼
생겼다'라는 말에는 튼튼함, 튼실함, 강인함, 우람함, 건장함, 100전
100승, 불굴의 용사, 일패도지(상대의 처지에서), 천하무적……. 여하튼
절대 패하지 않는다는 뜻이 에누리없이 담겨 있었다.

그러나 아쉽게도, 너무나 아쉽게도 이제 '김일처럼'을 대체하는 인물은 존재하지 않는다. 물론 김일보다 더 튼튼하고 천하무적인 사람은 많지만 시골의 70세 할머니가 그 존재를 인정하는 인물은, 단언컨대 없다. "고 녀석 참, 마빈 해글러처럼 튼튼하게 생겼네", "그놈 참, 칼 루이스처럼 날렵하게 생겼네"라고 말할 수 있는 '왕'은 이제 없다. 그 누구도 김일이 했던 역할을 능가하지 못한다. 그러기에 그 이전에도 그 이후에도 김일보다 뛰어난 인물은, 아니 김일만큼이라도 천하무적인(그것이 몇몇 사람이 주장하는 것처럼 '쇼'였을지라도) 사람은 이제 어디에도 존재하지 않는다.

박치기 하나로 전 국민을 사로잡다

그 이유는 정확히 모르겠으나 1970년대에는 프로레슬링 시합이 자주 열렸다(그때는 '경기'가 아니라 '시합'이라는 단어를 사용했다). 내 기억에 1년에 서너 번은 열렸던 듯싶다. 시합은 이틀에 걸쳐 열렸는데 첫날은 B급 선수들이 싱글매치와 태그매치로 경기를 했다. 우리의 영웅 김일은 반드시 두 번째 날, 마지막 경기의 태그매치에 출전했다.

상대 선수는 대부분 일본, 아니면 미국에서 온 레슬러들이었다(독일이나 터키에서 왔다 한들 어린 우리 눈에는 모두 미국 사람으로 보였다). 어린 마음에 그들은 아주 흉측하고 반칙만 일삼는 괴기한 '놈'들뿐이었다. 복면을 쓰고(우리나라 레슬러 중에는 복면을 쓴 사람이 없었던 것 같다), 알 수 없는 괴성을 내지르고, 심판을 패대기치고, 관중에게 야유를 보내고, 팬티 속에 흉기(주로 포크나 동아줄)를 감추는 아주 질이 나쁜 놈들이었다.

위기에 몰리면 그 나쁜 놈들은 심판이 안 보는 틈을 이용해 괴춤에서 포크를 꺼내 우리 선수를 마구 찌른다(그때 흑백TV를 통해 그 장면을 보는 국민은 그 레슬러가 '진짜' 포크로 우리 선수를 찌르는 줄 알았다). 그때의 그 분노란! 도대체 심판은 무얼 한단 말인가! 우리는 TV를

그 시절 김일은 전 국민의 우상이었다

보면서 발발 동동 구르고 '멍청한 심판'에게 마구 욕을 해댔다.

국민의 한탄과 분노가 극에 달할 무렵 김일이 등장한다. 아, 이제! 우리는 환호성을 내지른다. 설사 김일이 패배한다 해도, 적의 포크에 난자당해 사각의 링 위에서 피를 철철 흘리며 열을 셀 때까지 일어서지 못한다 해도 그가 등장했다는 사실만으로도 우리는 안도의 한숨을 내쉰다.

"이제 니들은 다 죽었어!"

그러나 적들은 악랄하고 여전히 심판의 눈을 속이고 온갖 반칙을 일삼는다. 김일은 몇 번 코브라트위스트에 걸리고 매트에 쓰러지고 심지어 피를 흘리기도 한다. 그러나 김일이 누구인가? 그는 바로 김일이다. 모든 국민이 "아, 저러다 지겠구나" 생각할 때 김일은 불사조처럼 일어나 비장의 무기를 꺼낸다. 바로 박치기다.

그는 힘겹게 일어서 상대 선수의 머리를 잡고 한 방, 꽝! 박치기를 날린다. 상대는 잠시 비틀거리다가 쓰러진다. 그의 머리 주위를 빙빙 도는 별이 우리 눈에 보일 정도이다. 상대 선수는 쓰러지는 게 상책일 테지만 한 번에 쓰러지면 너무 싱거운 일. 그걸 잘 아는 그는 비틀거리기만 할

뿐 쓰러지지 않는다. 김일은 다시 그의 머리를 붙잡고 두 번째 박치기를 날린다. 쾅! 그 누구든 세 번까지 버티는 선수는 없다. 거대한 고목이 쓰러지듯 매트 위에 '쿵' 소리를 내며 쓰러진다.

아, 그 순간 삼천리(북한을 빼면 1,500리쯤) 금수강산이 환호성으로 끓어오른다. 2002월드컵이 열리기 전까지 그런 환호성은 우리나라엔 없었다. 그렇게 시합은 끝나고 우리는 김일에게 아낌없는 박수와 감탄, 고마움과 칭송을 보낸다. 그가 우리에게 말할 수 없는 후련함을 안겨주었기 때문이다.

하루아침에 사라진 영웅

1950~60년대생에게 가슴 속 깊이 '뜨거운 후련함'을 안겨준 추억의 영웅 김일은 어느 날 갑자기 TV에서 사라졌다. 그냥 사라졌다. 일부 사람들은 어떤 프로레슬러가 "프로레슬링은 모두 쇼다"라고 말한 이후 프로레슬링이 막을 내렸다고 하지만 그게 그가 사라진 이유의 전부는 아닐 것이다. 이유가 무엇이든 프로레슬링은 1970년대 후반 즈음 갑자기 사라졌고 김일이란 인물도 사람들의 기억에서 순식간에 잊혔다.

그 누구도 김일에 대해 말하지 않았고, 그 누구도 그의 소식에 대해 궁금해 하지 않았다. 그가 죽었는지 살았는지, 살았다면 어디에서 무얼 하는지 아무도 궁금해 하지 않았고 알려고 하지도 않았다.

그리고 20년이 거의 다된 어느 날 신문과 TV 뉴스에 김일이란 두 글자가 나왔다. 정말이지 20년 만이었다. 박치기왕이 레슬링 후유증으로 심한 병을 앓고 있다는 소식이었다. 나는 김일이라는 두 글자를 본 순간

까마득히 잊고 있었던 그 옛날의 환호성과 두근거림과 후련함이 떠올랐다. 그리고 뒤이어 '미안함' 이……. 나만 그랬던 것일까?

박치기왕 김일은 박치기에 대해 이렇게 말했다.

"가장 하기 싫었던 것이 박치기였지만 팬들이 좋아해서 안 할 수 없었다."

그렇다. 그는 국민에게 기쁨과 즐거움, 애국심을 안겨주려고 박치기를 했다. 그러나 배은망덕하게도 우리는 그런 그를 까마득히 잊고 있었다. 60년대생에게 결코 잊을 수 없는 추억을 안겨준 김일은 그 화려한 명성에 비해 그리 행복하지 못한 여생을 보내다가 2006년 77세를 일기로 눈을 감았다. 1994년 국민훈장 석류장, 2000년 체육훈장 맹호장을 받았으나 그 훈장이 그가 우리에게 안겨준 즐거움에 한 톨이라도 보답이 될까?

김일은 누구인가

김일은 1929년 전남 고흥군에서 태어났다. 180센티미터 장신으로 씨름판을 휘어잡다가 역도산(力道山)을 찾아 1956년 일본으로 밀항했다. 불법체류자로 잡혀 1년간 형무소 생활을 했으며 1957년 도쿄의 역도산체육관 문하생 1기로 입문했다. 역도산에게서 맨손으로 호랑이를 때려잡는 사나이라는 뜻의 오오키 긴타로(大木金太郎)라는 이름을 받았다.

1963년 세계레슬링협회 세계태그챔피언, 1964년 북아메리카 태그챔피언, 1965년 극동헤비급챔피언, 1967년 제23대 세계헤비급챔피언, 1972년 도쿄인터내셔널 세계헤비급 태그챔피언에 오르며 스무 차례 챔피언 방어전을 치렀다.

장영철, 천규덕(당수왕, 배우 천호진이 아들이다) 등과 함께 1960년대부터 1970년대 중반까지 한국 프로레슬링 1세대로 활약했다. 현역에서 은퇴한 후 일본을 오가며 사업을 했으며 1987년부터 레슬링 후유증으로 각종 질병에 시달렸다. 1994년 귀국해 투병생활을 하면서도 후배 양성과 프로레슬링 재건에 힘을 쏟다가 2006년 사망했다.

memoris

고고와 디스코

모든 춤의 왕자

춤의 종류는 엄청나게 많다. 하긴 인류가 5,000년 넘게 이 세상에 생존해 왔으니 그동안 개발된 춤이 한두 개일까? 옛날로 거슬러 올라가 대표적인 것만 뽑더라도 부채춤, 화관무, 탈춤, 궁중무용, 살풀이, 승무, 무당춤, 태평무 등을 시작으로 지르박, 차차차, 블루스, 트위스트, 허슬 등을 거쳐 고고, 디스코가 있으며 현대에 들어 브레이크댄스, 힙합, 팝 핀, 문워크 모토, 비보이힙합, 재즈댄스, 걸스힙합, 락킹, 하우스, 테크토 닉 등이 있다. 여기서 끝나지 않는다. 람바다, 포크댄스, 룸바, 볼륨댄스, 삼바, 탱고, 살사, 밸리댄스, 인도무용 등 세계적으로 유명한 춤도 있고 그 외에 개더링피즈코드(영국), 고파크(우크라이나), 바투카다(브라질) 등 지

역 고유의 춤도 많다. 이뿐이
랴? 관광버스춤, 엉거주춤, 막
춤, 삼각춤, 아무거나열심히
춤, 개다리춤, 왔다리갔다리
춤, 시건방춤, 털기춤 등도 빠
지지 않는다.

이 춤을 모두 출 수는 없지
만 아무리 못 추어도 하나는 출
것이다. 바로 '고고'이다. 우리
가 고교시절을 보낸 1970년대
후반은 고고 천하였고 그 이후

1970년대 유행한 고고와 디스코

에는 디스코 천하였다. 그러다가 갑자기 춤의 종류가 엄청나게 증가했
다. 그리고 그런 춤을 우리는 도저히 따라할 수 없었다.

하지만 아무리 춤의 종류가 많아도 우리에게 춤의 왕자는 고고이다.
고고는 스트레스를 푸는 유일한 창구였고 몸의 억눌린 기운을 발산할 수
있는 유일무이의 수단이었으며 정신을 건강하게 해주는 촉진제였다. 당
시 춤의 종류는 딱 두 가지였다. 고고와 블루스. 혼자 신나게 추는 춤은
고고였고 남녀 둘이 함께 추는 춤은 블루스였다. 그 외에는 없었다. 블루
스는 언감생심, 시도도 할 수 없었기에 낮이나 밤이나 고고만 추었다.

봄이나 겨울이나 학교 운동장에서나 수학여행지에서나 교실에서나
친구의 자취방에서나 시간과 장소를 불문하고 고고를 추었다(고고를 못
추는 아이들은 차선책으로 삼각춤을 추었다. 삼각춤도 상당히 근사한 춤이다).

고고가 좋은 점은 아무 음악에라도 맞춰 출 수 있다는 점이다. 그래서

우리는 체육대회 마지막 시간(옛날에는 체육대회를 이틀에 걸쳐서 했다), 소
풍의 마지막 시간, 수학여행의 마지막 날 밤에 떼거리로 모여 각양각색
의 고고를, 형형색색의 고고를 추었다. 몇몇 뛰어난 감각의 아이들을 제
외하고는 그저 고고 흉내를 내는 정도에 그쳤지만……

당시 널리 애용되었던 음악은 〈Dizzy〉, 〈Beautiful Sunday〉,
〈Highway Star〉, 〈Let me〉 등이었고 최고의 노래는 〈Kung Fu Fighting〉
이었다. 지금 이 책을 덮고 이 노래를 찾아 들어보라. 저절로 고고를 추게
될 것이다.

고고를 한 방에 때려눕힌 디스코

그렇게 사랑을 받았던 고고였지
만 이 춤은 누군가가 휘두른 단 한주먹에 쓰러져 다시는 일어서지 못했
다. 그 누군가는 존 트라볼타였고 그 춤은 디스코였으며 직접적인 계기
는 〈토요일 밤의 열기〉라는 영화였다.

〈토요일 밤의 열기〉는 1978년 개봉되자마자 전 세계적으로 선풍을
일으켰고 디스코라는 완전히 새로운 춤의 세계를 열었으며 청년문화의
새로운 경지를 개척했다. 어떤 의미에서는 오늘날 유행하는 모든 춤이
탄생할 수 있었던 데는 디스코가 산파 역할을 했다고 볼 수 있다. 디스
코는 음악뿐만 아니라 우리의 일상도 적지 않게 변화시켰다. 남자들이
황금 목걸이를 걸고 다닌 것도 이때부터이며 이른바 디스코바지가 대유
행한 것도 이때부터이다.

그렇게 위대한 디스코였지만 널리 사랑받지는 못했다. 그리고 얼마
지나지 않아 다음 주자에게 바통을 넘겨주었다. 고고는 개인의 춤이지

만 디스코는 단체 춤이었기 때문이다. 디스코는 혼자 추는 것보다는 음악에 맞춰 여럿이 함께 추어야 제맛이 난다. 동시에 손을 들어 동시에 손가락으로 하늘을 찔러야 한다. 그러나 우리나라와 같은 상황에서 또 1980년대 격동의 상황에서 그렇게 하기란 불가능했다. 또한 뒤이어 새로운 춤이 밀려오면서 디스코는 짧은 생을 마감했다고 볼 수 있다. 고고만 억울해진 셈이다.

〈토요일 밤의 열기〉는 당시 엄청난 인기를 끌었으며 지금도 뮤지컬로 종종 공연되는 불후의 명작이다. 음악은 비지스Bee Gees가 맡았다. 존 트라볼타는 이 영화로 세계적인 명성을 얻었고 새로운 문화의 상징이 되었다. 십 수 년이 지난 후 그의 살찐 모습을 다시 보았을 때 나는 경악했다. 아, 세월의 무상함이여……

이제 고고음악이나 디스코음악을 듣기란 쉽지 않다. 라디오의 '추억의 팝송' 프로그램에서 간혹 들려오기는 해도 '간혹'일 뿐이다. 더더구나 고고를 추는 일은 이젠 불가능해 보인다. 그 옛날 모든 도시의 번화가에 자리 잡았던 고고장, 디스코장도 모두 사라져 버렸다. 하지만 고고에 대한 우리의 기억은 남아 있다. 그 희미한 스텝을 떠올려 오늘밤 고고를 한번 추기 바란다. 물론 그대 혼자.

두 사람 모두 성대모사의 달인이자 거의 신에 가까운 인물이었다. 요즘의 성대모사는 대통령의 목소리를 그대로 모사하거나, 다른 가수의 창법을 그대로 따라하는 흉내가 주종이지만 과거에는 의태어와 의성어 흉내가 주종을 이루었다. 예컨대 기차 소리, 자동차 소리, 따발총 소리, 비행기 날아가는 소리 등.

남보원과 백남봉은 그런 소리로 끝없이 이야기를 창조해낸 코미디언이다. 그들은 한 편의 이야기를 들려주면서 다양한 소리를 만들어내 우리의 귀를 즐겁게 해주었다.

"저 멀리 넘실대는 파도 위로(파도 치는 소리) 커다란 배 한 척이 나아가고 있씁니다(뱃고동 소리), 하늘에는 제트기가 날고요(쉬익-하는 비행기 소리), 갑자기 총소리가 들립니다(따발총 쏘는 소리)……."

그들은 그런 앞뒤 안 맞는 이야기를 무대에 홀로 서서 오직 입술과 혀만 사용해서 들려주었다. 때로는 발과 주먹을 사용하기도 했는데 여하튼 몸으로 온갖 소리를 다 내는 창성創聲의 달인들이었다. 아마 지구 상에 있는 모든 물건의 소리를 낼 수 있었을 것이다. 물론 사람 목소리 흉내도 잘 냈다. 이승만, 맥아더, 심지어는 이순신의 목소리도 흉내 냈다. 그러기에 그들의 쇼를 원맨쇼라 불렀고 우리는 그 단어를 일상에서 자주 사용했다. 누군가가 혼자 북 치고 장구 치고를 다 하면 "원맨쇼하고 있군"이라고 비아냥거린 것이다.

하지만 아쉽게도 왕년의 다른 연예인들처럼 이들 역시 1980년대 초반에 조용히 사라졌다. 우연인지는 몰라도 그 이후 원맨쇼를 하는 코미디언이나 개그맨 또한 나타나지 않고 있다. 원맨쇼라는 단어도 덩달아 슬그머니 사라질 지경이다. 사회적 현상이 사라지면 그를 묘사하는 단어 역시 잊히는 법이다. 다행히 성대모사는 퇴출당

입으로 모든 사물과 사람의 소리를 낼 수 있는 성대모사의 달인 남보원

하지 않고 활성화되어 여러 사람을 통해 그 맥을 이어나갔는데 김학도와 배칠수가 단연 압도적이다.

남보원과 백남봉은 같은 시기에 활동을 했지만 남진과 나훈아와 같은 라이벌이라기보다는 협력자였다. 함께 무대에 출연해 투맨 쇼를 하는 일도 많았으며 어떤 경쟁의식도 없었다(우리 눈에는 그렇게 보였다). 두 사람의 관계는 남철과 남성남의 관계와 비슷하다. 남보원은 약간 작은 키에 통통했고 백남봉은 키가 크고 호리호리했다.

다시 듣고 싶은 항구의 뱃고동 소리

코미디언 남보원의 본명은 김덕용이다. 1936년 3월 평안남도 순천에서 부잣집 외아들로 태어났으며 6·25 때 월남해 서울 성동공업고등학교를 졸업했다. 1963년 영화인협회 주최 '스타탄생 코미디'에서 1위를 하면서 데뷔했다. 이후 TV와 영화, 공연단 등에서 활동하며 전 국민의 사랑을 받았다. 1996년 예총예술문화상, 1997년 제4회 대한민국 연예예술상 대상, 화관문화훈장 등을 수상했다. 1957년 동국대 정치학과에 입학했으나 졸업은 1997년에 했다. 무려 40년 만에 졸업한 것이다.

남보원은 열다섯 살의 나이로 월남을 했는데 그의 친누나가 북한에 생존해 있었고 2000년 북한을 방문해 어렵사리 누나를 만났다. 그는 지금도 호텔 디너쇼 등에서 활동하며 사람들의 사랑을 받는다.

백남봉의 본명은 박두식이다. 1939년에 태어나 한때 고아원에서 자랐으며 구두닦이와 장돌뱅이로 전국을 떠돌아 다녔다. 1969년 동양방송 라디오 〈장기자랑〉으로 데뷔했다(백남봉에 대한 자료는 극히 적다).

2000년 대한민국 연예예술상 대통령 표창을 받았으며 2006년 〈청학동 훈장나리〉라는 음반을 발매했다. 〈항구의 왼손잡이〉(1971), 〈팔도 가스 나이〉(1970) 등 여러 편의 영화에도 출연했다. 2000년대 들어 간혹 TV에 얼굴을 비추고 실버 TV에서 왕성한 활동을 펼치다가 2010년 7월 타계했다.

우리나라 코미디는 한때 철퇴를 맞은 적이 있다. 1980년 신군부가 들어서면서 그간의 코미디는 국민의 정서를 해치는 저질 코미디라 하여 모든 코미디 프로그램을 폐지하고 코미디언들을 방송계에서 일제히 퇴출시켰다. 그리하여 구봉서, 배삼룡 등 코미디언 대다수가 하루아침에 일자리를 잃었으며 새로운 사람들로 그 자리가 채워졌다. 강압에 의한 것이었고 당사자들에게는 비극이었으나 개그맨의 시대가 도래하는 계기가 되었다. 남보원, 백남봉 역시 그 무렵에 방송계를 떠나 TV에 한동안 얼굴을 내비치지 않았다.

우리가 그들의 원맨쇼를 본 지 어언 30년이 흘렀다. 그들의 기차 소리, 양철 지붕 위에 떨어지는 빗방울 소리, 항구의 갈매기 우는 소리, 고장난 자동차 달리는 소리를 들은 지 30년이 넘은 것이다. 우리 중에는 그동안 그들을 까마득히 잊고 살았던 사람도 많았으리라. 그들이 다시 TV에 등장해 그 옛날의 멋진 소리를 다시 한 번 들려주었으면 바라지만 이제는 그 바람을 이룰 수 없게 되었다.

로보트 태권브이

memoris

태권도로 악당을 제압한
우리의 로봇

우리나라 최초의 로봇이 무엇인지는 정확히 정의 내릴 수 없지만 사람들의 뇌리에 각인된 로봇의 대명사는 '로보트 태권브이'다. 그러나 서글프게도 〈로보트 태권브이〉는 일본 〈마징가제트〉의 모방작이다. 나는 1970년대 초반에 〈마징가제트〉를 만화로 보았는데 일본에서 만든 일본 로봇이라고는 생각도 못했다. "기운센 천하장사 무쇠로 만든 사람~"으로 시작하는 노래 또한 아주 멋졌다(노래방에 가면 지금도 이 노래를 부르는 40대가 있다). 그러니 한국 로봇으로 생각할밖에.

그러던 1976년 어느 날, 우리나라에도 드디어 로봇이 만들어졌다는 소식이 들려왔다. 이 얼마나 기쁜 일인가. 우리는 극장으로 우르르 몰려가 메이드인코리아 로봇이 등장하는 영화를 보았다. 영화는 아주 멋졌다(서울에서만 18만 명의 관객이 들었다). 마징가제트와 달리 로봇이 태권도를 하니 그 얼마나 대견스러운가? 영화가 개봉된 후 〈로보트 태권브이〉는 아이들의 일대 로망이 되었고 비슷비슷한 아류만화들이 쏟아져 나왔으며 플라스틱 장난감이 줄을 이었다. 1970년대 후반

1970년대 남자아이들의 우상이었던 로보트 태권브이

은 남자아이들에게는 태권브이, 여자아이들에게는 캔디가 삶의 멘토이자 우상이었다. 악의 무리를 처단하는 로봇, 고난에도 굴하지 않고 꿋꿋이 자신의 길을 가는 예쁜 캔디. 어찌 우상이 되지 않을 수 있겠는가?

김청기 감독

　　김청기는 1941년 출생한 애니메이션 감독으로 1970년대에 우리나라 극장판 만화영화의 창조와 부흥을 이끈 독보적인 존재이다. 〈간첩 잡는 똘이장군〉(1979년), 〈스페이스 간담 V〉(1984년), 〈외계에서 온 우뢰매〉(1986년) 등 다수의 만화영화를 제작해 수많은 소년 팬들을 사로잡았다. 하지만 그에 대해서는 찬반양론이 뜨겁다, '국민적 애니메이션 감독' 이라는 찬사와 '표절로 일관한 파렴치범' 이라는 비난이다. 판단은 각자의 몫이다.

1976년 7월 24일 여름방학이 막 시작되었을 때 개봉된 〈로보트 태권브이〉는 만화영화로는 공전의 히트를 쳤다. 영화의 주제가는 최호섭(당시 열두 살)이 불렀는데 우리나라 최초의 애니메이션 오리지널 사운드 트랙이다. 그러나 안타깝게도 이 영화의 원판은 미국 수출 도중 분실되고 말았다. 그 후 우여곡절 끝에 2003년 복사본 필름을 발견했고 그것을 바탕으로 국민의 열화와 같은 성원에 힘입어 2007년 복원이 이루어졌다. 31년 만에 복원이 이루어졌으니 1969년생이 여덟 살에 그 영화를 보았다면 마흔 살에 다시 보게 된 것이다. 참으로 감개무량이라 하지 않을 수 없다.

복원된 영화에 따르면, 태권브이는 키 56미터(아파트의 1층 높이를 2.6미터로 잡으면 대략 20층이다), 무게는 1,400톤, 파워는 895만 킬로와트이다. 이 정도의 로봇을 만들어 움직이는 일이 과학적으로 가능한지는 따지지 말자.

조종사는 두 명이다. 훈이와 영희. 이 두 사람은 제비호를 타고 태권

두 만화영화의 주제가를 불러보자

〈로보트 태권브이〉 달려라 달려 로보트야 / 날아라 날아 태권브이 / 정의로 뭉친 주먹 로보트 태권 / 용감하고 씩씩한 우리의 친구 / 두 팔을 곧게 앞으로 뻗어 / 적진을 향해 하늘 날으면 / 멋지다 신난다 / 태권브이 만만세 / 무적의 우리 친구 태권브이
달려라 달려 로보트야 / 날아라 날아 태권브이 / 정의를 위해 키운 로보트 태권 / 이 세상에 당할 자 있을까 보냐 / 평화의 사도 사명을 띠고 / 악의 로보트 때려 부순다 / 멋지다 신난다 / 태권브이 만만세 / 무적의 우리 친구 태권브이

〈마징가제트〉 기운 센 천하장사 무쇠로 만든 사람 / 인조인간 로보트 마징가 제트 / 우리들을 위해서만 힘을 쓰는 착한 이 / 나타나면 모두모두 덜덜덜 떠네 / 무쇠팔 무쇠다리 로켓트 주먹 / 목숨이 아깝거든 모두모두 비켜라 / 마징가 쇠돌이 마징가 제트

브이의 머릿속으로 들어
가 로봇을 작동시킨다(이
설정은 모두 마징가제트에서
따온 것이다. 단지 마징가제
트는 1인 체제이며 각종 무기
를 사용하지만 태권브이는 태
권도를 한다는 점이 다르다).
훈이와 영희 외에 중요한
등장인물은 깡통로보트
철이이다. 그는 직접 만든
깡통로보트를 입고 위기

로보트 태권브이가 나오기 전 아이들의 눈을 사로잡은 마징
가제트

때마다 등장해 두 사람을 구해준다. 악당의 총두목은 카프 박사. 그는
외모 콤플렉스를 가지고 있으며 전 세계를 손아귀에 넣으려는 야욕에
불타는 인물이다.

태권브이는 첫 개봉 후 연달아 시리즈가 만들어졌다. 1976년 12월
〈우주작전〉편, 1977년 〈수중특공대〉, 1978년 〈태권브이 대 황금날개의
대결〉 등 1984년까지 이어졌다. 2007년에 복원판이 나온 이후 국기원에
서는 태권브이에게 태권도 명예 4단증을 수여했다.

일설에 따르면 여의도 국회의사당의 돔은 태권브이의 아지트이다. 정
말 그곳에 태권브이가 숨겨져 있는지는 알 수 없지만, 또 태권브이가 마
징가제트를 모방한 것임은 분명하지만 그가 우리가 만난 최초의 우리
로봇이자 친구라는 사실은 부정할 수 없다.

소녀들의 영원한 친구 캔디

소년들에게 태권브이가 있었다면 소녀들에게는 캔디가 있다. 캔디는 '역경을 딛고 달려가는 들장미 소녀'이다.

"외로워도 슬퍼도 나는 안 울어. 참고 참고 또 참지 울긴 왜 울어~" 그 소녀는 이제 어른이 되었을까? 아니면 여전히 주근깨투성이의 소녀로 남아 있을까? 잊을 수 없는 그 이름, 들장미 소녀 캔디. 이 땅의 모든 여자아이의 우상이자 고난의 상징이자 사랑을 찾아 전진하는 용감한 소녀.

〈캔디〉는 1976년 일본에서 제작된 만화영화로 우리나라에서는 1977년 9월~1980년 1월까지 MBC에서 방영되었다. 방영 당시 선풍적인 인기를 끌었고 이 만화의 주제가는 〈마징가제트〉와 더불어 만화주제가의 쌍벽을 이루었다. 이후 1983년 4월~1985년 5월까지 〈들장미 소녀 캔디〉란 제목으로 MBC에서 재방영되었으며 만화로도 간행되어 여학생들의 교과서가 되었다.

그 시절 소녀들의 로망이었던 〈들장미 소녀 캔디〉

캔디의 등장인물들을 기억하는가? 고아 소녀 캔디가 살

왔던 포니의 집, 닐, 일라이저, 라건 부인, 앤소니, 아들레이, 스테아, 스잔나, 앨버트 그리고 테리우스……. 이 만화영화의 주인공은 의외로 많다. 줄거리도 굉장히 복잡하고 길다. 한 권의 장편소설로도 손색이 없는 만화영화이다. 오늘날의 아이들은 캔디를 모르지만, 또 이 만화영화가 다시 방영된다 해도 그 옛날처럼 인기를 끌지는 못할 것이지만, 캔디는 우리들의 영원한 친구이다.

들장미 소녀 캔디 주제가

외로워도 슬퍼도 나는 안 울어 / 참고 참고 또 참지 울긴 왜 울어 / 웃으면서 달려보자 푸른 들을 / 푸른 하늘 바라보며 노래하자 / 내 이름은 내 이름은 내 이름은 캔디 / 나 혼자 있으면 어쩐지 쓸쓸해지지만 / 그럴 때 얘기를 나누자 거울 속의 나하고 / 웃어라 웃어라 웃어라 캔디야 / 울면은 바보다 캔디 캔디야

나비처럼 날아서 벌처럼 쏘다

일세를 풍미하고 세계를 주름잡았던 권투선수들은 많다. 소니 리스튼, 조지 포먼, 조 프레이저, 켄 노턴, 레온 스핑크스, 래리 홈즈, 에반더 홀리필드, 마이클 타이슨, 마빈 해글러······.

우리나라에도 길이길이 기억되는 권투선수들이 있다. 김기수(우리나라 최초의 권투 챔피언), 김득구, 장정구, 김태식, 홍수환, 염동균, 박종팔, 유명우 등. 그래도 뭐니뭐니해도 '권투 = 알리' 이다. '축구 = 펠레', '마라톤 = 아베베' 이듯이. 알리가 세계챔피언의 자리에 오른 것은 1962년 라이트헤비급 챔피언 아치 무어를 쓰러뜨린 후였다. 그날 이후 그는 권투계의 황제가 되었고 나아가 스포츠 선수의 대명사가 되었다. 또한 떠버리 흑인이 되었고, 전 세계 흑인들의 우상이 되었고, 가난한 권투 지망생들의 사표가 되었다.

권투보다 위대했던 챔피언

그는 1960년 로마올림픽에서 금메달을 땄는데 고국으로 돌아와 인종차별에 부딪히자 메달을 강물에 던져버렸고 백인들의 코를 납작하게 해주어야겠다는 일념으로 프로로 전향해 세계를 상대로 주먹을 휘둘렀다. 그가 유명해진 이유는 주먹의 힘 자체도 세지만 끊임없이 떠벌리는 입과 지치지 않는 정력, 체급을 달리하면서 주먹계를 휩쓸었다는 점 등이 꼽힌다. 또 일본의 레슬링선수 안토니오 이노키와 벌인 시합(1976년)에서 보듯 쇼맨십도 뛰어났다.

물론 그가 언제나 승리만 한 것은 아니다. 1971년에는 조 프레이저에게 패했고 1973년에는 켄 노턴에게도 패했다. 그러나 그는 WBC, WBA를 오가며 챔피언 타이틀을 차지했으며 전 세계 스포츠팬들을 열광시켰다. 우리에게 즐거움은 말할 것도 없고 불굴의 의지란 무엇이고 실패를 어떻게 극복할 것인가를 일깨워준 사람이 된 것이다.

무쇠 주먹을 자랑했지만 그는 물러나야 할 때를 알았고 1978년 레온

알리는 누구인가

알리의 본명은 캐시어스 마셀러스 클레이 2세이며, 1942년 1월 17일 켄터키주에서 태어났다. 베트남전 징집영장을 거부하면서 "베트콩과 싸우느니 흑인을 억압하는 세상과 싸우겠다"는 또 다른 명언을 남겼고 1964년 말콤 X를 만나 이슬람 운동에 가담하면서 이름을 무하마드 알리로 바꾸었다. 그의 딸 라일라 알리 역시 권투선수이다.

스핑크스를 이기고 세 번째 챔피언의 자리에 올랐으나 1979년 9월 6일 타이틀을 반납하고 권투계에서 은퇴했다. 프로로 입문한 지 19년 만이었다(1980년 컴백을 했으나 이미 그의 시대가 저문 후였다. 1981년 트레버 버빅에게 판정패한 뒤 현역에서 완전히 은퇴를 했다).

권투의 황제에서 영원한 친구로

"나비처럼 날아서 벌처럼 쏘겠다"

는 명언을 남기고 은퇴한 이후 그는 우리 눈앞에서 사라졌고 우리는 그의 모습을 볼 수 없었다. 사람들이 그를 서서히 잊을 무렵인 1996년 미국 애틀랜타올림픽의 최종 성화주자로 TV에 나타난 그는 우리의 눈을 의심케 했다. 잊힌 왕년의 챔피언, 은퇴한 지 15년 만에 나타난 그가 정상적인 몸이 아니었기 때문이다. 선수 시절의 후유증을 겪고 있었다.

그는 애틀랜타올림픽에서 다시 금메달을 받았는데 이는 1960년 로마올림픽 이후 36년만에 백인들이 인종차별에 대해 공식적으로 사과한 것이라 할 수 있다. 알리는 세계챔피언답게 그 사과를 받아들였고 영광의 금메달을 다시 목에 걸었다. 참으로 길고 긴 세월이었다.

알리와 세기의 대결을 벌인 안토니오 이노끼

알리와 관련해 잊을 수 없는 사람이 안토니오 이노끼이다. 이 사람은 일본의 대표적인 프로레슬러로 원래는 투포환 선수였는데 역도산의 눈에 띄어 레슬러가 되었다. 그는 "권투가 센가, 레슬링이 센가?"를 놓고 알리와 세계적인 대결을 벌였다. 1976년 6월 26일(토요일) 일본 도쿄에서 전 세계의 이목이 쏠린 가운데 시합을 벌였는데 15라운드 무승부로 끝났다. 경기는 의외로 싱겁기 짝이 없어서 "돈을 벌기 위한 쇼였다"라는 불만이 많았다. 어찌 되었든 오늘날 이종격투기의 효시가 아니었을까?

알리의 인생은 한 편의 드라마라고 할 수 있다. 가난한 흑인 소년, 올림픽 금메달리스트, 차별받는 흑인, 이슬람으로 개종, 전무후무한 권투 기록, 파킨슨병, 잊힌 영웅, 돌아온 영웅……. 우리가 그를 마

파란만장한 인생을 살았던 권투 황제 무하마드 알리

음속에 간직하고 권투의 황제로 인정하는 이유이다.

이제 다시는 그를 보기 어려울 것이다. 그의 사망 뉴스가 TV를 장식하면 당신의 아들딸은 "아빠, 알리가 누구야?"라고 물을지 모른다(80년대생 중에서도 알리를 모르는 사람들이 의외로 많다). 그때 당신은 어떻게 대답하겠는가? "옛날 권투선수였어"라고 말하겠는가, 아니면 "우리를 키운 영웅이었어"라고 말하겠는가? 당신이 알리를 좋아했든 좋아하지 않았든 영웅이라는 호칭을 써주는 것이 그의 위업에 대한 우리의 작은 인정이 되지 않을까.

남자라면 누구나 숭배했던 협객

눈이 매섭게 내리는 1917년의 어느 겨울밤, 한 남자가 서울의 사직동 어두운 골목길로 이리저리 도망치다가 골목 끝에 이르자 황급히 민가의 담을 넘었다. 그 남자는 만주에서 독립군 자금을 구하러 서울에 왔으며 일본 경찰에 쫓기자 무턱대고 담을 넘어 숨어든 것이다. 그는 불이 꺼진 방으로 들어갔는데 하필 그 방에는 처녀 혼자 잠을 자고 있었다.

다음날 새벽 그 남자는 여자 곁을 떠나면서 "아들을 낳거든 두한이라 이름을 짓고 딸을 낳거든 두옥이라 지으시오" 하고는 다시 만주로 돌아갔다. 열 달이 흘러 여자는 아들을 낳았는데 그가 김두한이고 그날 밤에 담을 넘었던 독립운동가는 김좌진 장군이다.

이 이야기가 사실인지 창작인지는 알 수 없으나 중고등학교 시절 우리는 이 이야기가 사실이라고 믿었다. 김두한이라면 안타깝고 전설적이고 뜨겁고 애틋하고 격동적인 탄생 배경을 지녀야 한다고 철저히 믿었기 때문이다. 김두한이 김좌진의 실제 아들인지 아닌지는 사실 논란이 많다.

영화와 드라마의 주인공으로 알려진 김두한의 실제 모습

협객이자 주먹왕이자 반공투사이자 정치인이었던 '장군의 아들' 김두한은 1960년대생과는 아무런 관계가 없다. 김두한이 1972년에 타계하기는 했으나 우리에게 직접적으로 영향을 끼친 것은 거의 없다. 그러나 김두한은 그 시절 이소룡과 더불어 우리의 우상이었다. 김두한처럼 멋있고 애국적이고 주먹이 센 사람은 아무도 없었다.

우리는 그런 김두한을 1970년대에 매년 만났다. 그 시절에 김두한 영화가 1년에 한 편씩 제작되었기 때문이다. 그의 영화가 개봉되면 폭력이 난무함에도 학교에서 단체관람을 갔었는데 그 이유는 일제에 저항한 애국심, 공산분자들을 소탕한 반공주의가 큰 역할을 했다.

김두한 역으로는 뭐니뭐니해도 이대근이 최고였다. 지금은 일흔 살에 가까운 나이지만(1941년생) 그 시절의 이대근은 30대의 팔팔한 나이로 김두한 역을 완벽하게 소화해냈다(실제 김두한과 이대근은 닮은 면이 있다). 야비한 일본놈이 "조센징이 감히 우리 일본인이노 무시 했스모니까?"라고 깝죽대면 앞뒤 재지 않고 단 한주먹에 쓰러뜨렸다. 그러니 어찌 김두한을 존경하지 않을 수 있겠는가.

김두한은 영화 속에서만 존재하는 인물이었지만 7080 세대에게 커다란 영향을 끼쳤고 그 이후 세대에게도 적지 않은 영향을 끼쳤다. 1970~80년대의 〈협객 김두한〉을 필두로 1990년대의 〈장군의 아들〉(박상민), 2000년대의 〈야인시대〉(안재모)로 이어지면서 세대마다 폭넓은 사랑을 받았다. 그리고 그때마다 영화에 출연한 주인공들은 스타로 발돋움을 했다. 시대가 아무리 변해도 사람들은 김두한이라는 사람에게 환호를 했던 것이다.

아주 먼 시절의 사람인데도 우리는 김두한을 사랑했다. 그가 보여준 주먹 세계가 남자들의 원초적 본능을 시원하게 표출했기 때문이다.

뽀빠이

올리브를 지켜준
힘센 남자

뽀빠이는 세 가지 뜻을 지니고 있다. 하나는 만화영화의 주인공
이다. 비실비실한 마도로스 뽀빠이가 시금치를 먹고 힘이 세져 머리를
단정하게 묶은 말라깽이 올리브를 구하는 것이 첫 번째이다. 두 번째는
1970년대 초반 아이들 간식의 대명사인 뽀빠이다. 삼양식품에서 만들
었던 라면튀김과자 뽀빠이를 설마 잊지는 않았겠지? 세 번째는 뽀빠이
이상용이다. 뽀빠이를 먹으면서 뽀빠이를 보는 일은 당시 최고의 호사
이자 로망이었다.

라면과자 뽀빠이

뽀빠이과자는 1972년 삼양식품에서 만들어 판매했
는데 시판 즉시 과자의 왕으로 떠올랐다. 당시 가격은 10원이었으며 우
리는 이 과자를 거의 이틀에 한 번씩 사먹었다 해도 과언이 아니다. "엄
마 10원만"이라는 말도 이 뽀빠이 때문에 나왔다는 설이 있다.

이 과자의 재료가 무엇인지는 정확히 알 수 없다. 다만 라면을 만들다
가 남은 부스러기를 튀겨 만들었다는 주장이 상당한 설득력을 얻었다.
지금 판매하는 별뽀빠이에는 별사탕이 포함되어 있으나 그때는 없었다.

뽀빠이과자는 1970년대 중반까지 폭발적인 인기를 얻었으나 어느 날
부터인가 시들해졌고 그렇게 우리의 간식 리스트에서 사라졌다. 비슷한
제품으로는 '라면땅'이 있었다. 인터넷을 뒤져보면 뽀빠이과자에 대한
사진이 여럿 나오는데 모두 최근 것이고 가장 오래된 것이 1975년 제품
이다. 이것도 원조 뽀빠이과자는 아니다. 원조 뽀빠이과자에는 뽀빠이
혼자만의 그림이 있다.

내겐 뽀빠이과자와 관련해 추억이 하나 있다. 1973년의 어느 날, 뽀
빠이과자를 만든 회사의 사장이 '북에서 내려온 간첩'이라는 소문이 아
이들 사이에서 퍼졌다. 그 소문을 말한 아이는 그것이 진짜라고 우겼다.
그 이유는 뽀빠이 봉지를 보면 알 수 있다는 것이었다. 우리는 구멍가게
(그때는 '점빵'이라고 불렀다)로 달려가 10원을 주고 뽀빠이를 산 다음 우
걱우걱 씹으면서 봉지 겉면을 샅샅이 살폈다. 해군복을 입은 뽀빠이가
자랑스럽게 서 있는 만화 그림이 정말 북한의 적화통일 야욕을 그대로
표현한 듯 보였다. 뽀빠이가 파란 바지와 빨간 반팔 해군복을 입었는데
한 팔을 허리에 올리고(한 팔은 위로 불끈 들었었던 것 같다) 서 있는 품이 영

락없는 우리나라 지도였고 파란 바지는 남한을, 빨간색 윗옷은 북한을 의미하는 것처럼 느껴졌던 것이다.

어린 시절 즐겨 먹던 뽀빠이과자

더욱 결정적인 것은 목에 두른 머플러였다. 그 머플러가 V자를 뒤집은 형태였다. 즉 북한이 남한을 침략한다는 뜻이었다. 더군다나 놀라운 것은 팔에 그려진 닻 모양이었는데 우리가 익히 보아온 소련 국기의 상징이었다. 우리는 놀라 자빠지지 않을 수 없었다. 그렇게 맛있게 먹었던 뽀빠이가 북한에서 내려온 간첩이 만든 과자라니……

우리는 머리를 맞대고 파출소로 가서 이 사실을 신고해야 하지 않나 수군거렸지만 처음 그 소문을 들려준 녀석은 "이미 잡혔으니까, 내가 이 사실을 알고 있지"라면서 불쌍하다는 표정으로 우리를 바라보았다. 나는 며칠 동안, 뽀빠이간첩이 잡혔다는 뉴스를 기다렸으나 끝내 나오지 않았다. 어린 시절의 유치한 추억 중 하나이다.

힘이 세지는 뽀빠이

만화영화 〈뽀빠이Popeye〉는 E.C. 세거라는 사람이 만든 작품이다. 잘 알다시피 비실비실한 뽀빠이는 시금치를 먹으면 금세 힘이 강해져 악당을 쉽게 물리친다. 악당은 늘 정해져 있다. 블루투스다. 블루투스는 올리브라는 가녀리고 약간 바보 같은 여자를 자기 것으로 만들지 못해 안달이 난다.

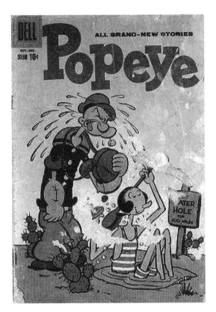

시금치를 먹으면 힘이 강해지는 뽀빠이와 그의 연인 올리브

평화로운 일요일에 올리브와 뽀빠이가 데이트를 하면 잠시 후 울퉁불퉁한 블루투스가 나타나 온갖 횡포를 부리다가 올리브를 강제로 납치해가고 뽀빠이는 땅바닥에 내팽개쳐진다. 하지만 뽀빠이는 통조림에서 시금치를 꺼내 먹고는 슈퍼맨이 된다. 그리곤 블루투수를 때려눕힌 뒤 사랑스런 올리브를 되찾아온다. 늘 이 줄거리가 반복되었다. 그래도 아주 재미있었고 혹시 정말 그렇게 되지 않을까 싶어 시금치를 열심히 먹었다.

이 시금치에 대해서는 논란이 많다. 원래는 항아리에 담긴 마약인데 아이들의 정서를 위해 시금치로 바꾸었다는 설, 아이들에게 채소를 먹이려고 홍보용으로 만든 만화영화에 우연히 시금치를 사용했다는 설, 그래서 시금치가 엄청나게 팔렸다는 설, 시금치 통조림회사가 만든 광고만화가 발전하여 만화영화가 되었다는 설⋯⋯. 어떤 게 진짜든 우리에겐 그다지 중요하지 않았다. 중요한 것은 우리가 이 만화영화를 무척이나 즐겨보았다는 사실이다. 삐삐 마른 올리브와 수염이 덥수룩한 악당 블루투스, 그리고 정의의 사나이 뽀빠이. 이 세 사람은 우리의 영원한 친구이다.

우정의 무대를 이끈 뽀빠이

세 번째 뽀빠이인 이상용은 뽀빠이와 닮은 면이 있다. 그래서 우리는 그를 '뽀빠이 이상용'이라고 부른다. 그는 가수도 아니고 탤런트도 아니고 코미디언도 아니지만 그를 모르는 사람은 거의 없다.

이상용은 1944년 충남 서천에서 태어나 고려대를 졸업했다(고려대 응원단장 출신이라는 설이 있었는데 정확한 것은 알 수 없다). 1973년 MBC 〈유쾌한 청백전〉으로 데뷔를 했으며 이후 수많은 프로그램에서 진행자로 활동을 했다.

그의 이름을 확고하게 각인시킨 것은 우정의 무대이다. "어머니, 나와 주세요"라는 멘트는 많은 군인의 눈시울을 적셨고 그의 트레이드마크가 되었다. 1996년 공금유용사건(후에 무혐의 처리됨)으로 일시적으로 어려움을 겪었으나 현재 대학교수로, 강연가로 활발하게 활동하고 있다.

memoris

신성일

한국영화
최고의 스타배우

남자 영화배우 중에 이보다 더 잘생긴 사람은 없다(오늘날의 장동건은 저리 가라 할 정도). 그와 겨룰 수 있는 영화배우는 프랑스의 미남 배우 알랭 들롱뿐이다. 신성일(본명 강신영, 1937년 대구 출생, 건국대 국문학과)은 가히 영화배우의 대명사였고 왕 중의 왕이었다. 대한민국의 거의 모든 여자가 이 남자의 팬이었고 1970년대 개봉한 영화 중 그가 출연하지 않은 영화는 거의 없을 정도였다. 그는 1960~70년대에 한국영화를 싹쓸이하다시피 했는데 자신조차 몇 편의 영화에 출연했는지 정확히 모른다. 대략 500여 편으로 추산된다(hanimovie에는 375편이 실려 있다). 옛날에는 극장 간판을 직접 그려서 벽에 붙였는데 전국의 극장 간판쟁이는 1년에 10번 이상 신성일의 얼굴을 그렸다. 참으로 징글맞았을 것이다.
신성일이 주로 출연한 영화는 애정, 멜
로 영화였다. 사랑, 연예, 이별, 배신, 결
혼, 이혼, 불륜 등이 파노라마처럼 펼쳐
지는 전형적인 한국영화(그때는 방화邦畵
라고 불렀다)에서 항상 주연을 맡았다.

해변을 뛰어가는 날씬하고 아름다운
여인, 그 뒤를 쫓는 남자, 여자는 달리다
가 갑자기 넘어지고(아무런 이유없이) 그
런 여자를 덮치면서 남자는 중후하고
멋들어진 목소리로 "이런 깍쟁이, 나를

신성일의 대표작 《맨발의 청춘》

버리고 도망가다니……." 그 남자가 신성일이다. 어찌 여자들이 반하지
않을 수 있겠는가?

그의 대표 애정영화는 〈별들의 고향〉(1974년)이 아닐까 싶다. 그는 이
영화에서 알코올 중독에 빠진 화가 역할을 맡았는데 그 유명한 "경아—"
로 사람들의 심금을 울렸다(이 '경아' 는 지금도 개그의 소재로 사용된다). 신
성일 자신이 꼽는 최고의 영화는 〈만추〉(1966년 이만희 감독)이다.

신성일은 〈맨발의 청춘〉(1964년)에서 엄앵란과 남녀 주연으로 연기를
펼쳤는데 이 영화에서 눈이 맞아 그해에 결혼을 했다. 워커힐호텔에서
치러진 결혼식에는 당시 '구름과 같은 인파' 였던 4,000여 명의 사람들
이 몰려들었다(엄앵란은 1936년생으로 신성일보다 한 살이 많다). 그날 이후
45년 동안 두 사람은 변함없는 애정으로 '행복한 부부상' 을 만천하에
과시하면서 잘 살고 있다.

배우에서 정치인으로

우리가 중고등학교 학생이었던 시절, 우리는 극장 스크린에서 언제나 그를 보았다. 그가 아니면 한국영화가 만들어지지 않았으니 어쩔 수 없었다. 하지만 그런 그도 나이를 먹으면서 슬슬 뒤로 밀려났고 그보다 더 잘생기고 연기력이 뛰어난 배우들이 탄생하면서 차츰 출연 횟수가 줄어들었다(물론 그는 1990년대에도 영화에 출연했다. 가장 최근의 영화는 2005년의 〈태풍〉이다).

명배우답게 그는 청룡영화상, 대종상, 백상예술대상, 아세아 영화제 남우조연상 등 많은 상을 받았다. 그런데 그렇게 잘 나가던 그가 어느 날 갑자기 인생의 진로를 바꿔 정치판에 뛰어들었다. 1990년대 초 국회의원에 도전해(이때 이름을 강신성일로 바꾸었다) 두 번의 낙선 끝에 2000년 한나라당 국회의원(16대)이 되었고 국민은 이제 극장이 아닌 국회에서 그를 보아야 했다. 사실 그가 정치판에 뛰어든 그 순간 국민과 영원한 작별을 한 셈이다.

이후 그의 삶은 그다지 평탄치 못했다. 17대 선거에서 공천을 받지 못했고 2005년에는 뇌물 혐의로 재판을 받아 감옥에 갇혀 수감생활을 하기도 했다. 무려 30여 년 가까이 대한민국을 휩쓸던 영화배우가 뇌물을 받아 감옥에 가다니 통탄할 일이다. 이제 그는 백발의 할아버지가 되었다. 정치도, 영화도, 세속의 인기와 영광도 저만치 놓아두고 조용히 삶을 살아가는 무대 저편의 배우가 된 것이다. 그럼에도 그는 우리 마음에 영원한 청춘의 초상으로 남아 있다.

그 옛날 남자배우들

한때 스크린을 누볐던 명배우들을 되돌아보자.

황해 • 한국 액션영화의 대들보. 본명은 전홍구, 1921년 강원도 고성에서 태어났으며 〈5인의 해병〉, 〈마부〉 등에 출연해 선 굵은 연기의 1인자가 되었다. 그의 부인은 가수 백설희이며 전영록이 그의 셋째 아들이다. 222편의 영화에 출연했으며 2005년 타계했다.

박노식 • 액션영화의 대부. 1930년 전남 여수에서 태어나 교사 생활을 하다가 배우의 길로 들어섰다. 거친 입담과 호쾌한 액션으로 인기를 끌었으며 특히 호남 사람들에게 사랑을 받았다. 〈마도로스 박〉, 〈돌아온 팔도사나이〉 등 500여 편에 출연했으며 1995년 타계했다. 아들 박준규와 함께 출연한 광고에서 "개구쟁이라도 좋다. 튼튼하게만 자라다오"라는 명카피를 남겼다.

장동휘 • 위의 배우들과 함께 활약한 액션 배우. 1970년대 한국 액션영화는 이 세 명이 거의 다 만들었다고 해도 과언이 아니다. 1919년 인천에서 태어나 만주에서 활약한 경력이 있으며 〈두만강아 잘 있거라〉, 〈돌아오지 않는 해병〉 등 500여 편에 출연했는데 주로 전쟁영화, 범죄영화의 단골 주역이었다. 2005년 85세로 별세했다.

독고성 • 액션 악역배우의 대명사. 그의 이름처럼 주로 독한 역만 맡은 카리스마적인 인물. 본명은 전원윤으로 1929년 강릉에서 태어나 서라벌예대를 중퇴했다. 〈눈물젖은 부산항〉, 〈사나이 악수〉 등 520편에 출연했으며 날카로운 눈매와 가죽장갑을 낀 주먹이 트레이드마크이다. 2004년 타계했다. 독고영재가 그의 아들이다.

허장강 • 1950~70년대를 이끈 장신의 액션배우. 음흉스럽고 거친 성격의 악역으로 주연보다는 조연을 많이 맡았다. 본명은 허장현으로 1923년 서울에서 태어났다. 〈피아골〉, 〈사랑방 손님과 어머니〉 등 100여 편에 출연했으며 1975년 52세의 이른 나이에 사망했다. 배우 허준호가 그의 아들이다.

최무룡• 액션과 멜로영화를 넘나들던 미남 배우. 1928년 경기도 파주에서 태어나 한국은행에 다니다가 연극에 매료돼 배우의 길로 들어섰다. 중앙대 법학과를 졸업했으며 〈오발탄〉, 〈5인의 해병〉 등 500여 편의 영화를 남겼다. 한때 국회의원을 지내기도 했으며 1999년 사망했다. 탤런트 강효실과의 결혼에서 아들 최민수를 낳았지만 이혼하고, 1962년에 당대의 미녀 배우 김지미와 두 번째 결혼을 했다. 하지만 이 결혼도 오래가지 못했으며 "사랑하기 때문에 헤어진다"는 명언을 남겼다.

김진규• 잘 생긴 얼굴로 액션과 멜로영화를 넘나들었던 배우. 1923년 충남 서천에서 출생해 우에노 음악학교를 졸업했다. 〈피아골〉 등 200여 편에 출연했으며 1998년 타계했다.

남궁원• 뭇 여성들을 사로잡은 미남 액션 배우. 서구적인 얼굴로 한국의 그레고리 펙이라 불렸다. 본명은 홍경일. 1934년 경기도 양평에서 태어나 한양대를 졸업했다. 1959년 〈자매의 화원〉을 시작으로 〈비무장지대〉, 〈야성의 처녀〉 등을 비롯해 300여 편의 영화와 많은 광고(금강제화가 기억에 남는다)에 출연했다. 〈헤럴드경제〉 사장을 지낸 국회의원 홍정욱이 그의 아들이다.

웃으면 복이 올까? 복이 온다고 장담할 수는 없지만 우는 것보다는 확실히 낫다. 소문만복래(笑門萬福來: 웃는 집안에는 복이 온다)나 일소일소 일노일노(一笑一少 一怒一老: 한번 웃으면 한번 젊어지고 한번 화를 내면 한번 늙어진다)는 가히 틀린 말이 아니다. 그래서 사람들은 즐거움을 찾고 웃음을 찾는다. 〈웃으면 복이 와요〉는 그 명제를 증명하기 위해 만든 1970년대의 대표 코미디물이다.

그 시절 TV 방송사는 KBS, MBC, TBC(동양방송. 1980년 언론통폐합 시 KBS에 통합되었다) 세 개였다. 서울 사람들은 TBC를 보았고 지방 사람들은 MBC를 보았다. KBS는 아무도 보지 않았다. 이 세 방송사의 프로그

코미디의 거장들이 활동했던 〈웃으면 복이 와요〉

램 중 일요일 저녁에 전국의 시청자들을 확 붙들어매는 프로그램이 있었으니(이른바 황금라인) MBC의 〈웃으면 복이 와요〉-〈수사반장〉-〈챔피언스카웃〉으로 채널을 돌릴 필요가 없는 가히 '골드로얄킹왕짱쓰리스타' 프로그램이었다. 전국 방방곡곡에서 온 가족이 함께 모여 이 프로그램들을 연달아 보면서 일주일을 끝내곤 했는데 하나라도 빠뜨리면 어쩐지 허전했으며 특히 〈웃으면 복이 와요〉는 남녀노소, 동서남북, 빈부귀천의 차이 없이 모두가 즐겨보았다(지금의 관점에서는 어이없는 코미디가 많았지만).

구봉서, 배삼룡, 김희갑, 이기동, 서영춘, 남보원, 백남봉, 곽규석, 이대성, 배일집, 송해, 양훈, 양석천, 백금녀, 남철, 남성남, 한무, 권귀옥, 박시명, 장고웅, 이기철, 이순주, 이상한, 이상해, 배연정, 김영하, 이규혁 등 수많은 명 코미디언이 등장했다가 사라졌다. 김희갑, 장소팔, 고춘자, 서영춘 등은 60년대생과는 약간 거리가 있는 코미디언이다. 전유성, 서세원, 심형래, 김형곤 등은 그 다음 세대의 희극인인데 코미디언이 아니라 개그맨으로 호칭한다. 여성 코미디언은 상당히 드물었는데 미녀 권귀옥은 독보적인 존재였다. 한양대를 졸업한 그녀는 이기동과 함께 '땅딸이 이기동과 늘씬미녀 미스권'으로 대단한 인기를 끌었다.

코미디언의 대부격인 구봉서는 비실이 배삼룡, 땅딸보 이기동과 함께

〈웃으면 복이 와요〉의 간판 얼굴이었다. 배삼룡의 개다리춤, 이기동의 배꼽바지는 보는 순간 웃음을 터트렸고 서영춘의 뜻 모를 읊조림을 듣노라면 배꼽이 빠질 지경이었다.

"차이코프스키 동생 두리스 위스키 작곡 사장조 도로또 4분에 4박자/잔 즈그 즈그즈그 즈그즈그 잔~ 즈그즈그 잔잔 잔잔~~/이거다 저거다 말 씀 마시구 산에 가야 범을 잡구 물에 가야 고길 잡구 인천 앞바다에 사이 다가 떴어도 곱뿌 없이는 못 마십니다—/피가 되구 살이 되는 찌개백반 짠짜라 짠짠~ 삐약삐약~"

아이들은 너나 할 것 없이 이기동의 땅딸보 연기, 배삼룡의 비실이 흉내를 냈으며 그들이 하는 말은 일대 유행어가 되었다. 소풍이나 수학여행을 가면 으레 그들을 흉내 내는 장기자랑이 빠지지 않았다.

강압으로 세대교체를 한 코미디

〈웃으면 복이 와요〉의 역사는 의외로 길다. 1969년 8월에 시작되어 1985년 4월에 막을 내렸으니 17년이나 이어진 장수 프로그램이다. 최고 전성기는 1970년대 중후반이었으며 1980년대에 전두환 신군부가 들어서 기존의 코미디언들을 강제로 퇴출시키면서 사실상 운명을 다했다고 볼 수 있다. 그 이후의 〈웃으면 복이 와요〉는 국민 프로그램의 자리를 지키지 못했다.

당시의 코미디 역시 지금처럼 여러 개의 코너로 나뉘었는데 스탠딩 코미디가 아니라 상황극이었다. 예컨대 이런 식이다. 단추 파는 상점을

대충 그려놓은 무대 배경 앞에서

> **구봉서** : 에, 우리가 이번에 단추집을 차렸는데 손님을 끌어들일 좋은 방법
> 이 없을까?
> **이기동** : 사장님, 제게 묘수가 있습니다.
> **구봉서** : 뭔가?
> (이기동이 구봉서의 귀에 대고 무언가를 소곤거린다.)
> 1년 후 두 사람이 거지꼴이 되어 나타난다.
> **구봉서** : 우리가 비록 거지가 되었지만 자네의 아이디어는 훌륭했네.
> **이기동** : 그러문요. 단추를 사면 양복을 공짜로 준다는 제 아이디어는 정말
> 멋졌지 않았습니까. 휘잉~~~~.

웃기는가? 그때는 무지하게 웃겼다. 다들 배꼽을 잡고 웃었다. 그러
나 이런 코미디는 1980년 무렵으로 정권을 잡은 신군부에게는 하나도
웃기지 않았다. 그래서 그들은 코미디언을 강제로 방송에서 몰아냈다.
1세대 코미디가 막을 내린 것이다.

그때의 코미디가 저질이었든 3류였든 우리는 그것을 보고 웃었다.
그리고 일주일의 고단함을 달랬다. 말도 안 되는 상황과 엎어지고 뒤
집히는 몸짓 연기, 어눌한 말, 따발총처럼 빠른 대사, 엉터리 춤, 앞이
뻔히 보이는 반전임에도 배꼽을 잡았다. 그것이 서민들의 삶이었고 시
대의 자화상이었기 때문이다. 자신들은 고달픈 삶을 살았을지라도 웃
으면 복이 온다는 믿음을 주었던 그들에게 어찌 감사하지 않을 수 있
을까.

우리를 웃기고 울린 코미디왕 구봉서

"김수한무 거북이와 두루미 삼천갑자 동방삭 치치카포 사리사리센타 워리워리 세프리카 무두셸라 구름이 허리케인 담벼락 서생원에 고양이 바둑이는 돌돌이."

기억하는가? 이 길고 긴 이름을. 구봉서가 유행시킨 히트작이다.

사람들은 사람들을 웃기려 한다. 그래서 아주 오랜 옛날부터 광대가 있었다. 이는 서양이나 동양이나 마찬가지이다. 광대는 점잖게 표현하면 희극인이다. 우리는 통상 코미디언이라 불렀는데 1980년대에는 개그맨이라는 이름으로 등장했다. 명칭이야 어찌 되었든 모두가 웃음과 즐거움을 주기 위해 고통을 치르는 사람들이다.

오늘날은 숱하게 많은 개그맨이 활동하고 그 숫자도 엄청나게 많지만 1970년대에는 그다지 많지 않았다. 그 코미디언 중의 왕이 바로 구봉서다. 그는 코미디언의 대명사이자 상징이었다.

사실 구봉서는 코미디언치고는 잘생긴 얼굴이다. 몸매도 좋았다. 삐쩍 마르지도 않았고 공처럼 뚱뚱하지도 않았다. 그런 준수한 외모로 사람들을 웃기려 했으니 얼마나 고통이 심했을까. 구봉서는 1926년 북한의 수도 평양에서 태어났다. 세 살 때 서울로 왔으며 악기에 대한 천부적인 소질이 있었다. 해방되던 해에 태평양가극단에서 사흘만 악사로 출연해달라 해서 출연하기로 했는데 그 약속이 깨져 평

작고 화질도 안좋았지만 온 가족을 한자리에 모이게 만든 옛날 텔레비전

생을 연예인으로 살았다.

이후 전국을 유람하는 악극단 생활, 영화 출연, 군 연예대 등을 거쳐 TV와 라디오로 진출했고 코디미언으로 정착했다. 정식 데뷔는 1961년 이지만 연예계에 종사한 지는 장장 65년이다. 그 세월 동안 출연한 드라마, 영화, 라디오 프로그램, 광고는 부지기수로 많았으며 〈웃으면 복이 와요〉가 대표작이다. 문화포장, 옥관 문화훈장 등 많은 상을 받았다.

개다리춤의 창시자 배삼룡

구봉서와 콤비를 이룬 사람은 비실이 배삼룡이다. 이 두 사람은 실과 바늘처럼 언제나 붙어다녔으며 우리나라 연예계의 명콤비로 꼽힌다. 비실이, 홀쭉이 또는 빼빼 배삼룡 역시 1970년대를 석권한 명 코미디언이다. 그는 바람이 불면 금방이라도 쓰러질 듯한 몸으로 전 국민에게 웃음을 선사했다. 배삼룡 역시 1926년생으로 구봉서와 동갑이다(하지만 우리는 구봉서를 형으로 알고 있다. 늘 구봉서가 윗사람 역할을 했기 때문이다). 강원도 양구에서 태어나 일본 우에노 중고등학교를 졸업한 수재이다. 1960년 천막무대에서 명성을 쌓은 뒤 1969년 MBC 코미디언으로 정식 데뷔했다.

그의 개다리춤은 춤의 한 분야를 개척했으며 국민학생부터 시작해 조금이라도 웃길 줄 아는 사람은 모두 이 춤을 따라했다. 배삼룡은 바보 연기자의 대명사로 언제나 엎어지고 뒤집히고 실수를 연발하고 헛다리를 짚어 사람들을 웃지 않을 수 없게 만들었다. 그 역시 몇 편의 영화에 출연해 배우로도 명성을 날렸으며 대한민국 연예예술상 등 많은 상을 받았다. 안타깝게도 2010년 2월에 생을 달리했다.

두 사람 모두 국민의 사랑을 받았지만 그 시절에도 비판 역시 만만치 않았다. 생각하는 웃음, 비판하는 웃음, 고뇌하는 웃음을 주지 못한다는 평이었다. 그렇게 시대는 변했고 두 사람의 위상은 약해져 갔으며 1980년대 초 5공화국 출범 이후 저질로 몰려 강제로 TV에서 퇴출당했다.

그들의 이름이 다시 거명되기 시작한 것은 거의 20년이 지난 1990년대 후반부터이다. 사람들은 그들에게 뜬금없이 상을 주었고 간혹 TV에 등장시켜 근황을 물으면서 존경과 그리움을 표했다. 그러나 그들이 그동안 겪은 아픔과 소외감, 통분에 비하면 조족지혈이리라. 요즘의 아이들은 구봉서가 누구인지 배삼룡이 누구인지 알지 못한다. 두 사람은 이제 어른이 된 우리의 가슴속에만 남아 있다. 아주 오래 전 우리를 그토록 즐겁게 해주었던 희극인들! 그들의 이름이 언제나 명예롭기를 바란다.

땅딸이 이기동

또 한 명 잊어서는 안 되는 코미디언이 있다. 바로 이기동이다. 배삼룡은 때로 뚱뚱이 이기동과 콤비가 되곤 했는데 '땅딸이'라는 애칭으로 더 많이 불렸던 이기동은 배꼽바지를 입고 눈알을 빙빙 돌리는 연기로 대인기를 끌었다. 1935년 태어나 군 장교로 제대한 후 구봉서를 통해 코미디언으로 데뷔했다. "닭다리 잡고 삐약삐약"이라는 불후의 유행어를 남겼으며 "어디론가 멀리 가고 싶구나~" 등의 말도 유행어가 되었다.

이기동은 한때 코미디언의 삼두마차였으나 1980년대에 TV에서 퇴출당한 뒤 시작한 사업이 부도났고 삼청교육대에 끌려가 심한 고초를 겪

었다. 대한민국의 유명한 코미디언이 삼청교육대에 끌려갔으니 1980년
대 초반이 얼마나 무법천지였는지 가히 짐작할 수 있다. 이후 그는 몇
편의 영화에 출연했으나 사람들은 그에게 관심을 기울이지 않았고 안타
깝게도 1987년 58세의 나이로 세상을 하직하고 말았다.

　우리는 뉴스를 통해 그의 사망 소식을 듣고서야 이기동이라는 사람을
기억해냈다. 우리를 그토록 즐겁게 해주었던 그에게 고맙다는 말 한마
디 하지 못하고 저세상으로 떠나보낸 것이다.

memoris

이소룡

쌍절곤으로 천하를 평정한
불멸의 무술사

처음에 나는 이 사람이 한국인인 줄 알았다. 이름이 이소룡이었으
니 한국인으로 알 수밖에(그의 본명은 이진번李振藩이다). 한국인이 중국으
로 건너가 중국 무협계를 정복하고 뒤이어 세계를 제패한 무사인 줄 알
았다. 중국인이라는 사실을 알았을 때의 실망감이란.

키가 작고(171센티미터이니 작은 키가 아니었음에도 작아 보였다) 매서운
얼굴(그러면서도 약간 귀엽고 고독하고 시니컬한)에 날렵한 몸동작, 자유자재
로 휘두르는 쌍절곤, 무엇보다도 그 기괴한 괴성, 꺄아옥!(또는 야봉!)으
로 악당을 일순간에 제압하는 그에게 어느 중고등학생이 반하지 않았으
랴. 그러나 이소룡 영화가 한창 난리부르스를 칠 때 '이소룡 영화 안 보

흑백텔레비전 속에는 영웅들이 살았네 **259**

모든 남자아이들의 우상이었던 이소룡

기' 클럽도 있었다. 안티의 역사는 참으로 길다.

그가 출연한 네 편의 영화는 명작, 걸작, 수작이라는 예찬을 들었다. 〈정무문〉(1972), 〈맹룡과강〉(1972), 〈용쟁호투〉(1973), 〈당산대형〉(1971)이다. 네 편 모두 개봉이 되었고 지금도 영화채널에서 간간히 방송을 한다. 〈사망유희死亡遊戲〉라는 영화에는 40분 정도 출연해 촬영을 마쳤으나 완성하지 못하고 사망했다. 영화의 제목을 따라간 것이다.

당시 그의 영화는 일대 소동이었고 센세이션이었고 새로운 세계의 창조였다. 그의 영화가 개봉되면 극장 앞은 청소년들로 미어졌고 남자뿐만 아니라 여자들도 적지 않았다.

이소룡이 등장하기 전에도 중국 무협영화는 많이 제작되었으나 이소룡이 나오기 전의 중국영화는 허풍 일색이었다. 그래서 "한국영화는 촌스럽고 중국영화는 허풍이다"라는 말을 많이 하곤 했다(그런 관점에서 보면 두 영화 모두 엄청난 발전을 한 셈이다). '복수'와 '무협계 제패'가 주제였던 중국영화는 등장인물들 모두가 하늘을 날아다니고 장풍을 사용해 상대를 쓰러뜨리고 칼을 한 번 휘두르면 순식간에 열댓 명이 추풍낙엽처럼 쓰러졌다. 그런 영화에 익숙해 있을 때 그 고정관념을 여지없이 깨버린 사람이 등장했으니 바로 이소룡이다.

그는 하늘을 날지 않았으며 장풍 같은 것은 애당초 몰랐고 칼을 휘두르지도 않았다. 그가 사용한 것은 오로지 '몸'이었다. 그리고 간혹 쌍절곤을 사용했다.

무협영화를 찍을 때 엑스트라를 쓰지 않고 부앙부앙한 허풍을 떨지 않고 단 한주먹으로 상대를 쓰러뜨리지 않고 실제의 무술과 액션을 사용한 사람은 이소룡이 처음이었다. 그는 정확한 손동작, 정확한 발동작으로 상대와 겨뤘고 빠르고 날카로운 무술로 상대를 제압했다. 그러기에 싸우다가 얻어맞기도 했다.

죽지 않는 노란 추리닝의 사나이

요즘은 그 강도가 조금 약해졌으나 이소룡은 당시 청소년의 우상이었다. 체육사(1970~80년대에는 스포츠용품 파는 곳을 '체육사'라고 불렀다)마다 쌍절곤이 불티나게 팔렸으며 그걸 살 돈이 없는 아이들은 나무를 깎아 직접 만들었다. 어떤 녀석들은 그걸 학교에 가져와 "까야오~" 소리를 지르며 요란스레 휘둘러대곤 했다.

그러던 어느 날 이소룡은 우리의 기억에서 사라졌고 1980년대 이후 이소룡은 촌스러움의 대명사가 되었다. 사람들은 위아래로 줄이 그어진 노란 추리닝을 입고 나와 그를 희화화했다. 더 치명적인 것은 무협영화를 몰아낸 홍콩느와르가 급부상하자 유덕화, 주윤발이라는 불세출의 배우들이 등장했다는 사실이다.

하지만 이소룡은 어느 날 다시 우리 앞에 등장했다. 1990년대 '브루스 리Bruce Lee'라는 폼 나는 이름으로 바꿔달고 우리 앞에 재등장한 것이다(처음에는 브루스 리라는 새로운 배우가 나타난 줄 알았다). 그의 일시적인 쇠퇴와 부상에 대해 사회학적으로 분석할 수는 없지만 영웅은 쉽사리 사라지지 않는가 보다.

이소룡 이후의 중국 무협영화는 성룡과 이연걸로 이어졌고 아직 그 뒤를 잇는 후계자는 나타나지 않고 있다. 50여 년 넘게 숱하게 많은 중국 무협 배우들이 스크린에 등장했으나 그 누구도 이소룡을 능가하지 못했으며 이소룡만큼 강한 캐릭터를 만들어내지도 못했고 이소룡만큼 영향을 미치지도 못했다. 또 그 누구도 '우상'의 반열에 오르지도 못했다. 우상은 그리 쉽게 되는 것이 아니다.

이소룡은 1973년 7월 20일 대만 여배우 베티 팅 페이Betty Ting Pei의 아파트에서 사망했다. 그의 사인에 대해서는 여전히 논란이 많다(유명인의 죽음에는 원래 논란이 많다). 공식 사인은 '과실사'로 발표되었지만 대마초에 의한 죽음이라는 설이 더 지지를 받는다.

1940년 태어났으니 서른 세살의 짧은 나이로 세상을 하직한 셈이다. 그러나 불꽃 같은 삶을 살다 사라진 그는 스무 살의 영원한 청년으로, 불의를 위해 두 주먹으로 악당을 물리친 무술가로 우리의 마음속에 영원히 남아 있다.

여학생들의 우상 제임스 딘

60년대생에게 이소룡과 쌍벽을 이루는 배우는 제임스 딘(James Dean)이 유일하다. 오늘날의 20대 중에 제임스 딘을 아는 사람은 그다지 많지 않다(내 말이 의심스럽거든 한 번 물어보라). 영원한 반항아 제임스 딘 역시 이소룡처럼 불꽃 같은 삶을 살았고 단 세 편의 영화 〈에덴의 동쪽〉, 〈이유 없는 반항〉, 〈자이언트〉에 출연했으며 불의의 교통사고로 삶을 마감했다. 남자들에게 이소룡이 우상이었다면 제임스 딘은 여자들의 우상이었다.

밤하늘에 울려퍼지는 노래의 선율

인간이 만든 최고의 걸작품 중 하나는 라디오이다. '라디오는 내 친구'라는 말은 가히 진리이다. 어떤 사람은 하루 24시간 내내 라디오를 켜놓고 산다. 자면서도 라디오를 듣는 것인데 이쯤 되면 신의 경지에 이르렀다고 볼 수 있다.

이처럼 라디오를 사랑하는 이유는 라디오 자체가 삶의 동반자이기도 하지만 우리의 마음을 사로잡는 불멸의 프로그램들이 많기 때문이다. 그 중 하나가 〈이종환의 밤의 디스크쇼〉이다. 밤 8시, 온 사방이 고즈넉한 어둠에 잠기고 밤하늘에 별들만이 총총할 때(또는 비가 추적추적 내리는 날, 또는 차가운 바람이 부는 늦가을, 또는 흰 눈이 소리없이 내리는 겨울밤) 울려

라디오는 언제나 우리의 다정한 친구였다

퍼지는 그 시그널음악.

아~ 그 음악을 어찌 잊으랴. 이어서 들리는 중저음의 멋진 목소리, "안녕하십니까, 이종환입니다." 오호호, 손발이 다 오그라들 지경이다. 이종환은 음악방송인치고는 매우 날카로운 인상의 소유자이지만 목소리만큼은 명품인 한 시대를 풍미한 명 디스크쟈키이다. 그런 인물을 우리 시대에 만났다는 것은 큰 행운이다.

당시에는 〈이종환의 밤의 디스크쇼〉(MBC-FM) 외에도 명 음악프로그램들이 즐비했다. 대충 꼽아보자면 다음과 같다.

- 〈밤을 잊은 그대에게〉(KBS 2라디오. 처음에는 동양방송)
- 〈별이 빛나는 밤에〉(MBC-FM. 이 프로는 통상 '별밤'이라 불리며, 1969년 3월 17일 시작되어 지금까지 이어져 오는 음악프로그램의 대명사이다. 그동안 20명이 넘는 '별밤지기'가 거쳐갔다)
- 〈김기덕의 두 시의 데이트〉(MBC-FM)
- 〈꿈과 음악 사이에〉(CBS-FM)
- 〈황인용의 영팝스〉(KBS-FM)

이 프로그램들은 우리가 10대였던 청소년 시절 마음의 동반자였다.

어떤 것은 사라졌고, 어떤 것은 지금도 계속되지만 스타일이 완전히 바뀌었고, 어떤 것은 예나 지금이나 변함이 없다.

명 아나운서 차인태도 한때 〈별밤〉의 MC를 맡았는데 당시 라이벌이었던 〈밤을 잊은 그대에게〉의 진행자 역시 명 MC 황인용이었다. 두 방송국 모두 사활을 건 대결을 펼쳐 수많은 청취자의 손에 땀을 쥐게 했다.

청소년들의 로망 예쁜 엽서전시회

음악프로그램과 관련해 잊을 수 없는 추억 중의 하나가 '예쁜 엽서전시회'이다. 그 시절에는 엽서를 통해 사연과 함께 음악을 신청했는데 관제엽서에 그냥 밋밋하게 사연만 보내서는 채택될 확률이 낮았다. 그래서 사람들(주로 청소년, 대학생, 여성들)은 엽서에 그림을 그리기 시작했는데 그 그림이 갈수록 발전해 거의 예술의 경지에 이른 것들이 많았다. 방송사에서는 그 엽서들을 버리기가 아까워 우수 작품들을 모아 연말에 전시회를 했고 가장 멋진 엽서를 뽑아 상품을 안겨주었다. 그 전시회에 뽑혀 상을 받는 것은 라디오를 듣는 모든 청소년의 로망이었다.

별밤지기 이종환

이종환은 1937년 충남 아산에서 출생해 중앙대 법학과를 중퇴했으며 음악감상실 '디쉐네' DJ로 활동하다가 1964년 MBC 라디오 PD로 입사해 지금까지 45년 넘게 음악방송인의 길을 걷고 있다. 1970년대에 명동에서 음악다방 '쉘부르'를 운영했으며 당시 음악인들의 사랑방 역할을 했다. 이종환은 음악방송의 귀재였지만 도중에 몇 번의 불상사가 있어 퇴출과 재기용을 반복했다. 1970년대를 풍미한 가수 이장희, 송창식, 윤형주, 김세환 등이 이종환과 밀접한 관계를 유지했다.

예쁜 엽서전시회

전시회가 열리는 날이면 서울 시내의 거의 모든 여학생이 몰려들었고 저 멀리 지방에서도 전시회를 보러 왔다. 예쁜 엽서전시회는 그저 예쁜 엽서의 전시회장이 아니라 이름 없는 화백들의 각축장이자 한 시대의 초상화였다. 이제는 엽서로 음악을 신청하는 사람은 가뭄에 콩 나듯 한다.

당신도 꿈 많은 청소년 시절에 라디오를 즐겨 들었을 것이다. 그 때문에 혼도 많이 났을 것이다. 책상에 《수학의 정석》을 펴놓고 엎드려 잠깐 졸다가 문득 잠이 깨 라디오에서 흘러나오는 팝송(그때는 80퍼센트가 팝송이었다)에 넋이 빠진 적이 있을 것이다. 그때로 다시 돌아갈 순 없지만 그 시절, 아름다운 목소리로 우리에게 음악을 들려준 그 수많은 진행자를 어찌 잊으랴.

memoris

타잔

팬티만 입었지만
최고의 밀림의 왕자

전 세계 시청률 1위는 어떤 프로그램일까? 지금은 모르겠으나 한 때는 〈타잔〉이 1위였다. 〈타잔〉은 종주국인 미국뿐만 아니라 아시아, 아프리카, 유럽 등 세계 대부분의 나라에서 방영된 인기 TV 드라마이다. 1914년 발표된 에드가 버로Edgar Rice Burroughs의 소설 《유인원 타잔》을 모태로 만들어졌으며 47번이나 영화로 제작되었다.

버로는 미국의 대중소설 작가로 1875년 태어나 《화성의 공주》 등 주로 SF 소설을 발표했으며 1950년 사망했다. 하지만 우리는 〈타잔〉은 알아도 그의 이름은 잘 모른다. 〈타잔〉이라는 작품이 워낙 유명해서 작가의 이름이 묻힌 케이스가 아닌가 싶다(그러나 판타지소설의 애독자들은 버로의 이름을 잘 안다).

우리나라에서도 〈타잔〉은 최고의 프로그램이었다. 권선징악의 내용을 담고 있어 온 가족이 둘러앉아 보기에도 그만이었다. 토요일 오후 4시 무렵에 방영되었는데, 1970년대 중반까지 이어진 것으로 기억한다(그 이후에도 방영되었겠지만 1970년대 후반에는 인기가 시들해졌다).

타잔은 원래 영국인 부부(외교관)가 배를 타고 미국으로 가다가 난파(선원들의 폭동)되어 아프리카에 불시착하면서 시작한다. 홀로 남은 아기를 고릴라가 발견해 키우고 타잔은 곧 밀림의 왕자가 된다. 그는 많은 동물을 거느리고 악의 무리를 처단한다. 우여곡절 끝에 난파된 배에서 옛날 부모의 유품을 발견하고 동화책을 통해 영어를 배운다. 그는 외교관의 아들이었기에 뛰어난 두뇌를 가진 청년이었고 독학으로 영어를 배울 수 있었다. 하지만 그는 영어를 읽고 쓸 수는 있으나 말을 하지는 못한다. 그는 또 우여곡절 끝에 미국의 문명인들을 만나고 미국으로 건너가지만 다시 밀림으로 돌아온다.

어렸을 때 내가 읽은 동화 《타잔》의 내용이다. 전부 세 권이었는데 너무 오래되어 정확하게 기억이 나지는 않는다. TV극 〈타잔〉에는 이러한 내용이 나오지 않고 타잔과 제인, 원숭이 치타의 밀림 생활이 주로 그려졌다(도대체 제인이라는 아가씨는 어디에서, 왜, 어떻게 왔는지 모르겠다).

그의 "아아아아~" 우렁찬 목소리가 밀림에 울려 퍼지면 코끼리들이 총출동한다. 그 엄청난 발아래 나쁜 놈들은 무너지고 죽고 도망친다. 그 누구도 타잔을 이길 수 없으며, 그래서 타잔은 밀림의 왕자이다.

그는 코끼리들의 친구이며 악어가 최대의 적이다. 넝쿨 줄기를 타고 다니며 정글을 종횡무진하면서, 황금을 찾아 헤매는 사악한 백인 사냥

밀림의 왕자,
동물들의 친구, 타잔

꾼들을 물리친다. 또 피의 전투를 일삼는 잔인한 원시부족을 홀로 이겨
낸다. 그 타잔은 이제 기억 속의 영웅이 되고 말았다. 비록 낡은 팬티
한 장과 단검 하나가 그가 지닌 전 재산이었지만 자연 속에서 동물과
함께 살아가는 타잔은 유년시절 우리의 영웅이었다.

추억의 7080 외화시리즈

로하이드 · 1970년대 중반에 방영된 서부극. 엄청나게 많은 소떼를 이끌고 광활한 미국 영토를 횡단하는 과정을 그렸다. "로하이-로하이-"라는 노래가 잊히지 않는다. 이 드라마를 기억하는 사람은 대부분 1960년대 초반생이다. 미국 CBS-TV에서 제작되었으며 총 217편에 이른다. 이 시리즈를 통해 클린트 이스트우드가 데뷔를 했다.

초원의 집 · 1980년대 초 MBC에서 방영된 가족 드라마. 미국에서는 1974년 제작되었으며 총 10시즌 207화에 이른다. 1870년대 미국 서부를 배경으로 소녀 로라 잉걸스와 그녀의 대가족을 통해 근대 미국인의 삶을 그린 명작이다. 나이 들어 보이는 엄마에 비해 아빠가 굉장히 젊었던 것이 의아스러웠다.

사하라특공대 · 황량한 사하라사막을 배경으로 지프 두 대에 나눠 타고 독일 나치들을 물리치는 특공대 이야기.

노랑머리 캐스터 · 미국 서부 개척 시절 기병대 장교 캐스터와 아파치족의 대혈전을 그린 서부영화 시리즈.

맥가이버 · 무엇이든 해결하는 만능 천재의 범죄 해결 드라마.

월튼네 사람들 · 버지니아 작은 산골에 통나무집을 짓고 사는 3대 대가족의 이야기. 〈초원의 집〉과 쌍벽을 이루었으며 "얘들아, 잘자"하고 엄마와 아이들이 인사를 나누면서 끝나는 엔딩 장면이 인상 깊었다.

소머즈 · 불의의 사고로 온몸을 개조한 소머즈 선생님의 사건 해결 시리즈.

600만불의 사나이 · '비싼놈'답게 모든 문제를 다 해결한 사나이.

원더우먼 • 한 바퀴 휙 돌면, 슈퍼우먼이 되었던 그녀. 팔찌로 모든 총알을 막아냈다.

말괄량이 삐삐 • 머리를 양쪽으로 묶고 얼굴에는 주근깨가 덕지덕지. 그래도 소녀들의 우상이었다.

말괄량이 루씨 • 너무 오래되어 기억이 가물가물한 드라마. 어리벙벙하면서도 센스 만점인 아줌마 루씨의 일상을 통해 삶의 좌충우돌을 보여준 코믹 가족극.

보난자 • 카우보이 모자를 쓰고 말을 달리는 사나이 보난자의 호쾌한 액션을 그린 서부극. "오헤이 오헤이 오헤이"라는 주제곡이 독특했다.

형사 콜롬보 • 끝까지 추격해 결국은 체포하는 집념의 촌스런 형사. 낡은 바바리코트를 입고 범인을 귀찮게 따라다닌다.

0011 나폴레옹 솔로 • 키가 큰 솔로는 일리야 쿠리야킨이라는 소련 출신의 전향 스파이와 한 조를 이뤄 많은 사건을 해결했다. 방영이 그리 길지 못했기에 기억하는 사람이 많지 않을 것이다.

기동순찰대 • 캘리포니아 고속도로순찰대를 소재로 고속도로에서 일어나는 각종 사건을 해결하는 로드 무비. 펀치와 존이 순찰차와 오토바이로 범죄 차량을 쫓는 것이 주 내용이다.

전격 Z 작전 • "가자, 키트!"라는 대사로 유명한 자동차와 첩보원의 활약을 그린 액션물. 자동차가 사람보다 더 똑똑하다.

A 특공대 • 월남전에서 활약하다 지하로 잠적한 특공대원들의 활약을 그린 시리즈로 한니발, 멋쟁이, 머독, BA 등이 주인공이다. 항상 시가를 물고 있는 한니발 대령, 깔끔한 스타일의 멋쟁이, 미친 천재 파일럿 머독, 우람한 몸매에 헤어스타일이 돋보였던 BA, 모두 많은 사랑을 받았다.

에어울프 • 엄청나게 비싼 헬리콥터로 적들을 소탕하는 이야기.

브이(V) • 1980년대 초 어느 여름날, 5부작(?)으로 방영되어 대한민국을 휩쓸던 시리즈. 외계인과 지구인의 사투를 그린 명작으로 그날 이후 사람들은 벽에 스프레이 페인트로 V를 그리기 시작했다. 영웅담, 수사물, 서부영화를 탈피한 최초의 외화시리즈였다.

이 편지를 한 번도 받지 않았다면 당신은 친한 친구가 단 한 명도 없거나 정말 행운이 좋은 사람이다. 그러나 무인도에서 혼자 살지 않는 이상 누구나 이 괴기하고 재수 없는 편지를 한 번 이상은 받았을 것이다.

"이 편지는 영국에서 최초로 시작되어 전 세계 사람들에게 행운을 주고 있으며 이제 당신에게 전달이 되었습니다. 이 편지를 받은 4일 안에 똑같은 내용으로 7통을 보내면 당신에게 행운이 찾아오고 편지를 받은 사람에게 도 행운이 찾아옵니다. 혹 미신이라 생각할지 모르지만 사실입니다.

영국에서 HGXWCH이라는 사람은 1930년에 이 편지를 받았습니다. 그는 그대로 옮겨 써서 7명에게 보냈고 며칠 뒤에 복권에 당첨되어 20억을 받았습니다. 어떤 이는 이 편지를 받았으나 96시간 이내에 자신의 손에 서 떠나야 한다는 사실을 잊었습니다. 그는 곧 사직되었습니다. 나중에 야 이 사실을 알고 7통의 편지를 보냈는데 다시 좋은 직장을 얻었습니다. 미국의 케네디 대통령은 이 편지를 받았지만 그냥 버렸습니다. 9일후 그는 암살 당했습니다. 기억해주세요. 이 편지를 보내면 7년간 행운이 있을 것이고 그렇지 않으면 3년 동안 불행이 있을 것입니다. 그리고 이 편지를 버리거나 낙서를 해서는 절대로 안 됩니다……."

이 편지를 받았을 때 맨 처음 드는 생각은 '누가 이따위 편지를 보냈을까?' 이다. 그래서 결코 짧지 않은 편지를 황당한 마음으로 읽으면서 보낸 작자를 추리한다. 범인을 찾아냈든 찾아내지 못했든 두 번째로 떠오르는 생각은 '어떤 일곱 명에게 보낼까?' 이다. 그래서 편지를 다 읽은 다음에는 종이를 꺼내 재수가 없는 일곱 명의 친구 이름을 써내려간다. 그리고는 편지의 내용을 그대로 베껴 쓰기 시작한다. 그렇게 두 통을 쓰다가 펜을 집어던진다. 그리고는 저주를 퍼붓는다.

"도대체 어떤 녀석이 이딴 편지를 보낸 거야!"

그때 당신은 갈등을 한다. 똑같은 내용으로 일곱 통의 편지를 쓰는 것은 정말이지 지겹고 힘든 노동이다. 하기 싫다. 이런 편지는 미신이라고

그 시절 사회적 이슈가 된 행운의 편지

생각한다. 하지만 편지를 읽어 보면 케네디가 죽었단다. 행운의 편지를 받았지만 답장을 하지 않아 암살되었다지 않은가! 이것 참, 어떡하지? 보내자니 귀찮고 안 보내자니 내 인생에 불운이 찾아올 것 같다. 이틀쯤 고민을 하다가 다시 펜을 든다. 그리하여 이 편지는 30년 전이나 40년 전이나 여전히 전 세계를 돌고 있다. 참으로 끈질긴 생명력이다. 어쩌면 지구가 멸망하는 그날까지 돌고 돌 것이다.

지금 생각하면 우습기 짝이 없는 '유치함' 에 불과하지만 행운의 편지를 처음 받았던 그때에는 적잖이 당황한 것이 사실이다. 누구든 행운과 불운 사이에서 잠깐 고민을 했으리라.

그 시절의 추억을 다시 떠올리고 싶다면 흰 종이를 꺼내 이 편지를 베껴 쓰기 바란다. 그리고 행운을 안겨주고 싶은 일곱 명에게 주저 없이 보내라. 일곱 명이 쉽게 떠오르지 않는다면 인간관계가 젬병이었다는 증거이다. 그럼에도 당신에게 행운이 있기를 바란다.

군산상고, 천안북일고, 경북고, 선린상고, 대구상고, 광주일고, 광주상고, 공주고, 부산고, 경남상고, 휘문고, 충암고, 동대문상고, 세광고, 마산고, 마산상고, 장충고, 전주고, 신일고, 광주진흥고, 강릉고, 춘천고, 동산고, 제물포고, 대전고……

이 학교들의 공통점을 아는가? 그 옛날 '액션의 70년대'에 고교야구로 전국에 이름을 드날린 학교들이다. 그 시절 고교야구는 전 국민을 TV 앞으로 불러모은 최대의 잔치이자 고향의 명예를 건 일대 전쟁이었으며 스타의 출현장이었다.

고교야구는 프로야구가 생기기 전 이 땅의 모든 사람을 흥분시킨 최고의 스포츠였다. 특히 결승전에서 호남과 영남팀이 맞붙으면 그야말로 전국은 열광의 도가니에 빠져들었고 9회 말 승자가 결정되는 순간 그 도시는 환호성으로 마비될 지경이었다.

1970년대에 전국을 사로잡은 고교야구는 대표적으로 네 개 경기가 있었다. 청룡기 전국고교야구 선수권대회(1946, 조선일보), 황금사자기 전국고교야구대회(1947, 동아일보), 대통령배 전국고교야구대회(1967, 중앙일보), 봉황대기 전국고교야구대회(1971, 한국일보). 모든 야구경기가 국민의 관심을 사로잡았지만 특히 청룡기와 황금사자기가 백미라 할 수 있었다.

구대성(대전고), 김건우(선린상고), 김병현(광주일고), 김봉연(군산상고), 김성한(군산상고), 김선우(휘문고), 류중일(경북고), 박노준(선린상고), 박찬호(공주고), 백인천(경동고), 봉중근(신일고), 서재응(광주일고), 양상문(부산고), 이만수(대구상고), 이승엽(경북고), 이종범(광주일고), 조계현(군산상고), 조성민(신일고), 최동원(경남고), 노장진(공주고), 김재박(대광고), 장효조(대구상고)……. 이 모든 선수들이 당시 고교야구의 히로인이었다(물론 이외에도 엄청나게 많다).

고교야구의 특징은 '예측 불가'이다. 모든 운동경기가 예측 불가지만 프로들의 경기는 어느 정도 예측이 된다. 전술 면에서도 그렇고 선수들의 기량이나 특징면에서도 그렇다. 그러나 고교야구는 장막 뒤에 가려져 있다가 갑자기 장막을 펼쳐 시합을 하는 경기이다. 상대가 어떻게 나올지, 어떤 선수가 어떤 특징을 가지고 있는지 알지 못하는 상태에서 경기를 치르기 때문에 언제나 엎치락뒤치락이다.

또 하나는 결국 그들도 고등학생이라는 점이다. 프로페셔널하지 못

고교야구는 전국을 열광에 휩싸이게 한 커다란 축제였다

하기 때문에 언제 실수를 저지를지 알 수 없고 언제 뛰어난 역량을 발휘할지 모른다는 점이다. 그래서 고교야구는 프로야구보다 재미있었다. 또 1년 내내 열리는 것이 아니라 1년에 1회 열리는 것이었기에 그만큼 더 흥미진진했다.

하지만 이제 고교야구는 추억의 경기가 되고 말았다. 프로야구가 출범하면서 국민의 관심에서 시나브로 멀어졌고 결승전에서 군산상고와 대구상고가 맞붙어도 그걸 아는 사람조차 드물게 되어버렸다. 안타까운 일이지만 시대의 변화가 고교야구에도 찾아든 것이다. 그럼에도 그 풋풋하고 순진한 고등학생들이 때렸던 9회 말 역전 홈런을 우리는 아직도 간직하고 있다.

내 마음의 추억 다섯번째

아련한 그 시절의 소년잡지를 기억하는가? 지금도 그런 종류의 잡지가 나올까? 물론 지금도 나온다. 그러나 온통 만화 일색이다. '소년잡지' 라기보다는 '만화책' 이라고 하는 것이 옳다. 아련한 그 시절의 소년잡지를 철부지 어린 시절로 돌아가 다시 한번 보고 싶다. 화보(서울 구경, 우주의 신비, 동물의 세계 등), 연재 소년소녀소설, 신기한 이야기, 탐험의 세계, 반공방첩의 교훈, 우리가 본받아야 할 위인 만화. 그리고 매달 어떤 이유에서였든 반드시 껵 있었던 《타이거 마스크》, 《평양에서 왔수다(?)》 등이 인기를 끌었다. 소년잡지의 대표인 《새소년》은 '꿈과 용기와 실력을 키우자' 는 국판이었으나 후에 46배판으로 커졌고 면수도 300면 내외로 늘어났다. 우리가 본 《새소년》은 이 시기의 잡지다. 그 후 여러 균 25년 동안 이 땅의 소년소녀에게 즐거움을 안겨준 그 공로에 힘찬 박수를 보낸다. 《새소년》과 쌍벽을 이루 월부터 발행됐으며 크기는 처음부터 46배판, 300면 내외였다. 우리나라 소년잡지의 부흥기를 이끌다가 합창 등이 특히 사랑을 받았다. 뭐니뭐니해도 만화가 최고 잊을 수 없는 또 하나의 잡지가 《어깨동무》다. 처 지는 1967년 3월 창간(46배판 · 300면 내외)되어 트로이카 시대를 이끌기는 했으나 앞의 두 잡지와는 성격이 약간 달랐 으나 앞의 두 잡지와는 성격이 약간 달랐다. 앞의 잡지는 민간에서 발행한 것이었으나 《어깨동무》는 관급 역사의 의지로 창간된 잡지였기 때문이다. '한국의 장래를 이어받을 어린이들에게 건전한 국민상의 기초적 소양을 길 때문이다. '한국의 장래를 이어받을 어린이들에게 건전한 국민상의 기초적 소양을 길러주고 꿈과 슬기를 도 보는 것이 감지덕지 황송무지였으나, 그 이유는 다른 잡지에 비해 선정적(?)인 기사, 신기한 이야기가 적었고 교훈 만한 잡지라도 보는 것이 감지덕지 황송무지였으나, 그 이유는 다른 잡지에 비해 선정적(?)인 기사, 신기 하지만 대통령 부인이 운영했기 때문에 정부의 측면 지원을 받아 한때는 발행부수가 15만 부를 기록하기도 했다. 육 자가 주를 이루었기 때문이고 결정적으로 만화가 적었다! 하지만 대통령 부인이 운영했기 때문에 정부의 이 있었는데 이 잡지에는 비교적 만화가 많이 실렸으나 모든 면에서 세 잡지에 미치지 못했다. 가난했든 부자였든 197 에는 박근혜가 책임을 졌으나 창간 20년 만인 1987년 5월(통권 247호) 종간되었다. 자매지로 《보물섬》이 에 많아야 두세 명이었으나 누군가는 반드시 구입을 했다. 그가 학교로 이 잡지를 가지고 오면 우리는 최대한 알랑방구 지 못했다. 가난했든 부자였든 1970년대에 우리는 이 세 잡지를 골고루 읽을 기회가 있었다. 그 시절에는 할 수도 없었다. 이제 이 잡지들도, 두꺼운 《새소년》을 손의 쥐었을 때의 가슴 두근거림과 흥분도, 그 책을 열심히 탐 드시 구입을 했다. 그가 학교로 이 잡지를 가지고 오면 시절의 꿈과 설렘이 모두 담겨 있던 《새소년》을 철부지 어린 시절로 돌아가 다시 한번 보고 싶다. 아련한 그 시절의 소 았다. 단, 학교에서 다 보아야 했다. 빌려서 집으로 가 일색이다. '소년잡지' 라기보다는 '만화책' 이라고 하는 것이 옳다. 아련한 그 시절의 소 소년》을 손의 쥐었을 때의 가슴 두근거림과 흥분도, 그 야기, 탐험의 세계, 반공방첩의 교훈, 우리가 본받아야 할 위인 만화. 그리고 매달 어떤 이유에서였든 반드시 껵 있었던 인공과 함께 울고 웃던 순수함도 모두 사라졌다. 하지 《타이거 마스크》, 《평양에서 왔수다(?)》 등이 인기를 끌었다. 소년잡지의 대표인 《새소년》은 '꿈과 용기와 실력을 키우자 지 어린 시절로 돌아가 다시 한번 보고 싶다. 아련한 그 46배판으로 커졌고 면수도 300면 내외로 늘어났다. 우리가 본 《새소년》은 이 시기의 잡지다. 그 후 여러 균

교복 입은
그 소년 소녀는
지금 어디에

기보다는 '만화책'이라고 하는 것이 옳다), 《새소년》, 《어깨동무》, 《소년중앙》은 1970년대 소년잡지의 트로
위인. 만화, 그리고 매달 어떤 이유에서였든 반드시 꼭 있었던 부록만화로 구성되었다. 만화들의 정확한 면
은 '꿈과 용기와 실력을 키워주는 잡지'라는 슬로건을 내걸고 1964년 5월 새소년사에서 창간했다. 처음에
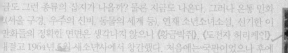
거쳐 1989년 5월, 25주년 기념호(통권 301호)를 끝으로 폐간되었다. 25년 동안 이 땅의 소
중앙일보에서 1969년 1월부터 발행했으며 크기는 처음부터 46배판, 300면 내외였다.
장을 받았다. 뭐니뭐니해도 만화가 그리고 잊을 수 없는 또 하나의 잡지가 《어깨동무》다. 이 잡
서 발행한 것이었으나 《어깨동무》는 관官 성격이 짙었다. 박정희 대통령의 부인인 육영수
하는" 현이 모로였다. 그래서 이 책을 읽으면 실망을 할 때가 많았다(물론 이만한 잡지라
국민의 의무, 열심히 공부하자가 주를 이루었기 때문이고 결정적으로 만화가 적었다!

책임을 졌으나 창간 20년 만인 1987년 5월(통권 247호) 종간되었다. 자매지로 《보물섬》
자를 골고루 읽을 기회가 있었다. 그 시절에는 이런 잡지를 구입할 수 있는 아이가 한 반
선대로 책을 보았다. 단, 학교에서 다 보아야 했다. 빌려서 집으로 가져가는 일은 상상도
지 않는다. 만화 속 주인공과 함께 울고 웃던 순수함도 모두 사라졌다. 하지만 우리 유년
금도 그런 종류의 잡지가 나올까? 물론 지금도 나온다. 그러나 온통 만화

(서울 구경, 우주의 신비, 동물의 세계 등), 연재 소년소녀소설, 신기한 이
만화들의 정확한 면면은 생각나지 않으나 《황금박쥐》, 《도전자 허리케인》
내걸고 1964년 5월 새소년사에서 창간했다. 처음에는 국판이었으나 후에

5월, 25주년 기념호(통권 301호)를 끝으로 폐간되었다.
)이다. 이름에서 알 수 있듯이 중앙일보에서 1969년 1
수명을 다했다. 김창덕의 '꼴복이', 이상무의 '비둘기
46배판·300면 내외)되어 트로이카 시대를 이끌기도 했
대통령의 부인인 육영수 여사의 의지로 창간된 잡지였다

그래서 이 책을 읽으면 실망을 할 때가 많았다(물론
이었으며 반공방첩, 애국, 국민의 의무, 열심히 공부
발행부수가 15만 부를 기록하기도 했다. 육 여사 서거 후
교적 변화가 많이 실렸으나 모든 면에서 세 잡지에 미치
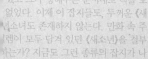

는 아이가 한 반에 많아야 두세 명이었으나 누군가는 반
겠고 그가 정해주는 순서대로 책을 보
없었다. 이제 이 잡지들도, 두꺼운 《새
녀소녀도 존재하지 않는다. 만화 속 주
럼이 모두 담겨 있던 《새소년》을 '걸부
하는가? 지금도 그런 종류의 잡지가 나

새소년 / 꿈과 희망을 키워주었던 소년잡지

경주와 부여 / 가슴 설레었던 그곳의 추억

성문종합영어와 수학의 정석 / 대학으로 가는 길을 열어주던 지긋지긋한 바이블

알개전 / 좌충우돌했던 부러운 친구

교련 / 7080을 대표하는 아이콘

도시락 검사 / 밥에 보리가 얼마나 섞였나

동아전과 / 한 권으로 전 과목을 끝냈던 종합참고서

모나미 153 / 변함없는 필기구의 왕

스마트 vs 에리트 / 청소년기를 규정한 6년간의 검은 옷

예비고사와 학력고사 / 어찌되었든 한 번은 통과해야 하는 좁은 문

빠이롯트 / 파란 잉크 담아 꾹꾹 눌러썼던 만년필의 대명사

운동회 / 만국기 펄럭이던 그 푸르른 날

장학퀴즈 / 그 수재들은 지금 어디서 무얼 할까

채변검사 / 깜빡 놓고 왔으면 남의 똥이라도

펜팔 / 이국을 향한 단 하나의 창

이재봉 선생님 / 참되거라 바르거라 일깨워주신

꿈과 희망을 키워주었던 소년잡지

아련한 그 시절의 소년잡지를 기억하는가? 지금도 그런 종류
의 잡지가 나올까? 물론 지금도 나온다. 그러나 온통 만화 일색이다('소
년잡지'라기보다는 '만화책'이라고 하는 것이 옳다).

《새소년》, 《어깨동무》, 《소년중앙》은 1970년대 소년잡지의 트로이카였
다. 화보(서울 구경, 우주의 신비, 동물의 세계 등), 연재 소년소녀소설, 신기한
이야기, 탐험의 세계, 반공방첩의 교훈, 우리가 본받아야 할 위인, 만화,
그리고 매달 어떤 이유에서였든 반드시 껴 있었던 부록만화로 구성되었
다. 만화들의 정확한 면면은 생각나지 않으나 《황금박쥐》, 《도전자 허리
케인》, 《타이거 마스크》, 《평양에서 왔수다(?)》 등이 인기를 끌었다.

선도적인 내용이 담긴 소년잡지 《새소년》

소년잡지의 대표인 《새소년》은 '꿈과 용기와 실력을 키워주는 잡지'라는 슬로건을 내걸고 1964년 5월 새소년사에서 창간했다. 처음에는 국판이었으나 후에 46배판으로 커졌고 면수도 300면 내외로 늘어났다. 우리가 본 《새소년》은 이 시기의 잡지다. 그 후 여러 군데 출판사를 거쳐 1989년 5월, 25주년 기념호(통권 301호)를 끝으로 폐간되었다. 25년 동안 이 땅의 소년소녀에게 즐거움을 안겨준 그 공로에 힘찬 박수를 보낸다.

《새소년》과 쌍벽을 이루었던 소년지가 《소년중앙》이다. 이름에서 알 수 있듯이 중앙일보에서 1969년 1월부터 발행했으며 크기는 처음부터 46배판, 300면 내외였다. 우리나라 소년잡지의 부흥기를 이끌다가 1994년에 25년 나이로 수명을 다했다. 길창덕의 '만복이', 이상무의 '비둘기합창' 등이 특히 사랑을 받았다.

뭐니뭐니해도 만화가 최고

잊을 수 없는 또 하나의 잡지가 《어깨동무》이다. 이 잡지는 1967년 3월 창간(46배판·300면 내외)되어 트로이카 시대를 이끌기는 했으나 앞의 두 잡지와는 성격이 약간 달랐다. 앞의 잡지는 민간에서 발행한 것이었으나 《어깨동무》는 관(官) 성격이 짙었다. 박

정희 대통령의 부인인 육영수 여
사의 의지로 창간된 잡지였기 때
문이다. "한국의 장래를 이어받을
어린이들에게 건전한 국민상의 기
초적 소양을 길러주고 꿈과 슬기
를 갖게 하는" 것이 모토였다.

그래서 이 책을 읽으면 실망을
할 때가 많았다(물론 이만한 잡지라
도 보는 것이 감지덕지 황송무지였으
나). 그 이유는 다른 잡지에 비해
선정적(?)인 기사, 신기한 이야기

《새소년》과 함께 그 시절 대표 잡지인 《어깨동무》

가 적었고 교훈적이었으며 반공방첩, 애국, 국민의 의무, 열심히 공부하
자가 주를 이루었기 때문이고 결정적으로 만화가 적었다!

하지만 대통령 부인이 운영했기 때문에 정부의 측면 지원을 받아 한
때는 발행부수가 15만 부를 기록하기도 했다. 육 여사 서거 후에는 박근
혜가 책임을 졌으나 창간 20년 만인 1987년 5월(통권 247호) 종간되었다.
자매지로 《보물섬》이 있었는데 이 잡지에는 비교적 만화가 많이 실렸으
나 모든 면에서 세 잡지에 미치지 못했다.

가난했든 부자였든 1970년대에 우리는 이 세 잡지를 골고루 읽을 기
회가 있었다. 그 시절에는 이런 잡지를 구입할 수 있는 아이가 한 반에
많아야 두세 명이었으나 누군가는 반드시 구입을 했다. 그가 학교로 이
잡지를 가지고 오면 우리는 최대한 알랑방구를 꼈고 그가 정해주는 순
서대로 책을 보았다. 단, 학교에서 다 보아야 했다. 빌려서 집으로 가져

가는 일은 상상도 할 수도 없었다.

이제 이 잡지들도, 두꺼운 《새소년》을 손의 쥐었을 때의 가슴 두근거림과 흥분도, 그 책을 열심히 탐독했던 소년소녀도 존재하지 않는다. 만화 속 주인공과 함께 울고 웃던 순수함도 모두 사라졌다. 하지만 우리 유년시절의 꿈과 설렘이 모두 담겨 있던 《새소년》을 철부지 어린 시절로 돌아가 다시 한번 보고 싶다.

가슴 설레었던
그곳의 추억

학창시절을 되돌아보면 잊을 수 없는 것들이 참으로 많다. 공부를 잘했든 못했든, 가난했든 부자였든(우리가 중고등학교에 다니던 1970~80년대에는 부에 대한 개념이 지금처럼 강하지 않았다) 학창시절의 추억은 오롯이 우리의 가슴속에 자리 잡고 있다.

국민학교 시절의 소풍과 운동회, 중고등학교 시절의 수학여행과 체육대회, 교련 사열, 단체 영화관람, 도둑 영화관람, 탁구장, 중간(기말)고사, 커닝, 교내합창경연대회, 웅변대회, 패싸움, 미팅……. 그 많은 것 중에 백미는 단연 수학여행이다.

그 시절에 여행을 간다는 것은 굉장히 어려운 일이었다. 하루하루 먹

경주로 수학여행을 가면 불국사에서 단체사진을 꼭 찍었다.

고살기도 바쁜데 언제 여행을 간단 말인가? 또 교통도 그리 발달하지 못했다. 여름 방학 때 친구들과 캠핑이라도 갈라치면 붐비는 완행열차를 타고(그때는 기차 안에서 담배도 피우고 노래도 부르고 화투도 쳤다), 낡은 버스로 갈아타고 흙먼지 날리는 비포장길을 한참 걸어야 목적지에 도착할 수 있었다. 요즘은 일부러 하지 않는 이상 그런 방법으로 여행을 떠나지 않는다. 하지만 그 시절이 더 낭만적이었고 아름다웠다.

그러나 모든 세대가 수학여행을 떠났던 것은 아니다. 학교마다 규정이 다르고 정치 사회적 상황에 따라 변동이 있었기 때문이다. 지금도 그러는지는 모르겠지만 그때는 어느 학교든 중3, 고3은 수학여행을 가지 않았다.

지금은 수학여행지가 다양하게 확장되었으나 1970~80년대에는 몇몇 곳으로 한정되었다. 온양의 현충사(박정희의 노력으로 만들어진 곳), 충남 부여(백제의 수도이자 김종필의 고향), 경주(신라 천 년의 고도), 설악산(가을 단풍이 멋있는 곳), 제주도(어지간해서는 가기 어려운 곳) 등이었다. 물론 그곳만 가는 것은 아니고 그 일대를 유람한다. 예컨대 경주를 가면 포항에 들려 포항제철도 구경하고 울산에 들려 현대자동차 공장도 구경하는 식이다. 학생들이 많이 찾아오니 그 회사에는 수학여행 온 학생들만 상대하는 부서가 따로 있었다.

낡은 흑백사진 속에 그대의 청춘이 있다

종례시간에 선생님이 들어와 수학여행의 날짜와 장소를 발표하면 교실은 순식간에 난리바가지가 난다. 여행을 떠난다는 것보다도 이 지겨운 학교와 공부에서 벗어나 2박3일(또는 3박4일) 동안 공식적으로 놀 수 있다는 사실 자체가 기쁜 것이다.

교실은 아수라장이 되고 아이들은 환호성을 올린다. 몸은 교실에 있지만 마음은 벌써 그곳에 있다. '누구누구와 편을 먹고 무슨 짓을 할까' 순간적으로 머리를 굴리고 수업이 끝나 운동장을 나서면서 끼리끼리 모여 은밀히 작전을 짠다. 돌이켜보면 우습기 짝이 없는 작전이다. 카메라는 누가 가져오고, 술은 몇 병을 사고, 기타는 누가 준비하고, 회비는 얼마를 내고…….

하지만 모두가 기쁜 것은 아니었다. 수학여행을 가지 못하는 아이들도 있었기 때문이다. 이는 옛날이나 지금이나 마찬가지이고 앞으로도 영원히 그럴지 모른다. 가장 큰 이유는 돈. 집이 가난해 여행비를 낼 수 없는 아이가 한 반에 꼭 두서너 명은 있었다. 집안에 사정이 생겨 가지 못하는 아이도 있었다(예컨대 상을 당했거나 누군가 중병에 걸렸거나). 또 천성적으로 아이들과 어울리기를 싫어해 여행을 거부하는 은둔자도 한두 명은 반드시 있었다. 선생님은 그런 아이들에게 참여하라고 의례적으로 말할 뿐 강요하지는 않았다.

다음날부터 아이들은 여행비를 학급 경리 또는 조회(또는 종례) 시간에 선생님에게 내고 친한 아이들과 그룹을 지어 여행 스케줄을 짠다. 그때 카메라는 몹시 귀한 물건이었다. 열 집에 하나 있을까 말까 했다

그때는 첨성대에 직접 올라갔다

(특히 지방은 더 심했다). 그래서 카메라를 책임지는 아이는 부잣집 아들딸이었는데 아이러니하게도 성능 좋은 카세트가 있는 집도 그 애밖에 없어 결국 그 애가 모든 전자장비를 책임져야 한다는 결론에 도달한다. 그러면 그는 우쭐해지면서도 화가 치민다. 자신이 다 가져와야 하기 때문이다.

그 아이가 반발하면 아이들은 다시 작전을 짠다. 카세트는 가져오고 카메라는 빌리자는 것이다. 1970년대 후반 카메라의 왕자는 일제 올림푸스 자동카메라였는데 24방짜리 필름을 넣으면 48장이 찍혔다. 필름을 몇 통 사면서 학생증을 맡기면 그 카메라를 빌려주었다. 그렇게 전자장비 문제가 해결되면 다음 문제로 넘어간다.

'무언가 추억에 남을 일'을 하자는 데 뜻을 모으는 것이다. 그것은 다름 아닌 술과 담배이다. 생각해보면 우습기 짝이 없지만 그때는 매우 심각했다. 여행지에서 살 생각은 꿈도 못 꾼 채 소주 서너 병을 사서 가방 깊숙한 곳에 찔러넣었다.

햇살이 화창한 날(설사 찌푸린 날이었다 해도 상관없다). 아침 일찍 집을 나서면 학교 들어가는 길목에 관광버스들이 길게 줄을 지어 서 있다. 가

숨이 심하게 두근거리고 발걸음이 빨라진다. 이날을 얼마나 기다렸던가. 운동장에서 형식적인 복장검사를 하고 드디어 차에 오른다.

그러나 그렇게 기대했던 수학여행은 기대만큼 만족스럽지 못한 때가 많았다. 재미있는 일도 많았고 멋진 곳도 많이 구경하고 친구들과 신나게 놀았다 해도 떠나기 전의 설렘보다 더 큰 것은 없기 때문이다.

백제의 고도 부여와 신라의 고도 경주는 아마 국민 중 70퍼센트 이상이 다녀갔을 것이다. 낡은 사진첩을 뒤져보면 누구든지 낙화암에서 찍은 흑백사진 한 장, 다보탑 앞에서 찍은 단체사진 한 장이 있으리라. 옛날이나 지금이나, 앞으로도 영원히 부여와 경주는 학생들의 추억의 장소이다. 그곳에서 무엇을 보고 느꼈든 가슴속에 하나의 추억으로 남는 것은 분명하다.

그 추억을 되새기고 싶다면 이번 주말에 아이 손을 잡고(이미 대학생이 되었거나 결혼을 했을 수도 있지만) 다시 한 번 그곳에 다녀오길 바란다. 당신을 키워주었던 그곳이 여전히 당신을 기다리고 있다. 아! 아름다웠던 우리의 그 시절.

대학으로 가는 길을 열어주던
지긋지긋한 바이블

공부를 잘했든 못했든, 집이 부자였든 가난했든, 자연계였든 인문계였든 누구나 이 책을 샀다. 그리고 거의 항상 들고 다녔다(요즘 고등학생들은 학교에 사물함이 있어서 무거운 책을 들고 다니지 않는다). 이 책은 고등학생들의 바이블이었다.

전국 고등학교 신입생이 20만 명이면 거의 20만 권이 팔린 책은 아마 《성문종합영어》와 《수학의 정석》뿐일 것이다. 《성문종합영어》는 1967년 첫선(처음에는 《정통종합영어》였다)을 보인 이래, 《수학의 정석》은 1966년 첫 간행된 이래 지금까지 50여 년 동안 독보적인 위치를 점하고 있다. 그 어떤 영어와 수학 참고서도 이 두 책을 따라잡지 못했다.

국어나 물리 등은 여러 참고서가 있고 수학은 《해법수학》이라는 참고서가 있었지만 영어는 《성문종합영어》가 대표 교재였다. 공부를 약간 못했던 학생들은 《성문기본영어》를 뗀 다음에 《성문종합영어》를 보았지만 대부분은 처음부터 이 책을 구입했다. 이 책은 지금도 간행되고 있으며 저자 역시 송성문(宋成文, 1931년 평북 정주 출생) 그대로이다. 참으로 길고 긴 역사를 지닌 참고서다.

요즘 간행되는 《성문종합영어》 차례를 보면 '1장 동사의 종류, 2장 동사의 시제, 3장 부정사, 4장 동명사…… 19장 접속사, 20장 도치/강조/생략' 의 순서이다. 그 옛날 1970년대에 우리가 보았던 책과 거의 똑같다. 40년 전이나 지금이나 변함없는 체제로 영어를 설명하고 있는 것이다. 하긴 영어의 동사가 40년이 지났다고 해서 변하는 것은 아니니까.

우리의 꿈 많았던 그러나 끔찍했던 시절에 《성문종합영어》를 펼쳐 읽던 기억이 떠오르는가? 마지막 페이지까지 다 읽어 영어의 귀재가 되겠다 결심하지만 이 책을 끝까지 다 읽은 학생은 그리 많지 않았다. 만일 정성을 들여 다 읽었다면, 그리하여 그 내용의 70퍼센트만이라도 알았다면 당신은 흔히 말하는 일류대에 들어갔을 것이다. 70퍼센트를 이해했는데도 일류대에 들어가지 못했다면 무척 운이 나쁘거나 다른 과목의 점수가 형편없었을 것이다. 여하튼 우리는 이 책을 자나깨나 보고 읽고 공부했다. 그렇지만 끝까지 다 읽지 못했기에 아쉽고 분하고 안타깝다.

최고의 베스트셀러이지만 너무 고달픈 책

《수학의 정석》은 해방 이후 최고 베스트셀러에 드는 책이다. 《성경》, 《자동차운전면허시험문제

집), 《삼국지》 등과 쌍벽을 이루거나 그보다 더 많이 팔렸다(대략 4,000만

권이 팔린 것으로 추산된다). 이 책을 펴낸 수학자 홍성대(1937년 전북 정읍 출

생)는 서울대를 나온 수재로 우리나라 수학자 중에서 가장 유명한 사람

으로 자리매김했으며, 짐작컨대 어마어마한 돈을 벌었으리라 추산한다.

홍성대는 이익의 사회환원 차원에서 1981년 전북 전주에 상산고등학교

를 세웠으며, 정읍에 명봉도서관을 설립했다(어느 신문에서 상산고등학교의

부지 및 건물의 시가가 800억 원이라고 했다는데 정확한 것은 알 수 없다).

1970년대에는 정석시리즈가 《공통수학의 정석》(1학년용), 《수1의 정

석》(2, 3학년 문과용), 《수2의 정석》(2, 3학년 이과용)으로 구분이 되었지만

지금은 14권이나 된다. 교과과정의 개편에 따라 분철을 한 것이다. 우리

는 그 두꺼운 책을 매일 책가방에 넣어 다니다가 힘이 들면 칼로 책등을

갈라 두세 권으로 나누었는데 요즘은 한결 가뿐해진 것이다.

영원한 두통거리 《수학의 정석》

혹시 아들이나 딸이 고등학생

이라면, 또는 당신의 책상에 아직

도 《수학의 정석》이 꽂혀 있으면

한번 펼쳐보라. 그리고 거기에 실

린 수학문제들을 들여다보라. 기

억이 나는가? 이해가 가는가? 왜

인간이 수학을 배워야 하는지 공

감이 가는가? 대다수는 그때나 지

금이나 이해가 가지 않고 공감도

되지 않을 것이다.

홍성대는 "수학은 인간의 평범

한 삶에 그다지 필요가 없는 것으로 생각하기 쉽지만 모든 학문의 기초이며 사고력을 길러준다"고 강조했다. 맞는 말이다. 그러나 대다수 사람들은 수학에 질색한다. 함수, 미분과 적분, 극한, 수열, 기하, 증명, 집합, 인수분해, 로그, 삼각함수, 행렬, 방정식과 부등식, 부정적분을 이해하기란 쉽지 않다.

그러나 우리는 조금이라도 이해하려고 이 책을 샀고 문제를 풀었다. 끝까지 다 푼 녀석은 좋은 대학에 갔고 중도에 포기한 녀석은 그러지 못했다. 삶의 진로가 이 두 책의 독파 여부에서 결론이 나다니 참으로 서글픈 일이다.

《성문종합영어》와 《수학의 정석》 모두 찬반 양론이 끊이지 않는 책이다. 많은 사람이 이 책의 단점을 지적하고 심지어는 일본책을 베꼈다고 주장한다. 그러나 베끼는 일은 사실상 불가능하고 단점보다는 장점이 훨씬 많은 책이다. 설사 단점이 많다고 해도 영어와 수학을 열심히 공부해서 훌륭한 사람이 되라는 가르침만으로도 이 두 책은 가치가 있다.

우리의 학창시절을 떠올려보면 기쁨과 만족보다는 아쉬움과 후회가 더 크다. 이 두 책도 그러한 것에 속한다. 40~50대가 된 우리에게 이제는 더 이상 필요가 없는 책이지만 그래서 영원히 기억에 남는 책이다.

좌충우돌했던
부러운 친구

우리가 자라던 1970년대에는 책이라는 것이 그다지 많지 않았
다. 부잣집에 가봐도 마찬가지였다. 1970년대 중반만 해도 냉장고라는
것이 아예 없던 시절이니 책이 많을 수가 없었다. 그럼에도 어지간한 집
에는 《세계문학전집》이 한 질씩은 꽂혀 있었고 조금 수준이 높은 아버
지가 계시다면 《임어당林語堂전집》, 《한국야사집》, 《한국수필문학전집》
등을 모두 갖췄다. 모두 양장본에 금박으로 쓰인 제목, 케이스에 들어
있는 책들이었다.

독서열이 높고 일찌감치 문리文理가 트인 아이라면 그 책들을 읽었겠
지만 사실 그런 책들을 읽는 행위는 따분하기 그지없는 '짓'이었다. 보

통의 아이들이라면 《톰소여의 모험》,
《명탐정 셜록 홈즈》, 《소공녀》, 《타잔》,
《15소년 표류기》 등을 읽었다. 그런 소
년소녀명작을 읽으며 미래와 낯선 세
계에 대한 꿈을 꾸었던 것이다. 유일한
문제라면 그런 책들이 전부 번역서라
는 것이었다. 그때나 지금이나 우리나
라에 아동문학 작가가 없는 것은 아니
겠지만 지금 당장 떠올릴 수 있는 작가
는 많지 않다.

명랑소설의 원조 《얄개전》

솔직히 나 역시 그 시절에 읽은 국내 아동문학 책은 딱히 떠오르지 않
는다. 굳이 든다면 이승복의 《나는 공산당이 싫어요》, 방정환의 《칠칠단
의 비밀》, 최요한의 《국적 없는 소녀》 등이다(이원수, 어효선의 이름을 댄다
면 당신은 어렸을 때 책 꽤나 읽은 아이다).

중학교에 올라가면 읽을 책들이 더 없었다. 그 시절엔 교복을 입으면
더는 소년소녀가 아니었다. 어른 취급을 받았다. 그래서 《데미안》이나
《누구를 위하여 종은 울리나》를 읽어야 했다. '중학생을 위한 책' 같은
것은 아예 없었다.

그런 중학생들에게 교과서와 같은 소설이 있었으니 바로 《얄개전》이
다. 어떤 의미에서는 성경과도 같은 책이었다. 책을 펼쳐 첫 문장을 읽
으면 끝까지 다 읽지 않고는 못 배기는 책이었다. 우리는 겨울밤 아랫목
에 푹 파묻혀 손가락에 침을 발라가면서 읽었다. 수업시간에 국어책 위
에 올려놓고 몰래몰래 읽기도 했다. 심지어 흔들리는 버스 속에서도 읽

었다. 이 책이 중학생들에게 환영을 받았던 이유는 그 주인공이 중학생이었기 때문이다. 이 책은 계몽사에서 동화책으로도 펴냈기에 초등학생들도 많이 읽었다.

명랑소설의 효시, 얄개전

책의 내용을 기억하는가? 구체적인 내용은 기억나지 않아도 읽었던 기억은 있을 것이다. 설사 책읽기를 끔찍이 싫어했다 해도 제목은 들어보았을 것이다. 《얄개전》은 '명랑소설'이라는 분야를 개척한 최초의 책이자 대표적인 책이다.

저자는 조흔파(1918~1980)이고 1954년 5월에 당시 유일한 학생잡지였던 《학원學園》에 연재되어 폭발적인 인기를 끌었다. 연재가 끝난 이후 계몽사, 아리랑사 등에서 간행되어 큰 인기를 끌었으며, 한동안 주춤하다가 드문드문하게 재발행되었다.

여기서 문제, 《얄개전》의 주인공 이름은 무엇일까? 답하기 쉽지 않은 문제다. 그의 이름은 나두수이다. 아마 "나도 수를 맞을 수 있다"라는 의미를 유머러스하게 표현한 것이지 않나 싶다. 대략적인 줄거리는 다음과 같다. 그 시절을 떠올려보자.

대학교수의 아들인 나두수는 장난꾸러기 낙제생이다. 그는 얄개라는 별명을 가지고 있다. 얄개는 인숙이라는 모범생 여학생에게 결의남매를 맺자고 접근하나 실패한다. 그것에 자극을 받아 열심히 공부를 했으나 장난과 말썽은 여전하다. 얄개의 성적이 좋아질 무렵 학교에 도둑이 들고 얄개는 격투 끝에 도둑을 잡는다. 그 덕분에 주위 사람들은 얄개를 다시 보게되고 인숙이도 그에게 호감을 느낀다. 결국 얄개는 착한 학생이 된다.

요즘의 관점에서 보자면 내용은 참 단순하다. 좌충우돌하는 정의의 주인공, 그를 착한 길로 인도하는 예쁜 여자 주인공, 모두가 바라마지 않는 전형적인 해피엔딩……. 그럼에도 이 소설은 훌륭하다. 최초의 길을 개척했으며 수많은 독자를 사로잡았기 때문이다.

이 소설은 석래명 감독에 의해 1977년 영화로 만들어져 당시로는 기록적인 25만 명을 동원하면서 하이틴영화 시리즈의 원조가 되었다(이후 하이틴영화의 바통은 이덕화·임예진에게로 이어진다). 영화에서는 주인공들을 중학생이 아닌 고교생으로 설정했다.

공전의 히트를 기록한 이 소설은 1970년대 중반까지 인기를 끌다가 이후 시들해졌다. 그리고 한동안 완전히 잊힌 작품이 되었다. 청소년 필독서 목록에도 들지 못했으며 스테디셀러로 자리 잡지도 못했다. 시대가 변하면서 독자도 변했기 때문이다(이 소설은 고전 명작이 아니므로 《데미안》 등의 소설과 비교해서는 안 된다).

얄개는 1954년에 태어났으니 2010년인 지금 만 56세이다. 1960년생보다 여섯 살이 많고 1969년생보다는 열다섯 살이나 많다. 그 선배의 좌충우돌 학창시절 이야기를 읽으면서 우리는 많은 꿈을 꾸었다. 그리고 나름대로 멋진 인생을 그렸다. 그 꿈이 이루어졌든 이루어지지 않았든 얄개는 우리에게 멋진 추억을 안겨주었다. 그 멋진 선배에게 술 한잔 사기를. 오늘 저녁 술 한 잔하면서 이렇게 외치면 된다.

"얄개를 위하여, 건배!"

memoris

교련
7080을 대표하는
아이콘

이것이 독재체제를 유지하기 위한 하나의 허울 좋은 방편인지 아니면 국가를 지키기 위한 최소한의 국민의무인지에 대해서는 생각해 볼 필요가 있다. 북한이라는 나라(북한은 UN에서도 인정하는 하나의 국가이다)가 존재하는 한 전쟁의 가능성은 항상 도사리고 있다(우리는 지금 정전停戰이 아닌 휴전休戰 상태이다). 그런 측면에서 보자면 교련은 필요하다.

그러나 교련이 순수한 국가방위시스템 차원에서 창안된 것이라면 지금도 그 제도를 유지해야 하지만 오늘날 그 누구도 교련의 부활을 주장하지 않는다. 심지어 극력 보수우익 단체에서도 그런 주장을 하지 않는다. 그런 차원에서 보자면 그 시절의 교련은 군사문화의 일종이라 해석

할 수 있다.

60년대생이 고등학교를 다니던 시절에는 세 종류의 학교 제복이 있었다. 첫째는 교복, 둘째는 교련복, 셋째는 체육복(여고생은 체육복을 교련복으로 사용했다).

알록달록한 무늬의 교련복

고등학교에 입학하면 제일 먼저 하는 일 중의 하나가 교련복을 맞추는 일이었는데 그 옷을 입으면 괜스레 어른이 된 듯한 우쭐한 기분이 들었다.

고등학교 때 교련시간은 일주일에 두 번이었는데(세 번이었는지도 모른다) 가방 속에 교련복을 넣어 와서 갈아입었기 때문에 그런 날은 책가방이 빵빵해서 무겁기가 보통이 아니었다. 만약 교련과 체육이 한 날에 들면 옷을 두 벌을 가져와야 했기에 보통 고생이 아니었다. 그래서 어떤 녀석들은 교복 대신 교련복을 입고 등교를 했는데 교문에서 학생지도 선생님에게 걸리면 톡톡히 벌을 치러야 했다(학교에서는 특별한 행사가 아니면 교련복을 입고 등교하지 못하게 했다. 그러나 교칙을 어기는 놈들은 반드시 있게 마련이다).

교련복은 알록달록한 무늬에 오른쪽에는 학교 모표를 붙이고 왼쪽에는 명찰을 달고(또는 그 반대) 옷깃에는 학년 마크를 달았다. 교련복은 교복에 비하자면 일종의 예비군복이어서 그 옷을 입으면 행동이 풀어지고 삐딱해진다. 7080 세대를 묘사하기 위한 가장 좋은 소품이다. 그래

고등학교 교련 시간

서 간혹 TV 코미디 프로에 교련복이 등장하곤 한다.

교련 시간이 돌아오면 교련복으로 갈아입고 운동장(교련선생님의 말에 따르면 '연병장練兵場')에 집합했다. 주번 두 명은 수업에 참석하지 않고 교실을 지켰다(정확하게는 '도시락'을 지켰다). 반장은 교련선생님에게서 무기고의 키를 받아 고무 또는 나무로 만든 M1 모형의 총을 나누어주었는데 우리는 그 총으로 '받들엇 총' 등 총검술을 배우고 사열, 열병을 배웠다. 그리고 비가 오는 날에는 교실에서 전쟁, 전술, 전략 등을 배웠다(교련시간에 공산주의 모순과 허구에 대해서는 배우지 않았다. 그것은 '국민윤리' 시간에 배웠다). 그러나 사실 교련선생님의 군시절 에피소드를 듣거나 연애이야기를 듣거나 영어자습을 하는 날이 더 많았다. 교련선생님이 월남에라도 갔다 왔으면 신기한 이야기가 끊이지 않았다. 교련선생님은 대부분 중위 아니면 대위 출신들이었다. 그들은 어찌 보면 운이 좋은 사람들이라 할 수 있다.

교련은 그 뿌리가 상당히 깊다. 1968년 4월 5일 국방부에서 그해 2학기부터 전국 고교생과 대학생 전원에게 군사훈련을 하도록 결정함으로써 교련교육이 시작되었다. 아울러 5월 6일 예비군법이 국회를 통과해 예비군제도가 시작되었다. 그리고 다음해 9월에 3선 개헌안이 국회를 통과했는데 교련교육은 이와 무관하지 않을 것이다.

그런데 역사를 살펴보면 교련은 시대적 상황이 만든 '어쩔 수 없는' 것이기도 했다. 1968년 1월 21일, 북한의 무장공비 31명이 서울까지 진출한 1·21 사태가 벌어졌기 때문이다. 이른바 '김신조 사건'이다. 60년대생은 김신조라는 이름을 뚜렷이 기억할 것이다. 그는 거의 청와대까지 접근해 우리 경찰과 총격전을 벌였다. 그 사건을 계기로 교련과 향토예비군 제도가 창설된 것이니 교련이 딱히 박정희의 독재수단이라고 하기에는 어려움이 있다. 이후 교련은 상당한 위력을 발휘하다가 1989년 폐지되었다. 민주화운동을 하면서 대학에서 교련에 대한 거부가 확산됐고 고등학교에서도 폐지 의견이 많았다. 대학에 진학하는 데 교련은 눈곱만큼도 도움이 되지 않는 과목이었기에 학교에서 좋아할 리가 없었다.

그렇다고 해서 교련이 완전히 부정적인 것만은 아니었다. 대학에서 교련은 2학년까지 받았는데 2년을 받으면(입영 포함) 군 복무기간을 3개월 단축해주었다(1학년을 마치고 군에 가면 1.5개월 단축). 그래서 늦게 입대한 졸병이 고참보다 먼저 제대하는 일이 비일비재했다. 당시 군 복무 기간은 30개월이었는데 3개월은 엄청난 기간이었다. 그래서 고등학교를 졸업한 고참은 대학을 다니다가 온 졸병을 어지간히도 괴롭혔다.

문무대의 추억

입영. 그 쓰라린 훈련에 대해 고달픈 추억이 떠오른다. 입영은 시키는 자나 받는 자나 말도 많고 탈도 많은 골칫거리였다. 입영은 모든 대학생이 의무적으로 받아야 했던 교육과정이었는데 '입영=문무대'가 공식화된 이유는 서울 소재의 대학은 문무대로 입영을 들어갔기 때문이다. 그 외의 대학은 학교 부근의 군부대로 들어갔다.

입영은 1학년 때는 열흘(1주일이었는지도 모른다), 2학년 때는 1주일(4일이었는지도 모른다)이었다. 1학년 때는 군부대에서 훈련을 받고 2학년 때는 전방부대의 철책선(휴전선)에서 하룻밤 보초를 섰다.

대학생 입영교육을 우습게 보아서는 안 된다. 당시 훈련은 정규군인들이 받는 군사훈련을 엑기스로 체험하는 것이었는데 그 과정이 보통이 아니었다. 또 1980년대에는 군인과 대학생들 사이에 악감정이 있어서 호되게 훈련을 시켰다. 별의별 기합을 다 받고 사격도 하고 무장구보도 하고 유격도 하고 최루탄 가스도 들이마셨다. 눈물 콧물을 다 흘렸지만 퇴소하는 날이 되면 '이 한 목숨 바쳐 조국을 지키겠다'는 늠름한 싸나이가 된다. 그러나 학교에 도착하면 그 감정은 이미 사라지고 없다.

1980년대에는 대학에 들어가면 선배들에게서 민주화에 대한 의식교육을 받았는데 그 중에 빠지지 않는 게 입영이었다. 입영의 불합리한 점에 대해 열변을 토하면서도 선배들은 입영담을 신이 나서 떠들어댔다. 그래서 아이들은 한편으론 주먹을 불끈 쥐면서도 한편으로는 공포에 질렸다. 입영 전날이면 끼리끼리 모여 술 한 잔을 마시고 최백호의 〈입영 전야〉를 비장한 마음으로 부르고 나서 헤어졌다. 다음날 아침 일찍 학교에 가면 버스가 일렬로 줄지어 서 있었다. '아, 이제 시작이구나' 라는 공포감이 엄습했지만 선배와 후배들이 부르는 힘찬 운동가에 잠시 공포감을 잊었다. 평소 짝사랑했던 여학생이 멀찍이서 손이라도 흔들어주면 입영을 들어간다는 현실조차 잊게 된다. 그러나 현실은 냉혹하다. 부대에 도착하자마자 혹독한 기합이 기다리고 있다. 그렇게 정신없이 열흘을 보내고 퇴소를 했다.

나는 1981년 5월, 대학 2학년 때 전방의 5사단으로 입영에 들어갔다.

엄청나게 먼 곳이었는데 수많은 거리를 걸어서 이동했던 기억이 난다. 그리고 밤에 수차례 교육을 받은 뒤 철책선 아래에서 현역병과 함께 보초를 섰다. 밤 9시부터 새벽 2시까지였다. 원래는 새벽 4시까지였는데 안개가 밀려와 대학생들은 일찍 철수시켰다. 그때 본 어둠 속의 비무장지대와 밤새 들었던 노래를 지금도 잊지 못한다. 또 비무장지대 안에서 수시로 터졌던 폭발소리와 섬광도 잊지 못한다. 폭발소리는 동물들이 돌아다니면서 지뢰를 밟아 내는 것이었다.

그날 이후 나는 철책선을 단 한 번도 보지 못했다. 어쩌면 영원히 보지 못할 것이다. 입영제도에 대해서는 부정적 의견이 지배적이었지만 나는 어떤 의미에서는 긍정적이라고 본다. 그런 제도가 없었다면 대학생이 어떻게 휴전선을 볼 수나 있었겠는가?

다른 것과 마찬가지로 이제 교련선생님의 호루라기 소리도, M1도, 교련복도, 입영도 모두 사라졌다. 찬성론자였든 반대론자였든 교련은 이제 아스라한 추억이 되었다. 그래서 우리는 TV에 등장하는 교련복을 보면 저절로 미소를 짓게 된다. 행여 그때 나쁜 추억이 있었다 할지라도 즐거운 추억으로 바꾸어 간직하기를 바란다. 넓은 연병장에 교련복을 입고 줄을 지어 서 있던 소년, 그가 바로 당신이었다. 그런 당신이 있었기에 오늘날 우리 대한민국이 있는 것이다. 단결!

밥에 보리가 얼마나 섞였나

예나 지금이나 인간의 최대 관심사 중 하나는 먹는 것이다. 세월이 아무리 많이 흐르고 과학문명이 아무리 발달해도 이 화두는 결코 변치 않을 것이다. 지금이야 쌀이 너무 많이 수확돼 골칫거리지만 불과 30년 전만 해도 쌀이 모자라 큰 문제였다. 쌀은 곧 금이었고, 쌀 수확을 늘리려고 정부는 온갖 방법을 동원했다. 쌀로 몰래 막걸리를 빚어먹다가 걸리면 중형을 선고받곤 했다.

부잣집이 아니고는 흰 쌀밥만 먹는 일도 드물었다. 또 밥알을 남기거나 허투루 버렸다가는 온종일 혼나야 했다. 그러다가 농촌의 환경이 나아지고 벼의 종자가 개량되고 농사법이 발달하면서 쌀밥만 먹는 집이 서서히 늘어났다.
그렇다 한들 식량자급
률 100퍼센트는 어림
도 없는 일이었다. 또
박정희는 가난한 농촌
출신이었기에 국민이
쌀밥만 먹는 호사를
용납하지 못했다.

학창시절 도시락 검사 시간

  그래서 실시한 것이 혼분식장려였는데 이는 장려에 불과할 뿐 법적인
규제가 아니라서 거의 지켜지지 않았다. 그 누구도 보리가 섞인 밥을 좋
아하지 않았기 때문이다. 가난한 사람은 어렸을 때 보리밥을 너무 많이
먹어서, 부자는 보리밥이 식성에 맞지 않아서 보리밥 먹는 것을 거부했
다. 결국 박정희는 강제책을 쓸 수밖에 없었는데 학생들의 도시락 검사
가 바로 그것이었다.

  매주 수요일이었던 것으로 기억한다(내 기억에 따르면 도시락 검사는
1973년부터 시작되었으며 매일 했을 수도 있다). 4교시를 마치는 종이 땡땡

양은도시락의 대표 주자 선학알미늄

  양은도시락의 상표가 기억나는가? 숱하게 많은 상표가 있었겠지만 대표적인 상
표는 선학알미늄이다. 이 도시락은 가히 '양은도시락의 대표 주자' 라 할 수 있다.
기억을 더듬으면 학 한 마리가 그려져 있는 동그란 상표가 떠오른다. 물론 모든 도시락이 선
학알미늄 제품은 아니었다. 선인알미늄, 일학알미늄 등 유사제품이 많았다(플라스틱 도시락이
나온 것은 1980년대 초반 들어서이다). 선학알미늄은 다양한 주방용품을 출시했는데 물이 다
끓으면 삐삐 소리가 나는 일명 '삐삐주전자' 가 크게 히트하기도 했다.

잡곡이 꼭 섞여 있어야 무사통과되었다.

울리면 우리는 도시락을 꺼내 책상 위에 올려놓았고 선생님은 '도시락 검사표'를 들고 다니면서 아이들의 도시락을 하나하나 검사했다. 대부분 보리와 콩이 섞인 밥을 싸왔지만 김 내과 아들, 송 한의원 딸을 비롯한 몇 명은 늘 쌀밥이었다. 선생님은 그런 아이들에게는 잠깐 주의를 주었고, 별볼일없는 집의 자식이 쌀밥을 싸오면 된통 야단을 쳤다. 그리곤 도시락 검사표에 붉은색 동그라미를 쳤다. 그래서?

쌀밥만 싸온 녀석이 다른 아이들의 도시락에서 보리를 몇 알 수거해 위에 얇게 깔아 위기를 모면했다거나 선생님에게 걸려 종아리를 맞았다는 이야기는 고전에 속한다. 국민의 먹는 행위를 국가가 간섭하겠다는 이 기가 막힌 발상의 도시락 검사는 1977년 내가 고1때 마지막으로 실시되었다. 쌀막걸리가 나온 해이다.

이제 50줄에 들어선 60년대 초반생의 대부분은 가난의 시절을 허휘허휘 헤쳐온 세대이다. 특히 농촌 출신이라면 농부가 쌀 한 톨을 수확하기 위해 얼마나 애를 쓰는지 잘 알 것이다. 그들은 뼛속 깊이 '쌀 = 생명'이라는 진리를 간직하고 있다. 그러니 호강스럽게 자란 아들딸이 밥투정을 하면 그 기분이 어떨지 가히 짐작이 된다. 온 국민이 배부르게 먹을 그날을 위해 쌀을 아끼자는 박정희의 당부(또는 엄포)가 새삼 그리워질 것이다.

한 권으로 전 과목을 끝냈던
종합참고서

전과全科는 초등학생이 쓰기에는 적절치 못한 단어이다. 모든 과목을 학습한다는 뜻인데 한문을 배우지 못한 초등학생들에게는 아무래도 부적절하다. 그럼에도 별 어려움 없이 받아들이는 이유는 아주 오래전부터 사용해온 단어였기 때문이다.

지금은 초등학교의 교과 과목명이 탐구생활, 슬기로운 생활, 수학, 과학 등으로 바뀌었지만(어떤 학교에는 '깨끗한 생활'이라는 과목도 있다) 우리 때에는 국어, 산수, 사회, 자연이었다. 그래서 '국산사자'라고 불렀다. 그 외에 도덕(바른생활), 실과, 음악, 미술, 체육이 있었는데 앞의 '국산사자'가 중요 과목이고 뒤의 다섯 개가 기타 과목이었다. 일종의 메이저리

학교 다니는 아이가 있는 집이면 반드시 있는 전과와 수련장

그 대 마이너리그인 셈이다.

이른바 전과에는 이 아홉 개 과목에 대한 설명(해설과 문제)이 모두 실려 있어 이 책 한 권이면 아홉 과목을 마스터할 수 있었지만 그것은 이론이 그렇다는 것이지 전과가 없는 아이라 해서 공부를 못한 것은 아니었다. 왜냐하면 전과는 모든 아이가 구비했기에 그것을 지녔다고 해서 별다른 강점이 되지 않았기 때문이다. 또 선생님은 전과에서 시험문제를 내지도 않으셨다.

우리는 고학년이 되면 또 다른 두 권의 참고서를 구입했는데 첫 번째가 수련장이다(사실 수련장修練章이라는 단어도 초등학생에게 어울리는 것은 아니다). 수련장은 전과의 동생이라 할 수 있어서 공부를 잘하든 못하든, 집이 부자이든 가난하든 이 두 가지를 세트로 갖추었다. 물론 집이 너무 가난해 사지 못하는 아이들도 있기는 했다.

그렇다면 1970년대에 전과는 몇 종이나 있었을까? 기억을 더듬어보면 《동아전과》가 가장 먼저 떠오른다. 두산동아에서 간행되는 이 전과는 예나 지금이나 전과의 왕자로 군림하고 있다(그때는 동아출판사東亞出版社에서 발행했다). 《표준전과》도 빠뜨릴 수 없다. 중학교 시절 '필승시리즈'로 유명한 교학사敎學社에서 내는 전과였다. 이 두 가지는 지금도 발행된다. 오늘날엔 여기에 《우등생전과》가 추가돼 3파전을 치르고 있다.

옛날에도 전과는 3파전이었다. 기억이 가물가물한 전과가 있으니 《국민전과》이다. 국민문화사에서 발행된 《국민전과》는 지금은 발행되지 않는다. 이 전과는 다른 전과보다 가격이 싸서 집안 형편이 어려운 아이들이 주로 구입했다. 내가 이 전과를 기억하는 이유는 나 역시 6년 내내 이 전과를 썼기 때문이다.

그렇다면 전과와 수련장에 이어 세 번째 참고서는 무엇일까? 기억을 더듬어보라. 무언가 떠오르지 않는가? 바로 《오과완성》이라는 참고서다. 이 책은 국산사자 과목에게 밀려난 다섯 개의 비중요 과목만 모아 설명한 참고서이다. 전과는 전 과목 해설이 목표지만 아무래도 비중요 과목은 밀릴 수밖에 없었는데 마이너리그로 쫓겨난 다섯 과목의 설움을 톡톡히 해결한 참고서가 바로 《오과완성》이다. 이 책에는 도덕, 실과, 음악, 미술, 체육이 실렸는데 고학년용만 있었다. 이 세 책만 있으면 만사 오케이! 그러나 성적은 오르지 않았다!

아버지에게서 아들에게

전과는 여러 가지 역할을 했다. 햇볕 따가운 6월 오후, 마루에 엎드려 전과를 펴놓고 숙제를 하다가 베고 잠자기에 좋았다. 사실 되돌아보면 전과는 공부에는 그다지 도움이 되지 않는 책이었다. 다만 국어숙제를 하면서 단어의 뜻풀이를 베껴 쓰고 수학숙제를 하면서 풀이를 베껴 쓰는 데는 도움이 되었다. 그럼에도 거의 학생이 매년 전과를 샀던 이유는 참고서가 그것밖에 없었고 부모님들은 그것이 의무라고 생각했기 때문이다. 가난해도 전과를 물려받는 일은 드물었다.

1970년대 중반만 해도 전과를 사는 돈은 만만치 않았다. 자식 셋이 모두 국민학교에 다니면 세 권을 사야 했다. 그런데도 대부분의 부모님들은 그 전과와 수련장을 두말없이 사주셨다. 자식이 공부를 잘해서 부모의 한을 풀어주기를, 훗날 출세해서 떵떵거리고 잘 살기를 바랐기 때문이다.

어렸을 때 전과를 샀던 당신은 이제는 당신의 아들과 딸이 볼 전과를 산다. 살면서 두 번 전과를 사게 되는 것이다. 당신은 자식에게 전과를 건네주며 열심히 공부해서 훌륭한 사람이 되기를 당부한다. 그 옛날 당신 부모님이 그랬듯이 이제 그 소망이 자식에게서 이루어지기를 바란다.

오늘 집에 돌아가 아들딸의 책상에 꽂혀 있는 전과를 펼쳐보라. 그리고 '국민학교' 시절을 되돌아보라. 그 안에 당신의 유년시절의 꿈과 추억이 담겨 있을 것이다.

변함없는 필기구의 왕

예나 지금이나 변함없는 것 중에 하나가 모나미 153 볼펜이다. 10년 전이나 20년 전이나 30년 전이나 이 볼펜은 변함없는 모양과 디자인으로 나오고 있다. 정말 끈질긴 것 중 하나이다. 대한민국 사람 중에 이 볼펜을 쓰지 않은 사람은 한 명도 없을 정도이다. 대한민국 모든 가정과 회사에는 이 볼펜이 두 자루 이상은 꽂혀 있다. 비록 1년에 한 번도 사용하지 않을지라도······.

우리나라에서 생산되는 모든 공산품 중에 첫 이름 그대로, 첫 디자인 그대로 여전히 제작되고 유통되고 소비되는 제품은 모나미 153이 거의 유일하다. 이 제품이 끈질긴 생명력을 유지하는 이유는 편리성, 저렴함,

단순성이지 않을까 싶다. 한 번 누르면 심이 나오고 또 한 번 누르면 심이 들어가는 단순성, 값이 싸서 절대 부담이 되지 않는다는 저렴성, 그 어느 곳에서도 살 수 있다는 편의성 등이 최대의 강점이다. 요즘은 바로 그러한 점 때문에 학생들이 기피하는 필기구가 되었다.

모나미는 잘 알다시피 Mon Ami인데 이는 불어로 Mon(몽: 나의) + Ami(아미: 친구)이다. 즉 '나의 친구'라는 뜻이다. 모나미라는 단어는 어감이 부드럽기도 하지만 그 뜻이 좋아 널리 사랑을 받았다. 그렇다면 모나미 뒤에 늘 따라오는 153은 무슨 뜻일까? 이 볼펜 한 자루로 153미터를 쓸 수 있기에 153이라는 설도 있고 이 볼펜을 만든 회사의 주소가 153번지라는 설도 있지만 인터넷을 뒤져보니 이렇게 설명이 나와 있다.

153볼펜은 세 가지 뜻이 있는데 첫 번째는 "베드로가 하나님이 지시한 곳에서 153마리의 고기를 잡았으나 그물이 찢어지지 않았다"는 요한복음 21장에서 영감을 얻어지었다는 뜻이고, 두 번째는 153을 모두 합하면 9가 되는데 이는 우리나라 사람들이 좋아하는 '갑오'를 의미한다는 뜻이며, 마지막 세 번째 뜻은 153에서 앞의 15는 15원, 뒤의 3은 모나미회사가 만든 세 번째 제품이라는 뜻이다.

모나미는 어떤 회사인가

모나미는 1960년 광신화학공업사로 출발한 회사이다. 우리 60년대생과 동갑이다. 1963년 5월 1일에 153볼펜을 생산하기 시작했으니 이 볼펜의 역사는 자그마치 48년에 이른다. 그 장구함에 박수를 보내지 않을 수 없다. 1974년 (주)모나미로 이름을 변경했으며 현재는 필기구 외에도 전산용품 솔루션, 디지털사무편의점 등 다양한 사업을 영위하고 있다.

그 무엇이든 다 의미가 있다. 당시 가격은 15원이었는데 현재 가격은 160원 전후이다. 10배가 올랐으나 우리나라 공산품 중에 100원대를 유지하고 있는 몇 안 되는 제품 중 하나이다.

누구나 모나미를 썼지만 한 가지 공통점은 이 볼펜을 끝까지 다 쓴 사람이 그다지 많지 않다는 사실이다. 보통 3분의 1쯤 사용하고 나면 어디론가 사라지거나 잉크가 더 이상 나오지 않거나 볼이 망가지거나 해서 버리게 된다. 그래서 이 볼펜을 사면 '끝까지 다 써보겠다' 굳은 결심을 하지만 그렇게 되는 경우는 거의 없었다.

중간에 사라지든, 끝까지 다 쓰든 모나미 153은 우리의 영원한 필기구이다. 이보다 더 값싸고 심플하고 편리한 펜이 또 어디에 있을까. 행여라도 이 회사가 멋진 디자인을 추구한다는 미명 아래 이 볼펜의 외관을 바꾼다든지 기능을 바꾼다든지 하는 일이 없기를 바란다. 모나미 153은 그냥 영원히 이 모습이어야 한다.

memoris

스마트 vs. 에리트
청소년기를 규정한 6년간의
검은 옷

교복의 역사는 길고 길다. 거슬러 올라가면 개항 이후 근대교육이 시작된 이래 지금까지 100년이 넘는 세월 동안 교복을 입고 있다. 잠깐 사라진 적이(1980년대 중반의 교복자율화) 있었으나 모두가 원해서 다시 교복을 입고 있으며 다시 사라질 것 같진 않다. 여전히 학생들이 교복을 원하기 때문이다.

지금은 교복의 디자인이 다양하고 색상도 여러 가지이고 착용 규정도 까다롭지 않지만 우리 때는 오로지 검은색 일색의 교복이었으며 철저한 착용 규정이 있었다. 거기에 어긋나면 규율부 선배에게 얼차려를 받았고 생활지도 선생님에게 빳따를 맞았다. 또 그때는 천편일률적으로 검은 모자를 썼다. 다행인지 불행인지 1970년대 후반부터는 이러한 규정이 서서히 완화되기 시작했으며 여름에는 흰색이나 엷은 쑥색 계열의 하모(여름 모자)를 썼다.

1970년대에 중학교에 배정을 받으면 일단 어머니와 함께 교복을 맞추러 갔다. 신학기가 되면 교복집은 엄청난 돈을 벌었다. 당시 교복 옷감은 두 가지였는데 스마트와 에리트였다. 스마트는 선경(지금의 SK) 제품이고, 에리트는 제일모직(삼성 계열) 제품이었다. 두 회사는 학생잡지를 통해 치열한 광고전을 벌였는데 스마트는 〈장학퀴즈〉라는 든든한 빽이 있어서 그 브랜드가 널리 알려졌다. 물론 에리트도 광고에서는 뒤지지 않았다.

1974년 내가 지방도시의 중학교에 입학하고 첫 등교를 하는 날 3학년 규율부 선배들 몇 명이 교문에 도열해 신입생들을 검열했다(그때는 중학교에서도 선후배 간의 엄격함이 군대보다 더 심했다). 복장을 제대로 갖추었는지 검사를 하는 것이었다. 대부분 무사통과였으나 나와 국민학교 동창 녀석이 선배에게 걸렸다(그는 공부를 잘했고 집이 부자였다). 별 이상이 없었는데 규율부원은 그를 몇 차례 빼뺑이를 돌렸다. 내가 의아해서 바라보고 있자니 선배들의 말소리가 들려왔다.

"짜식이 건방지게 스마트를 입었네."

나는 그때야 녀석이 반짝반짝 빛나는 교복을 입었다는 사실을 알았다. 스마트는 에리트보다 비쌌다. 얼마나 더 비쌌는지는 기억나지 않지만 하여튼 비쌌다. 그래서 선배들의 눈에 아니꼽게 보였던 것이다. 1학년 입학생 420여 명 중에 스마트를 입은 아이는 딱 두 명 있었다. 나머지는 전부 에리트였다. 전체 조회를 할 때 두 사람의 옷은 햇빛을 받아 반

스마트 교복 광고

짝반짝 빛났다. 정말로 스마트했다!

나는 스마트를 입은 또 다른 아이(김종철이라고 하자)도 집이 부자려니 생각했다. 며칠 후 아이들과 이야기를 나누다가 "얘들아, 종철이도 스마트를 입었으니 개네 집도 부자 아니겠니?"라고 말하자 아이들은 폭소를 터트렸다.

"이 멍청아, 종철이가 입은 건 스마트가 아니고 다구다야."

"다구다?"

통상 다후다(Taffeta, 호박단, 태피터)라고 불리는 이 옷감은 광택이 나는 부드러운 천으로 주로 안감으로 사용한다. 가공처리를 하면 겉감으로도 사용할 수 있어 여성들의 치마, 저고리, 양산에 사용된다.

녀석은 다구다라고 하는 옷감으로 교복을 해 입은 것인데 두어 달이 지나자 녀석의 교복은 반짝반짝을 뛰어넘어 번들거렸다(그의 가난을 비웃자는 것이 아니라 나의 무지를 고백하는 것이다). 그래서 나는 교복 옷감은 세 가지가 있다는 새로운 사실을 알게 되었다.

철저한 규정에 따르지 않으면

교복에는 갖추어야 할 것이 많았다.

모자에는 교표를 붙이고, 양쪽에 턱끈을 고정하는 '이장'을 달고 목 안에 흰색 셀로판(이것의 명칭은 기억나지 않는다)을 붙이고, 팔 끝에는 새끼 단추 세 개씩 모두 여섯 개를 달고, 명찰은 열 군데 이상 바느질이 되어 있어야 했다. 칼라 왼쪽에는 학교 뺏지, 오른쪽에는 학년 뺏지, 혁대는 검은색으로 학교 마크가 붙은 고리를 사용해야 했다. 운동화는 사시사철 검은색에 검은색 끈이었다(양말은 신든지 말든지). 그리고 언제나 단정하게 앞 후크를 채워야 했다. 이것을 풀고 다니면 "나는 문제아에요"라고 광고하는 것이나 다름 없었다. 이 규정을 어기면 규율부원에게 얼차려를 받았고 심하면 얻어맞기도 했다.

학창시절 6년 동안 우리는 모두 여섯 벌(중학교 동복, 하복, 체육복, 고등학교 하복, 체육복, 교련복)의 교복을 장만했다. 지금은 중고교 교복이 완전히 딴판이지만 그때는 중학교와 고등학교 교복이 똑같았다. 그래서 중학교에 입학할 때 맞춘 동복을 고등학교 졸업할 때까지 입었다. 대한민국 전국이(특별한 학교만 빼고) 똑같았기 때문에 부산에서 광주로 전학을 가도

에리트 교복 광고

교복을 새로 장만할 일은 없었다.

몸이 자라 교복을 다시 사야 한다는 사실은 가난 앞에 이유가 되지 못했다. 팔목이 다 해지고 색깔이 누렇게 변색이 되고 옷이 작아 뒤뚱거려도 입어야 했다. 너무 훌쩍 자라거나 집이 부자인 아이를 제외하고는 대부분은 한 벌로 버텼다. 희한한 것은 낡은 옷을 입은 아이일수록 더 공부를 잘했다는 사실이다.

당신의 아들 또는 딸이 중학교에 들어가 교복을 사는(요즘은 다 기성복이다) 모습을 보면 어떤 추억이 떠오르는가? 아들이 "우리 학교 교복은 너무 후졌어"라고 투덜거리면 그때 그 시절에 당신이 입었던 교복에 대해 들려주고 싶은 욕구가 치밀어 오르는가? 하지만 말하지 마라. 아들은 공감하지 못한다. 그저 당신의 마음속에만 간직해야 한다. 목 아래까지 후크를 바짝 채웠던 그 교복은 이제 역사의 유물이 되었다.

memoris

예비고사와 학력고사

어찌되었든 한 번은 통과해야 하는
좁은 문

이 날이 되면 늘 추웠다. 하늘은 이 날을 잘도 알아차리고 매서운 한파를 보내주나 보다. 그 전날까지 따뜻했다가 이 날이 되면 차가운 바람이 불고 기온이 급강하고 심지어 눈보라가 치기도 했다. 그래서 '수능한파'라는 신조어가 생겼다.

　이날이 되면 늘 지각생이 생겼다. 그렇게 계도를 해도 지각생은 반드시 나왔다. 그는 오토바이를 얻어 타고 겨우 정문에 도착해 허겁지겁 고사장 안으로 뛰어들어간다. 사람들은 그의 등 뒤로 응원의 박수를 보낸다. 지난 40년 동안 변치 않고 일어난 일이다. 누구나 한 번은 겪는 청춘의 관문이다. 당신도 그 과정을 통과했다.

교복 입은 그 소년 소녀는 지금 어디에 **319**

대학입학의 당락을 결정했던 예비고사

교육은 참으로 중요하지만 정답이 없는 골칫거리이다. 우리나라는 지난 65년 동안 정답을 찾아 이리저리 헤맸지만 아직도 답을 찾지 못했다(앞으로도 찾지 못할 것 같다). 그간 우리나라가 실시한 대학입시 정책에 대해 글을 쓰자면 책 열 권은 나오리라.

지금은 대학입시를 위한 예비시험을 수능(대학수학능력시험)이라 부르지만 그 전에는 학력고사(學力考査. 學力을 學歷으로 착각하는 사람이 있다)였고 그 전에는 예비고사(대학입학예비고사)였다. 1960년대 초반생은 예비고사를 보았고 중반생부터는 학력고사를 보았다. 그리고 1960~62년생은 대학 본고사를 보았다. 본고사는 1981년에 폐지되었는데 최근 부활을 할 것인지 이대로 갈 것인지를 놓고 논란이 분분하다.

학력고사와 내신만으로 대학입학을 결정했던 시대에는 학력고사 전국 1등이 당연히 서울대 수석을 차지했다. 그래서 학력고사 1등은 신문에 인터뷰 기사가 실렸다. 하지만 예비고사와 본고사가 있던 시절에는 예비고사 1등과 서울대 수석이 다른 경우가 많았기에 인터뷰 기사가 두 번 실렸다. 제도의 변화에 따라 스포트라이트를 받는 주인공이 달라졌던 것이다.

또 옛날에는 체력장이라는 제도가 있었다. 고입 시에도 체력장이 있었고 대입 시에도 있었다. 체력장이 없으면 학생들이 오로지 공부만 하기 때문에(?) 심신의 건전한 균형 발전을 위해 체력장 제도를 만든 것이다. 이 점수는 20점 만점이었는데 대부분 20점을 맞았다. 사실상 공짜로 준 점수나 마찬가지였기에 그다지 의미가 없었다. 철봉(여학생은 오래 매달리기), 왕복달리기, 100미터 달리기, 수류탄 던지기, 윗몸일으키기, 오래 달리기 등을 해서 점수를 매겼다.

교과서 위주로만 공부했어요

예나 지금이나 예비시험은 11월에 전국에서 일제히 치러졌다. 온 대한민국이 들썩거리는 날이다. 집안에 수험생이 있든 없든 이 시험은 전 국민의 초미의 관심사였다. 이 시험 하나로 인생이 결정된다고 믿었으니 어찌 그러지 않을 수 있겠는가?

공부를 잘했든 못했든, 대학에 진학할 의사가 있든 없든 고3과 재수생(3수~장수까지)들은 무조건 시험을 보았다. 그래서 그날은 몹시 분주했다. 공무원과 은행원들의 출근시간이 늦춰지고 기업에도 출근시간을 늦추어달라는 협조공문이 왔다(그런데 회사들은 이 협조를 무시한다). 아침 일찍부터 고사장 주변은 학생들과 학부모들과 후배들과 선생님들이 쏟아져나와 난리가 나고 학교 앞 도로는 주차장이 되고 해병전우회와 자유총연맹, 라이온스클럽 같은 곳의 회원들이 완장을 차고 나와 요란하게 호각을 불면서 교통정리를 했다.

수험생들은 후배들의 응원을 받으며 흥분과 감격을 느끼지만 이 감정은 30분 후면 온데간데없다. 문제를 대하고 나면 지난 세월, 왜 공부를 하지 않았던가 하는 막심한 후회가 밀려오기 때문이다. 사실 예비고사든 학력고사든 수능이든 시험은 만만한 게 아니다. 출제위원장은 "평소에 교과서 위주로 공부를 한 학생이라면 무난히 풀 수 있다"고 주장하지만 아무도 믿지 않았다. 두어 달 후 발표된 전국 1등은 인터뷰에서 "과외 한 번 받지 않고 교과서 위주로 공부했어요"라고 말해서 온 국민의 빈축을 샀다.

예나 지금이나 고사장의 풍경은 똑같다. 언제나 소란스럽고 언제나 가슴 졸이는 어머니가 있고 언제나 지각생이 있다. 지각생은 예비고사가 처음 시행된 1969년에도 있었고 40년이 지난 오늘에도 있다. 그래서 우리는 9시 뉴스를 통해 어떤 희한한 지각생이 어떻게 오토바이를 얻어 타고 간신히 고사장에 도착했는지 그 소식을 들으려 TV를 켠다.

대학이 존재하는 한 대학입시 역시 영원히 존재할 것이다. 문제는, 그 제도가 언제 어떻게 바뀔지 아무도 알지 못한다는 점이다. 그러나 한 가지 분명한 점은 제도가 어떻게 바뀌든 공부를 잘하는 학생은 원하는 대학에 합격하고, 그렇지 못한 학생은 고배를 마신다는 것이리라(일부 운이 작용할 수는 있으나 이는 매우 이례적인 현상이다).

지금은 사라진 예비고사와 학력고사, 그 시험을 우리는 모두 보았다. 잘 보았든 못 보았든 그 시험공부를 위해 피 터지게 공부한 당신에게 힘찬 박수를 보낸다.

파란 잉크 담아 꾹꾹 눌러썼던
만년필의 대명사

중학교에 들어가면 필기도구가 천지개벽을 한다. 국민학교 때까지
는 오로지 연필과 빨간색 색연필뿐이었는데 중학교에 올라가면 펜이 등
장한다. 자식이 중학교에 들어가면 돈 좀 있는 부모는 만년필을 사줬다.
또는 친척 중에 부자가 있으면 국민학교 졸업식 날 만년필을 선물로 받
았다.

　자기 만년필을 갖는다는 것은 교복을 입는 것만큼이나 참으로 근사한
것이다. 공부를 잘하든 못하든 만년필을 갖는다는 것은 최고의 자긍심
이자 부의 상징이었다. 내가 중학교에 입학했던 1974년에 한 반 60명
중에서 만년필을 가진 아이는 기껏해야 세 명 정도에 불과했다(전북 익산

빠이롯트 잉크

이라는 지방 중소도시였지만 이 비율은 서울을 제외하고는 비슷하리라 생각된다). 모두 잉크와 펜촉 두어 개, 펜대를 필통 속에 넣어서 다녔다. 나 역시 그랬다. 대신 샤프펜슬은 모두 가지고 있었다. 샤프펜슬은 1973년에 보급되기 시작했는데(100~150원) 반년이 채 되지 않는 기간에 전국 모든 학생의 손에 쥐어졌다.

수업이 시작되면 책과 노트를 펼쳐놓고 책상 오른쪽 모서리에 잉크병을 올려놓는다. 그리고 펜촉으로 잉크를 찍어서 필기를 했다. 그때 잉크는 파란색이었는데 중학교 졸업 이후 파란색 잉크로 글을 써본 적이 없다(고등학교 때는 검정 잉크를 썼다). 흰 노트 위에 죽죽 써내려갔던 그 청순한 파란 잉크 말이다.

참으로 신기한 것은 모든 학생이 책상 위에 잉크병을 올려놓았는데도, 또 한창 장난꾸러기인 중학생들이었는데도 잉크병을 쏟거나 교복에 흘리거나 하는 일이 극히 드물었다는 것이다. 펜글씨의 장점은 글씨를 반듯하게 만들어준다는 점이다. 그래서 볼펜은 절대 사용하지 못하게 했다. 현대인이 옛날 사람보다 글씨를 못 쓰는 이유는 붓글씨를 쓰지 않기 때문이고, 지금 학생들이 어른들보다 글씨를 못 쓰는 이유는 펜글씨를 쓰지 않았기 때문이다. 미래의 아이들은 아예 글씨 자체를 쓰지 못할 수도 있다.

펜은 불편한 도구였다. 펜으로 잉크를 찍어 글씨를 쓰면 많아 봤자 15자였다. 이는 번거롭기 짝이 없는 노동이었다. 그러던 어느 날 획기적인 필기구가 개발되었으니 바로 '천자펜'이다. 천자펜은 양철 펜촉의 안쪽에 고무를 덧댄 것으로 잉크를 한 번 찍으면 적어도 100자 가까이 쓸 수 있는 편리한 펜촉이었다. 기존의 노동을 10분의 1로 줄임과 동시에 잉크도 절감하는 효과를 가져왔으니 가히 일거양득이었다. 아이들은 이 천자펜으로 정말 천자를 쓸 수 있는지 테스트를 하곤 했다.

빠이롯트 대 파카

만년필은 중학생들의 로망이었다. 이것을 소유한 학생은 교복 윗주머니에 여봐란듯이 꼽고 다녔다. 참 얄미운 짓이다. 그러다가 성질 더러운 선배에게 걸리면 된통 얼차려를 받거나 심하면 빼앗기기도 했다.

그 시절 만년필의 대명사는 '빠이롯트'였다. 그리고 '아피스'라는 만년필이 뒤를 이었다. 빠이롯트는 신화사라는 회사에서 생산했는데 1980년대 중반까지만 해도 이 회사는 상당한 대기업이었다. 종각 옆에는 지금도 빠이롯트 전시장이 있다. 집안이 조금 넉넉한 아이는 대부분 빠이롯트를 썼고 더 부자인 아이는 미제 파카를 썼다. 빠이롯트와 파카는 만년필의 라이벌이었다. 파카의 가격은 기억나지 않지만 빠이롯트는 2,000원 정도였던 것으로 떠오른다. 그리고 독일제 로텍스 만년필도 사랑을 받았다. 이 만년필은 튜브가 없었으며 만년필 끝을 돌려 잉크를 넣는 방식이었다. 독일제답게 글씨도 잘 써지고 고장도 나지 않았는데 값이 굉장히 쌌다. 800원이었던 걸로 기억난다. 이 만년필은 지금도 생산된다.

빠이롯트 만년필 광고

요즘 사람들이 많이 사용하는 몽블랑(독일), 쉐파(미국), 라미(독일), 크로스(미국), 워터맨(프랑스), 펠리칸(독일) 등은 구경조차 하지 못했으며 그런 만년필이 있는지조차 몰랐다. 나는 어른이 되어 빠이롯트, 아피스, 파카를 포함해 위에 열거한 모든 만년필들을 다 사용해 보았는데 개인적으로는 라미와 플래티넘(일본)이 가장 좋았다. 김소운의 수필에 '콩쿠링'이라는 만년필 브랜드가 등장하는데 그 만년필을 실제로 보진 못했다.

한때 만년필은 필수품이었지만 이제 시대의 소명을 다한 물건이 되었다. 또 사용하는 주체와 용도도 달라졌다. 학생에서 어른으로 이동했고 '필기'에서 '부의 과시'로 변한 것이다. 오늘날 값비싼 만년필들이 다시 사람들의 사랑을 받고 있다고는 하지만 만년필은 '그러라고 만든 물건'이 아니다. 무언가를 창작하고 기록하고 공부하라고 만든 것이다. 고뇌의 동반자이다.

오늘날 1,000만 원이 넘는 만년필이 심심치 않게 팔린다는 소식을 들으면 그 옛날 펜촉에 잉크를 찍어 공부했던 우리의 가난한 자화상이 떠오른다. 그래도 그 시절이 더 아름답고 행복하지 않았던가?

운동회

만국기 펄럭이던
그 푸르른 날

소풍, 수학여행, 운동회는 초등학생들의 늘 손꼽아 기다리는 날
이다. 그 옛날 우리가 국민학교를 다녔던 그때도 그랬다. 하지만 앞으로
도 그럴지는 알 수 없다.

소풍과 수학여행은 아이 혼자만의 행사였으나 운동회는 온 가족의 행
사였다. 지금은 운동회에 아빠가 따라가는 일이 드물지만(오히려 늘었다고
주장하는 사람도 있다) 옛날엔 아버지, 할머니, 할아버지, 이모, 고모 등 온
가족이 학교로 몰려들었다. 학교의 최대 행사였고 한 마을의 잔치였다.

다만 아쉬운 점이 있었다면 그날 하루의 운동회를 위해 길게는 한 달
정도 연습을 해야 했다는 사실이다.

저학년 아이들은 공굴리기, 오재미 던져 박 터트리기 등 오락성 놀이에 그쳤지만 고학년 아이들은 차전놀이, 기마전, 부채춤, 맨손체조(아쉽게도 이것의 정식 명칭이 생각나지 않는다. 대략 150명의 남자 아이들이 체육복 차림으로 물구나무서기, 탑 쌓기 등을 하는 체조였다. 1단계에서 10단계 정도 되었는데 완벽한 체조를 위해 거의 한 달을 연습했다), 곤봉 돌리기(이것도 만만치 않다), 매스게임 등 여러 행사를 준비해야 했다. 그러면서 선생님에게 많이 얻어터졌다(우리가 국민학교를 다니던 1970~80년대에는 선생님에게 맞는 일은 일상다반사였다).

그러나 비록 연습은 고되었지만 운동회는 즐거웠다. 청군과 백군을 구별하기 위해 모자를 뒤집어쓰고 또는 파란 끈으로 질끈 묶고 학교에 가면 만국기가 휘날렸다. 운동장에는 흰 선들이 사방으로 그어 있고 선생님들은 마이크 테스트를 하느라 바빴다. 희한하게도 예전에는 운동회 전날 '총연습'이 있었다. 운동회 당일과 똑같은 순서로 운동회를 진행하는 것이었는데 그러면서 잘못된 부분을 고치고 다음날의 완벽을 기했다. 마치 올림픽을 치르기 위해 올림픽을 미리 여는 것과 똑같은 것이었다. 오늘날의 운동회는 아이의 심신을 길러주기 위한 즐거운 놀이지만 옛날에는 학부모에게 보여주기 위한 행사였기 때문이다.

수십 개의 천막이 운동장 가장자리에 쳐 있고 그 아래에는 긴 나무의자들이 일렬로 놓여 있었다. 학부모들은 잘난 내 자식의 모습을 가까이에서 보려고 일찌감치 몰려와 자리를 잡았고 아이들은 모처럼 학교에 온(어쩌면 1년에 한 번) 엄마에게 돈을 타내 군것질을 하곤 했다. 내 기억으로 많으면 50원, 보통은 30원이었다. 운동회가 열리면 학교 앞은 새벽부터 장사들이 진을 쳤다. 막대사탕, 꿀떡, 하드, 뽑기 등 주로 불량식품(어른들의 시각에서만)을 파는 장사치들이었다. 아이들은 땀나는 손에 10원짜리를 움켜쥐고 그들에게 달려가곤 했다.

최고의 하이라이트는 릴레이

운동회에는 세 번의 하이라이트가 있었다. 그 중 하나는 점심시간이다. 지금은 한 가정에 아이가 많아야 둘이지만 그때는 보통 네 명에서 여섯 명이었다. 두 살 터울로 같은 학교를 다니면 많게는 세 명의 아이가 한 날에 운동회를 하는 것이므로 도시락을 펼쳐 놓으면 적어도 열 명이 함께 먹게 된다. 그야말로 1년에 한 번 맞는 가족 소풍인 셈이다.

또 하나의 하이라이트는 100미터 달리기이다. 운동회에서 아이와 부모에게 가장 중요한 경기였다. 아이는 어떤 일이 있어도 3등 안에 들어 상품을 받아야 했고(연필 한 자루), 부모는 내 아이의 삶이 이 달리기에 달려 있는 것처럼 응원을 했다. 탕! 화약 냄새 풍기는 출발신호와 함께 힘

릴레이 경주에서 역전을 하면 운동회의 영웅이 되었다.

차게 달려나가는 아이는 3등 안에 들지만 단 1초라도 늦으면 내년을 기약해야 했다. 그래서 어떤 아이는 100미터 달리기에서 상을 받지 못하면 통한의 눈물을 흘리곤 했다.

100미터 달리기 외에도 운동회에서는 많은 경기가 있었다. 엄마 찾아 달리기, 줄다리기, 공굴리기, 장애물 경기, 2인 3각 달리기, 오재미 던지기, 율동, 차전놀이, 전통무용, 발레 등이 그것이다. 지금은 어떤 것은 사라졌고 어떤 것들은 새로 생기고 있지만 형식은 비슷비슷하다(축구와 야구 같은 경기는 하지 않았다).

운동회의 최고 하이라이트는 역시 릴레이다. 특히 릴레이의 긴박감과 흥분 그리고 호쾌함은 잊지 못할 추억거리이다. 1학년부터 6학년까지 선발된 선수들이 청군과 백군으로 나눠 출발선과 반대편에 진을 치고 아이들은 운동장의 둥그런 트랙을 따라 줄지어 앉는다. 그리고 출발 총성이 울리면 힘차게 앞으로 달려나간다. 운동장 반을 돌아 반대편 아이에게 바통을 건네주면 다음 주자 역시 힘차게 달려나간다. 운동장이 떠나갈 듯한 아이들의 고함과 비명, 그때의 스릴이란! 아이들은 앞서거니 뒤서거니 달리고, 뒤지던 아이가 발군의 실력으로 앞의 아이를 따라잡으면 운동장은 흥분의 도가니에 빠진다.

앞선 아이는 추월당해서는 안 되고 뒤의 아이는 필사의 노력으로 그를 따라잡아야 한다. 그때 바통을 놓친다. 아, 통한의 함성! 그렇게 되면 승부는 역전되고 바통을 놓친 아이는 두고두고 역적이 된다.

그렇게 릴레이가 끝나면 운동회도 끝난다. 청군 백군의 종합점수가 발표되고 신세기체조를 한 번 한 뒤 집으로 돌아간다. 만국기는 여전히 펄럭이고 환호성이 남아 있는 운동장과 아쉬움을 뒤로 한 채……

이제 운동회를 하지 않는 초등학교가 갈수록 늘어나고 있다. 간소하게 달리기나 줄다리기 몇 번을 하고는 끝내는 학교가 갈수록 늘어난다. 공부에 도움이 되지 않는다며 폐지하라는 학부모의 입김과 시끄러우니까 하지 말라는 주변의 민원이 많기 때문이란다. 몇십 년 후 운동회는 사전에만 존재하는 단어가 될지 모르니 매년 운동회를 했던 우리는 그 얼마나 행복한가!

그 수재들은
지금 어디서 무얼 할까

'하이든 트럼펫 협주곡 Eb장조 3악장'을 아는가? 잘 모를지라도 그 음악은 엄청나게 많이 들었을 것이다. 아마 그 음악을 듣는 순간 "아, 장학퀴즈" 하며 무릎을 칠 것이다. 혹 그때의 그 수재들이 떠오르는가?

전국의 수재 고등학생들(우리 처지에서 보자면 '재수탱이들')이 모여 지식과 지혜를 겨루었던 퀴즈 프로그램인 〈장학퀴즈〉는 1970년대에 공부 잘했던 고등학생들의 일대 로망이었다. 이 퀴즈대회에 참가하는 자체만으로도 개인의 영광이자 학교의 명예를 드높이는 일이었다. 1973년 2월 시작되었으니 자그마치 37년이나 지속되고 있는 장기 프로그램이다(이 퀴즈대회가 없어졌다고 생각하는 60년대생이 있을지 모르겠다. 이 프로그램은

EBS에서 지금도 하고 있다).

당시에는 고교 입시가 지금처럼 뺑뺑이(연합고사)가 아니라 완전한 시험제도(선지원 후시험)였다. 이른바 말하는 명문 고등학교에 진학하기 위해 중학생들은 지금의 고등학생 못지않게 불철주야 공부를 했다. 그래서 탄생한 명문 고등학교가 전국 각지에 포진하고 있었으니 대략 다음과 같다.

전국 1위는 경기고(여학교는 경기여고)이며 서울고, 휘문고, 대광고, 용산고, 중앙고, 경복고, 대전고, 경북고, 부산고, 전주고, 광주일고, 제주오현고 등이 이름을 날렸다(이외에도 많다). 이들 학교를 비롯해 전국의 내로라하는 학생들이 참여해 실력을 겨룬 것이 바로 MBC의 〈장학퀴즈〉이다. 처음에는 일요일 아침에 방송되었는데 그 후로는 정확히 기억나지 않는다. 진행자는 명 아나운서 차인태였으며(여자 아나운서는 몇 차례 바뀌었다) 그는 이 프로그램을 통해 지적인 아나운서로 확실히 자리매김을 했다. 그는 1990년까지 무려 17년 동안 이 방송을 맡았다. 손석희도 한때 진행자였다.

처음 방송을 탔을 때만 해도 부모들은 초중학교에 다니는 자식들을 TV 앞에 억지로 앉혀놓고 보도록 했다. 나의 아버지 또한 이 프로를 몹시 찬양했는데 다섯 자식에게 "출연자보다 먼저 다섯 문제를 맞히면 100원을 주겠다"고 선포를 했다. 초등학생이었던 나와 중학생 두 누나는 기필코 100원을 받겠다는 각오로 일요일 오전이면 TV 앞에 앉아 귀기울여 문제를 들었지만 출연자보다 먼저 정답을 맞히기란 불가능했다. 1년쯤 지난 어느 날 우여곡절 끝에 내가 세 문제를 맞힌 적이 있다. 그중 한 문제는 지금도 기억한다. '중국 근대화, 건국' 어쩌고저쩌고하는

전국 수재들이 실력을 겨루었던 〈장학퀴즈〉. 1973년에 MBC에서 시작하여 2010년 현재 EBS에서 명맥을 유지하고 있다.

문제였는데 부저를 누른 학생은 '장개석'이라고 답했고 나는 '손문'이라고 외쳤다. 내가 정답이었다. 그러나 세 문제로 끝이었다. 비록 100원을 받지는 못했지만 세 문제라도 맞혔으니 장하지 않은가?

비록 출전하지는 못했지만

〈장학퀴즈〉는 어찌 보면 순발력 게임이다. 다섯 명이 출전해 실력을 겨루었는데 남녀 학생들이 4대 1 또는 3대 2로 섞였고 주 장원, 월 장원, 기 장원, 연말 장원의 순서로 이어졌다. 단연코 경기고 학생들이 독보적이었다. 그들은 모두 잘생겼고 언변이 뛰어났으며 그렇게 똑똑할 수가 없었다(그렇게 보였다).

일부 학자와 교수들은 고교생을 대상으로 한 그러한 퀴즈프로그램은 순간적인 지식(또는 상식)을 짜내 정답을 맞히는 것에 불과하기 때문에 바람직하지 않다고 반론을 폈지만(지식보다는 창의성과 상상력, 끈질긴 연구정신이 더 필요하다는 논리) 그 반론은 그다지 주목 받지 못했다. 학생들의 학습의욕을 자극하고 그들에게 장학금을 준다는데 그 누가 반대할 것인가? 이 목적 하나만으로도 이 프로그램은 영원히 지속될 가치가 있다.

후원사는 선경과 유공(지금의 SK)이었는데 나는 선경 단독 광고만 기억난다. 상품 광고보다는 주로 기업이미지 광고였다. SK는 지금도 이 프로그램을 후원하고 있다.

장학퀴즈는 시작 이후 2009년 8월 말까지 총 1,831회가 방영되었다(1996년에 4개월 동안 중단된 적이 있다). 참으로 길고 긴 프로그램이다. 하지만 이 책을 읽는 독자 대부분은 이 퀴즈대회에 참여하지 못했을 것이다. 우리의 대부분은 공부 못하는(또는 어중간하게 했던) '고삐리'였지 않은가? 그래도 그것을 열심히 보았고 우승한 아이들을 부러워했다. 장학퀴즈가 잘난(또는 재수 없는) 아이들의 잔치였을지라도 60년대생을 키운 바탕임에는 분명하다. 아직도 우리 귀에 울려 퍼지는 하이든의 음악을 추억하며 내 자식이 장학퀴즈에 출전해 우승자가 되기를 꿈꾸어보자.

memoris
채변검사

깜빡 놓고 왔으면
남의 똥이라도

우리는 똥을 싸서 그 똥을 우표딱지보다 조금 더 큰 비닐봉지에 담아 학교에 가져가야 했다. 그리고 봉투에 이름을 쓴 다음 선생님에게 제출해야 했다. 요즘 아이들에게 똥을 싸서 가지고 오라고 한다면 대통령이 이 사태의 책임을 지고 물러나야 할지도 모른다.

하지만 그런 보건시스템이 있었기에, 또 그런 보건시스템을 전국에 걸쳐 수십 년 동안 지속시켜왔기에 우리가 이만큼이라도 건강하게 사는 것이다. 여하튼 똥을 한 무더기 싼 후 그것을 나무막대기로 조금 찍어 봉투에 넣는다는 것, 그것을 터지지 않게 조심스레 학교에까지 가져가야 한다는 것, 그것을 반장에게 내야 한다는 것은 참으로 꾸질꾸질한 노

룻이었다.

멍청하게스리 깜빡 똥봉투를 집에
두고 왔다면 그것보다 더한 낭패는 없
었다. 후다닥 화장실로 달려가 똥을 싸
면 다행이지만 똥이 나올 기미가 없을
경우 화장실에서 아무 똥이나 막대기
로 건져 제출해야 했다(1980년대 중반까
지만 해도 학교 화장실은 대부분 재래식이
었고 운동장 제일 구석에 있었다).

기생충 박멸의 큰 공을 세운 채변검사

거기서 똥 소동이 끝나면 참으로 다행이다. 그러나 한 달여가 지난 다
음 종례시간에 선생님이 커다란 봉투를 들고 들어오시면 교실은 그야말
로 난리가 난다. 제발 내가 걸리지 않기를 간절히 기도하지만 기도가 강
렬할수록 꼭 호명 당한다.

얼굴이 빨개져 앞으로 나가면 흰 알약을 적게는 5개, 많게는 20개씩
건네주셨다. 몸에 기생충이 많은 것은 우리의 잘못이 아니기에 야단을
치거나 나무라거나 하지는 않으셨다. 약을 나눠주는 선생님도 가슴이
아팠으리라. 어떤 선생님은 교탁에 주전자와 컵을 가져다 놓고 약을 그
자리에서 먹도록 했다. 행여 내버릴까 봐서였다.

채변검사는 언제 시작했을까

채변검사는 '기생충질환 예방법'에 따라 1966년 전국의 초·중·고교생을 대상으
로 의무적으로 실시되었다(박정희가 대통령이 된 지 4년 후이다). 1996년 감염률이 0퍼센트
가까이 떨어지면서 폐지되었다.

약을 먹는 일이 똥을 내는 것보다 더 싫어

기생충약을 먹으면 며
칠 후에 소식이 온다. 대변을 볼 때 항문에서 무언가 기다란 것이 빠져
나오고 있음을 느끼는 것이다. 그 느낌이 싫어 우리는 약 먹기를 극도로
싫어했지만 강제로 먹이는 약이니 먹지 않았을 수 없었다. 다행히 기생
충이 몸에서 완전히 분해되는 약이 몇 년 후에 개발되어 약을 꺼리는 일
은 사라졌다.

기생충이 우리 몸 안에 생존한다는 사실은 불쾌하기 짝이 없지만 달
리 생각해보면 농약을 그만큼 사용하지 않았다는 증거이기도 하니 일장
일단이 있다. 하지만 그럼에도 기생충은 없는 것이 월등히 낫다.

자라나는 학생들의 똥을 검사하고 이를 바탕으로 건강을 증진시키는
방법을 누가 착안했는지는 모르지만 우리는 그에게 감사해야 한다. 그
렇지 않았다면 가난했던 그 시절에 먹는 것 모두를 회충, 편충, 십이지
장충, 촌충, 요충에게 모두 빼앗겼을 테니까.

비록 더럽고 찜찜하긴 했으나 채변검사는 우리의 건강을 지켜준 수호
신 중 하나였다. 그러므로 그 똥 검사에 깊은 감사를 표해야 한다.

memoris

펜팔

이국을 향한
단 하나의 창

중학교 2학년 때였던 1975년 어느 날, 한 녀석이 학교로 사진 서너 장을 가지고 왔다. 공부를 그다지 잘하는 녀석은 아니었고 이것저것 잡기雜技에 능한 녀석이었다. 녀석이 의기양양하게 우리 앞에 펼친 것은 놀랍게도 미국 여학생의 사진이었다. 잡지에서 오린 것이 아닌 실제 사진이었다.

　우리가 미국 여학생의 실제 사진을 본 것은 그때가 처음이었다. 그리고 마지막이었다. 그날 이후 나는 미국 여학생의 실제 사진을 본 적이 없다. 그때까지만 해도 우리나라 사진은 전부 흑백이었는데(컬러사진은 내 기억에 1977년부터 일반화되었다) 그 사진은 컬러였고 가슴이 무척 크고

그 시절 학생들의 로망, 펜팔

올리비아 핫세를 닮은 여학생이 정원(으로 추정되는)에서 원피스를 입고 찍은 사진이었다. 녀석은 어리둥절한 우리에게 자랑스럽게 입수 경위를 늘어놓았다.

"내가 펜팔을 했거든."

아, 펜팔! 꼭 해보고 싶었던 펜팔, 중고등학교 시절 누구나 한 번쯤 해보고 싶었던 펜팔, 그러나 돈이 없고 용기가 없어서 감히 엄두를 내지 못했던 펜팔, 그런데 녀석은 거금을 투자해 펜팔을 한 것이다. 그리고 무모함까지 투자해서.

우리는 사진을 돌려보며 부러운 눈길로 그 녀석과 사진 속의 여학생을 바라보았다. 그러다가 누군가가 말했다.

"펜팔을 할 거면 기왕이면 나이를 맞춰서 하지, 왜 이렇게 나이 많은 여자하고 했니?"

"짜식, 멍청하기는, 얘 중학교 2학년이야."

우리는 놀라 자빠질 뻔했다. 사진 속의 여자는 아무리 보아도 스물세 살이었다. 그런데 우리와 똑같은 열여섯 살이란다. 미국 사람들이, 특히 여자가 한국 사람보다 더 성숙하다는 얘기는 들어서 알고 있었지만 이렇게 성숙할 줄이야! 우리는 혀를 내둘렀다.

펜팔은 1980년대 초반까지 성행했던 외국인과의 유일한 교류수단이었다. 펜팔 외에는 다른 방법이 거의 없었다. 그래서 많은 학생이 펜팔을 시도했다. 당시 학생잡지에는 펜팔 광고가 여럿 실렸는데 펜팔을 하기 위한 어려움은 딱히 없었다. 영어로 편지를 작성하는 것은 그다지 문제가 되지 않았다. 서너 명의 친구들이 모여 머리를 짜내면 편지 한 장 정도는 너끈히 쓸 수 있었다. 예컨대

Hello,

My name is KIM, Ho Kyung who are a senior in the middle school in Korea.

I'm very glad to meet you by the mail. I've been studying to enter the high school in next year. Even though we live far apart between the Pacific, I think that we could see together someday.

Now, it is summer in Korea. When in summer, the Koreans go to the beach and mountain. However, I can't go anywhere because of study.

이런 식이었다. 문제는 돈이었다. 정확히 기억나지는 않으나 펜팔 친구를 소개받으려면 펜팔회사로 우표 17장을 보내야 했다. 무려 17장. 우리에게는 큰돈이었고 그 돈을 부모님에게 청구하기도 어려웠다. 또 지속적으로 펜팔을 유지하려면 계속 우편비가 들어야 했는데 그 돈을 감당하기도 쉽지 않았다. 나 역시 영어 공부를 좀 해볼까 하는 마음에 몇 번 펜팔광고를 오려 책가방에 넣고 다녔지만 끝내 하지 못하고 말았다. 어떤 의미에서는 용기가 없어서 못한 것이다.

신문에 실린 펜팔광고

중학교 동창 중에 유일하게 펜팔을 했던 그 녀석은 그 후 대나무로 만든 지게, 조잡한 전통인형, 쥘부채 등을 사서 미국으로 보내곤 했다. 하지만 답례품은 받지 못했다. 어쩌면 우리에게 보여주지 않고 혼자서만 보았는지도 모른다. 지금도 펜팔이라는 것을 하는지 잘 모르겠다. 그 옛날의 펜팔회사가 여전히 존재하는지도 잘 모르겠다. 요즘 중고생들은 외국 학생들과 인터넷으로 교류를 하지 않을까 싶다. 옛날보다 편해지고 돈도 그리 들진 않겠지만 재미와 설렘은 덜할 것이다.

비록 단 한 번도 외국인과 편지를 주고받지는 못했으나 그 옛날 학생 잡지에 실렸던 펜팔광고를 잊지 못하는 이유는 바다 건너의 사람을 친구로 사귀고 싶은 마음과 호기심이 지금도 간절하기 때문이다.

참되어라 바르거라 일깨워주신

우리 모두에게는 결코 잊을 수 없는 사람이 여럿 있다. 그 사람들 중 한 분이 선생님이다. 국민학교 때부터 고등학교 때까지 우리를 가르치셨던 선생님. 정상적으로 학교를 다녔다면 12명의 담임선생님이 계신다. 전학을 가거나 도중에 선생님이 바뀌었거나 학교를 중도에 그만두었다면 이 숫자가 줄어들거나 늘어나기도 하겠지만 여하튼 대개 12분이 존재한다. 무려 12분이나 되는데도 나는 희한하게도 그 이름을 전부 기억하고 있다. 물론 국민학교 1, 2학년 때의 선생님은 너무 오래돼 기억이 가물가물하지만 앨범을 펼쳐보면 기억이 날 것 같다.

선생님이라는 존재는 어떤 의미에서 보면 한 명의 인간 또는 어른, 선

그때 선생님이 계셨기에 오늘의 내가 있다

배에 불과할 수 있으나 한 인간에게 끼친 영향은 막대하다. 막대하지 않다 해도 우리는 선생님을 영원히 잊지 못한다. 꼭 담임선생님만 잊지 못하는 것이 아니라 과목 선생님도 잊지 못한다. 영어를 가르쳤던 선생님, 물리를 가르쳤던 선생님.

요즘 학교 선생님들은 나이도 젊고 옷도 세련되게 입고 어떤 선생님은 테리우스(캔디의 남자 주인공)처럼 머리를 갈색으로 염색도 하지만 우리가 학교를 다녔던 그 시절에는 오로지 근엄, 그 자체였다. 언제나 양복에 넥타이 차림이었고 나이도 한결같이 많았고, 수업시간에 농담은 찾아볼 수도 없었고 오로지 수업만 하셨다. 또는 잔소리 아니면 꾸중, 훈계, 설교……

하지만 그 꾸중과 훈계, 지긋지긋한 설교 덕분에 오늘날 우리가 있는 것이다. 그 선생님이 아니었다면 우리는 존재할 수 없었다. 그래서 부모와 스승은 한 몸이라 하지 않는가.

1970~80년대에는 학교에서 매를 맞는 일이 일상다반사였다. 내가 잘못해서 맞는 일도 있었으나 단체로도 맞고 억울하게도 맞았다. 출석부로도 맞고 막대기로도 맞고 주먹으로도 맞고 심지어 쓰레빠로도 맞았다. 엎드려뻗쳐서도 맞고 책상 위에 올라가서도 맞고 운동장에서 교련 시간에 M1 소총으로도 맞고 철봉에 매달린 채로도 맞았다. 지금은 '완전히' 라고 할 수는 없지만 학교에서의 매질이 많이 사라졌다.

그때는 그것이 아프고 기분이 나쁘고 억울했지만 지금 생각해보면 그것마저 추억이며 고맙기까지 하다. 그 매가 없었다면 나는 지금 어떤 사람이 되어 있을까?

안 좋은 추억이 있어도 이제는 잊기를

이재봉 선생님은 내가 고1 때의 담임이자 수학선생님이다. 나는 수학을 지독히도 못했는데 선생님은 내가 수학을 잘해서 좋은 대학에 가도록 하려고 무진장 애를 쓰셨다. 하지만 나는 그 은혜에 보답하지 못하고 시시껄렁한 대학(나의 모교를 비난할 의도는 없다)에 가고 말았다. 더 아쉬운 점은 이재봉 선생님은 고1이 끝난 시점에 다른 학교로 전근을 가셨고 나는 그날 이후 선생님을 한 번도 뵙지 못했다는 사실이다. 무려 32년 전이다. 이제 이재봉 선생님은 정년퇴직을 하시고 편안한 삶을 살고 계실 것이다. 그동안 한 번도 찾아뵙지 못한 것을 생각하면 정말이지 죄송하고 또 죄송하다.

이 책을 잠시 덮고 그대의 집 어딘가에 꽂혀 있는 졸업앨범을 꺼내보라. 거기 근엄한 표정으로 당신을 바라보는 선생님 한 분 한 분을 떠올려보라. 그 많은 선생님 모두가 당신의 밝은 미래를 위해 애쓰신 분이다. 당신에게 글자를 가르쳐주셨고 숫자를 가르쳐주셨고 세상의 이치를 가르쳐주셨고 그것을 바탕으로 제 몫을 다하는 한 인간이 되기를 바라셨다. 그 희망에 당신은 얼마나 보답을 했는가?

선생님은 등대와 같은 존재이다. 묵묵히 불을 밝혀 제자들이 목적지에 제대로 도착해 훌륭한 사람이 되기를 바라신다. 만일 여러분의 마음에 어떤 선생님에 대한 안 좋은 추억이 있다면 이제 그 나쁜 추억은 잊기를 바란다. 이제 우리는 어른이 되었고 우리의 후배들이 훌륭한 사람이 되도록 이끌 책임이 있기 때문이다.

이 세상 그 누구도 선생님만큼 위대하고 사심 없고 헌신적인 사람은 없다. 그런 선생님들이 계셨기에 오늘의 내가 있는 것이다.

그리고 아직도
못다 한 이야기

이제 길고 긴 이야기를 마치려 한다. 그러나 아직도 무언가 아쉬운 점이 있다. 60년대생의 삶에 영향을 끼친 것들(사람·사건·사고)은 이외에도 많다. 그 시절의 이야기를 더 하고 싶지만 나머지는 여러분의 추억으로 남겨두고자 한다.

2009년 선종한 김수환 추기경, "산은 산이요 물은 물이로다"라는 법어를 남기고 1993년 열반한 성철스님, 가수 최백호와 그의 노래 〈입영전야〉, 26년 동안 전국노래자랑을 맡고 있는 송해(본명 송복희), "지구를 떠나거라"라는 명언을 남긴 개그맨 김병조, 1976년 타계한 모택동(우리

가 어렸을 때 "두 말하면 잔소리, 세 말하면 공산당, 네 말하면 모택동"이라는 말
이 있었다. 그래서 나는 이 남자를 교과서에서 배우기도 전에 알았다), 《서 있는
사람들》과 《무소유》 등의 걸작을 남긴 법정스님(2010년 3월 열반), 전두환
에게 밀려난(것으로 추정되는) 최규하 대통령(2006년 10월 타계), 드라마의
여왕 김수현(새엄마, 신부일기, 여고동창생, 후회합니다, 청춘의 덫, 사랑과 진
실, 사랑과 야망, 사랑이 뭐길래 등), 1960~70년대 트로이카 윤정희 · 문
희 · 남정임, 1970~80년대 트로이카 유지인 · 장미희 · 정윤희, 미국 대
통령을 지낸 지미 카터와 로널드 레이건, 소련 소설가 솔제니친, 1973년
사라예보에서 열린 세계탁구선수권대회에서 우승한 이에리사(그녀는 귀
국과 동시에 카퍼레이드를 했고 이름도 멋진 그녀 덕분에 대한민국 전국 곳곳에
탁구장이 생겼다), 우리나라 올림픽 역사 최초로 금메달을 획득한 양정모
(레슬링), 팝의 제왕 엘비스 프레슬리(이 사람이 팝의 제왕인 것은 분명하지만
이 사람의 노래는 그다지 추억이 없다), 박정희 시절 중앙정보부장을 지낸 이
후락(2009년 타계), 1980년대 《한국청년에게 고함》이라는 책으로 대학생
들의 우상이 되었던 연세대 교수 김동길(그는 박정희 시절에 온몸으로 항거
한 민주투사였으며 여러 차례 감옥에 갇히기도 했다), 역시 1980년대 《자주 고
름 입에 물고 옥색치마 휘날리며》로 민주화운동의 선봉에 선 백발의 민
주투사 백기완, 《씨올의 소리》로 유명한 함석헌과 목사 문익환, 〈아침이
슬〉의 가수 김민기, 변함없는 큰누나처럼 언제나 우리 곁에 있는 양희
은, 〈공항 시리즈〉 노래를 불렀던 허스키한 가수 문주란, 〈아름다운 사
람〉이라는 명곡을 남긴 서유석, 댄스가수의 원조 소방차, 쇼프로그램의
단골 출연자였던 여대영과 그 악단, "나는 공산당이 싫어요"라고 외쳤
다는 이승복(어떤 사람은 그가 "나는 콩사탕이 싫어요"라고 외쳤다고 주장한다),

부하가 잘못 던진 수류탄을 몸으로 덮어 산화한 강재구 소령(우리는 이 사람을 교과서에서 배웠다), '사쿠라' 논쟁을 불러일으킨 신민당 국회의원 이철승, 58년 개띠생인 팝의 황제 마이클 잭슨……. 이 모든 사람들이 우리와 함께 했다. 그들에게 박수를!

이현세의 만화 《공포의 외인구단》, 허영만의 《각시탈》과 《카멜레온의 시》, 일본 만화 《아톰》과 《바벨 2세》, 《황금박쥐》, 《올훼스의 창》, 《유리가면》, 《베르사이유의 장미》, 벰, 베로, 베라가 나오는 《요괴인간》……. 모두가 잊지 못할 명작이다. 이 외에 길창덕의 《꺼벙이》 시리즈, 이상무의 《독고탁》 시리즈, 임창의 《땡이》 시리즈, 프랑스 레지스탕스 만화를 즐겨 그린 이근철('류근철' 인지도 모른다. 나는 이 사람의 만화를 정말 잊지 못한다. 딱 한 번만 이 사람의 만화를 보았으면 죽어도 소원이 없을 정도다), 이두호의 《타이거 마스크》 등이 우리와 함께했다. 그들에게 박수를!

10월유신에 의해 만들어진 통일주체국민회의(이들이 대통령을 뽑았다)와 유신정우회(유정회), 전국 방방곡곡을 누빈 삼천리호 자전거, 1976년부터 매월 25일 열린 반상회, 온갖 동물의 신기함을 보여주었던 TV 프로그램 〈동물의 왕국〉, 뜻도 모르고 보았던 AFKN(1996년 4월 30일에 사실상 폐지), 전국을 눈물바다로 만든 〈이산가족 찾기〉, 1979년 4월 어느 날, 하루아침에 공중으로 사라져버린 율산그룹과 창업자 신선호, 우리 국군들의 활약상과 군의 현대화를 보여준 〈배달의 기수〉, 모든 국민이 입었던 속옷의 대명사 쌍방울, 백양, 독립문, 1974~75년 언론 탄압으로 시작된 동아일보 광고사태(동아일보가 그때의 기백과 정신을 지금까지 지켰더라면 얼마나 좋았을까), 소형 카세트 워크맨과 마이마이, 게임방 게임의 대명사 갤러그, 슈퍼마리오, 테트리스, 중고등학교 시절에 열심히 배운 한문

漢文, 1980년대에 열심히 읽었던 《아무도 미워하지 않는 자의 죽음》, 1976년 창간돼 1980년 신군부에 의해 강제 폐간된 《뿌리깊은 나무》, 대학생 가방의 대명사 쓰리세븐(777), TV쇼 〈토요일 토요일 밤에〉, 〈젊음의 행진〉, 옛날 드라마 〈아씨〉, 〈113 수사본부〉, 1972년 KBS에서 방영돼 전 국민의 사랑을 받은 불멸의 드라마 〈여로〉(장욱제, 태현실, 박주아 주연. 극 중 장욱제의 이름은 '영구'이다. 그날 이후 영구는 바보의 대명사가 되었다), 1977년 개봉되어 지금도 이어지는 〈스타워즈〉 시리즈, 알베르 카뮈의 소설 《이방인》, 생텍쥐베리의 《어린왕자》, 대한민국 모든 다방의 탁자 위에 놓여 있었던 비사표성냥, 현대에서 만든 앙증맞으면서도 세련된 국산자동차 포니, 대부분 남자들이 거쳐 간 논산훈련소, 12시에 만나요 부라보콘, 우정의 거북이 광주고속, 1982년 시작돼 숱한 역사적 기록을 남기면서 지금까지 지속되는 프로야구(MBC 청룡, 두산 OB베어스, 해태 타이거즈, 롯데 자이안츠, 삼성 라이온즈. 삼미 슈퍼스타스, 빙그레 이글스, 쌍방울 레이더스, 청보 핀토스, 태평양 돌핀스, 현대 유니콘스, SK 와이번스, LG 트윈스, 기아 타이거즈, 한화 이글스, 히어로즈) 등이 우리와 함께 했다. 그들에게 박수를!

그동안 수고 많으셨습니다

이제 촌스러운 질문 하나를 던져보자.

"세상에서 가장 중요한 것은 무엇일까?"

돈? 명예? 건강? 사랑? 가족? 직업? 시간? 봉사? 그렇다. 다 중요하다. 세상을 살아가는 데 있어서 꼭 필요한 것들이다. 그러나 이들보다 더 중요한 것이 있다. 바로 '나'다.

꽃이 피는 봄도, 뜨거운 태양이 내리쬐는 여름도, 낙엽이 흩날리는 가을도, 흰 눈이 펄펄 내리는 겨울도 내가 없으면 다 소용이 없다. 경주도, 부여도 내가 없으면 아무런 소용이 없다. 수사반장도, 김일도, 민주주의도, 삼양라면도 내가 없으면 다 부질없는 짓이다. 재미있는 소설도, 아름다운 시도, 손에 땀을 쥐는 스펙터클 영화도 내가 없으면 다 무용지물이다.

그러기에 내가 이 세상의 주인공이다. 내가 있음으로써 이 모든 것이 존재한다. 지금까지 우리가 되돌아본 모든 것은 내가 있음으로 해서 빛을 발했고 가치가 있었고 의미가 있었다. 그러므로 이 책의 주인공은 결국 '나'다.

우리는 1960년대에 태어나 많은 우여곡절과 사건·사고를 겪으면서 어른이 되었다. 1960년에 태어난 사람은 만 50세가 되었고 1969년에 태어난 사람은 40세가 되었다. 길다면 길고 짧다면 짧은 세월을 살아오면서 꿈을 이룬 사람도 있고 꿈을 잊어버린 사람도 있다. 꿈을 이루었든, 사회적 저명인사가 되었든, 재벌이 되었든, 가난한 소시민이 되었든, 농부가 되었든 우리에게는 한 가지 공통점이 있다. 아직 '존재'한다는 사실이다. 숱하게 많은 사건과 사고를 거치면서도 당신은 용케 생을 유지했고 이렇게 오늘을 살고 있다. 그 존재에 박수를 보낸다.

돌아보면 우리는 한 일이 많다. 가난한 1960년대에 태어나 액션의 1970년대를 보내고 격동의 1980년대를 온몸으로 항거하면서 보냈으며 발전의 1990년대를 이룩했다. 이 역사의 흐름에서 아무것도 하지 않았다 해도, 그냥 조용히 학교에 다니고 조용히 결혼을 하고 조용히 사회인이 되었다 해도 그대는 대한민국 역사에서 큰 역할을 했고 자신의 인생에 충실했다. 그 역할과 충실함에 진정 뜨거운 박수를 보낸다.

하지만 더 중요한 것이 있다. 이제 그대 앞에 펼쳐진 나날들이다. "몸은 늙어도 마음은 청춘"이라는 말처럼 우리는 비록 40대, 50대가 되었지만 마음은 여전히 20대 초반, 언제나 싱그러운 청춘이다. 그 청춘의 마음으로 우리 60년대생은 더 많은 일을 해야 한다. 역사가 우리에게 부여한 소명을 다 이루었다고 생각해서는 안 된다. 진짜 인생은 이제부터 시작이라는 마음으로 새로운 삶을 시작해야 한다. 그 새로운 출발에 뜨거운 박수를 보낸다.

1960년 1월 1일부터 1969년 12월 31일까지, 그 사이에 태어난 모든 60년대생이여, 우리의 아름다운 지난날을 잊지 말자. 그 아름다움을 바탕으로 더 멋진 인생을 살자. 존재한다는 그 자체만으로도 얼마나 멋진 일인가? 그러기에 이 책의 주인공은 바로 당신이다. 바로 '나' 다.

1960년대생이여! 그동안 정말로 수고 많으셨습니다.

부록

지난 50년간의 국내외
10대 뉴스(1960~2009)

* 이 뉴스는 각종 신문과 인터넷 사이트를 참조했습니다.

국내 10대 뉴스	국외 10대 뉴스
1960년	
1. 서울역 집단 압사 사건	1. 소련, 영공 침범한 미국 정찰기 격추
2. 조병옥 민주당 대통령 후보 사망	2. 프랑스, 사하라서 원폭실험 성공
3. 3.15 부정선거	3. 케네디 미국 대통령 당선
4. 4.19 혁명	4. 제15차 유엔총회 개막
5. 이기붕 일가 자살	5. 제17회 로마올림픽 개막
6. 이승만 하와이 망명	6. FDA 피임약 승인
7. 아이젠하워 미 대통령 방한	7. 일본 전학련 국회 난입
8. 윤보선 대통령, 장면 내각 성립	8. 미국 민간여객기 뉴욕 상공서 충돌
9. 4.19 부상학생 국회 난입	9. OPEC 설립
10. 김일성, 남북연방제 제의	10. 일본, 아이젠하워 미국 대통령 방문 취소
1961년	
1. 중석불 사건	1. 경제협력개발기구(OECD) 정식 발족
2. 황윤석 판사 변사	2. 케네디-흐루쇼프, 빈에서 정상회담
3. 충주비료공장 준공	3. 동독, 베를린장벽 구축
4. 5.16 군사혁명	4. 다그 하마슐드 유엔사무총장 비행기 사고로 사망
5. 장면 내각 총사퇴	5. 콩고의 루뭄바 살해
6. 장도영 반혁명 사건	6. 미국, 쿠바 침공
7. 물가동결 조치	7. 소련 핵실험 재개
8. 박정희 미국 방문	8. 소련-알바니아 단교
9. 재향군인회 결성	9. 유대인 학살범 아이히만, 이스라엘에서 사형 선고
10. 민족일보 사건	10. 소련의 유리 가가린, 최초로 우주여행
1962년	
1. 연호, 단기에서 서기로 변경	1. 메릴린 먼로 사망
2. 제1차 경제개발 5개년계획 발표	2. 미국, 텔스타 통신위성 발사
3. 국토건설단 창단	3. 일본 열차 이중 충돌. 160명 사망
4. 정치활동정화법 공포	4. 중국-인도 군사 충돌
5. 윤보선 대통령 하야	5. 제2회 바티칸공의회
6. 증권 파동	6. 미국, 쿠바 해상봉쇄 선언
7. 제2차 통화개혁	7. 소련 보스토크 3호-4호 랑데부
8. 조두형군 유괴사건	8. 미얀마 쿠데타로 네윈장군 집권
9. 김종필-오히라 회담	9. 알제리-프랑스 7년 만에 정전협정
10. 헌법개정안 가결	10. 미국 최초의 유인궤도 성공

1963년

1. 정치활동 금지 해제
2. 혼분식 장려운동
3. 주가폭락으로 증권시장 마비
4. 공화당 창당
5. 4대 의혹사건 수사
6. 아시아영화제에서
   김승호-도금봉 남녀주연상 수상
7. 콜레라 유행
8. 제5대 대통령 선거 박정희 당선
9. 영친왕 이은(李垠) 56년 만에 환국
10. 제3공화국 발족

1. 케네디 미국 대통령 피살
2. 마틴 루터킹 목사, 비폭력 저항 선언
3. 키프로스 사태 악화
4. 베트남 쿠데타, 고 딘 디엠 피살
5. 미-소 직통전화 가설협정 조인
6. 교황 요한 23세 사망

7. 이탈리아 바이온트 댐 산사태로 4,000명 사망
8. 미국 핵잠수함 스레서호 대서양에서 침몰
9. 케냐, 영국으로부터 독립
10. 세계 최초 소련 여성 우주비행

1964년

1. 3분 폭리사건
2. 전국 결핵환자 100만 명
3. 무장군인 법원 난입
4. 6·3사태와 비상계엄 선포
5. 언론윤리위원회 법안 통과
6. 인혁당 사건
7. 국정감사권 부활
8. 신금단 부녀 상봉
9. 통일론 필화 사건
10. 박정희 대통령 서독 방문

1. 베트남 통킹만 사건
2. 흐루쇼프 해임, 브레즈네프 취임
3. 제18회 도쿄올림픽 개막
4. 중국 첫 원폭실험
5. 존슨 대통령, 신공민권법에 서명
6. 존슨, 미국 대통령 당선
7. 비틀스 미국에 선풍
8. 무하마드 알리 챔피언 등극
9. 페루서 축구경기 중 관중 난동 500명 압사
10. 파나마 반미 폭동

1965년

1. 제2한강교 개통
2. 월남 파병동의안 국회 통과
3. 중학입학시험 무즙 파동
4. 민정·민주 양당, 민중당으로 통합
5. 박정희 대통령 방미
6. 합성 마약 메사돈 파동
7. 한일협정 조인
8. 이승만 전 대통령 하와이서 서거
9. 서울에 위수령 발동
10. 한일국교 수립

1. 미국, 베트남 북폭 개시
2. 마르코스, 필리핀 대통령 당선
3. 슈바이처 박사 사망
4. 소련-미국, 우주 유영에 성공
5. 인도-파키스탄, 카슈미르 휴전
6. 영국 윈스턴 처칠 사망
7. 미국 우주선 제미니 7호-6호 발사
8. 인도네시아 9.30사건 발생
9. 싱가포르 독립
10. 미국 흑인 지도자 말콤 X 피살

1966년

1. 철도화물 운임 횡령사건
2. 한독당 음모내란 사건

1. 인도 총리에 인디라 간디 선출
2. 여객기 추락사고 빈발

3. 한국과학기술원(KIST) 발족
4. 박정희 대통령 동남아 순방
5. 김기수 프로권투 세계 제패
6. 한미 행정협정 조인
7. 한국비료 사카린 밀수
8. 김두한 국회 오물 투척
9. 석가탑 사리함서 목판 다라니경 발견
10. 존슨 미국 대통령 내한

3. 보츠와나 공화국 독립
4. 중국 문화대혁명 시작
5. 미니스커트 열풍
6. 미국 히피문화 정점에
7. 미국 대법원 미란다원칙 판결
8. 월트 디즈니 사망
9. 이탈리아 호우로 국토 1/3 침수
10. 미국 제미니 8호 발사

1967년

1. 여객선 한일호 침몰
2. 해군 56함 피격사건
3. 신민당 창당
4. GATT(관세 및 무역에 관한 일반협정) 가입
5. 구로공단 준공
6. 제6대 대통령 박정희 당선
7. 신라 문무대왕암 발견
8. 동백림 사건
9. 제1차 한일 각료회담
10. 청양 구봉광산 광부 양창선 구출

1. 제3차 중동전 '6일전쟁' 발발
2. 미국 디트로이트서 사상 최대 흑인폭동
3. 아시아 5개국 동남아국가연합(ASEAN) 발족
4. 소련 인공위성 비너스 4호, 금성 착륙
5. 영원한 혁명가 체 게바라 사살
6. 최초의 심장이식 수술
7. DNA 인공합성 성공
8. 아폴로1호 우주비행사 3명 사망
9. 중국 청나라 마지막 황제 부의 사망
10. 미군, 베트남전에서 대량의 고엽제 사용

1968년

1. 무장공비도발(1·21 사태)
2. 향토예비군 창설
3. 한·미 정상회담
4. 서울 중학입시 폐지
5. 김종필 정계 은퇴
6. 독과점 폭리규제
7. 산청버스 참사
8. 영·호남 가뭄
9. 주민등록증 발급
10. 국민교육헌장 선포

1. 소련, 체코 침공
2. 미군, 남베트남에서 주민 500명 학살
3. 미국 마틴 루터 킹 목사 피살
4. 베트콩—월맹군, 구정 공세
5. 제19회 멕시코 올림픽 개막
6. 미국 닉슨 대통령 당선
7. 일본 이타이이타이병 발병
8. 62개국, 핵확산금지조약 조인
9. 프랑스 5월혁명
10. 미국 로버트 케네디 상원의원 피살

1969년

1. 3선개헌안 파동과 국민투표 실시
2. KAL기 납북
3. 간첩 이수근 국외 탈출
4. 삼남(三南)지방 휩쓴 폭우
5. 킹스컵 축구와 ABC 농구에서 한국 우승
6. 천안열차 충돌

1. 중국—소련, 우수리강에서 무력 충돌
2. 아폴로 11호 달 착륙
3. 닉슨 독트린 선언
4. 체코 공산당 두브체크 실각
5. 일본 전공투(全共鬪), 경찰과 공방전
6. '콩코드' 세계 최초로 초음속 비행

7. 김규남 등이 관련된 북한 간첩단 사건	7. 리비아에 군사 쿠데타, 카다피 실권
8. 한국산악회 해외 원정 등반대원 설악산 조난	8. 제1회 우드스톡 축제
9. 콜레라 전국 오염	9. 미국, 베트남 반전시위
10. 주문진 무장공비 침투	10. 호지명 초대 베트남 대통령 타계

1970년

1. 남영호 대참사	1. 빌리 브란트 서독 총리, 21년 만에 동독 방문
2. 주한미군 감축 통고	2. 일본, 중국 최초의 인공위성 발사
3. 와우아파트 붕괴	3. 비틀스 해산
4. 요도호 김포공항 착륙	4. 프랑스 전대통령 드골 사망
5. 박 대통령 8·15 선언	5. 미군 캄보디아 침공
6. 신민당 대통령 후보 김대중 지명	6. 아랍 게릴라, 여객기 4대 잇따라 납치
7. 경부고속도로 개통	7. 동파키스탄 대해일로 30만 명 사망
8. 원주 수학여행 참사	8. 반전운동 시위 격화
9. 영친왕 이은 서거	9. 일본 여객기 요도호 납치사건
10. 수출 10억 달러 달성	10. 서독, 폴란드와 국교정상화

1971년

1. 비상사태 선포	1. 베를린 협정 조인
2. 남북 이산가족찾기 첫 회담	2. 영국 롤스로이스사 파산 선언
3. 위수령 발동	3. 방글라데시공화국 수립
4. 물가 파동	4. 소련 소유스 11호 비행사 3명 사망
5. 서울대 교수 시국선언	5. 미국 탁구팀 중국 방문, 핑퐁외교 시작
6. 대연각호텔 대화재	6. 일본 여객기 추락 162명 사망
7. 실미도 특수군 난동	7. 소련 흐루쇼프 사망
8. 광주단지 난동	8. 중국 임표 추락사
9. 사법부 파동	9. 파키스탄-인도 전면 전쟁
10. 무령왕릉 발견	10. 중국 UN 가입

1972년

1. 10월유신	1. 닉슨 미국 대통령 중국 방문
2. 7·4 남북공동성명	2. 전략무기제한협정(SALT 1) 체결
3. 박정희 긴급명령 15호(8·3)조치	3. 닉슨 대통령 재선
4. 적십자대표 등 남북 왕래	4. 유엔 인간환경회의 스톡홀름에서 개최
5. 중부 영남지방 물난리	5. 뮌헨올림픽 개막
6. 신민당 당권경쟁	6. 아랍 게릴라, 뮌헨올림픽 살인 파동
7. 서울 시민회관 화재	7. 일본-중국 국교정상화
8. 군납 부정	8. 워터게이트 사건
9. 신라금관 발견	9. 니카라과 대지진
10. 시스타호 침몰	10. 일본 적군파 게릴라 텔아비브 공항 습격

1973년

1. 김대중 납치 사건	1. 아옌데 칠레 대통령, 피노체트의 쿠데타로 피살
2. 석유난과 물가고	2. 동서독 UN 동시 가입
3. 대학생 데모	3. 제4차 중동전 발발
4. 중앙정보부장 경질 개각	4. 제1차 오일쇼크
5. 소양강 다목적댐 건설	5. 타이 반정부시위로 타놈 수상 사퇴
6. 윤필용 사령관 구속	6. 소련 초음속여객기 파리에 추락
7. 국민복지 연금법	7. 파리평화협정 조인
8. 서울 어린이대공원 건립	8. 피카소 사망
9. 경주서 기마도(騎馬圖) 발굴	9. 아르헨티나 대통령에 페론 당선
10. 고교입시 개혁	10. 미소정상회담

1974년

1. 8·15 저격 사건 (육영수 여사 피살)	1. 소련 솔제니친 추방
2. 긴급조치 선포	2. 에티오피아 셀라시에 황제 폐위
3. 인권 및 개헌 데모	3. 닉슨 대통령 워터게이트사건으로 사임
4. 물가고와 환율 인상	4. 야구선수 행크 애런 715홈런 달성
5. 민청학련 사건	5. 인도 핵실험 성공
6. 박정희·포드 회담	6. 다나카 일본 수상 사임
7. 박영복 부정 대출	7. 그리스, 국민투표로 142년의 왕정 종식
8. 대왕코너 화재	8. 진시황릉 첫 발견
9. 해군 함정 전복	9. 미국 신문왕 허스트의 손녀 유괴
10. 김영삼 신민당권 장악	10. 지스카르 데스탱 대통령 당선

1975년

1. 긴급조치 9호 선포	1. 월남 패망
2. 동아일보 광고 사태	2. 대만 장개석 사망
3. 김옥선 의원 파동	3. 수에즈운하 8년 만에 재개
4. 유신체제 찬반 국민투표	4. 아폴로-소유스 도킹
5. 방위세 신설	5. 레바논 내전 상태로 돌입
6. 12·19 전격 개각	6. 제회 주요 선진국정상회담
7. 김대두 사건	7. 아랍 게릴라, 빈 소재 OPEC 본부 습격
8. 박동명 사건	8. 소련의 반체제 물리학자 사하로프 망명
9. 남해안 밀수조직 적발	9. 스페인 프랑코 총통 사망
10. 조총련계 동포 모국 방문	10. 파이잘 사우디 국왕 피살

1976년

1. 북한의 판문점 도끼 살인	1. 미국 우주선, 바이킹1호 화성 착륙
2. 양정모, 올림픽서 첫 금메달	2. 다나카 가쿠에이 전 일본 총리 구속
3. 동해 어부들의 조난	3. 세계 곳곳에서 천재지변

4. 신민당의 당권 교체	4. 모택동 사망
5. 주택복권 발행	5. 남아공 소웨토에서 흑인폭동
6. 영산강 · 안동댐 준공	6. 제21회 몬트리올 올림픽 개막
7. 신안 해저보물 인양	7. 카터 미국 대통령 당선
8. 유례없는 벼농사 대풍	8. 이스라엘 특공대 엔테베공항서 인질 구출
9. 재벌의 부조리 척결	9. 영국-유고 여객기 공중 충돌
10. 수출고 80억 달러 달성	10. 초음속 콩코드기 파리와 런던에 첫 취항

1977년

1. 이리역 화약 폭발	1. 루프트한자 여객기 피랍
2. 박동선 사건	2. 사다트 이집트 대통령, 사상 최초 이스라엘 방문
3. 에베레스트 정복	3. 카나리아군도 정보여객기 충돌로 582명 사망
4. 부가세 실시	4. 등소평 부주석으로 복권
5. 행정 수도 구상	5. 브레즈네프 국가원수로 선출
6. 쌀 대풍 쌀 막걸리	6. 스페인 41년 만에 총선거
7. 수출 100억 달러 달성	7. 루마니아를 비롯한 발칸반도 강진 1,500명 사망
8. 김대중 씨 이감, 구속자 석방	8. 배우 찰리 채플린 사망
9. 의료보험 실시	9. 가수 엘비스 프레슬리 사망
10. 급식빵 식중독	10. 왕정치 일본 프로야구 선수 756호 홈런

1978년

1. 박정희 대통령 취임과 선거 개각	1. 시험관 아기 탄생
2. 12 · 27 대사면	2. 캠프데이비드, 중동평화협상
3. 아프가니스탄과 단교	3. 달러화 가치 폭락
4. KAL기 소련에 강제 착륙	4. 미-중국 수교 발표
5. 투기 억제 88 조치	5. 이란 국정 위기
6. 국산 유도탄 개발	6. 일본 오히라 내각 발족
7. 담양 농약 중독 사건	7. 이탈리아 붉은 여단, 모로 납치-살해
8. 노풍 피해 230만 섬	8. 남미 가이아나 인민사원 집단자살
9. 수입 자유화 단행	9. 사상 첫 동구 출신 교황 탄생
10. 홍성의 지진	10. 등소평의 중국 현대화작업

1979년

1. 박정희 서거(최규하 대통령 취임)	1. 이란 이슬람교 혁명
2. 12 · 12 사태	2. 미국 스리마일 아일랜드 핵 사고
3. 부산 계엄령 · 마산 위수령 선포	3. 중국-월남전
4. 김영삼 총재 가처분	4. 니카라과 정변
5. YH 사건 · 경찰 신민당사 진입	5. 테헤란 인질사건

6. 율산파동과 은행장 구속	6. 이디 아민, 보카사 급락
7. 카터 방한, 주한미군 철수 보류	7. 유가인상
8. 석유류 제품 가격 59퍼센트 인상	8. 소련 전투부대 쿠바 주둔
9. 중남부 지방의 폭우·태풍 피해	9. DC-10기 연쇄 추락
10. 금당 사건	10. 캄보디아 기아

1980년

1. 광주민주항쟁	1. 이란-이라크 전쟁
2. 김대중 씨 재판	2. 폴란드 노조운동
3. 5.17과 '3김' 퇴장	3. 레이건 미국 대통령 당선
4. 전국대학 휴교령	4. 서방 60국 모스크바 올림픽 불참
5. 냉해, 흉년, 마이너스성장	5. 유가 인상과 불황
6. 사북사태	6. 이-알제리 대지진
7. 국보위와 사회정화	7. 미 인질구출 실패
8. 언론, 중화학 통폐합	8. 보이저 1호 토성 탐색
9. 과외금지 교육개혁	9. 중공 4인방 재판
10. 전 대통령 취임, 새 헌법 공표	10. 유고슬라비아 티토 사망

1981년

1. 88년 올림픽 서울 유치	1. 이집트 사다트 대통령 암살
2. 교육세 신설	2. 이란 국내 테러
3. 전두환 대통령 방미	3. 폴란드 비상계엄
4. 하 형사 사건	4. 미테랑 프랑스 대통령 당선
5. 윤상군 살해범 검거	5. 미국 대통령 레이건 피격
6. 경산 열차추돌사고	6. 이란 미 인질 석방
7. 통금 해제 건의안 통과	7. 바오로 교황 피격
8. 60억 달러 안보경협문제	8. 석유 값 인하
9. 정부기구 축소	9. 우주왕복선 발사
10. 박세직 장군 예편	10. 유럽의 반핵운동

1. 통금해제-교복자율화	1. 영-아르헨티나 포클랜드 전쟁
2. 실명거래제 파문	2. 폴란드 자유노조 해체
3. 부산 미문화원 방화	3. 팔레스타인 난민 학살
4. 일본 교과서 왜곡 파동	4. 일본 나카소네 내각 출범
5. 의령 우순경의 난동	5. 군축-미사일 논쟁
6. 전두환 대통령 해외 순방	6. 스페인에 좌파 정권 수립
7. 윤노파 박양사건 무죄	7. 중국 새 헌법 채택
8. 김득구 선수 사망	8. 소련 안드로포프 집권
9. 이-장 부부 어음사기	9. 중국-소련 화해무드

10. 김대중 씨 석방 도미치료	10. 국제 불황으로 서구에 실업 증대

1983년	
1. 아웅산 암살폭발사건	1. 아웅산 암살폭발사건
2. 구속학생 사면-복교	2. 소련 안드로포프 장기 유고
3. KAL 여객기 피격	3. KAL 여객기 피격
4. 중국 민항기 피랍	4. 미-소 핵협상 결렬
5. 대형 금융부정사건	5. 베이루트 폭탄 테러
6. 대도 조세형 탈주	6. OPEC 유가 인하
7. 이산가족찾기	7. 필리핀 아키노 암살사건
8. 나까소네 일본 총리 방한	8. 폴란드 바웬사, 평화상 수상
9. 레이건 미 대통령 방한	9. 미, 그레나다 침공
10. 북한 이웅평 귀순	10. 일본 자민당 총선 패배

1984년	
1. 대학생들 민정당사 농성	1. 레이건 미국 대통령 재선
2. 한강 대홍수 189명 사망	2. 간디 인도 수상 암살
3. 2, 3차 해금과 신당 창당	3. 소련 체르넨코 체제 등장
4. 한국-중국 스포츠 교류	4. 아프리카 기아
5. 판문점 소련인 망명	5. LA올림픽 동구권 불참
6. 전두환 대통령 일본 방문	6. 미국 고장 위성 회수
7. 수해물자와 남북회담	7. 교황청 해방신학 논쟁
8. 교황 한국 103위 시성	8. 인도 가스누출 대참사
9. LA올림픽 10위 개가	9. 중국 경제개혁안 채택
10. 정래혁 씨의 축재 파급	10. 영국, 중국과 홍콩 협정

1985년	
1. 2.12총선과 신민당 등장	1. 달러화 폭락과 엔화 평가절상
2. 남북 고향방문단-예술단 교환	2. 필리핀 정정불안과 대통령 선거
3. 노-노 체제 출범	3. 미, 납치범 태운 여객기 요격
4. 미보호주의와 한-미 무역마찰	4. JAL기 추락 520명 사망
5. 미문화원-민정연수원 점거	5. 피랍 이 여객기 인질 유혈 구출
6. 월드컵축구 32년 만에 본선 진출	6. 소련 고르바초프 서기장 취임
7. 중국 군용기-어뢰정 불시착	7. 미-소 정상 6년 반 만에 회담
8. 예산안 파동과 의원보좌관 구속	8. 콜롬비아 화산 폭발
9. 노-사 분쟁과 위장취업 파동	9. 제2의 흑사병 AIDS 확산
10. 장기적 경기침체와 실업자 증가	10. 멕시코 지진 참사

1986년

1. 독립기념관 화재	1. 소련 체르노빌 원전 참사
2. 신상옥 부부 북한 탈출	2. 미 리비아에 테러 보복 폭격
3. 아시안게임 성공적 개최	3. 미 우주선 챌린저호 폭발
4. 5·3 인천사태	4. AIDS 위협 전 세계 확산
5. 룸살롱 폭력배 살인사건	5. 필리핀 시민혁명-아키노 집권
6. 개헌공방	6. 미 정부 이란 무기밀매 추문
7. 건국대 점거-농성 사건	7. 중국 대학생 민주화 시위
8. 국제수지 흑자 시대	8. 국제 유가 하락과 엔화 강세
9. 전두환 대통령 유럽 순방	9. 레이캬비크 미-소 정상회담
10. 김일성 피격 사망설	10. 고르바초프 블라디보스토크 선언

1987년

1. 범양상선 부정사건	1. INF 협정 체결
2. AIDS 환자 첫 사망	2. 중국 조자양 시대 개막
3. 박종철·이한열 사건	3. 대만의 대중국 개방
4. 오대양 32명 집단자살	4. 이란-이라크 전쟁
5. 태풍 셀마 중부 호우	5. 미국 이란-콘트라 스캔들
6. 김만철 씨 일가 망명	6. 동독 수상 호네커 서독 방문
7. 6.29선언	7. 소련 고르바초프의 개혁
8. 12.16 대통령선거, 노태우 당선	8. 일본 다케시타 내각 출범
9. 노사분규	9. 달러화. 유가 폭락
10. KAL기 테러참사	10. 필리핀 정정 불안

1988년

1. 서울 올림픽 개최	1. 8년 전쟁 이란-이라크 휴전
2. 원고시대 환율 600원대로	2. 소련 고르바초프 정치개혁 단행
3. 공산권 교류…북방외교 바람	3. 소련 아르메니아 대지진 참사
4. 5공 비리-전씨 백담사 은둔	4. 제41대 미 대통령에 부시 당선
5. 6공화국 출범	5. 미-소 INF 폐기 비준서 교환
6. 육군정보사 오홍근 부장 테러	6. PLO 독립선포, 중동 새 국면
7. 공포의 서울, 탈주범 인질극	7. 파키스탄, 여 총리 부토 집권
8. 국감 부활-청문회정치 개막	8. 네윈 축출 미얀마 민주화항쟁
9. 4.26총선…여소야대 탄생	9. 미 해군함정, 이란 여객기 격추
10. 통일 논의 국민적 관심사로	10. 아프간 주둔 소련 병력 철수 시작

1989년

1. KAL기 트리폴리 참사	1. 아프간-캄보디아 외군 철수
2. 토지공개념법 국회통과	2. 독일 베를린 장벽 붕괴
3. 임수경 등 북한 밀입국 파동	3. 미군 파나마 전격 침공

4. 참교육 시비 전교조 사태	4. 조지 부시 행정부 출범
5. 동의대서 경찰 7명 사망	5. 동구 6국 정권 교체
6. 가족법 30년 만에 개정	6. 이란 지도자 호메이니 사망
7. 헝가리 등 동구권과 수교	7. 미국−소련 몰타 선상 회담
8. 5공 핵심 장세동 등 구속	8. 고르바초프 개혁 정책
9. 5공 연내청산	9. 히로히토 사망, 막 내린 소화 시대
10. 노사분규	10. 중국 천안문 시위 유혈 진압

1990년

1. 흉악범 활개, 범죄와의 전쟁	1. 이라크 쿠웨이트 침공
2. 새민방(SBS) 출범과 태영 의혹	2. 미국 허블 우주망원경 발사
3. 안면도 핵폐기물 시설 사태	3. 지구촌 환경오염 심각
4. 한소 수교	4. 독일 통일
5. 지방자치 실시	5. 남아공 넬슨 만델라 출소
6. 3당(민정, 민주, 공화) 통합	6. 유럽공동체 통합
7. 남북총리회담	7. 마거릿 대처 영국 총리 사임
8. 증시 폭락	8. 이란 강진 5만여 명 사망
9. 중부 대홍수	9. 소련 독재 청산
10. 보안사 민간 사찰 회오리	10. UR 최종 협상 타결 실패

1991년

1. 대학입시 잇단 부정사건	1. 걸프전, 미 주도 질서재편
2. 수서비리 의원 구속사태	2. 남아공 인종차별 폐지
3. 낙동강 페놀 오염	3. 유고내전 발칸반도 긴장
4. 지자제 30년 만의 부활	4. 캄보디아 평화협정 체결
5. 대구 어린이 실종 등 수난	5. EC 등 세계경제 블록화
6. 강경대 치사 시국긴장	6. 중동평화 이−아랍 회담
7. 남북한 유엔 동시가입	7. 일본 군사대국화
8. 현대 정주영 탈세 파문	8. 북핵 개발 제동 사찰 추진
9. 사상 최대 무역수지 적자	9. UR 협상 막바지 진통
10. 남북 '화해 불가침' 합의	10. 소련 붕괴 고르바초프 사임

1992년

1. 대학시험문제지 유출	1. 유고내전 최악 인종분쟁
2. 남북협력합의서 발효	2. LA 흑인폭동
3. 황영조 올림픽 마라톤 제패	3. 지구촌 비상, 리우 환경회담
4. 한−중수교 노 대통령 방중	4. 일 자위대 전후 첫 해외파병
5. 경제 12년래 최저 성장	5. 중국 개혁·개방 가속화
6. 베트남과 공식 수교	6. 클린턴 미국 대통령 당선
7. 헌정 최초 중립내각 탄생	7. 소말리아 기아 30만 명 사망

8. 시한부 종말론 휴거 파문	8. 러 보혁 갈등, 장래 불투명
9. 김영삼 후보 대통령 당선	9. 독일 신나치 외국인 테러
10. 김대중 정계은퇴 선언	10. EC 10국 유럽통합 비준

1993년

1. 쌀시장 개방	1. UR 7년 협상 대타결
2. '금융실명제' 전격 실시	2. 북한 NPT 탈퇴 파문
3. 육·해·공 잇단 대형참사	3. 일본 연립정권 탄생
4. 김영삼 14대 대통령 취임	4. EC 12국 통합조약 발효
5. 공직자 재산공개·사정	5. 러시아 보-혁 충돌 혼미
6. 하나회 등 대규모 숙군	6. 이-PLO 평화협정 체결
7. 교육계 대입부정 회오리	7. 미 클린턴 대통령 취임
8. 첨단 펼친 대전엑스포	8. 인간 복제 윤리 논란
9. 한약분쟁	9. 보스니아 끝없는 내전
10. 국군 소말리아 PKO 파병	10. 남아공 흑백차별 종식

1994년

1. 김일성 사망	1. 미국 LA 지진
2. 박홍 총장 주사파 발언 파문	2. 르완다내전 100만 명 희생
3. 사상 최고 찜통더위 39.4도	3. 남아공에 첫 흑인 대통령
4. 인천·부천 세금 사건 전국 확산	4. 브라질 월드컵 4회 우승 위업
5. 지존파 살인 충격	5. 일 47년 만에 사회당 총리
6. '장교 길들이기' 군 하극상	6. 이스라엘-요르단 평화협정
7. 성수대교 붕괴 32명 떼죽음	7. 경제난 쿠바 탈출 3만 명
8. 북-미 핵 타결 관계개선 합의	8. 북아일랜드 25년 만의 휴전
9. 검찰 12·12 군사반란 규정	9. 미 공화당 40년 만에 양원 장악
10. 정부조직 개편 '세계화' 추진	10. 보스니아내전 불안한 휴전

1995년

1. CATV 다채널시대 개막	1. 자유무역 WTO체제 출범
2. 은퇴 김대중 정계 복귀	2. 세기의 재판, 심슨 무죄 평결
3. 획기적인 교육개혁안 발표	3. 고베 대지진 5,000여 명 숨져
4. 유조선 좌초 남해 기름 오염	4. 이스라엘 라빈 총리 암살
5. 북 식량난 쌀 15만 톤 지원	5. 오클라호마시티 폭탄테러
6. 광복 50돌, 구총독부 철거	6. 갈릴레오호 최초 목성 탐사
7. 지방자치시대 본격 개막	7. 옴진리교 도쿄 독가스살포
8. 유엔안보리이사국 진출	8. 보스니아 유혈내전 종지부
9. 대구지하철, 삼풍대참사	9. 핵확산금지조약 무기 연장
10. 전-노씨 구속	10. 러-동구권 선거, 공산당 돌풍

1996년

1. 4.11총선 서울 첫 여대 기록	1. 팔레스타인 아라파트 자치정부 수립
2. 2002 월드컵 한일 공동개최	2. 영국 광우병 파동 세계 확산
3. 한총련 연대점거 과격시위	3. 콩고 내전-후투족 등 학살
4. 북한 잠수함-무장간첩 침투	4. 옐친, 레베디 영입 재선 성공
5. 불황 속 명퇴 바람…외채 증가	5. 중국-일본 조어도 영유권 분쟁
6. 구총독부 건물 완전철거	6. 미 TWA기 폭발 229명 사망
7. 김경호 씨 일가 등 17명 탈북	7. 프랑스-중국 등 포괄 핵금지 조약
8. 선진국 관문 OECD 가입	8. 일본 자민당 승리 하시모토 집권
9. 전·노 대통령 재판	9. 클린턴 미국 대통령 재선
10. 노동법 개정안 기습 처리	10. 페루 일본대사관저 인질극

1997년

1. 한보 특혜대출 비리사건	1. 중국 등소평 사망
2. 북 황장엽 한국 망명	2. 유전자 복제양 돌리 탄생
3. 대통령 차남 김현철 구속	3. 페루 일 대사관 인질 구출
4. KAL 괌 추락 229명 희생	4. 엘니뇨 기승… 홍수 등 재난
5. KEDO, 북 경수로 착공	5. 홍콩 중국에 귀속
6. 월드컵 본선 4회 연속 진출	6. 아시아 금융위기 시작
7. IMF 경제 신탁통치 시대	7. 패스파인더호 화성 탐사
8. 김대중 대통령 당선 정권교체	8. 영국 다이애나비 사망
9. 전-노 대통령 사면석방	9. 테레사 수녀 사망
10. 실명제 4년 만에 없던 일로	10. 온실가스 배출량 감축합의

1998년 °

1. 김대중정부 개혁 돛 달고 출범	1. 비아그라 판매 개시
2. 금강산 개방	2. 클린턴 성추문 탄핵 수모
3. 망하는 은행, 무너지는 재벌	3. 지구촌 기상 재앙
4. 총풍·세풍	4. 이라크 공습
5. 실업자 증가	5. 중동정정 불안
6. 북한 대포동미사일 발사	6. 32년 독재 깬 인도네시아 피플파워
7. 박세리-박찬호 쾌거	7. 유럽 좌파정권 전성시대
8. 일 대중문화 해방 후 개방	8. 중국 주룽지 총리 선출
9. 그린벨트 27년 만에 대수술	9. 북아일랜드 피의 분쟁 종식
10. 교육개혁	10. 불황 앞에 쓰러진 일 내각

1999년

1. 강제규 감독 '쉬리' 열풍	1. 유로 출범
2. 씨랜드-호프집 화재 참사	2. 미 다우-나스닥지수 최고치 행진
3. 이승엽 홈런 54개	3. 동티모르 독립 '피의 역사' 종료

4. 홍석현 회장 구속 언론탄압 공방
5. 옷 로비-특검도입 검찰 위상 흔들
6. 한국전 이후 남북해군 첫 서해교전
7. 탈옥수 신창원 908일 만에 붙잡혀
8. 검경 불법감청에 불신 풍조 만연
9. 대우 김우중 회장 30년신화 종말
10. 코스닥 상승 금융시장 돌풍

4. 인도네시아 54년 만에 평화적 정권교체
5. 마카오 중국 반환
6. 나토 코소보공습 세기말 대참화
7. 터키 지진-중미 홍수 지구촌 재앙
8. 인구 60억 명 돌파
9. 중국 WTO 가입
10. 밀레니엄 열풍-Y2K 불안

2000년

1. 총선연대 '바꿔' 열풍
2. 사상 첫 남북정상회담
3. 의약분업 갈등 의료계 분쟁
4. SOFA 마찰 등 악재 속출
5. 현대그룹 '왕자의 난'
6. 편파수사 시비 검찰수뇌부 탄핵
7. 정현준—진승현게이트
8. 김대중 대통령 노벨평화상 수상
9. 러브호텔… 원조교제… 섹스비리
10. 고득점 수능 노란

1. 후지모리 등 독재정권 몰락
2. 대만 천수이볜 50년 만에 정권교체
3. '강한 러시아' 깃발 푸틴 대통령
4. 지구촌 곳곳 세계화 반대시위
5. '닷컴 열기' 급랭 나스닥 대폭락
6. 게놈 지도 완성
7. 하늘·바다·땅 잇단 대형 참사
8. 이-팔 유혈 충돌
9. 북-미 50년 간의 적대 관계 해소
10. 혼돈의 미 대선 부시 35일 만에 대통령

2001년

1. 게이트 공화국
2. 사상 최대 규모 언론 세무조사
3. 남북관계 냉각, 장관회담 진통
4. 김 대통령 민주당 총재직 사퇴
5. 건보 파탄-공교육 파행…개혁 실시
6. '친구 신드롬' 한국영화 대박 행진
7. 수지김 살해은폐 14년 만에 드러나
8. 정주영 씨 타계, 현대그룹 해체
9. IMF졸업…초저금리 시대 개막
10. 인천공항 개항

1. 미국 9·11테러
2. 중국 올림픽 유치-WTO가입
3. 고이즈미 신사참배
4. 인간게놈지도 11년 만에 완성
5. 광우병 구제역 공포 전 세계 확산
6. 미 ABM 탈퇴, MD 체제 본격추진
7. 미 대선 혼란, 부시 정부 출범
8. 21세기 신자유무역 도하라운드
9. 아르헨 경제파탄, 지불 중단 선언
10. 미 경제침체 11차례 금리 인하

2002년

1. 노무현 대통령 당선
2. 한국축구대표팀 월드컵 4강 진출
3. 북한 핵개발 시인 및 핵시설
4. 반미운동 확산
5. 권력형 비리 봇물
6. 도청 공포 확산
7. 북, 서해도발

1. 지구촌 테러 공포
2. 이라크 무기사찰
3. 후진타오 총서기 선출
4. 유로화 공식통용
5. 북-일 정상회담
6. 인간복제 경쟁
7. 북 신의주 경제특구 지정

8. 부동산값 폭등과 신용불량자 양산
9. 태풍 루사 강타
10. 장상, 장대환 국무총리 지명 무산

8. 월드컴-GE 미 회계부정 파문
9. 지구촌 기상이변
10. 남아공 지구정상회의

2003년

1. 대구지하철 방화 192명 사망
2. 노무현 대통령 취임
3. 노 측근 비리 수사-특검법 통과
4. 대북송금 특검, 정몽헌 회장 자살
5. 부안 방폐장 갈등
6. 송두율 씨 구속 보혁갈등 심화
7. 민주당 분당, 신4당 체제 재편
8. 이라크 파병 확정
9. 부동산 가격 폭등
10. 이승엽 한 시즌 56호 최다 홈런

1. 이라크전…후세인 시대 막내려
2. 북핵 해법 실패
3. 괴질 사스 기승
4. 중국 유인우주선 발사
5. 테러공포 확산
6. 일본 군사대국 야심
7. 농업개방 충돌, WTO회의 결렬
8. 팍스 아메리카나 반대 반미 물결
9. 바닥 친 세계 경제, 약달러 변수
10. '젊은 중국' 4세대 지도부

2004년

1. 초유의 대통령 탄핵
2. 신행정수도 건설법 위헌 결정
3. 수능 휴대전화 부정행위 적발
4. '뉴라이트' 태동, 각계 확산
5. 북한 용천역 폭발 대참사
6. 황우석 교수 인간배아복제 성공
7. 국군 자이툰부대 이라크 파병
8. 끝없는 불황, 불확실성의 시대
9. 욘사마 열풍에 일본 들썩
10. 성매매특별법 시행 단속

1. 부시 재선
2. 화성에서 물 흔적 발견
3. 혼미 거듭하는 이라크 사태
4. 유럽이 하나로, '슈퍼EU' 출범
5. 러 교토의정서 비준
6. 테러 지구촌 곳곳 경악
7. 지진, 태풍, 자연재해 몸살
8. 중국 후진타오 시대 개막
9. 아라파트 PLO 수반 사망
10. 리비아 국제사회 복귀 선언

2005년

1. 불법도청 'X파일' 파문
2. 황우석 팀 배아줄기세포 의혹
3. 8.31부동산 종합대책
4. 강정구 발언 수사지휘권 파동
5. 북핵 6자회담
6. 쌀시장 개방안 국회 비준
7. 방폐장 부지 19년 만에 경주 선정
8. 부산 APEC 정상회의 성공 개최
9. 청계천 복원과 새 국립중앙박물관
10. 전방부대 내무반 총기난사

1. 지구촌 조류독감(AI) 공포 확산
2. 런던 7.7 지하철 연쇄테러
3. 파리 이민자 폭동
4. 미국 카트리나 피해
5. 파키스탄 강진
6. 국제유가 폭등
7. 교황 요한 바오로 2세 선종
8. 이라크 새헌법 채택, 폭력사태
9. 부시 2기 출범 직후부터 레임덕
10. 고이즈미 조기총선 압승

2006년

1. 북한 핵실험
2. 반기문 UN 총장 선출
3. 부동산값 폭등과 종합부동산세 신설
4. 바다이야기 등 사행성 게임 비리
5. 한미 자유무역협정(FTA) 협상
6. 론스타 외환은행 헐값매입 수사
7. 전시 작전통제권 환수 논란
8. 법-검 갈등 폭발
9. 전효숙 헌재소장 인준 파문
10. 5.31 지방선거 한나라당 압승

1. 미 중간선거 민주당 압승
2. 이라크, 아프간 사태 악화
3. 지구촌 핵개발 논란 가열
4. 유엔 사령탑 10년 만에 교체
5. 대테러 전쟁 인권침해 논란
6. 일 아베 신조 총리시대 개막
7. 중남미 좌파정권 확산
8. 레바논 전쟁
9. 에너지 패권시대 개막
10. 지구촌 자연재해 몸살

2007년

1. 이명박 대통령 당선
2. 한미 자유무역협정 타결
3. 여수 엑스포, 대구 육상, 인천 아시안게임 유치
4. 신정아-변양균 사건
5. 기자실 대못질
6. 아프가니스탄서 23명 피랍
7. 태안 유조선 원유 유출
8. 원화 강세-주가 널뛰기
9. 2차 남북정상회담
10. 삼성 비자금 의혹 폭로

1. 서브프라임 충격파, 세계 금융위기
2. 美 버지니아공대 총기 난사 33명 사망
3. 국제유가 천정부지
4. 노벨평화상-유엔회의 지구온난화
5. 사르코지, 브라운 새로운 유럽
6. 군부 총칼에 꺾인 미얀마 민주화
7. 강한 러시아 부활… 美와 신냉전
8. 중국산 제품 전 세계 비상
9. 일본 · 중국 우주개발
10. 탈레반 거점 확대

2008년

1. 한국 첫 우주인 이소연 우주에 서다
2. 삼성특검, 이건희 회장 퇴진
3. 박태환 수영서 첫 금
4. 최진실 · 안재환 등 연예인 잇단 자살
5. 국보 1호 숭례문 방화로 소실
6. 북한 김정일 건강 이상
7. 금강산 관광객 피격과 남북관계 경색
8. 이명박정부 출범과 여대야소 국회
9. 美 쇠고기 파동과 촛불집회
10. 금융 · 실물경제 추락

1. 그루지야 전쟁
2. 유럽물리학연구소, '빅뱅' 재현 실험
3. 중국 베이징 올림픽 개최
4. 태국 시위와 정권 교체
5. 미얀마 사이클론 참사
6. 지구촌 멜라민 파동
7. 국제유가 급등락
8. 중국 쓰촨성 대지진
9. 오바마 미국 대통령 당선
10. 글로벌 금융위기

2009년

1. 노무현, 김대중 前 대통령 서거
2. 세종시 백지화 논란
3. 신종플루 대규모 확산

1. 미국 첫 흑인 대통령 취임
2. 지구촌 휩쓴 신종플루
3. 일본 민주당 정권 교체

4. 김수환 추기경 선종
5. 용산참사
6. 북, 장거리 로켓발사와 2차 핵실험
7. 김연아 연속 우승과 신기록 작성
8. 북, 김정은 후계자 내정
9. '부녀자 10명 연쇄살인' 강호순 사건
10. G20 정상회의 2010년 한국 유치

4. 코펜하겐 기후회의 개최
5. EU 리스본 조약 발효
6. 세계 경제회복 가속화
7. 중, 신장위구르 대규모 시위
8. 끝이 보이지 않는 아프간전쟁
9. '팝의 황제' 마이클 잭슨 사망
10. 이란 대선과 반정부 시위

70·80년대의 추억과 낭만 이야기
우리들의 행복했던 순간들

지은이 | 김호경
펴낸이 | 김경태
펴낸곳 | 한국경제신문 한경BP
등록 | 제 2-315(1967. 5. 15)

제1판 1쇄 발행 | 2010년 9월 20일
제1판 3쇄 발행 | 2010년 10월 30일

주소 | 서울특별시 중구 중림동 441
홈페이지 | http://www.hankyungbp.com
전자우편 | bp@hankyungbp.com
기획출판팀 | 3604-553~6
영업마케팅팀 | 3604-595, 555   FAX | 3604-599

ISBN 978-89-475-2766-8   03320
값 13,800원